A VIAJANTE

LIVROS DE ARWEN ELYS DAYTON

SEEKER – A GUERRA DOS CLÃS
A VIAJANTE – O PASSADO É IMPLACÁVEL

ARWEN ELYS DAYTON

A VIAJANTE
O PASSADO É IMPLACÁVEL

Tradução de
Mariana Carneiro

Fantástica
ROCCO

Título original
TRAVELER

Esta é uma obra de ficção. Nomes, personagens, lugares e incidentes são produtos da imaginação da autora e foram usados de forma fictícia. Qualquer semelhança com pessoas reais, vivas ou não, acontecimentos, localidades é mera coincidência.

Copyright do texto © 2016 by Arwen Elys Dayton
Copyright do mapa de propriedade escocesa © 2015 by Jeffrey L. Ward
Copyright dos brasões: raposa e carneiro © 2016 by Shutterstock
Copyright dos brasões: urso, javali, águia, dragão, cavalo e veado
© 2016 by John Tomaselli

Todos os direitos reservados.

Direitos para a língua portuguesa reservados
com exclusividade para o Brasil à
EDITORA ROCCO LTDA.
Av. Presidente Wilson, 231 – 8º andar
20030-021 – Rio de Janeiro – RJ
Tel.: (21) 3525-2000 – Fax: (21) 3525-2001
rocco@rocco.com.br | www.rocco.com.br

Printed in Brazil/Impresso no Brasil

Preparação de originais
NINA LOPES

CIP-Brasil. Catalogação na fonte.
Sindicato Nacional dos Editores de Livros, RJ.

D317v Dayton, Arwen Elys
A viajante: o passado é implacável/Arwen Elys Dayton; tradução de Mariana Carneiro. – 1ª ed. – Rio de Janeiro: Fantástica Rocco, 2018.
(Seeker; 2)

Tradução de: Traveler
ISBN 978-85-68263-59-4 (brochura)
ISBN 978-85-68263-60-0 (e-book)

1. Ficção americana. I. Carneiro, Mariana. II. Título. III. Série.

17-45760

CDD–823
CDU–821.111-3

O texto deste livro obedece às normas do
Acordo Ortográfico da Língua Portuguesa.

Para minha mãe e meu pai, amantes de Tolkien que, há muitos anos, me trataram como adulta, mas também me concederam todo o tempo de que precisei para ser criança.

Celeiro no Desfiladeiro

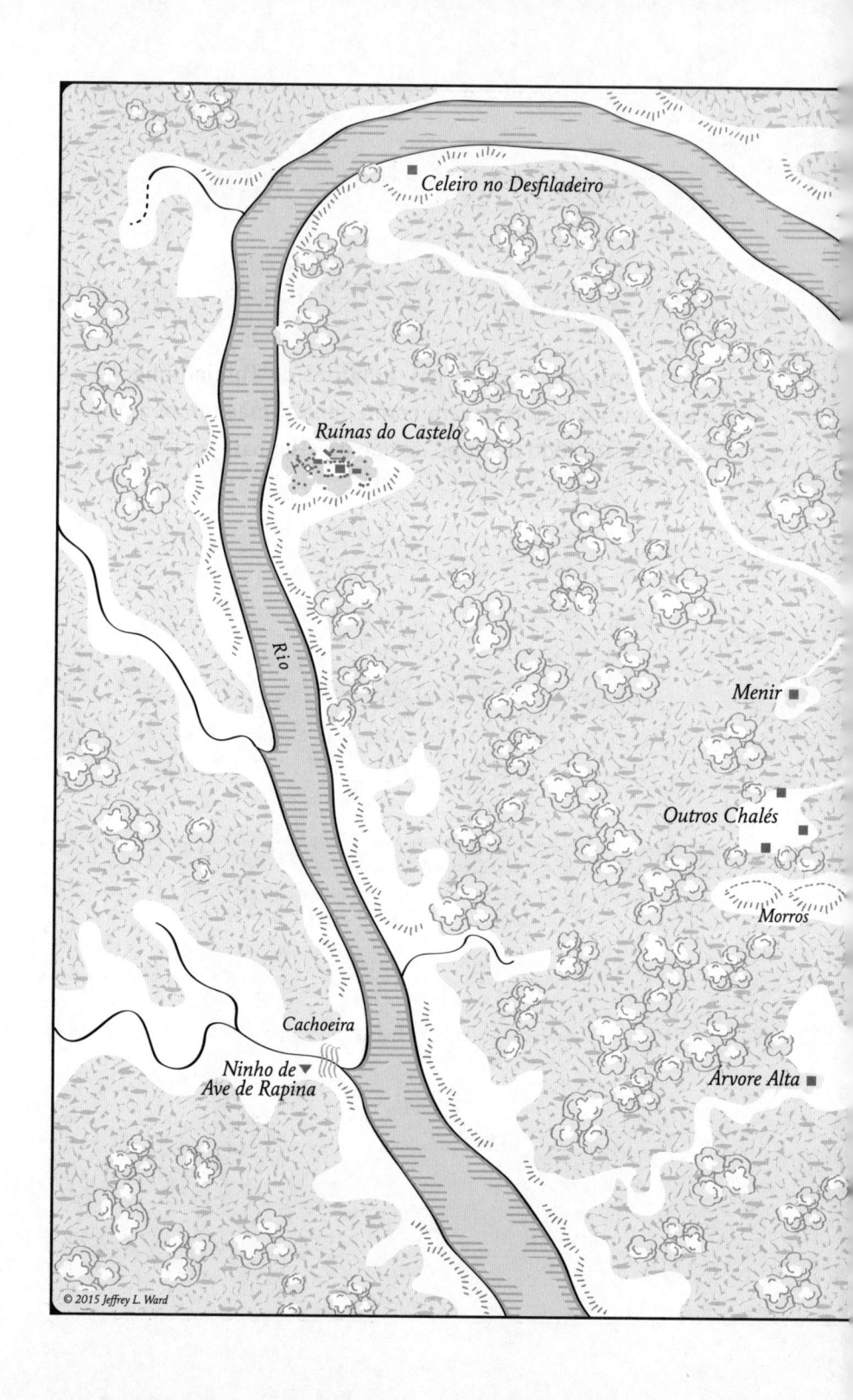

Ruínas do Castelo

Rio

Menir

Outros Chalés

Morros

Cachoeira
Ninho de
Ave de Rapina

Árvore Alta

© 2015 Jeffrey L. Ward

PROPRIEDADE ESCOCESA

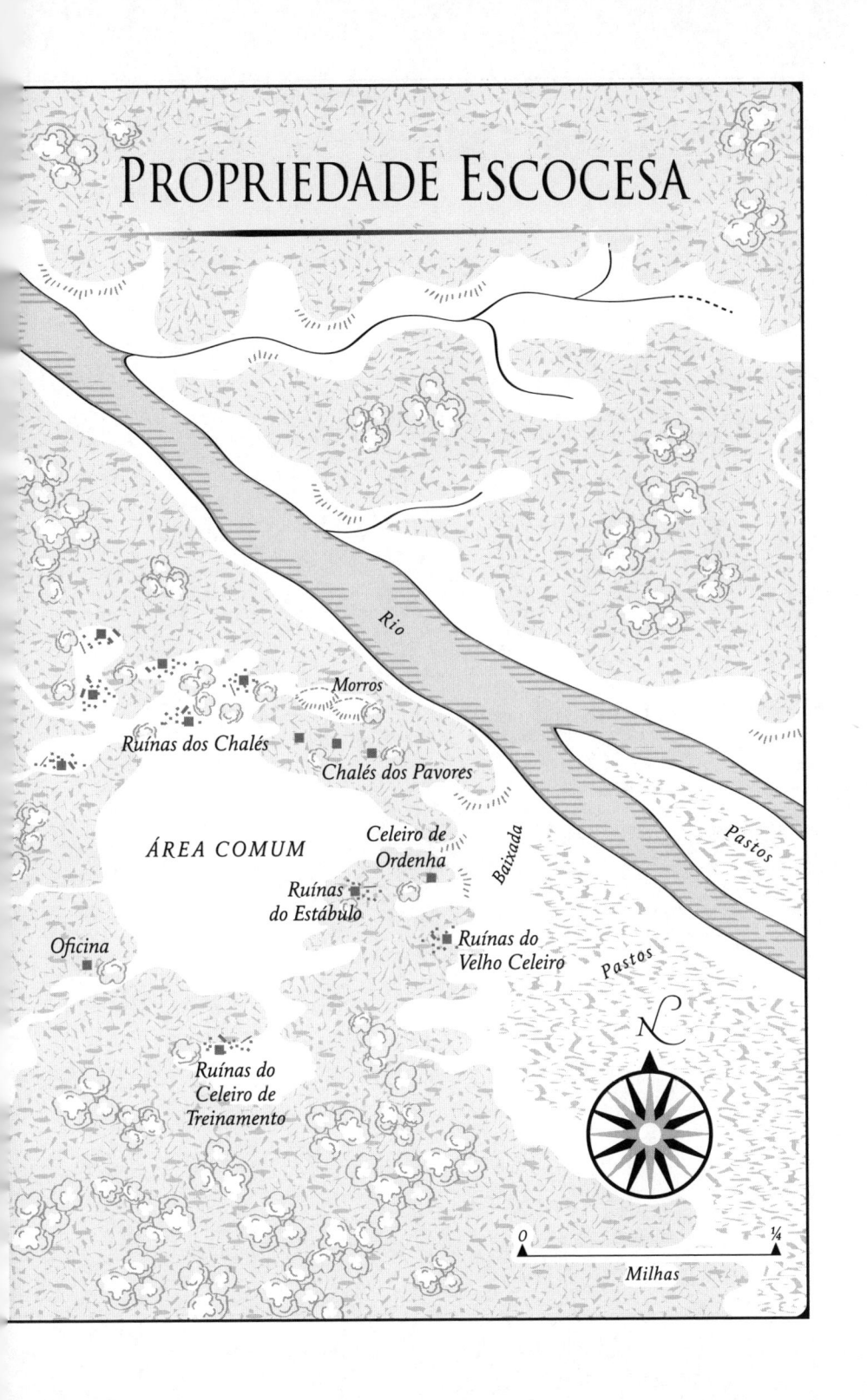

Rio

Morros

Ruínas dos Chalés

Chalés dos Pavores

ÁREA COMUM

Celeiro de Ordenha

Baixada

Pastos

Ruínas do Estábulo

Oficina

Ruínas do Velho Celeiro

Pastos

Ruínas do Celeiro de Treinamento

N

0   ¼
Milhas

CAPÍTULO 1

QUIN

– Shinobu? – perguntou Quin ao ver que ele se revirava. – Está acordado?

– Acho que sim – respondeu ele, lentamente.

A voz de Shinobu MacBain estava grossa e arrastada, mas ele ergueu a cabeça à procura de Quin. Era a primeira vez em horas que ele se mexia, por isso ela ficou feliz em vê-lo consciente.

Ela guardou cuidadosamente no bolso do casaco o livro de couro que segurava e atravessou o quarto de hospital escuro até onde Shinobu estava deitado, em uma cama que parecia pequena demais para alguém tão alto.

Mesmo à meia-luz ela conseguia distinguir as queimaduras nas suas bochechas. Já estavam praticamente curadas e sua cabeça estava agora coberta por um vasto e uniforme cabelo ruivo. Mas ela ainda estava presa à imagem do cabelo dele, chamuscado e empapado de sangue, quando as enfermeiras o rasparam ao interná-lo para a cirurgia.

– Ei – disse ela, se agachando ao lado da cama. – É bom ver você acordado.

Ele tentou sorrir, mas acabou fazendo uma careta.

– É bom estar acordado... Se não fosse meu corpo inteiro doendo.

– Bem, você não faz nada pela metade, não é? – perguntou ela, apoiando o queixo na grade da cama. – Você me ajudaria mesmo que tivesse que pular de um prédio, colidir uma nave ou ser cortado pela metade.

– Você pulou do prédio comigo – ressaltou ele, sua voz mais grossa por causa do sono.

– Estávamos amarrados um ao outro, então não tive escolha.

Ela conseguiu sorrir, embora a lembrança do salto fosse assustadora.

Já fazia duas semanas que Shinobu estava no hospital de Londres. Quando chegou, estava à beira da morte. Quin o trouxera de ambulância depois da batalha na Traveler e da colisão da nave no Hyde Park. E ela estava naquele quarto, andando incansavelmente, sentando-se e dormindo numa cadeira desconfortável desde então. Ela, inclusive, completara dezessete anos algumas noites antes, enquanto andava da cama para a janela à meia-noite.

Atrás de Shinobu, os monitores do hospital apitavam e zumbiam, e as luzes piscantes dos painéis alternavam os desenhos sempre que monitoravam os sinais vitais do paciente. Esse era o pano de fundo habitual dos dias de Quin.

Ela levantou a blusa dele para observar o ferimento profundo no lado direito do abdômen. O golpe quase fatal desferido pelo pai dela, Briac Kincaid, era uma cicatriz linear roxa e sensível de quase dezoito centímetros de comprimento. Fora costurada com tamanho capricho, que os médicos disseram que poderá desaparecer de vez. Mas, no momento, o ferimento ainda estava inchado e, a julgar pela expressão de Shinobu, doía muito se ele fizesse qualquer movimento.

Além desse ferimento e das queimaduras no rosto, ele dera entrada no hospital com uma fratura séria na perna e várias costelas quebradas. Os médicos limparam os ferimentos com uma quantidade generosa de reconstrutores celulares para acelerar a cura. Mas havia um porém: o processo era bastante excruciante.

Quin passou os dedos na protuberância em sua pele perto do ferimento de espada, e Shinobu segurou sua mão.

– Não quero mais remédios, Quin. Quero que o médico me livre dessas coisas. Tenho dormido demais.

Para ajudar com a cura rápida dos ferimentos, reservatórios de analgésicos foram implantados perto dos ferimentos mais graves. Se a dor ficasse muito forte, ou ele se movesse bruscamente, ou alguém apertasse diretamente os reservatórios, os medicamentos eram liberados em sua corrente sanguínea, e em geral isso o fazia cair em sono profundo. Por isso, ficara inconsciente na maior parte das últimas duas semanas. Esta breve conversa já constituía um dos períodos mais longos em que estivera acordado, e Quin considerou isso um bom sinal. Os médicos haviam dito que sua recuperação seria assim: lenta no princípio e, então, inesperadamente acelerada.

– Você está recusando drogas? – perguntou ela astutamente.

Shinobu se aproximou das substâncias ilícitas em Hong Kong, mas desde então largou esse hábito.

– Você está cheio de surpresas hoje, Shinobu MacBain.

Ele não riu, provavelmente porque doeria. Mas a puxou para perto com a mão sem a agulha do soro. Quin se ajeitou na cama estreita e seu olhar instantaneamente percorreu o cômodo. Era grande, mas não tinha muita mobília, a não ser pela cama, os equipamentos médicos e a cadeira onde Quin andava morando. Seus olhos se fixaram na janela grande acima da cadeira. Eles estavam em um andar alto do hospital e, através do vidro, dava para ter uma vista panorâmica da noite londrina. O Hyde Park estava visível ao fundo, e as luzes de emergência ainda erguiam-se sobre a carcaça quebrada da Traveler.

Shinobu encostou seu ombro no dela e a trouxe de volta para si. Os pensamentos de Quin se concentraram no diário em seu bolso. Talvez ele estivesse desperto o suficiente para vê-lo.

– Precisamos falar sobre algumas coisas, Quin – sussurrou –, agora que estou acordado. Você me beijou na nave.

– Pensei que *você* tivesse me beijado – respondeu ela, com uma leve provocação.

– Beijei – afirmou ele, suspirando.

Aquele beijo... Ela o reprisara nos pensamentos centenas de vezes. Beijaram-se e abraçaram-se durante todo o pesadelo que fora a colisão rodopiante da Traveler. E foi acertado. Eram tão próximos quando crianças. E continuaram próximos durante o treinamento de Seeker, mesmo quando John se mudou para a casa, modificando a dinâmica de suas vidas. Mas só quando se reencontraram em Hong Kong, pessoas diferentes e mais velhas, que ela viu o que ele realmente era: não só um velho amigo, mas sua outra metade.

– É muito estranho, nós dois? – perguntou ela, antes que mudasse de ideia.

Ela estava na dúvida sobre esse novo território desconhecido da intimidade.

– É muito estranho – responde ele imediatamente.

Quin não gostou nem um pouco da resposta dele, mas Shinobu puxou a mão dela para o seu peito antes que pudesse responder, beijou a palma e sussurrou:

– Já faz tanto tempo que eu queria estar com você... e agora você está aqui.

As palavras e o peso da sua mão a encheram de ternura.

– Mas... e todas aquelas garotas de Corrickmore... – disse ela.

A vida de Shinobu sempre foi repleta de muitas garotas. Ele nunca lhe dera a impressão de estar esperando por ela.

– Eu tinha esperança de que elas fossem deixar você com ciúmes, mas você nunca reparava – disse ele, mas sem amargura, estava simplesmente abrindo seu coração. – Você só tinha olhos para John.

Ela respondeu com delicadeza:

– Você cuidou de mim, mesmo assim. Quando John atacou a casa... e em Hong Kong... na Traveler... Você está sempre cuidando de mim.

– Porque você é minha – sussurrou ele em resposta.

Ela olhou para o rosto dele e notou um sorriso sonolento surgir. Ele aproximou a mão dela do seu coração e a manteve ali. Ela, então, se virou na direção dele na cama, pensando que talvez estivesse na hora de beijá-lo de novo...

– Ai! – exclamou ele.

– O que aconteceu? Eu...

– É... no seu quadril.

– Desculpe! É o athame.

Quin se afastou e tirou a adaga de pedra do esconderijo na cinta, onde havia pressionado o quadril de Shinobu.

– Ah, aí está! – disse ele, pegando o utensílio ancestral das mãos dela. – Deitado aqui, meio dormindo, tenho pensado muito nisso. Ou talvez tenha sonhado.

O athame tinha mais ou menos o comprimento do antebraço dela e era bastante cego, apesar do formato de adaga. Seu punho era composto por vários anéis, todos feitos da mesma rocha clara, chamados de mostradores. Esse athame pertencia especificamente aos Pavores. Após a colisão da Traveler, a Jovem Pavor o entregou para Quin. Era um pouco diferente dos outros athames que ela e Shinobu viram durante o treinamento para Seeker, mais delicado e também mais complicado.

Shinobu girou os mostradores da adaga de pedra com a facilidade de quem já tem prática e o tubo intravenoso balançou quando a adaga escorregou da sua mão esquerda.

– Este aqui tem mais mostradores para que se possa chegar a locais mais específicos do que dá com outros athames, não acha?

Quin assentiu. Passara horas na tranquilidade do quarto de hospital examinando o athame. Assim como em todos, vários símbolos estavam gravados em cada mostrador. Ao girar os mostradores, é possível alinhar esses símbolos para formar inúmeras iterações. Cada combinação é um conjunto de coordenadas, um lugar para onde o Seeker pode se transportar usando esta ferramenta ancestral. Os mostradores extras dessa adaga permitiam que o lugar de destino fosse escolhido com muito mais precisão. Durante a batalha na Traveler, os Pavores a usaram para entrar na nave em movimento. Foi um grande feito, que jamais teria sido possível com qualquer outro athame. Nenhum, a não ser o athame dos Pavores, consegue acessar um local em movimento.

Ao ver Shinobu observando a adaga com tanta atenção e girando os mostradores tão ligeiramente, Quin decidiu que não havia razão para esperar: ele estava alerta o bastante para escutar mais. Ela puxou o livro com capa de couro do seu casaco e mostrou para ele.

– Isto é...? – perguntou ele.

– Chegou esta tarde.

Era uma cópia do diário que pertencera à mãe de John, Catherine. Quin já tivera o original, quando ela e Shinobu caíram de paraquedas na Traveler naquela noite insana duas semanas atrás. Mas o perdera, ou melhor, John o pegara durante o confronto frenético na nave.

O que Quin estava segurando era uma cópia que fizera em Hong Kong algumas semanas atrás, antes de vir para Londres. Sua mãe, Fiona, estivera com eles durante a colisão da Traveler e também depois no hospital. Ela voltara para Hong Kong por alguns dias e a primeira coisa que fez ao chegar lá foi enviar a cópia do diário para Quin. Ela até o encadernou com couro, transformando em um diário propriamente dito, uma cópia fiel em tamanho e formato do original de Catherine.

Quin passou as páginas enquanto Shinobu espiava por cima do seu ombro.

– Algumas coisas são tão antigas que não consigo ler direito, mas as partes que dá para ler são sobre as diferentes famílias de Seekers.

– Famílias além das nossas?

– Sim, mas as nossas também são citadas – respondeu ela.

Quando Quin e Shinobu eram crianças na propriedade escocesa, sabiam – em teoria – que já existira muitas outras famílias de Seekers. Mas só conheciam os membros dos seus clãs: o de Quin, cujo emblema era um carneiro, e o de Shinobu, cujo emblema era uma águia. Sabiam que John vinha de outro clã. Mas a família dele já se desfizera e muitos desapareceram antes da sua geração, portanto ela e Shinobu nunca deram qualquer atenção para os ancestrais dele ou de ninguém. O pai de Quin, Briac, havia inclusive removido as insígnias das demais casas da propriedade.

Outras famílias de Seekers pareciam história antiga. Faziam parte dos velhos contos que o pai de Shinobu lhes contava quando crianças, histórias sobre Seekers que destronaram reis terríveis, perseguiram assassinos, enxotaram criminosos das terras medievais e foram a força por trás de vários feitos ao longo da história. *Se...*, pensou Quin, irritada, *alguma dessas histórias fosse verdade...* Eles cresceram acreditando que Seekers eram nobres, mas Briac mudou toda essa percepção. Ele usou suas ferramentas ancestrais e habilidades antes honráveis para transformar Seekers em nada além de assassinos de aluguel, recebendo dinheiro e trocando seus serviços por poder. Quin não podia deixar de se perguntar: *Há quanto tempo tem sido assim?*

– Sabemos que Catherine e John pertenciam ao clã da raposa – disse ela, virando as páginas até achar a que tinha a ilustração simples e elegante de uma raposa no topo.

Abaixo da figura havia parágrafos escritos à mão com uma caligrafia caprichada e pequena, tipicamente feminina.

– Estas anotações são sobre antigos membros do clã da raposa – explicou Quin, passando o dedo pela lista de nomes, datas e locais. – Catherine estava escrevendo sobre seus avós e ancestrais. Tentava fazer um registro de onde se encontravam e para onde tinham ido.

– Ela? Você quer dizer a mãe de John, Catherine? – perguntou Shinobu.

Quin assentiu.

– Esta é a letra dela. Está vendo?

Ela voltou para as páginas iniciais do diário. Sob a capa havia uma página em branco, a não ser por uma pequena inscrição com a mesma letra:

Catherine Renart, uma viajante.

– Uma viajante?

– É o que está escrito. A caligrafia está no diário todo. Embora as de vários outros também estejam nos primeiros registros.

– Então... você recebeu esse livro há algumas horas e a primeira coisa que fez foi checar a família de John? – perguntou ele e, para amenizar o tom de suas palavras, encostou de leve a cabeça na dela por cima do travesseiro.

Quin revirou os olhos e lhe deu uma cotovelada suave.

– É, porque eu ainda estou apaixonada por ele. Obviamente.

– Eu sabia – sussurrou ele.

Shinobu a puxou para perto. Quin pensou em fechar o diário, mas Shinobu o observava atentamente e ela queria que ele o visse enquanto sua mente estivesse alerta, antes que dormisse de novo.

– Li sobre a família de John primeiro porque a mãe dele tem as melhores anotações sobre o próprio clã – explicou ela, tentando ignorar, por enquanto, todos os pontos onde sua perna, seu braço e seu ombro encostavam em Shinobu.

– Mas parece que há muito tempo Catherine já vinha tentando fazer um registro das famílias de Seekers. Ela queria saber para onde todos tinham ido.

– E para onde foram? – perguntou Shinobu.

– Essa ainda é a pergunta que não quer calar. – Quin folheou o diário. – Quando eu terminar de ler tudo, talvez tenhamos algumas respostas.

– Quin.

Shinobu se esforçou para se sentar, mas acabou desistindo e se deitou de novo. Ele pegou a mão dela outra vez e a encarou seriamente.

– Quin, o que você está fazendo? – perguntou ele.

Ela olhou para o diário e o fechou.

– Achei que deveríamos seguir...

– Não somos mais aprendizes de Seeker – disse ele. – Escapamos do seu pai e de John. Quando eu sair do hospital, não precisamos ser mais nada. Podemos ir para algum lugar juntos e simplesmente *ser*.

Quin ficou quieta por um instante, pensando sobre tudo isso. Aquele futuro simples parecia encantador quando a proposta partia de Shinobu. Ele apoiara o athame no peito, protegendo-o com a mão esquerda. Quin colocou a própria mão por cima, sentindo o frio da pedra e o calor da mão dele. Por que não podiam ir para algum lugar e simplesmente viver como pessoas comuns? A vida deles como Seekers nunca seria como esperavam que fosse quando eram crianças; aquele futuro não passara de uma mentira. Então, por que não se tornar outra coisa?

Mas ela já sabia a resposta.

– A Jovem Pavor me deu esse athame para que eu o guardasse... Por algum tempo, pelo menos – disse Quin. – Ela queria que ficasse comigo.

– Isso não significa que devemos usá-lo – respondeu ele, cauteloso.

– Acho que talvez sim.

Ele a observou demoradamente e, depois, perguntou:

– O que você quer fazer, Quin?

Shinobu parecia cansado, mas seus olhos exibiam a intensidade que lhe era peculiar. Quin entendeu que, não importava o que dissesse para ele, teria sua lealdade incondicional, como sempre.

– Fui criada para ser Seeker – sussurrou ela. – Uma Seeker de verdade. Que encontra caminhos escondidos, que acha o caminho *correto* e conserta as coisas.

– Temei, tiranos e malfeitores... – murmurou Shinobu. Esse já fora o lema dos Seekers, assim como o mantra de Quin e Shinobu quando eram aprendizes. – Eu queria que isso fosse verdade.

Quin folheou as páginas do diário até chegar à última, onde Catherine escrevera as três leis dos Seekers:

É proibido a um Seeker tomar o athame de outra família.
É proibido a um Seeker matar outro Seeker, exceto em legítima defesa.
É proibido a um Seeker fazer mal à humanidade.

Eram leis que o pai de Quin nem sequer se preocupara em lhe ensinar. Ela aprendeu um tempo depois, com a Jovem Pavor. No entanto, esse era o código original dos Seekers e quebrá-lo já foi um crime passível de morte.

– Já foi verdade – murmurou ela, traçando as palavras com os dedos. Ela se lembrou de uma tarde perto da fogueira, quando a Jovem Pavor, Maud, contou sua história. – Houve muitos, muitos Seekers bons. Agora, meu pai mata quem ele bem quiser por dinheiro. E John acha que está lutando pela honra da sua família, mas está disposto a ser um assassino assim como Briac.

– Sim – concordou Shinobu.

– Então, quando foi que os Seekers se tornaram iguais a Briac? E, se havia mais de nós, para onde foram?

Ela folheou as primeiras páginas do diário. Nessa parte, a caligrafia era antiga, tão espremida e manchada de tinta que Quin mal conseguia distinguir o que estava escrito, exceto pela palavra "Pavor", que aparecia com frequência. Essas primeiras páginas eram, ao que tudo indicava, cartas e recados escritos por outros em um passado distante, que Catherine colou ali.

– A primeira metade parece ser sobre os Pavores, mais próxima dos primórdios dos Seekers. Em seguida, são as anotações de Catherine, sua busca por outros clãs de Seekers, mapeando para onde eles poderiam ter ido.

– Você acha que o diário vai te levar para o ponto onde nós erramos? – perguntou ele, adivinhando exatamente seus pensamentos.

– Quero descobrir onde começaram estes Seekers desonrados.

Shinobu deslizou o dedo pela lateral da adaga de pedra como se a medisse, ou talvez apenas contemplasse tudo o que ela representava. Então, murmurou:

– Para que você possa consertar o que não está certo?

– Isso – disse ela. – Se for realmente possível.

Ela sentiu Shinobu concordando com a cabeça encostada na dela, mas percebeu que a energia dele já estava esmorecendo.

– Quero isso também – disse ele.

Ela fechou o diário e o colocou sobre o peito dele. Por cima do livro, a mão dele cobria a dela e sua pele estava quase febril. A conversa demorada o deixou extenuado.

– Lembra-se de onde começou a *nossa* história? – murmurou ele, perto da orelha dela.

– Lembro – respondeu ela com doçura. – Foi no campo da propriedade. Você me beijou lá quando tínhamos nove anos.

Os olhos dele estavam entreabertos, mas no seu rosto surgiu um sorriso e Quin sentiu o olhar sonolento dele fixo nela.

– Achei que você não se lembrasse disso.

– Naquela época eu achava nojento beijar.

– E o que você acha agora?

Ela sentiu um sorriso repuxando sua própria boca.

– Eu poderia dar outra chance.

Shinobu passou o braço por baixo dela e a puxou para perto. Os lábios de Quin tocaram os dele e ela se deu conta de que passara as duas últimas semanas esperando por isso. Ele se virou para colocar o outro braço em volta dela, mas gritou de dor.

– Shinobu?

Seus braços murcharam e sua cabeça caiu de volta no travesseiro. Quin levou um tempo para entender que o reservatório de analgésico no seu abdômen liberara uma dose quando ele se virou para ficar de frente para ela. Ele estava ali deitado ao seu lado, com os olhos fechados, um sorriso nos lábios e um dos braços ainda preso debaixo dela.

Quin encostou a cabeça na dele e riu baixinho.

– Desculpe.

Era tarde e ela já estava acordada fazia muito tempo. Depois de guardar o diário e o athame, um no casaco e o outro na cintura, ela se aproximou dele e deixou seus olhos se fecharem também.

CAPÍTULO 2

QUIN

John estava lá, no sonho de Quin. Ele estava tão nítido ali, parado de frente para ela. Não poderia ser um sonho, poderia? Ela via cada detalhe do seu rosto e do seu corpo delineados pela luz da lua.

Fazia frio. Estavam do lado de fora. A respiração dele condensava no ar. E ela mesma sentiu o calafrio profundo, penetrando cada músculo do seu corpo. Ainda assim, de alguma forma, ela conseguia ignorar o desconforto, como se importasse tão pouco que pudesse fingir que não estava sentindo aquilo. John também desconsiderava o ar gelado; ele vestia apenas uma camiseta fina e uma bermuda, e não estava tremendo.

Ele estava a uma distância considerável de Quin, que, no entanto, ainda conseguia distinguir um pequeno ferimento perto do ombro dele, como se seus olhos vissem em sonho muito além do que podiam na vida real. *Briac o baleou na nave*, lembrou ela. *E foi ali que o tiro o acertou*. Ela tinha um ferimento muito parecido, causado pelo próprio John quando ele atacara a propriedade escocesa com todo mundo lá.

Perguntava-se por que não sentia ódio ao olhar para John. Ele atacara e machucara tantas vezes não só ela, mas quem ela amava, só para conseguir o que queria. Mas, no seu sonho, se é que era mesmo um sonho, ela não sentia ódio nem amor, apenas tolerância.

John começou a correr enquanto ela jogava objetos nele, seus braços se movendo com tamanha rapidez que seu raciocínio quase não acompanhava. Ela sentia os músculos respondendo aos seus comandos mentais feito um raio, jogando um objeto depois do outro com rapidez e força que nunca tivera na vida...

– Ele mentiu para nós – disse uma voz de criança vinda de algum lugar nas redondezas. – Nosso mestre não está aqui.

– O athame dele está aqui! – sibilou uma voz diferente próxima ao rosto de Quin. – Olha! Como pode?

– Você vai pegá-lo?

Um cheiro que lembrava roedores mortos invadiu o nariz de Quin.

Seus olhos rapidamente se abriram. Ela estava deitada na cama do hospital ao lado de Shinobu e havia mais alguém ali, curvando-se por cima dela. Mãos sujas escorregavam na direção do cós da sua calça.

Os braços de Quin se ergueram assim que ela percebeu o que estava acontecendo, empurrando o intruso para longe. Ele cambaleou para trás, mas logo se jogou sobre ela novamente. Quin o segurou pelos ombros para mantê-lo longe enquanto as mãos dele ainda tentavam arrancar algo de sua cintura.

– Devolva! – sibilou o agressor, e com sua proximidade Quin sentiu novamente o cheiro de animais mortos.

Ele queria o athame. Ela o escondera na cintura logo antes de dormir ao lado de Shinobu, mas o cabo continuava visível e o intruso estava prestes a pegá-lo.

Ela empurrou com força os ombros dele, ficando a uma distância segura.

– Pare! – disparou o sujeito.

Ele era forte. Mudou de tática e atacou o pescoço dela.

Era mais novo do que ela achara a princípio. Tinha cerca de quinze anos e olhos cruéis e brilhantes da cor de carvão, com cabelo tão opaco que poderia ser castanho-escuro, mas parecia cinza de tão sujo. Seus dedos arranhavam o pescoço dela, que lutava para se livrar dele.

Quin vasculhou o quarto para ter o cenário completo do ataque. Havia mais alguém ali. Um menino mais novo que o primeiro, de uns doze anos, dançava de um pé para outro na luz baixa da noite, esperando sua chance de ajudar. Parecia louro e sardento, mas tão sujo quanto o parceiro.

O mais velho jogou seu peso nos braços de Quin e suas mãos escorregaram direto para o pescoço dela. Ele a olhou com raiva e euforia, como se enforcar pessoas fosse um dos seus passatempos prediletos e ele mal pudesse esperar para começar. Sorriu, revelando seus dentes pretos, imundos.

Quin escorregou de lado, tentando não esbarrar em Shinobu, que continuava dopado ou dormindo. Seus pés saíram da cama, giraram no ar e se chocaram no peito do adolescente. Ela o chutou com tanta força que ele acertou o suporte do soro e caiu no chão levando tudo junto. Ela rapidamente ficou de pé.

– Shinobu! – sussurrou Quin.

Com um movimento ligeiro, puxou sua espada-chicote do esconderijo embaixo da blusa e a estalou no ar. Girou o punho para dar a forma de uma espada longa e larga para a sua arma, e o material preto e oleoso tomou forma e se solidificou.

O menino mais novo, o sardento, se jogou em cima dela e deu para trás assim que ela brandiu a arma na direção do seu rosto. Nenhum dos dois pareceu surpreso com sua espada-chicote.

– O quê? – resmungou Shinobu e coçou a área da sua mão onde deveria estar o soro, se não tivesse sido arrancado quando o suporte caiu.

O menino menor puxou uma arma e Quin ficou chocada ao ver, embora um pouco tarde, que ele também tinha sua espada-chicote. Ela levantou sua espada para bloquear o ataque, mas nem sequer o freou. De alguma forma, a espada do menino escapou da sua. Ela recuou com o braço cortado logo abaixo do cotovelo.

– Rá, rá! – disse o menino, tropeçando ao recuar enquanto tentava escapar de Quin, que o atacava novamente.

O mais velho ergueu-se, cambaleante. Eles tinham espadas-chicote. Seriam Seekers? Quin achava que não: seu estilo de luta era ousado, mas muito selvagem. E estavam tão sujos e desgrenhados. No entanto, o que ela poderia realmente saber sobre outros Seekers? Seu pai escondera até mesmo a existência deles.

Quem quer que fossem esses meninos, suas habilidades eram inesperadamente boas. Após uma breve avaliação, Quin decidiu que eles não eram melhores do que ela. Quin seria melhor do que os dois, mais cedo ou mais tarde. Mas Shinobu estava deitado sem qualquer proteção na cama do hospital, onde poderiam machucá-lo se quisessem. Ela precisava acabar rapidamente com essa luta.

– Socorro! – gritou ela ao se aproximar da porta. – Socorro!

Shinobu se apoiou em um cotovelo, piscando sem parar, tentando entender o que estava acontecendo. Quin torceu para que os meninos não reparassem na presença dele.

Os dois agressores a seguiram enquanto ela se aproximava da porta. Quando avançaram simultaneamente, ela entendeu por que a espada-chicote do menino escapara da sua: as armas dos meninos tinham metade do comprimento habitual. Mesmo mais finas e totalmente esticadas, como estavam agora, as espadas não eram mais longas do que o antebraço de Quin, nem suas pontas eram tão afiadas quanto poderiam ser. Pareciam espadas-chicote cortadas ao meio, sem qualquer elegância.

– Então, vocês têm uma espada-chicote juntos? – perguntou ela enquanto manuseava sua arma com movimentos amplos e velozes para bloquear os dois. – São duas metades da mesma espada? Vocês também são metades da mesma pessoa? – continuou ela, falando alto, como se fosse uma guerreira que gostasse de fazer isca dos seus oponentes, quando na verdade estava tentando acordar Shinobu e a equipe do hospital do outro lado da porta ao mesmo tempo que mantinha os olhos dos meninos focados nela. – Se são metades da mesma pessoa, será que pelo menos um de vocês não poderia aprender a se limpar?

O mau odor dominava o quarto.

– Pelo menos não somos nenhuma ladra – disse o pequeno, dando um sorriso sinistro para mostrar os próprios dentes sujos, que, assim como os do menino mais velho, pareciam besuntados com fuligem. – Passe para cá o athame que deveria estar com nosso mestre!

O mais velho a atacou com uma destreza terrível, mas a arma de Quin, por ser maior, reagiu rapidamente aos golpes dele, que foi se esparramar de volta junto ao seu parceiro.

Ela girou em direção à porta.

E deu de cara com seu pai, que a encarava de volta.

Briac Kincaid estava escondido na alcova escura da entrada do quarto, bloqueando a porta fechada e empunhando a própria espada-chicote. Várias fagulhas multicoloridas dançavam em volta da sua cabeça.

Fagulhas.

Antes que ela pudesse pensar muito, Briac estalou a espada-chicote e a brandiu.

Quin vacilou.

E então os dois meninos a atacaram por trás. Sua hesitação lhe custou um momento importante...

Uma bandeja de metal acertou a cabeça do menino mais velho, que cambaleou para longe. Shinobu estava ali, arrastando o tubo de soro pelo braço esquerdo com uma longa sequência de nós. Ele acertou novamente o mais velho com a bandeja, dessa vez na têmpora, derrubando-o no chão. O menor revidou com sua metade da espada-chicote e Shinobu usou a bandeja como escudo, que ressoava ao som de cada pancada do menino. Quin só podia imaginar a quantidade de narcóticos que estava sendo bombeada na corrente sanguínea de Shinobu a cada impacto.

Ela viu a espada do pai se aproximar e girou para confrontar o golpe. Briac continuava bloqueando a porta. Gritos abafados vinham do outro lado: a equipe do hospital estava tentando entrar.

– Esposa burra! Fiona! – berrou ele. – Devolva o athame para mim!

Se já era estranho ver seu pai ali, era ainda mais estranho escutá-lo falando com ela daquela forma.

Shinobu acertou bem no rosto do menino mais novo com a bandeja, derrubando-o, mas o próprio Shinobu desmoronou também.

Quin tomou uma decisão rápida. Pulou para longe do seu pai, que parecia colado na porta, e agarrou Shinobu pela camisa. Arrastando-o pelo quarto, posicionou a cama entre eles e os agressores. A janela estava logo às suas costas.

Os meninos, equilibrados sobre os joelhos e as mãos, tinham dificuldade para se levantar para o próximo ataque. Obviamente, tinham quase perdido os sentidos de tanto apanhar.

– Detenha eles! – disse ela para Shinobu, que estava tentando ficar ereto. – Faça o seu melhor.

Os funcionários do hospital esmurravam a porta, mas Briac conseguiu mantê-la fechada.

Quin sacou o athame da sua cintura.

– Não se atreva! – Um grito emanou do menino mais velho assim que viu o athame. Ele estava de joelhos e balançava a cabeça como se tentasse colocá-la no lugar. – Não use o athame! Você não tem permissão!

– Não consigo ficar de pé – disse Shinobu.

Ele estava tombando para o lado.

– O implante está te dopando – sussurrou ela. – Mas a adrenalina pode anular os efeitos. Pense em lutar contra eles!

Os mostradores do athame eram diferentes dos que ela estava acostumada. Mas os ajustou da melhor forma que pôde.

Os dois meninos já estavam de pé. Shinobu se equilibrou e, cambaleante, chutou as travas que seguravam as rodas da cama. Em seguida, empurrou a cama na direção dos meninos.

Quin estalou sua espada-chicote, deixando-a curta e espessa. Depois se virou e acertou a janela, que se estilhaçou, liberando a entrada do ar fresco da noite no quarto.

Ela pressionou um dos lados da lâmina do athame com o polegar e um pedaço longo e esguio de pedra se soltou com um clique. Era a vara de relâmpago do athame, seu complemento e parceiro necessário, o objeto que daria vida à antiga adaga.

Ela atingiu o athame com a vara de relâmpago e uma vibração profunda e penetrante encheu o ar. Os móveis começaram a tremer. Os murros na porta pararam assim que a vibração se espalhou para além dos limites do quarto do hospital.

– Pare! – gritou o menino mais novo, se segurando na cama para se levantar. – Isso não é seu! Você é uma ladra!

Quin esticou o athame trêmulo para fora da janela quebrada e desenhou um grande círculo no ar abaixo do parapeito. Quando ela riscou a forma, o athame cortou a matéria do mundo com a mesma facilidade que uma barbatana corta o oceano. No traçado, foram expostas gavinhas de sombra e luz que se enroscaram para criar um portal, uma anomalia que zumbia com energia. Através do portal, havia a escuridão.

– Suba aqui!

Ela empurrou Shinobu pela janela aberta, mesmo sem olhar para a vista. Ela estava ficando tonta só de imaginar a queda de quarenta andares.

A porta balançou atrás de Briac, sob os novos ataques vindos do lado de fora. Quin viu seu pai se esforçando para mantê-la fechada.

Shinobu subiu na janela com dificuldade. Quin, por baixo, o ajudou a se equilibrar.

– Já recuperou o equilíbrio? – perguntou ela, evitando pensar na queda até o chão.

– Sim, estou bem – murmurou ele.

Então, inclinou-se para a frente e caiu diretamente na anomalia. Quin sentiu um nó no estômago ao vê-lo mergulhar. Em seguida, ela mesma pulou na janela quebrada. As ruas de Londres lá embaixo pareciam oscilar para um lado e para outro.

Tenho medo de altura, percebeu ela. *Não, tenho pavor!* Era um medo novo e completamente inconveniente naquele momento.

O menino mais velho rolava pelo quarto, indo na direção dela. Seus olhos escuros estavam furiosos.

– Vou colocar você no seu lugar! – gritou ele.

Houve um grande barulho, e os dois garotos se viraram para a porta do quarto. Briac tinha sido afastado, e guardas uniformizados entravam. Quin se virou para a noite e, por um breve momento, observou as luzes infinitas de Londres à sua frente e aos seus pés. Então, a vista tremeluziu e seu estômago revirou. Ela mergulhou no ar frio, caindo pela anomalia que ela traçara daqui para *Lá*.

CAPÍTULO 3

SHINOBU

Os medicamentos faziam Shinobu flutuar. Ele escorregara para fora da janela e conseguira cair no lugar certo, atravessando a anomalia com o corpo inteiro. Agora, ele estava *Lá*, longe da escuridão amplamente iluminada da noite londrina e rodeado por essa outra escuridão, mais negra e infértil.

Ele deveria evocar o cântico do tempo para manter o foco.

Conhecimento de si, conhecimento de..., começou ele. O que vinha em seguida?

– Quin? – chamou ele, com a voz rouca.

– Estou aqui – respondeu ela, segurando no ombro dele. Essa sensação ajudava um pouco. – Segure-se em mim – sussurrou. – Estou um pouco tonta.

Shinobu estava mais do que um pouco tonto, mas subiu pelos braços de Quin até seu ombro e se segurou ali. Essa posição o lembrava do último momento que eles passaram no topo do arranha-céu em Londres, afivelados juntos, logo antes de pularem de paraquedas para a Traveler. Ele deixara o amigo Brian na cobertura do prédio. Shinobu imaginou Brian sozinho enquanto o prédio balançava suavemente sob seus pés, sem saber o que teria acontecido com Shinobu depois que saltaram.

Agora, na escuridão, ele quase escutava Brian dizendo: "Para onde você foi, Barracuda? Tive que chegar a Hong Kong por conta própria."

Piscando para conter os efeitos dos medicamentos, Shinobu queria responder: "Não sei exatamente onde estou, Robalo."

Mas ele logo descobriu. Pela escuridão, via o contorno do rosto dela na luz fraca do athame que ela carregava. Esse athame, o athame dos Pavores, brilhava mais intensamente do que os outros que ele já vira e sua vibração era muito mais forte, como se tivesse e disparasse mais energia do que qualquer outro.

Recite o cântico!, disse para si. *Antes que seja tarde demais.*

Conhecimento de si, foi o que ele conseguiu.

– *Conhecimento de si* – murmurava Quin perto dele –, *conhecimento de casa, uma noção clara de onde vim, para onde vou, e a velocidade do que há entre vão garantir meu retorno a salvo. Conhecimento de si...*

Shinobu esperava que estas palavras fizessem a mente de Quin focar no fluxo de tempo que haviam deixado para trás, para que ela não se perdesse *Lá*, onde o tempo não existia de verdade, para que ela pudesse puxá-los para o outro lado, porque ele não estava conseguindo contribuir.

O ar à sua volta não soava bem. Era como se ele estivesse, ao mesmo tempo, em uma pequena cabine à prova de som e em uma enorme caverna. Quin o soltou por um instante e ele já estava perdido a ponto de pensar que ela se fora para sempre. Até que ele viu seus dedos se mexendo ao longo dos mostradores do athame. Ela estava bem ao lado dele.

– Para onde vamos? – perguntou ele, com uma voz aguda e arrastada.

Há quanto tempo estavam ali? Instantes? Horas?

– Hong Kong – sussurrou ela. – Espero que eu esteja escolhendo Hong Kong.

Eu deveria respirar, pensou ele. *Estou respirando?* Ele inalou de forma irregular. Escutava o ruído baixo dos mostradores do athame entrando em posição, mas os sons agudos chegavam aos seus ouvidos feito batidas distantes e lentas. O tempo estava passando mais lentamente. Houve outra vibração, desta vez grave e retumbante.

A mão dela estava embaixo do braço dele. *Quin, você está encostando em mim*, pensou ele. Aquilo era suficiente no momento para afastar o medo. Sua proximidade era uma âncora na escuridão, trazendo-o de volta para si mesmo. O tempo acelerou quando ela traçou outra anomalia no ar. A escuridão se dissipou, serpentes de luz e sombras se enroscaram para formar o contorno de um novo portal circular, que expelia energia da escuridão à volta deles para o mundo além.

Havia árvores e um céu matutino lá fora. De uma só vez, ele viu Quin nitidamente, seus olhos e cabelo escuros, seu lindo e pálido rosto, e os lábios que o beijaram logo antes que ele caísse no sono.

– Você consegue andar? – perguntou ela, puxando-o para além da borda borbulhante.

– Claro – respondeu Shinobu, e imediatamente caiu no chão.

CAPÍTULO 4

JOHN

Eles já haviam varrido os escombros para fora do pátio do castelo, e John estava de pé em um dos cantos, encarando a Jovem Pavor. Ela estava no meio do pátio, encarando-o de volta, o corpo completamente inerte.

Já passava da meia-noite. A lua baixa no céu parcialmente nublado fazia sombras longas e escuras no chão e nas ruínas que restavam do castelo desmoronado.

E fazia frio. A temperatura não estava tão baixa a ponto de congelar, mas ficava perto disso.

A Jovem Pavor, ou Maud, como agora permitia que ele a chamasse, ordenara a John que tirasse as roupas de baixo e os sapatos. Toda vez que ele começava a se sentir ligeiramente confortável com a rotina de treinamento, Maud encontrava uma forma de deixá-lo desconfortável de novo. Sua respiração saía em forma de nuvens bufantes enquanto esperava o primeiro comando. Mas ele não tremia. Nas últimas semanas, ele aprendera a se concentrar tão bem que era capaz de impedir seu corpo de tremer de frio, pelo menos por algum tempo.

Contrariando todas as expectativas, a Jovem Pavor o procurou depois da batalha na Traveler, e disse que ele completaria seu treinamento de Seeker. Quando Briac se recusara a continuar com o treinamento, John tentara forçar Quin a ajudá-lo, mas a única coisa que conseguiu foi machucá-la e aos outros. Ele estava preparado para machucar, até mesmo para matar, se fosse realmente necessário. *Você não deve ter medo de agir*, dissera sua mãe tantos anos atrás, ao morrer bem na sua frente. *Esteja disposto a matar.* No entanto, era ainda melhor não ter que ir atrás de Quin. A Jovem Pavor lhe oferecera uma alternativa.

Em troca, ela pedira que ele se dedicasse integralmente ao treino. E era isso que ele planejava fazer, provando que era um excelente aluno. Tinha dezoito anos, era mais velho do que os aprendizes de Seeker costumam ser. Era sua chance de finalmente aprender a usar um athame e se tornar o homem que sua mãe quisera que ele fosse.

O ferimento abaixo do ombro esquerdo, onde Briac o acertara na Traveler, latejava dolorosamente, mas já estava quase curado, graças ao melhor tratamento médico que a fortuna do seu avô conseguia comprar. Isso era bom, porque Maud não aceitava dor como desculpa para um desempenho ruim.

A Jovem Pavor também estava vestida de forma parecida com John: uma camiseta larga e calça curta e simples marcando seu corpo magro e longilíneo. Não importava quanto exigisse de John, ela era ainda mais exigente consigo mesma. Ele via os músculos esguios dela delineados pela sombra. Ela, é claro, também não tremia. Exercia tamanho controle sobre seu corpo que John achava que ela congelaria até a morte antes de se permitir tremer. Ele já entendera que ela preferia o desconforto, era o que a deixava aguçada.

O cabelo de Maud estava preso e os planos joviais do seu rosto pareciam tanto terríveis quanto esplêndidos à luz da lua, como a estátua de uma deusa vingadora no patamar do salto para a vida.

Aos seus pés havia uma pilha de objetos: pedras, ferraduras enferrujadas, amontoados de sujeira, pedaços de velhas armas quebradas. Fazia dias que eles vinham coletando esses itens, vasculhando a propriedade logo no início do treinamento dele. E agora a Jovem Pavor está usando sem parar tudo isso contra ele.

Ali no chão, perto da pilha de objetos, estava o despedaçador de John. Maud o deixara no sol durante o dia inteiro para que armazenasse energia. Agora, o metal incandescente reluzia sob o brilho da lua, e quase parecia bonito, sendo que, na verdade, era uma arma designada especificamente para instaurar o horror. Parecia um pequeno canhão de cano largo, com aproximadamente vinte e cinco centímetros de diâmetro, coberto por centenas de aberturas minúsculas. Quando afivelado ao peito do usuário e disparado, uma profusão de fagulhas elétricas é ejetada por esses buracos para cercar a cabeça da vítima. E se essas fagulhas alcançam alguém que não consiga sair do caminho, distorcem seus pensamentos e destroem sua mente. E então a pessoa é *rompida*.

John sabia que a Jovem Pavor não dispararia o despedaçador na direção dele naquela noite. Ela falara que isso só aconteceria em um estágio mais avançado do treinamento. Mesmo assim, o trouxera para aquela ala do castelo e o deixara por perto, onde ele facilmente poderia ver. O temor do despedaçador fora a causa do fracasso do seu treinamento com Briac Kincaid. Por isso, Maud queria que ele se acostumasse com a presença daquilo. Ele tentou não olhar, mas seu coração acelerava toda vez que seus olhos se fixavam nele. Pensou nas palavras da sua mãe: *Faça o que precisa ser feito*. Ele ia superar esse medo de alguma forma.

– Comece! – gritou a Jovem Pavor.

Com um chute, John colocou os músculos em movimento e começou a correr ao redor do pátio, que tinha pedras por todos os lados, galhos mortos e ruínas do castelo. Ele olhava para a frente, absorvendo tudo em seu campo de visão frontal e periférico sem mover os olhos. Maud lhe ensinara o foco do olhar fixo, que ele passara a usar. Conseguia vê-la pelo canto do olho direito, o corpo dela girando para acompanhá-lo ao progredir, virando-se de forma tão lenta e suave que seus pés não pareciam mexer.

– Agora! – disse ela, em tom de aviso.

Em seguida, começou a jogar coisas nele. Seus braços se mexiam tão rapidamente que ele só via um borrão e logo depois um objeto escuro acelerava em sua direção.

John se esquivou para a esquerda e usou a velocidade para dar uma volta completa quando uma pedra passou assoviando pela sua cabeça e atingiu um rochedo no fundo do jardim.

– Agora! – disse ela, dando outro aviso, e mais alguma coisa escura voou na direção dele.

John pulou em cima de um pedaço de entulho e deu impulso, lançando-se no ar e ganhando altura. Seja lá o que ela tenha jogado – uma ferradura, talvez? –, machucou sua panturrilha. A queda foi feia e ele só sentiu o choque do impacto do objeto quando seus pés tocaram o chão. A dor irradiava pela sua perna, mas ele corria mesmo assim.

A dor não é nada, disse para si mesmo, mantendo os olhos em frente e sua visão fixa. *A dor não é nada. Minha mãe passou por coisa muito pior. Minha avó me mostrou coisa muito pior...*

Maud não ia chamá-lo de novo, portanto o próximo objeto não seria avisado. Ele estava fazendo a curva na extremidade ao sul do jardim quando viu mais um lampejo de movimento. Jogou-se no chão e rolou enquanto uma grande rocha acelerava pelo ar. Antes que voltasse a ficar de pé, veio outra. Pulou para cima, e quase não puxou as pernas a tempo. Em seguida, mais um objeto, depois outro.

– Muito bom! – disse Maud. – Melhorou muito!

John já estava esperto demais para reduzir a velocidade ou olhar para ela. Logo mais outra bateria viria na sua direção.

– Se tivesse ido tão bem assim no seu treinamento com Briac – apontou ela –, não teria precisado trair Quin.

As palavras foram ditas da mesma forma que ela diz todas as coisas: uniforme e constante, no entanto doíam como se ela tivesse lhe dado um tapa. Ela estava tentando distraí-lo e estava funcionando. *Eu não queria traí-la. Eu a amava. Mas ela não me ajudaria.*

Um objeto acertou suas costelas. Era só uma pedra pequena, mas Maud a jogara com tanta força que, por um momento, ele teve a sensação de ter sido baleado. Ele cambaleou para o lado, mas, de alguma forma, conseguiu seguir para a frente.

– Foco! – gritou a Jovem Pavor. – Não olhe para mim.

Ela estava jogando coisas novamente com cada uma das mãos. Na sua visão periférica ele teve a impressão de ter visto ela se inclinar na direção do despedaçador, como se fosse pegá-lo e mirar nele.

Ela não vai fazer isso.

– Sua mãe queria criar um traidor – disse ela, e ele se agachou para desviar de um dos mísseis. – Ela queria que você fosse implacável.

– Não sou um traidor! – berrou John e, fisgando a isca, se virou para ela.

Várias pedras acertaram seu peito, levando-o imediatamente ao chão. A queda na superfície de cascalho foi dura. *Não sou um traidor*, pensou ele com raiva. *E ela só queria o melhor para mim*. Ficou de pé e esfregou o peito, que parecia ter sido golpeado a marteladas.

A Jovem Pavor o encarava do meio do pátio.

– Você foi distraído por mim – disse ela em voz baixa enquanto se aproximava. – Minhas palavras te atrapalharam. Imagine só os pensamentos do despedaçador?

John assentiu, recuperando a compostura com dificuldade. Por que ele reagira à provocação dela?

– Desculpe. Me deixe tentar mais uma vez.

– Chega por esta noite. Você está ferido?

Ele afastou a mão do peito machucado.

– Dor é pouca coisa – disse ele, ecoando as palavras que ela sempre usa com ele.

Ela concordou com a cabeça.

– É só dor.

Mesmo assim, ela o examinou cuidadosamente, da cabeça aos pés. Demorou ao inspecionar o ferimento de bala abaixo do ombro, que estava cicatrizando e à mostra por causa da gola larga da sua camiseta. De perto dava para ele ver a feminilidade do corpo dela e das suas feições, atributos que ficaram em evidência quando eles começaram a treinar com poucas peças de roupa. No entanto, enquanto Maud o inspecionava, não parecia que uma menina o analisava, e sim um aparelho de raios X. Ele desviou o olhar.

– Você é um bom lutador, John – disse ela –, quando não se distrai.

– É o que todos dizem: Briac, Alistair, Quin – murmurou ele. Sua voz revelava a frustração que o perseguira por anos durante seu treinamento na propriedade.

Estava sem ar por causa da corrida e se esforçava para acalmar os pulmões. Ele estava indo tão bem...

– Você se distrai muito facilmente. Com algumas palavras e um gesto na direção do despedaçador, você se perde.

Ela ainda o observava com escrutínio e apertava cuidadosamente os pontos nas costelas feridos pelas pedras. Ficava inquieto quando ela chegava assim tão perto.

Ela terminou repentinamente e deu um passo para trás.

– Pegue o despedaçador – ordenou.

John disfarçou sua má vontade. Foi até o meio do pátio e tirou a arma do chão. Era pesada, quase toda de metal, com um colete de couro espesso que a deixava ainda mais pesada.

– Vista-o – disse a Jovem Pavor.

Ela estava quase no fundo do jardim e o observava com o rosto impassível e a voz imponente. Ele deslizou o colete por cima dos ombros e ajustou o despedaçador no corpo. A base cobria quase todo o peito. Os buracos no cano tinham espaçamentos irregulares e eram de tamanhos diferentes, como se tivessem sido perfurados aleatória e violentamente por alguém perturbado.

Quando as fagulhas cercam sua cabeça, formam um campo despedaçador. O campo distorce seus pensamentos. Você forma uma ideia, mas o campo despedaçador a transforma e a envia alterada de volta para você. Fazia anos que ele escutara estas palavras do pai de Shinobu, Alistair

MacBain, que explicou pela primeira vez o que era o despedaçador para os aprendizes na propriedade. Mas John se lembrava perfeitamente das palavras: *Sua mente se amarrara em um nó, dobrando-se, entrando em colapso. Você vai querer se matar, mas como fazer isso? Até esse pensamento foge do seu controle.*

Na última vez em que John vestira um despedaçador, estava na batalha da Traveler, e o disparou na direção de Briac Kincaid. Sentira uma onda de deleite cruel naquele momento, mas, agora, ao se lembrar de disparar a arma, a lembrança veio acompanhada de uma sensação de pavor. Antes de Briac, ele vira outros serem rompidos: Alistair MacBain e um dos homens de John, Fletcher. Esses foram acidentes, mas não aliviava a culpa. E antes deles John vira a própria mãe ser rompida e mantida viva durante anos por Briac como uma morta-viva torturada. A experiência de John com a arma lhe deixara com mais medo ainda dela. Com o peso do despedaçador no seu peito, ele sabia que estava com a sanidade de mais uma pessoa em suas mãos.

– Dê-lhe vida – ordenou Maud.

– Por quê? – perguntou ele, voltando para a realidade.

Ela manteve o olhar inabalável fixo nele sem dizer nada. O comando estava dado e ela esperava que ele obedecesse.

Ele deslizou a mão pela lateral da arma. De dentro do despedaçador veio um tinido agudo, com volume crescente. Um ruído de estática emanou por toda a arma e John observou um tridente de eletricidade vermelho subir pela sua mão e, em seguida, desaparecer.

A Jovem Pavor se aproximou dele, mas parou na metade da ala.

– Dispare em mim – disse ela.

– Por quê?

O estômago dele foi tomado pela náusea. Não queria atirar nela.

– Dispare em mim.

Seu rosto parecia jovem e antigo ao mesmo tempo, e exibia uma expressão de finalidade: ou ele fazia o que ela estava pedindo ou não seria mais aluno dela.

John deslizou ainda mais a mão pela arma e o tinido ficou mais alto e intenso. Ele mirou nela e disparou.

Mil fagulhas multicoloridas foram ejetadas do despedaçador. Saíram zunindo ferozmente e seguiram na direção da Jovem Pavor. Se a alcançassem, circundariam sua cabeça e ela nunca mais se livraria deles.

– Mexa-se! – gritou ele para Maud, o pânico subindo pela sua garganta.

Mas ela já se esquivara para o lado, saindo facilmente do caminho das fagulhas antes que a atingissem. Elas seguiram e colidiram com a grande rocha no fundo do jardim. Sem encontrar um alvo humano, desapareceram na rocha com explosões de luzes de todas as cores do arco-íris.

A Jovem Pavor diminuiu a distância entre eles, exibindo um semblante tão calmo quanto de costume.

– Você tem medo do despedaçador, mesmo quando o controla.

– Sim – sussurrou ele, com vergonha da verdade nas palavras dela.

– Ele foi feito para isso – disse ela –, mas é uma arma como outra qualquer. Com a prática, pode ser enfrentada. Qualquer coisa pode ser enfrentada.

Ele assentiu, querendo acreditar nisso.

– Se tivéssemos um focal – disse ela –, nos livraríamos do terror e das distrações.

– O que é um... – começou ele, mas Maud ergueu a mão e o interrompeu.

Ela estava ouvindo alguma coisa, embora John não escutasse nada além da brisa distante e fria que percorria as árvores em volta das ruínas do castelo.

– O que é? – perguntou ele.

– Tem alguma coisa acontecendo – disse ela. – Venha.

CAPÍTULO 5

QUIN

Shinobu se chocou em Quin assim que passaram da anomalia para o mundo real. Ela segurou seus braços para impedir que ele caísse.

– Você está bem?

– Acho que sim, acho que sim – resmungou ele ao tentar se levantar.

Quin ajustara os símbolos do athame o mais próximo possível das coordenadas de Hong Kong que ela memorizara anos atrás, mas a diferença nos mostradores deste athame em particular fez com que eles chegassem a outro local. Mas pelo menos era Hong Kong. Pelo cheiro no ar e pela qualidade da luz, ela sabia que estavam na ilha de Hong Kong, perto do Monte Victoria. O athame da raposa, com o qual Quin treinara, sempre a deixava mais perto do topo do Monte. Agora, Shinobu e ela estavam em um solo esponjoso, em meio a árvores densas, em algum lugar no pé da montanha.

Por cima do ombro, ela via a anomalia perdendo forma, as linhas de luz e escuridão se separando do perímetro vibrante do círculo para se espalhar pelo interior da abertura, consertando o buraco que ela abrira no mundo. Num piscar de olhos, sucumbiu e desapareceu.

– Pare de se mexer, por favor – murmurou Shinobu no ombro dela. – Você está movendo o chão.

– Estou parada, juro.

– Tem certeza?

As pálpebras dos seus olhos fechados tremiam.

– Tenho certeza. Segure em mim.

Os implantes de analgésico claramente estavam trabalhando em dobro. Ela achava que os medicamentos não seriam fortes o bastante para causar uma overdose, mas precisava levá-lo a um médico depressa. O ferimento de espada mal tinha cicatrizado e ele girara o torso como um louco durante a luta no hospital. A pergunta mais intrigante – quem eram aqueles garotos que os atacaram? – teria que esperar até que a segurança dele estivesse garantida.

Ela sentiu algo escorrer pelo seu punho e viu que estava sangrando em Shinobu por causa do corte no antebraço direito, onde o agressor mais novo a acertara com a meia espada-chicote bizarra. Ela se virou para que Shinobu se apoiasse nas suas costas, deixando suas mãos livres. Então, arrancou um pedaço de tecido da camisa e amarrou no próprio braço.

– Venha – disse ela, girando de volta e puxando-o por cima do ombro –, vamos para um hospital.

– Outro hospital, certo? – Ele deu um sorriso sonolento para ela. – Acho que não devíamos ir para o mesmo.

Quin sorriu. Era um bom sinal que ele estivesse fazendo piadas.

– Sim. Estamos do outro lado do mundo, inclusive.

A alguns metros de distância, as árvores terminavam em um caminho estreito e sinuoso, um dos vários que circundavam o Monte. Quin cuidadosamente os levou naquela direção.

– Poderíamos ter derrotado aqueles meninos – disse Shinobu com a voz arrastada. – Não precisávamos ter fugido.

– Eu fiquei com medo de que você se ferisse ainda mais se continuássemos lutando.

– Quem você acha que eles eram?

– Meu pai os trouxe, de alguma forma – disse ela enquanto manobrava por entre as árvores –, e talvez eles achassem que o athame era dele... Na última vez em que Quin vira o pai, ele se debatia e lutava contra a equipe médica que tentava colocá-lo em uma ambulância no local da colisão da Traveler. No hospital, vira fagulhas em volta de sua cabeça, e ela agora entendia o comportamento selvagem dele: fora despedaçado, pelo menos parcialmente, durante a batalha na Traveler.

– Ele foi despedaçado – disse Shinobu, ecoando seus pensamentos. – Mas ele não estava agindo totalmente como um despedaçado.

Shinobu vira o próprio pai despedaçado e descrevera a cena para Quin como um estado de selvageria irracional. Briac não estava assim, por mais que agisse de forma estranha.

– Eu... eu congelei um pouco quando o vi – admitiu Quin.

– Sentiu pena dele? – indagou Shinobu.

Não sentiu pena do pai, que mentira para ela durante anos, que a forçara a fazer coisas terríveis, e que a dominaria a qualquer custo, se ela deixasse. Estivera pronta para matar Briac Kincaid na batalha da Traveler. Mas, no hospital, vacilara, porque vira nele certo desamparo.

– Não sinto pena dele – disse ela –, mas eu hesitei.

A cabeça de Shinobu se refestelava na dela. Ele resmungou:

– Tudo bem, porque você está tocando em mim de novo. Não consegue tirar as mãos de mim, não é?

Ele tentou entrelaçar os dedos nos dela onde agarravam seu ombro. Ele estava perdendo a consciência e se recostou nela, que seguiu para além das árvores, em direção à barragem.

– Você *deveria* querer me tocar – continuou ele, arrastando as palavras. – Já deixei muitas clientes satisfeitas. Pode acreditar.

Quin não conseguiu conter o sorriso.

– Muitas clientes satisfeitas? Quantas, exatamente? – perguntou ela enquanto o carregava no caminho pavimentado e tentava forçá-lo a continuar conversando: – Por acaso alguma dessas garotas precisou carregar você para o hospital *duas vezes*...

Ela parou.

Estava cara a cara com seu pai. De novo.

Briac Kincaid estava parado no meio do caminho e a encarava com olhos selvagens. Ele abriu a boca.

Quin ficou paralisada por um instante. Ela viu a cabeça de Briac girar em círculos, como se tentasse localizar alguém. Mexeu a boca outra vez.

Ele vai gritar, pensou Quin. *Está se preparando para gritar.*

Ela escutou os galhos no alto farfalhando. Tinha alguém no topo de alguma árvore do outro lado do caminho. E aquela pessoa, obviamente, estava ali com Briac Kincaid. Eles a seguiram até ali – ou, talvez, tenham chegado antes que ela.

Com cuidado para continuar segurando Shinobu, ela pegou uma pedra na lateral do caminho e a jogou, passando de raspão pelo rosto de Briac. Seu pai virou a cabeça para seguir o arco da pedra pelo ar e Quin aproveitou a oportunidade. Agarrou Shinobu com firmeza e eles se enfiaram em meio às árvores que ladeavam o caminho. Ele estava praticamente inconsciente e muito ferido. Não havia a menor possibilidade de se envolverem em outra briga.

– Ah! – berrou Briac, que finalmente achara sua voz. – *Ahhhh! Ahhhhhhh!*

– O que foi? – perguntou uma voz jovem e irritada no alto da árvore.

Quin ora empurrava, ora arrastava Shinobu, mas conseguiu entrar ainda mais na área verde e então caiu de joelhos. Shinobu despencou à sua frente.

– Ai – resmungou ele.

Quin o puxou para debaixo dos galhos protetores de um grande e denso arbusto e o empurrou até que estivesse deitado em solo úmido. Então, ela passou por cima do peito de Shinobu e ergueu os olhos através dos galhos. Os dois meninos do hospital estavam empoleirados nas árvores, olhando para o norte, em direção ao porto, que ela imaginava estar claramente visível de onde eles estavam.

– Devem ter um athame próprio – sussurrou ela. – Os meninos que nos atacaram estão aqui com meu pai.

Será que Shinobu e ela passaram mais tempo *Lá* do que pensara? Parecia ter sido apenas alguns instantes. Esse era o perigo de usar um athame. Você poderia se separar do fluxo temporal do mundo e se perder. Se não tomasse cuidado, poderia se perder a ponto de nunca mais voltar.

– Ele está inventando coisas de novo! – disse o menino mais novo, o sardento que parecia ter onze ou doze anos.

– É minha mãe! – gritou Briac. – Desçam e a encontrem!

– Sua mãe seria uma anciã – disse o mais velho –, e esta cidade é enorme. Você nos trouxe para uma furada.

– Olhe para os navios – sugeriu o pequeno com um tom de deslumbramento na voz. – São tantos!

– Mas ela estava aqui. Eu tinha razão – insistiu Briac, em um momento de clareza verbal. – E, se ela está aqui, o... o athame dos Pavores também está.

Quin via as pernas do pai ainda no caminho. Ele estava andando em círculos.

– Fiona! – berrou ele. – Fiona MacBain!

– Cale a boca dele, Nott! – ordenou o mais velho.

Quin viu os galhos balançando quando o menino menor, Nott, saltou para a frente. Seus movimentos eram instintivamente graciosos, começavam lentos e depois desencadeavam ações explosivas. Ele era um pouco... ele era um pouco parecido com a Jovem Pavor, pensou Quin.

– Fiona MacBain? – murmurou Shinobu, reagindo com atraso ao que Briac falara.

"MacBain" era o nome de solteira da mãe de Quin, e ela não o usava havia vinte anos.

– A mente dele está dois passos atrás. Ele ainda acha que sou outra pessoa – sussurrou Quin.

Quando o menino chamado Nott chegou ao chão, Quin viu a surra estampada nele: havia um grande ovo de ganso na testa, nariz e bochecha inchados, dezenas de outros cortes e arranhões da luta no hospital e marcas de vários ferimentos mais antigos. O menino menor tirou Briac da estrada e o levou para a área verde, onde o colocou ajoelhado. Então, Nott tapou a boca do pai dela. Briac franziu o nariz com o toque e Quin percebeu que o odor do menino era tão ruim que ela sentia até mesmo a distância.

O mais velho estava descendo da árvore, com movimentos ainda mais graciosos, como se o tempo se desdobrasse em um ritmo fácil e constante para ele. Ele usava um athame na cintura. Quando chegou ao chão da floresta, desferiu um golpe com o punho na nuca de Briac, que caiu, arfando. Os dois meninos riram, revelando dentes imundos. Eles olharam em volta da floresta, para se certificar de que Briac não tinha mesmo visto alguém. Quin se esticou em cima de Shinobu.

Os meninos pareciam um pouco a Jovem Pavor na forma como se moviam, mas não eram nada como ela na sua alegria em causar dor. E o pai de Quin era como o bicho de estimação deles. Quem eram esses meninos e como conseguiram capturar Briac? O athame e as espadas-chicote indicavam que eram Seekers, mas Quin ainda tinha dúvida. E, se achavam que tinham o direito de pegar o athame dos Pavores dela, qual era o relacionamento deles com os Pavores? Será que a Jovem Pavor dera o athame para Quin sabendo que esses meninos iriam atrás dela? Ela analisava seus rostos imundos e brutais por entre os galhos. Não. Ela não conseguia imaginar nenhuma relação entre a Jovem Pavor e esses garotos.

Uma coisa era certa: se achava que ela e Shinobu teriam tempo e espaço para explorar os mistérios dos Seekers por conta própria, estava totalmente enganada. De alguma forma, acabaram se deparando com uma nova e perigosa peça do quebra-cabeça.

– Como poderíamos achá-la neste lugar? – perguntou o mais velho, agachando-se para se curvar sobre Briac.

– Nós podemos... podemos achá-la... e o *athame* – balbuciou Briac. Parecia demandar muito esforço a tarefa de manter os pensamentos em ordem, mas sua tentativa era nobre.

– Não deveríamos estar aqui – reclamou o mais novo. – Precisamos pegar os outros e fazer nossa própria busca. Achei que estivéssemos procurando *ele*, e não perseguindo uma garota. Ele mentiu para a gente, Wilkin, para que o ajudássemos.

Com isso, o mais velho, Wilkin, deu um tapa na lateral da cabeça do mais novo.

– Eu digo o que fazemos! Já vimos o athame, Nott, não foi? Precisamos recuperá-lo agora que o vimos. Vamos deixá-lo feliz. Sei que vamos.

– Ou ele vai ficar furioso! – retrucou Nott. – E se acabarmos na nossa caverna, Wilkin? Se isso acontecer, a culpa vai ser sua.

– E eu vou colocar a culpa em você – disse Wilkin. – Resolvido, então.

Quem era "ele"?, Quin se perguntou. Estavam falando de Briac? Se sim, falavam dele como se não estivesse presente, embora, desde que fora despedaçado, isso fosse parcialmente verdade. Era Briac quem queria o athame dos Pavores? Mas os meninos o tratavam como uma posse, não como alguém que merece respeito ou causa medo.

Briac já ficara novamente de joelhos e seu rosto estava estático. Tentava desesperadamente se concentrar.

– Quin – sussurrou Shinobu –, acho que você está sangrando...

Ela continuava deitada em cima do peito dele. Então chegou para o lado e viu que a parte de baixo da camisa de Shinobu estava toda ensanguentada. Com muito cuidado, ela afastou o tecido ensanguentado da pele dele.

– Ah – sussurrou.

O ferimento no abdômen dele estava aberto, de onde o sangue escorria, formando uma corrente espessa e escura.

– Você está bem? – perguntou Shinobu tão baixinho que ela mal escutou. Ele achava que o sangue era dela.

– Eu... eu estou – sussurrou ela de volta, delicadamente colocando a mão na boca dele. Não podiam escutar os dois. – Não fale nada, está bem?

Ela planejara se esconder até que os meninos fossem embora, porém não podia mais esperar. Fazendo o mínimo de barulho possível, tirou a mão da boca de Shinobu e cortou um pedaço da calça de moletom dele, dobrou várias vezes o tecido e pressionou o machucado com firmeza. Então, cortou tiras mais compridas e amarrou o emplastro improvisado.

Enquanto fazia isso, olhava para os meninos através dos galhos. O mais novo pegara uma mochilinha e tirou de dentro dela um capacete de metal. O mais velho o pegou.

– Se você não vai fazer o que precisamos, pelo menos devíamos usar o capacete para descobrir onde ela está – reclamou Nott. – De que outra forma vamos fazer isso?

– Não seja idiota! – respondeu Wilkin, esbofeteando Nott mais uma vez. – Não sabemos onde ela está. Nunca soubemos onde ela estava, e também não sabemos nada sobre esta cidade. O capacete não vai nos ajudar!

– Mas *ele* sabe – argumentou Nott. Com uma das mãos, tocava a orelha que o mais velho acertara e, com a outra, apontava para Briac. – Eu ia colocar o capacete *nele*, não em mim, para consertar a mente *dele*, como fizemos no hospício.

O mais velho fez uma pausa, como se a sugestão de usar o capacete em Briac fosse mesmo inteligente.

– Eles têm um capacete – sussurrou Quin.

Ela estava passando a mão por baixo do corpo de Shinobu para apertar as tiras de tecido em volta do seu tórax. Não era fácil, mas ela esperava que suas palavras suaves o distraíssem. – Tem um desenho dele no diário de Catherine.

Ela apertou as tiras por cima da bandagem improvisada. O sangue já era visível no tecido. Depois rasgou e dobrou outro pedaço para acrescentar ao curativo. Nem de longe era suficiente.

Espiando novamente, ela viu o pai encarando o capacete com uma intensidade chocante. Mesmo na sombra das árvores, o capacete refletia a luz ambiente com feixes de luz colorida. O metal era iridescente... feito o de um despedaçador.

Os dois meninos chegaram perto e sussurraram e, quando fizeram isso, Quin viu o pai pegar sorrateiramente o capacete no chão e colocá-lo na cabeça. Em seguida, se esticou para pegar o athame do menino...

Quin aproveitou esse momento para sair em retirada.

– Vou puxar você – avisou, baixinho.

Ela pegou os tornozelos de Shinobu e arrastou seu corpo para fora do esconderijo sob o arbusto. Ele gemeu com os olhos entreabertos para observá-la.

Quando chegaram a um clarão entre as árvores, ela tirou o athame. Esperava que, ao girar ligeiramente um dos mostradores, eles fossem parar em outra área de Hong Kong, longe dos meninos e mais perto de um hospital. Se conseguissem chegar a um lugar seguro, mesmo que por algumas horas, talvez ela descobrisse o que estava acontecendo.

Um berro aterrorizante ecoou do meio das árvores e Quin ficou paralisada.

– Ele o roubou! – gritou o mais novo. – Ele o roubou, Wilkin! E o athame também!

O mais rápido que pôde, Quin ajustou os mostradores do athame para levá-los para *Lá* e usou o toque da vara de relâmpago para finalizar. Uma vibração grave veio em seguida e, um segundo depois, ela ouviu o tremor competitivo de outra vibração. O pai devia ter dado o toque no athame dos meninos. Embora Quin não o visse, imaginou que ele estivesse tentando escapar com o capacete e a adaga de pedra deles. E os meninos estavam furiosos.

Quin traçou a maior anomalia que pôde.

Os galhos das duas árvores ao lado começaram a tremer. Briac e os meninos estavam lutando há apenas alguns metros de distância.

– Entre! – sussurrou Quin com urgência, puxando Shinobu para ficar de pé, rezando para que a bandagem permanecesse firme e ela não o estivesse matando por forçá-lo a se mover.

Ele conseguiu se levantar e cambaleou até o buraco solidificador que ela abrira no mundo.

– Me deixe usar! – arfou Briac do meio das árvores. – Minha cabeça vai funcionar, vamos encontrá-la, vamos achar o athame. Vai ser *nosso*.

– Tire o capacete dele! – disse o mais velho.

– Ele já passou! – exclamou o mais novo.

– Siga ele! Siga ele!

Quin entendeu: o capacete de alguma forma neutralizava as fagulhas despedaçadoras. *E quando Briac pensar com clareza virá atrás de mim novamente,* pensou ela, *em Hong Kong, na propriedade ou em qualquer lugar, para colocar suas mãos no athame dos Pavores.* Por anos, seu pai tivera o athame da raposa, que pertencia a John por direito. Agora, John já o recuperara e Briac deveria estar desesperado atrás de outro. Estava mais do que claro que esses meninos não dariam o deles, mas, de alguma forma, Briac estivera de conluio com eles para encontrar o athame dos Pavores.

Um objeto rolou das árvores e bateu no pé de Quin. Assim que ela entrou na anomalia, ainda conseguiu pegá-lo e ao tocá-lo descobriu que era suave e frio.

Os meninos haviam arrancado o capacete da cabeça de Briac e agora ele estava nas mãos de Quin.

CAPÍTULO 6
Maud

Do alto do carvalho nos limites da floresta, a Jovem Pavor observou através do ar noturno a praça, um grande prado no meio da propriedade escocesa. Em torno da praça, os pontos onde antes ficavam os chalés agora estavam praticamente reduzidos a pilhas de entulho queimado, borrões negros sob a luz da lua. Apenas algumas estruturas, como a oficina e o celeiro de ordenha, permaneciam de pé.

Os três visitantes da propriedade corriam entre os prédios em ruínas em uma busca frenética. Dois dos três visitantes eram meninos, que corriam atrás do terceiro... Briac Kincaid.

Na última vez em que Maud vira Briac, ele estava sendo forçado a entrar em uma ambulância em Londres e lutava com selvageria contra os homens que tentavam ajudá-lo. A Jovem Pavor projetou a visão para examinar Briac de perto, enquanto ele acelerava pelo topo do prado, dos chalés abandonados dos Pavores até o celeiro de ordenha. Várias fagulhas flutuavam ao redor da cabeça dele, piscando no ar noturno. Ele fora atingido por um despedaçador. Deve ter sido o de John, usado na batalha da Traveler. De alguma forma, Briac desviara de quase todas as fagulhas, com exceção de algumas. Mesmo assim, ele estava visivelmente louco.

– Fiona!

Ela o escutava gritando quando chegou ao celeiro de ordenha e espiou lá dentro.

– Mãe?

Então, ele balançou a cabeça e disse:

– Quin, pelo amor de Deus! Onde você está?

Ele fizera mais ou menos a mesma coisa em cada um dos outros chalés vazios e destruídos pelos quais passara.

Como não encontrou ninguém no celeiro, Briac foi pisando firme até o estábulo, que fora queimado, mas ainda estava parcialmente intacto. Ele desapareceu lá dentro, mas a Jovem Pavor, ao projetar a audição, seguiu os movimentos dele, que jogava coisas pelo ar e chamava Fiona, sua mãe e Quin repetidamente. Mas ele parecia realmente estar atrás de Quin.

Não era só o barulho de Briac que Maud ouvira quando estava nas ruínas do castelo com John após o treino. Ela sabia que ele viria mesmo antes de chegar, porque um pensamento já havia surgido na sua mente: ... *ele virá atrás de mim novamente, em Hong Kong ou na propriedade...*

Tinha quase certeza de que o pensamento viera de Quin. Fazia um mês que Maud sentia essa conexão mental indo e vindo. Começou no dia em que Quin lutou contra John em cima do celeiro no penhasco que delimita a propriedade. Naquela luta, a Jovem Pavor escolhera ajudar Quin e jogara uma vara de relâmpago para ela. Era como se, naquele instante, sem querer ela tivesse estabelecido uma conexão permanente; os pensamentos de Quin agora viajavam livremente pela conexão em momentos inesperados. A Jovem Pavor até mesmo sentia que Quin olhava através dos seus olhos de vez em quando. Ela não tinha certeza se Quin sabia da conexão, apesar da sua força.

– Ela não está aqui! – disse o menino mais novo. Os dois estavam do lado de fora do estábulo, esperando Briac sair. – Ele está se fazendo de louco de novo, Wilkin. Se vamos segui-lo, talvez você devesse deixá-lo usar o capacete um pouco...

– Ele não pode usar agora, Nott! Tentou roubá-lo – retrucou o outro, Wilkin. E acrescentou: – Você está chorando?

– Eu quero usá-lo! – respondeu o mais novo, que pelo visto se chamava Nott.

Briac surgiu pela porta queimada do estábulo e caminhou na direção do velho celeiro.

Do seu esconderijo no carvalho, a Jovem Pavor ouviu John se aproximando por baixo. Ele fizera uma pausa nas ruínas do castelo para colocar o manto e juntar as armas deles, e agora disparava pela floresta na direção dela, o manto jorrando pelos seus ombros. Era uma noite escura, mas os olhos de Maud captavam toda a luz disponível, de forma que ela conseguia vê-lo com facilidade entre as sombras e as árvores.

Durante o curto tempo desde que ela começara a treiná-lo, os passos de John mudaram, tornando-se um pouco mais fluidos, direcionados e velozes. Ele jogou o capuz para trás e começou a subir na árvore. Para Maud, seus movimentos eram barulhentos e desastrados, mas ainda assim ele se movia melhor do que a maioria dos Seekers que ela conhecera. Estava aprendendo a focar sua mente e seu corpo acompanhava.

Maud estava acostumada aos seus pensamentos perfeitamente claros. Quando era criança e treinava com seu querido mestre, o Velho Pavor, ele instilou nela a certeza do propósito e a tranquilidade da decisão. Um Pavor deveria se destacar da humanidade e dos Seekers para que sua mente estivesse clara a ponto de desferir julgamentos. No entanto, os anos que ela passara com o Pavor Médio destruíram sua fé nessa regra simples. O Médio interferira na vida de uma Seeker – Catherine Renart, mãe de John – de maneira injusta. Ele participara do rompimento dela. O Médio cometera outras injustiças antes, mas essa era recente e ele forçara Maud a participar, o que lhe rendeu uma responsabilidade peculiar pelos resultados.

Maud se perguntou, então, se era errado interferir na vida do filho de Catherine, John, para compensar o que ela fizera. Seu mestre fora para *Lá* depois da batalha na Traveler, para se estender por anos a fio, até mesmo décadas. O Velho Pavor não podia responder essa pergunta para ela. Então, a Jovem decidiu treinar John, torná-lo um Seeker. Um Pavor não deve escolher um lado, mas não era isso que estava fazendo:

estava apenas equilibrando a balança. Ela não sabia se John seria honroso, nem se levaria a sério as três leis dos Seekers, mas certamente a única chance que ele tinha era ter uma boa professora.

– Quem é? – sussurrou John, surgindo em um galho grosso ao lado dela.

Sua respiração estava acelerada, mas ela percebeu que ele se controlava, forçando o corpo a sugar o ar em um ritmo constante. Ele levava o treinamento a sério.

– Você já vai ver.

Com a cabeça, ela indicou o velho celeiro ao longe. Todos os três visitantes estavam lá dentro.

– Consegue ouvi-los conversando?

John fechou os olhos por um instante e balançou a cabeça.

– Vagamente.

– Imagine as palavras com clareza – sussurrou Maud –, vindo diretamente para suas orelhas, sem que haja nada entre você e elas. Tente.

Ele encarou o celeiro e, enquanto se concentrava nos sons ao longe, ficou cada vez mais estático. Embora Maud soubesse que precisaria de muito mais do que simples instruções para ensinar John como projetar a audição, este era o primeiro passo. Não era uma habilidade necessária para um Seeker, mas por que John não deveria desenvolvê-la?

O menino menor, Nott, surgiu ao longe. Seu rosto pálido estava visível no escuro.

– Por que não podemos fazer o que prometemos? – dizia ele. – Ele não quer que a gente procure essa menina ou o athame dele. Quer que a gente procure por *ele*. Ele é quem importa. Ele vai nos...

– Pare de repetir a mesma coisa milhares de vezes, Nott. E pare de choramingar. Nós *vamos* fazer o que prometemos! Vamos encontrar nosso mestre, assim que a acharmos – disse Wilkin ao reaparecer.

– Crianças? – perguntou John, reconhecendo pelo menos o tamanho deles.

– Crianças estranhas – respondeu Maud.

Havia algo característico dos Pavores nos movimentos daquelas crianças, embora fossem barulhentos demais para afirmar que era o comportamento de um Pavor. Falavam do seu mestre. Quem seria ele?

Briac cambaleou para fora do celeiro e os três seguiram para o celeiro de treinamento incendiado, o que significa que se aproximavam de Maud e John, ficando mais visíveis.

– Aquele é...? – perguntou John, se esforçando para ver detalhes das silhuetas que chegavam mais perto.

– Briac Kincaid – respondeu Maud sem alterar o tom de voz.

Ela sabia como John odiava aquele homem, quanto ele esperara para lutar contra Briac e puni-lo pelo que fizera com sua mãe e com o próprio John ao se recusar a treiná-lo. Mas John agora era aluno dela e não podia se distrair com uma emoção dessas.

– Vamos esperar aqui para ver...

John já estava se movendo, uma expressão de assassinato estampada em seu rosto. Pulou de galho em galho o mais rápido que pôde, mal largava um, já agarrava o próximo. Maud o viu escorregar perigosamente na pressa de chegar ao chão, mas ele se recuperou no último instante, quando um galho mais baixo o sustentou com todo o seu peso.

Desfocado e desobediente!, pensou ela.

Virou-se para segui-lo, mas depois parou. Percebeu que o menino mais velho tinha um athame na cintura. O cabo da adaga de pedra estava escapulindo de sua calça. A Jovem Pavor ficou completamente imóvel, concentrando sua mente para projetar a visão ainda mais longe do que geralmente conseguia. Pediu que seus olhos convocassem toda a luz disponível no céu noturno. Seus sentidos obedeceram e ela ficou satisfeita. Os detalhes daquele athame se tornaram tão claros quanto se ela o segurasse nas próprias mãos. Viu o detalhe que procurava: na base do cabo havia um javali entalhado. *Um javali*, pensou a Jovem Pavor. *Que curioso.*

Então, ela desceu da árvore, balançando de galho em galho com grande facilidade. Assim que seus pés tocaram o chão, ela saiu correndo.

John acelerava na direção dos três invasores. *John!*, chamou ela em seus pensamentos. *Pare!*, mas ele não parou nem reduziu. No decorrer do seu treinamento, Maud nunca conseguiu estabelecer uma conexão mental com John, na verdade se perguntava se ele era capaz de algo assim.

Ele estava quase no limite da floresta.

– Nott, armas! – disse o menino mais velho, e ela conseguiu escutá-lo.

Eles tinham visto John e pareciam encantados com a perspectiva de lutar. Ambos sacaram e estalaram suas espadas-chicote, deixando-as em forma sólida.

Ainda mais estranho, pensou Maud. *Eles têm espadas-chicote e um athame, mas são Seekers?* Ela achava que não. Havia algo de estranho naqueles meninos. E, um instante depois: *As espadas deles não são normais.*

Ela resgatou uma lembrança: estava treinando com o Pavor Médio, muito tempo atrás, e naquela tarde não tinha ido bem na luta contra ele. *Melhore logo seu desempenho*, desdenhou ele, *ou talvez eu corte sua espada-chicote ao meio.* Parecia que alguém fizera justamente isso com as espadas dos meninos. Será que essa era uma punição comum entre os Seekers? Ela nunca vira algo assim.

Maud alcançou John e passou a correr ao lado dele.

– Pare! – ordenou ela, em voz alta.

John não deveria atacar Seekers, nem qualquer outra pessoa, enquanto ela o treinasse. Foi a primeira promessa que exigiu dele. Mesmo assim, John a ignorou. Empunhava sua espada-chicote enquanto olhava fixamente para Briac.

Briac finalmente notou as duas silhuetas que se aproximavam rapidamente. Ele ficou parado, imóvel, seus músculos tremiam, sua boca se mexia sem fazer som algum e fagulhas giravam em torno do seu rosto. Ele encontrou a voz um momento depois e gritou:

– Bata no athame! Bata agora!

Quando os meninos não cumpriram a ordem imediatamente, Briac pegou o athame da cintura de Wilkin, que o surrupiou de volta, e os dois partiram numa briga pelo controle. Briac subitamente largou o athame e agarrou a vara de relâmpago que estava do outro lado do quadril de Wilkin. Com um movimento ligeiro, Briac bateu a vara no athame, que estava firme nas mãos do menino. A vibração do athame emanou da adaga e alcançou Maud através do ar e do chão da floresta.

– Pare, John! – repetiu ela.

Claro que ela poderia puxá-lo e fazê-lo parar. Mas ele precisa aprender a focar nela e afastar os outros pensamentos, especialmente quando estiver mais distraído. Se ele não conseguir fazer isso, nunca vai se tornar um Seeker.

Os dois meninos gritavam com Briac, mas ele estava irredutível. Agarrou o braço de Wilkin, que segurava o athame, e usou todas as suas energias para forçá-lo a riscar um círculo, riscando uma anomalia no ar, por mais que o menino se esforçasse para empurrá-lo para longe.

– Vá! – gritou Briac novamente. – Ou ela vai matá-lo, ela vai matá--lo! Você vai morrer, eu vou morrer!

– Ela é tão rápida! – exclamou o menino mais novo, apontando para a Jovem Pavor, que avançava na frente de John e se aproximava deles com a maior velocidade que conseguia. – Ela é como...

– Ela é mortal! – disparou Briac.

As palavras de Briac causaram efeito. Wilkin e Briac pegaram o menino mais novo, Nott, e os três pularam depressa dentro da anomalia.

Uma faca voou por cima da cabeça de Maud, lançada por John, enquanto ela corria para a abertura. Parou assim que chegou ao limite da escuridão. Ela não tinha intenção de pular lá dentro, nem de enfrentar Briac ou os meninos. Agora que ela vira o athame deles, o que tinha o javali, queria simplesmente observá-los de perto antes que desaparecessem.

De dentro da anomalia, o menino mais velho a encarava. Ele parecia assustado, com a boca aberta, revelando seus dentes escuros.

O menino mais novo tinha lágrimas escorrendo pelas bochechas e um olhar de espanto. Briac apertava o local nas suas costas onde a faca de John o cortara. Quando a abertura começou a perder a forma e a desabar, ela observou seus rostos, procurando alguma lembrança deles.

Quando John apareceu ao seu lado, a anomalia já se fechara. Ele ficou parado ali, arfando de raiva.

– Por que você não os segurou? – exigiu John. – Teria sido tão fácil para você!

Maud se virou e se permitiu sentir raiva. Ela agarrou o manto de John e o puxou para perto. Depois o empurrou com firmeza contra a parede de pedra do celeiro de treinamento.

– Ele torturou minha mãe – argumentou John. Sua respiração condensava no ar congelante, seus olhos azuis estavam claros e furiosos sob a luz da lua. – Por anos a fio. Eu deveria ter permissão para matá-lo. Ele merece morrer.

– Presta atenção, John. – Sua voz estava inalterada e lenta, mas ela sabia que ele não duvidaria da fúria que fervia sob a superfície. – Se eu for treiná-lo, você deverá obedecer às minhas regras.

Ele a encarou, com a respiração ainda pesada, mas não resistiu ao aperto dela.

– Não é problema meu a aparição de Briac Kincaid na propriedade. Você não está na posição de começar uma briga. Não enquanto eu estiver te treinando. Não estou te ajudando para que possa atacar outras pessoas. Estou oferecendo a educação que Briac não concluiu. Só isso.

Ela esperou até que John olhasse em seus olhos.

– Você vai me obedecer – disse ela –, ou minha ajuda vai acabar.

Ela o manteve prensado no celeiro, apertando o corpo dele com força na rocha, demonstrando que falava sério. Por fim, John assentiu.

– Desculpe – disse ele –, você tem razão.

CAPÍTULO 7

NOTT

Eles rolaram pela entrada escura até a água fria e rasa. Nott caiu de quatro, as marolas do lago atingindo seu rosto. Ainda assim, a primeira coisa que notou foi o cheiro de animais mortos. Ele e Wilkin haviam deixado uma grande pilha de bichos mortos do lado de fora da entrada do forte, e agora estavam na margem, apodrecendo à luz da lua.

Nott carregava uma tira de carne de veado numa bolsa na cintura, então parte do cheiro ficava sempre incrustada nele. Mas ali estava em todas as partículas do ar e identificava a Fortaleza Tarm em ruínas, como o lugar ao qual ele, Wilkin e outros Vigilantes pertenciam. Era onde cada um deles foi treinado pelo seu mestre, que os ensinou a ser muito mais do que as crianças que já foram um dia.

Perto dali, Wilkin e Briac espirravam água para todos os lados. Wilkin segurava Briac com um mata-leão e gritava:

– Explique-se!

De volta à floresta daquela estranha e distante cidade – *chamava-se Kong Kong?* –, Briac estava quase conseguindo roubar o capacete *e* o athame dos meninos. Eles tiraram o capacete da sua cabeça, mas ele havia pulado com o athame deles na escuridão *Lá* e foram forçados a segui-lo. Ele os arrastou até aquele lugar arruinado na Escócia para procurar Quin e o athame especial do mestre deles. Mas é claro que ela não estava lá, nem o athame, e tampouco eles estiveram em Hong Kong.

Wilkin empurrou Briac na água e o homem se debateu antes de finalmente encontrar os próprios pés. Era óbvio que havia enlouquecido de novo. Ele recuperara a sanidade por alguns instantes quando usou o capacete na floresta de Hong Kong, assim como acontecera no sanatório onde eles o haviam encontrado – tempo suficiente para ajudá-los a achar Quin no hospital em Londres. Mas sua mente se perdeu mais uma vez.

Onde estava o capacete? Wilkin estava usando? Nott olhou para trás, na direção de Wilkin. A lua brilhava tanto a ponto de se ver o cabelo do menino mais velho, o que significava que ele *não* usava o capacete. Deve estar em segurança na mochila de Wilkin. Nott ficou aliviado.

Wilkin já havia dito que nunca mais deixaria Briac usar o capacete. Com sorte, isso significava que não terão mais que seguir Briac, ou assim era de se esperar. Não deveriam estar procurando por essa menina, e Wilkin sabia disso. *Mas ele é um idiota*, pensou Nott ao seguir com dificuldade pela água congelante até a margem. Um exemplo: Nott adorava estapear Wilkin à noite. O menino mais velho dormia como um defunto e muitas vezes se perguntava por que acordava com hematomas no rosto.

– É porque você se mexe tanto à noite que bate a cabeça nas pedras – dizia Nott para ele, e Wilkin acreditava.

– Me deixa em paz! – berrava Briac ao sair do lago com dificuldade. – Vou soltar os cachorros atrás de vocês dois. Vou pisotear, esfaquear e empalar vocês dois...

Ainda pingando, Nott o seguiu até a margem. A Fortaleza Tarm desmoronava sobre o Lago Tarm. Para início de conversa, metade do prédio fora construída como uma extensão pairando acima do lago, e agora essa metade já estava quase toda submersa. Muito tempo antes, a água invadira o restante do prédio e cobrira as áreas mais baixas com seus dedos frios, molhados e cheios de musgo.

Aninhada em um vale acidentado, a fortaleza despedaçada refletia com clareza no lago e, para além da água, sob a forte luz da lua e das estrelas, Nott via ladeiras arborizadas alcançando os penhascos rochosos que, por sua vez, se erguiam por cima das copas das árvores como gigantes de tempos ancestrais.

– Entre! – ordenou Wilkin, empurrando Briac para os portões entreabertos.

Nott passou pelas sombras recortadas do que restava das paredes da fortaleza. Ele estava mais perto dos cadáveres de animais, por isso as moscas zuniam por todos os lados, mesmo no frio da noite. Havia um veado estendido no topo da pilha, o corpo intacto, a não ser por alguns cortes na barriga. Seus olhos vidrados encaravam o céu escuro. Não haviam matado o veado para comê-lo: ele foi morto simplesmente porque era importante matar seres vivos. Era preciso se manter aguçado. E era preciso manter as coisas nos devidos lugares. Essas eram as regras que o mestre lhes ensinara.

Quem estivesse com o capacete na cabeça teria mais facilidade em se manter aguçado, e de manter as coisas nos devidos lugares. Ele facilitava quase tudo. Os olhos de Nott se fixaram na mochila nas costas de Wilkin. Seus dedos tremeram quando ele considerou tirar o capacete da mochila para colocá-lo na cabeça. Mas Wilkin não o deixaria usá-lo naquela noite. Aliás, fazia dias que ele não deixava Nott usá-lo.

– Wilkin é um tirano – sussurrou Nott para o veado ao passar pela sua carcaça. Imaginou o animal dando-lhe uma piscadela em resposta.

O cheiro de putrefação não era tão forte dentro da fortaleza, onde haviam montado acampamento e guardado a maior parte do equipamento. O salão principal da Fortaleza Tarm havia rachado. Metade afundara no lago, mas a maior parte da outra metade continuava intacta, ignorando a água que corria pelo piso de pedra. Três paredes haviam desmoronado, restando apenas uma pequena alcova sob um teto grande o suficiente para que todos dormissem abrigados. Vários arbustos cresciam pelo chão em ruínas, garantindo certa proteção do vento que soprava dos picos distantes.

Wilkin apontou para um ponto no chão onde Briac poderia se sentar. O homem estava resmungando e tentava conter o ferimento nas costas, que sangrava em toda parte. Ele fora atingido por um golpe de faca enquanto escapavam da propriedade incendiada, e só agora Briac se dava conta disto.

– Costure ele, Nott! – ordenou Wilkin. – Enquanto ele se explica. – Virou-se para Briac. – Você tentou nos roubar.

– Não vou me sentar! – disse Briac, afastando o ombro de Nott com um movimento brusco, se esquecendo do ferimento mais uma vez. Depois socou a própria perna numa tentativa de formular um pensamento coerente. – Não podemos... nos sentar! Precisamos... precisamos *encontrá-la*! Pegar o athame.

Suas palavras pareciam mais focadas do que a maioria que Nott o ouvira dizer. As fagulhas que circulavam em torno de sua cabeça eram bastante visíveis agora que ele estava na sombra, mas se balançavam mais lentamente do que antes. Talvez os últimos minutos de Briac com o capacete tenham causado algum efeito duradouro nele, não que Nott se importasse.

Ele encontrou o material de sutura na própria mochila e puxou o espesso fio preto e a agulha cega que usavam para dar pontos neles depois de combates muito feios.

– Você nos leva para encontrar uma menina, e acaba fugindo de outra – diz Wilkin para Briac. – Por quê?

– Ela é... ela é... ela é perigosa, aquela menina, a Jovem Pavor...

– O que isso significa, "Jovem Pavor"? – perguntou Wilkin. – Eu já ouvi você chamar nosso mestre de "Pavor Médio".

Como Briac não respondeu, Wilkin lhe deu um tapa para ajudá-lo a focar.

– Sim – respondeu o homem, erguendo uma das mãos para que não levasse outro golpe. – Ela é igual a ele em alguns aspectos. Perigosa.

Briac berrou quando Nott espetou sua pele com a agulha e puxou a linha. O ferimento sangrava de forma inesperada, afinal era apenas um corte superficial. Nott já vira piores.

– Não deveríamos estar procurando meninas ou athames, Wilkin – disse Nott, pelo que parecia ser a centésima vez, embora tentasse não choramingar. Inclinou-se na direção de Briac e espetou novamente a agulha sem nem sequer se preocupar em fazer um bom trabalho. – Deveríamos estar seguindo as ordens do nosso mestre, acordando os outros e procurando... – Quieto, Nott! Nós *vamos*...

O rosto de Wilkin se contorcia de todas as formas possíveis enquanto ele considerava suas opções.

Na última vez em que o mestre os procurara, disse para o encontrarem em vinte e quatro horas se não tivessem notícias dele. Vinte e quatro horas depois, foram para seu ponto de encontro habitual em Londres, mas se depararam com toda a população da cidade aglomerada em torno da grande nave que caíra no parque. E ali, no meio de tudo, estava Briac Kincaid. Reconheceram Briac porque já o tinham visto várias vezes com seu mestre. Naquela mesma noite, usaram o capacete em Briac no hospício para onde fora levado e, por fim, ele começou a falar coisas que faziam algum sentido, não muito.

Se o mestre deles, o homem que Briac chamava de Pavor Médio, estava perdido, sabiam exatamente como procurá-lo. Era o propósito deles como Vigilantes: encontrar o mestre caso ele se perdesse. Era a razão pela qual eles existiam e haviam sido acordados em turnos pelo seu mestre para viver no mundo. Eles deveriam impedi-lo de desaparecer *Lá*, como queriam os inimigos do mestre. Mas Briac dissera que sabia onde o mestre estava, portanto não havia necessidade de procurá-lo. E Wilkin – que idiota! – adorou a ideia de encontrá-lo depressa e sozinhos. *Ele vai nos elogiar, Nott. Vai saber que somos os melhores de todos os Vigilantes.*

Quando chegaram ao hospital de Londres, ficou óbvio que Briac os levara até o *athame* do mestre, e não até o mestre em si. Mas, assim que Wilkin viu o athame, decidiu irredutivelmente recuperá-lo. *Nosso mestre vai querer o athame de volta, Nott. Se ele descobrir que o vimos e não o recuperamos, bem, ele nos enclausuraria de volta nas nossas cavernas por isso, não é mesmo?*

Enquanto Nott suturava, Briac implorava:

– Não estou conseguindo pensar direito. Coloquem o capacete em mim de novo...

Nott puxou a linha com firmeza, deu um nó no último ponto e, em seguida, sussurrou para Wilkin:

– Ele quer colocar as mãos no athame do nosso mestre e pegá-lo para si, Wilkin. Nós deveríamos...

– Eu sei o que deveríamos fazer – retrucou Wilkin. – Devemos fazer o que *eu* disser, porque estou no comando.

Wilkin pegou sua mochila e começou a vasculhar o conteúdo. Nott percebeu que o parceiro iria colocar o capacete naquele homem maluco para continuar seguindo seus conselhos lunáticos. Sem qualquer aviso prévio, lágrimas quentes encheram os olhos de Nott e escorreram pelas bochechas. Ele ansiava pelo toque frio do capacete sendo colocado em sua cabeça e pelo burburinho dos seus pensamentos quando começava a funcionar, mas Wilkin não o deixava usar, pois não estava dando ouvidos à razão, e Nott seria punido por isso. Por ser menor, geralmente ele era castigado.

Wilkin se virou para Nott.

– O capacete não deve ficar guardado na sua mochila, Nott. Deve ficar na minha.

– Eu sei disso. Eu nunca disse que era para ser desse jeito. Mas *você* acabou de falar que ele não poderia mais usá-lo.

– Mudei de ideia. Ele não vai conseguir nos ajudar sem isso.

– Ele não está nos ajudando em nada!

– Me dê o capacete, Nott!

Nott se virou vagarosamente para Wilkin, entendendo por fim o que seu parceiro queria dizer. Os olhos do menino mais velho brilhavam de forma impaciente na luz que passava pelas árvores atrofiadas da fortaleza. Nott sentiu uma onda de náusea.

– *Você* ficou com o capacete – disse ele lentamente. – Você o tirou dele naquela cidade, Kong Kong.

O menino mais velho ficou surpreso:

– Não está comigo. Está com você! Cadê?

Ele atravessou o piso quebrado e agarrou Nott, examinando sua cabeça e apalpando seu manto e sua mochilinha, como se Nott houvesse escondido o capacete e estivesse mentindo sobre isso.

– Você o perdeu? Perdeu nosso capacete? – perguntou Nott.

Sua náusea se transformara em uma sensação nítida de terror. O capacete era a *única coisa* que o mestre exigira que rastreassem.

– Eu não o perdi!

– Então, onde ele está, Wilkin?

Nott se lembrou de ter caçado com seu mestre perto da Fortaleza Tarm anos antes. Embrenharam-se pela floresta e mataram um veado do jeito que o mestre gostava: muito lentamente. *Não tem problema gostar disso*, dissera ele. *Fomos feitos para gostar de colocar as criaturas nos devidos lugares.*

A caça e a matança haviam deixado o mestre de bom humor, mas, quando voltaram para a fortaleza, um dos Vigilantes mais velhos esperava nervoso por eles na entrada. Aquele menino, tremendo tanto que mal conseguia falar, admitira ter perdido o próprio capacete. O mestre deles teve um ataque de fúria tão extremo que a mera lembrança do episódio fazia o coração de Nott bater freneticamente. *Como você pode ter qualquer valor para mim sem seu capacete?*, rugira o mestre deles.

Por fim, todos os Vigilantes foram acordados e aquele capacete específico fora encontrado. Não importava mais. De qualquer forma, o mestre já havia enviado o Vigilante descuidado de volta para a caverna, e esse foi o fim que ele levou.

Wilkin estava jogando suas coisas para todos os lados, como se o capacete estivesse ali, mas ele não o tivesse visto na primeira inspeção.

Como o capacete não reapareceu num passe de mágica, ele se voltou para Nott.

– Você o deixou *Lá*, não foi? – acusou Wilkin. – Na escuridão? Onde nunca mais vamos achá-lo!

– Estava com *você*!

– Não estava... – Uma expressão diferente surgiu no rosto de Wilkin.

Nott supôs que Wilkin lembrara que era ele quem estivera com o capacete por último, quando os dois se debatiam com Briac nas árvores, pouco antes de saltarem para dentro da anomalia.

Um momento depois, Wilkin parecia tão enjoado quanto Nott.

– Ainda assim, a culpa é sua, Nott – disse o menino mais velho com fraqueza. – Foi você quem o tirou da mochila em Hong Kong.

– Mas foi *você* quem quis *segui-lo*. – Nott apontou o dedo em riste para Briac. – Em vez de seguir nossas ordens.

Os dois se sentaram e olharam fixamente um para o outro. Wilkin estava murchando rapidamente e Nott investiu na sua vantagem:

– Você o deixou cair na floresta? Ou foi *Lá*, Wilkin?

Além da perspectiva da ira do mestre e da incapacidade de seguirem suas ordens, a possibilidade de que o capacete estivesse largado em algum lugar onde eles nunca mais pudessem encontrá-lo deixava Nott desesperadamente chateado. Já fazia muito tempo que o havia usado.

– Eu... eu acho que o deixei cair na floresta – disse Wilkin. – Em Hong Kong.

– Bem, isso já é alguma coisa.

CAPÍTULO 8

QUIN

Quin entrou no porão e deixou a porta fechar às suas costas. Passou as mãos no armário mais próximo, onde dragões de madrepérola se retorciam pelas florestas e pelos rios. O porão estava cheio de baús e armários com desenhos parecidos: samurais, lagos, vilarejos e águias.

Ela se virou e encontrou Mariko McBain parada perto da porta do porão, observando-a atentamente com suas delicadas feições japonesas marcadas pela preocupação. Mariko era mãe de Shinobu e morava naquela pequena e adorável casa entocada num dos bairros mais caros de Hong Kong. Embora Mariko tivesse expulsado Shinobu quando o uso de drogas se tornara insuportável, ela ainda tinha a espada-chicote dele, porque Shinobu a deixara lá na esperança de esquecê-la para sempre. Isso fora há cerca de dois anos, quando ele tentara apagar os Seekers da sua vida, assim como Quin também fizera.

Agora, deitado em Hong Kong para se recuperar dos ferimentos, pediu a Quin que pegasse sua espada-chicote. Decidiram que ainda eram Seekers e, agora que Briac e aqueles meninos estranhos estavam atrás deles, precisavam do aparato completo de Seekers.

Muitos dias haviam se passado desde a luta em Londres e, embora Quin estivesse o tempo inteiro atenta para a presença daqueles meninos, ela estava começando a ter esperanças de que eles não sabiam como encontrá-la. Mesmo assim, ia apenas rapidamente até a Ponte.

Chegara na casa de Mariko de forma repentina, explicara depressa todos os ferimentos de Shinobu e pedira a espada-chicote.

Quin já estivera neste porão, mas só agora percebia o significado de todos os elementos incrustados na decoração. A imagem mais comum nos móveis era a da águia, que claramente era o símbolo do clã de Alistair MacBain e também estava presente no athame que fora destruído na propriedade. Mas, agora, ela percebia outro tema recorrente: o dragão. Na última vez em que estivera ali, Quin presumiu que os dragões não passassem de um tema tradicionalmente japonês, como rios, lagos e vilarejos. No entanto, ela aprendera com o diário que o dragão, assim como a águia, era o símbolo de um dos dez clãs Seekers. E aqueles dragões curiosamente se pareciam com os desenhos no livro de Catherine.

Mariko havia morado na propriedade escocesa quando Quin era mais nova, mas ela sempre a havia considerado uma intrusa, uma mulher que estava ali só porque se casara com o pai de Shinobu. A dicotomia entre eles – Mariko era pequena, delicada, refinada; enquanto Alistair era alto, corpulento, um escocês ruivo – fazia Mariko parecer ainda mais uma estrangeira. Mas e se ela não fosse uma intrusa coisa nenhuma? Um mundo de possibilidades se abriu diante de Quin.

– Você também veio de um clã? – perguntou ela.

A princípio, Mariko não respondeu, mas no fim das contas assentiu.

– O clã do dragão. Um dos primeiros.

– Você... você treinou para ser uma Seeker? Com Alistair e meus pais? – A realidade atingiu Quin de repente. – Você foi aprendiz com eles?

Mariko assentiu novamente, com um movimento curto e relutante.

– Você fez o juramento? – perguntou Quin.

Ela sabia que a própria mãe completara parte do treinamento, porém nunca fizera o juramento. Mas essa mulher...

Mariko não respondeu. Em vez disso, se enveredou ainda mais pelo porão. Parou diante de um armário encostado na parede ao fundo. Quin foi atrás dela, observando a mãe de Shinobu digitar a senha para abrir as portas de madeira do armário. Lá dentro havia vários mantos com capuz, uma pilha de roupas escuras de exercício, como aquelas utilizadas pelos Seekers nos treinamentos, e três espadas-chicote enroladas em uma prateleira.

Mariko passou as mãos na empunhadura das armas.

– Shinobu se achava muito esperto ao esconder a espada-chicote embaixo do tapete do armário quando veio para Hong Kong.

Apesar do distanciamento do filho, o amor de Mariko ficava evidente quando ela falava dele:

– Eu a encontrei e a trouxe aqui para baixo, para ficar com as outras espadas-chicote da família: a minha e a do meu pai, que eu estava guardando para Akio, mas não sei se vou deixá-lo usar.

A mãe de Shinobu deixara a propriedade quando ficou grávida de Akio, o irmão mais novo de Shinobu. Quin o vira brincando no jardim de Mariko logo antes de descerem para o porão. Ele tinha oito ou nove anos e seu cabelo era apenas um rastro do tom avermelhado que Shinobu herdara do pai. O menininho provavelmente não sabia nada sobre estas armas ou sobre os Seekers. Mariko escapara de sua vida passada com tanto êxito que Shinobu chegou a pensar que ela estivesse morta, até que se reencontraram em Hong Kong.

Mariko pegou a espada-chicote de Shinobu da prateleira e a entregou para Quin. Depois pegou outra: uma bela arma com empunhadura de madrepérola. Quin recuou um passo, pressentindo qual era a intenção da mulher. Com muita destreza, num movimento suave, Mariko estalou a espada. Então, conferiu todo tipo de formato à lâmina antes de girar o pulso e deixar a espada enrolar de volta.

A ideia que Quin tinha da mãe elegante de Shinobu era a de uma empresária rica e mimada, que usava um conjunto de terninho e saia e sapatos caros de salto alto. Mas agora enxergava a verdadeira Mariko:

uma lutadora treinada que abdicara dessa vida, mas não se esquecera completamente das suas raízes.

Mariko olhou para baixo, para a espada enroscada em sua mão. Seu cabelo preto e liso estava preso com um coque sofisticado que não parecia mais combinar com sua expressão atual.

– Fiz o juramento, sim – disse ela em voz baixa. – Treinei com seu pai e com sua mãe. E com Alistair, é claro. E outros.

– Mas você...

– Eu fiz o juramento. Sou uma Seeker empossada – disse Mariko. – Mas escolhi viver como mãe e não como... outra coisa.

Quin concordou com a cabeça. Era uma decisão que ela entendia bem depois da vida que seu pai lhe mostrara.

– E o seu athame, com o dragão...

Ela dera uma olhada nas páginas do diário de Catherine, para estudar o que fora escrito sobre cada clã. De acordo com os registros de Catherine, só o athame da raposa e o da águia foram vistos nas últimas décadas. Mas Catherine não sabia de tudo. Ela não descrevera o athame dos Pavores, por exemplo – agora em posse de Quin –, com a insígnia com três figuras ovais interligadas em forma de átomo.

– Sumiu – disse Mariko, e seu olhar desviou da espada-chicote para Quin. – Nosso athame está desaparecido há cem anos ou mais. Minha família ainda mandava crianças para treinamento na propriedade, na esperança de que um dia conseguíssemos recuperar nosso athame e nos tornar um grande clã novamente.

– Seu athame não foi o único que desapareceu.

– Não – concordou Mariko. – Não estamos sozinhos nessa.

– Sabe onde foram parar e por quê?

A mulher balançou a cabeça.

– Não. E como consigo ver a dúvida em seus olhos, aproveito para dizer que não sei o porquê de muitas coisas. Minha família viveu separada dos outros Seekers por várias gerações. Não sei por que ao longo dos últimos cem anos os Seekers se transformaram no que são. Só sei que eu não queria ser um deles.

Quin concordou novamente. E então perguntou:

– Mariko, você já viu um capacete de um metal estranho? Algo que você pode ter usado durante o treinamento, talvez?

Mariko continuou encarando Quin, mas algo em seu olhar mudou, ficou mais cauteloso.

– Deixei a propriedade depois de fazer o juramento, mas voltei – disse ela após uma pausa. – Porque eu amava Alistair MacBain.

De acordo com as lembranças de Quin, Mariko e Alistair foram felizes juntos, embora Quin admitisse que quase não prestara atenção aos relacionamentos dos adultos quando era criança, nem sequer percebera como o pai tratava sua mãe, por exemplo.

– Talvez eu não devesse ter voltado – continuou Mariko lentamente. – A vida de Alistair e a minha teriam sido mais fáceis se eu não tivesse voltado. Mas não teria sido uma vida muito interessante. – Ela suspirou e finalmente desviou os olhos de Quin. – Shinobu sempre te amou, sabia?

– Eu sei – sussurrou ela. – Eu o amo também.

– Mas talvez fosse mais fácil se vocês dois não se amassem... ou se não quisessem ser Seekers.

A voz da mulher estava tão carregada de arrependimento que Quin não foi capaz de responder. Pensou em Mariko e Alistair MacBain, apaixonados por tantos anos, mas forçados a viverem separados por causa do que os Seekers se tornaram – e, especialmente, por causa do que o pai de Quin, Briac Kincaid, se tornara.

No fim das contas, ela balbuciou:

– Eu... eu espero que a gente esteja atrás das coisas certas.

Apesar da sonoridade fraca, era a verdade.

Após um momento de reflexão, Mariko concordou com a cabeça, como se tivesse tomado uma decisão.

– Você me fez uma pergunta. E a resposta é não, nunca vi um capacete de metal como o que você descreveu. Não pessoalmente. Mas...

Ela se aproximou do armário e empurrou todas as roupas penduradas para os lados. A parede do fundo era branca. Por cima do branco, alguém pintara com um vermelho intenso uma imagem detalhada do capacete de metal, igual ao que Quin pegara de Briac e daqueles meninos estranhos. Abaixo do capacete havia diversas linhas de texto em japonês: uma lista enumerada.

– Chama-se "focal". Minha família já teve um, como pode ver – explicou Mariko, indicando a pintura. – Um ancestral solícito decidiu escrever as instruções de uso.

Os olhos de Quin esquadrinharam os caracteres japoneses.

– Você consegue traduzir para mim?

– Você tem um capacete desse? – perguntou Mariko. – Nunca vi um na propriedade.

A princípio, Quin não respondeu. Mariko deixara o mundo dos Seekers. Será que ela realmente queria saber a resposta? Não seria melhor ficar no escuro, levando uma vida à parte, em segurança, com seu filho mais novo, Akio?

– E se eu disser que sim? – perguntou Quin, finalmente.

– Então, você deve tomar cuidado com ele – respondeu Mariko. – Os aparatos dos Seekers nunca são brinquedos. Jamais devem ser tratados sem seriedade.

– Não trato nada disso sem seriedade.

– Não, não acho que você seja assim – disse Mariko, meditativamente. Seus olhos olhavam para baixo, onde a espada-chicote estava enroscada em sua mão. – Mas Shinobu poderia. Ele nunca é tão sério quanto deveria ser.

– Ele salvou minha vida várias vezes – respondeu Quin. – Foi bem sério para mim.

As palavras saíram calmamente e soavam pessoais demais para serem compartilhadas.

Mariko sorriu com tristeza.

– Então talvez ele tenha amadurecido – disse ela. – De toda forma, se você tiver um focal, deve saber usá-lo da maneira apropriada.

Ela abriu as portas da parte de baixo do armário e pegou um pequeno pedaço de papel que fora dobrado várias vezes. Com cerimônia, entregou-o para Quin.

Ela desdobrou com cuidado a folha delicada e encontrou uma lista escrita à mão com uma caligrafia linda e estrangeira. Era a tradução das palavras dentro do armário:

1. *Mantenha o corpo firme e saudável.*
2. *Esvazie os pensamentos e comece a partir de uma mente neutra.*
3. *Foque no assunto em questão.*
4. *Coloque o capacete.*
5. *Siga estas regras religiosamente, para evitar que o aparato se transforme em um caospacete.*

– Traduzi para uma amiga que, muitos anos atrás, também tinha um focal – explicou Mariko.

– Quem?

– Você tem seus segredos, Quin. Deixe que eu tenha os meus. Não sei para que finalidade ela o usou, assim como não sei muitas coisas. Mas posso dizer que ela nunca mais foi a mesma.

Seu tom de voz deixava claro que a mudança em sua amiga não fora para melhor.

Quin olhou de novo para a lista traduzida.

– Teve algo a ver com a palavra "caospacete"? Sabe o que isso significa?

Mariko negou com a cabeça.

– Faz tanto tempo que minha família teve um focal que eu nem sequer cheguei a aprender alguma coisa sobre ele. Mas pode-se presumir com certeza que há perigo. Meu pai sempre me lembrava que ele me mandava treinar na propriedade, apesar do perigo.

– Ele se referia aos perigos do treinamento? Ou ao perigo... das suas tarefas como Seeker após o juramento?

Mariko ergueu a espada-chicote, examinando a perícia da empunhadura talhada antes de colocar a arma de volta ao lugar na prateleira, dentro do armário.

– Talvez ele se referisse aos perigos do treinamento: o perigo de armas como a espada-chicote e o focal. Ou talvez se referisse aos perigos das tarefas – disse ela. Depois virou-se para Quin. – Mas acho que ele também se referia a outros perigos. – Mariko deve ter percebido a confusão no rosto de Quin, porque prosseguiu: – Não só athames têm desaparecido. Os próprios Seekers andam sumindo, Quin, e já faz muito tempo. Até hoje ninguém sabe explicar. – Ela repetia o que Catherine havia escrito no diário. – Então, se você continuar sendo uma Seeker e escolher usar o focal, por favor, tome cuidado.

CAPÍTULO 9

QUIN

A Ponte de Pedestres de Hong Kong ampliava o Porto de Victoria de Kowloon, no continente, até a ilha de Hong Kong, o que formava um mundo inteiro por si só. Tinha dez andares de altura e, no topo, havia uma elegante cobertura que parecia um conjunto de velas de barcos. De longe, um observador poderia achar que, na verdade, a ponte era uma série de barcos gigantescos atravessando o porto numa procissão monumental. Para Quin, a ponte sempre representara uma nova vida, uma vida longe do seu pai e da Escócia, a vida que ela escolhera para si. Sua mãe e ela moravam em uma casa na via principal da ponte, onde Quin trabalhara como curandeira desde que chegara, quase dois anos antes.

Ela estava entrando na ponte com a espada-chicote de Shinobu escondida debaixo do casaco. Por ser residente, ela não precisava ser revistada, portanto passou com a arma despercebida pelo posto de segurança.

A tarde estava radiante em Hong Kong, mas sob a cobertura da ponte o lusco-fusco não passava, uma condição que Quin já considerava caseira e confortável. Ela ziguezagueou pelo trânsito pesado de pedestres iluminados pelas lanternas predominantemente quentes e amarelas penduradas nos restaurantes e na entrada de escritórios de cura no andar mais alto da ponte.

Sua própria casa ficava perto do centro da ponte e da casa do seu mentor de cura, o Mestre Tan. Quando chegou, escapou da multidão e entrou pela porta da frente, que fechou logo em seguida, fazendo os sininhos tilintarem, e isolou o barulho vindo da ponte. Fiona estava na sala de espera do escritório de cura de Quin e arrumava tudo como se esperasse com impaciência há muito tempo.

– Oi, mãe. Shinobu está lá em cima?

– Ele está? – repetiu Fiona. Ela deixou de lado um recipiente com ervas e prendeu o cabelo ruivo comprido com um grampo em um gesto de deboche, claramente incomodada com alguma coisa. – Eu diria que ele está.

Quin percebeu que os olhos azuis da mãe estavam nítidos e suas palavras eram firmes – ambos bons sinais –, e ela bonita como sempre. Desde o combate a bordo da Traveler, Fiona não bebia mais, nem trabalhava como acompanhante. Na verdade, Quin e o Mestre Tan a treinavam para ser curandeira. A sobriedade poderia deixá-la irritadiça, mas ela parecia bem mais saudável.

Para Quin, seus momentos de raiva eram como cenas de um filme em que a atriz finge estar zangada.

– É bom que ele esteja lá em cima – continuou a mãe –, ou ele vai me enlouquecer.

– Ele está bem? – perguntou Quin.

Ela sentiu uma pontada de preocupação. Shinobu passara três dias em um hospital de Hong Kong e em seguida por um tratamento intenso com o Mestre Tan, que, além de ser mentor de Quin, era um dos mais respeitados curandeiros na Ponte de Pedestres. No hospital, retiraram os implantes de analgésico e lavaram seus ferimentos com reconstrutores celulares do Oriente, que, os médicos garantiram, eram melhores do que os ocidentais. Em seguida, o Mestre Tan fez sua ancestral mágica herbal. Shinobu se curou mais neste breve período de tempo na Ásia do que nas duas semanas que passara em Londres. Mas ainda não estava totalmente recuperado.

– Não tem como saber – respondeu a mãe dela enquanto batia nas almofadas do sofá com perversidade. Então, ao notar a preocupação de Quin, ela ergueu as mãos. – Não, não, ele está bem. O acupunturista ficou uma hora lá, até que Shinobu o expulsou. E ele também me expulsou. – Fiona apontou para a escada. – Duvido que ele te expulse, mas prepare-se... Pelo menos ele está de pé e andando, imagino.

Ainda pela metade dessa narrativa críptica, Quin começou a subir a escada, indo para o seu quarto. Ela viu os olhos da mãe seguirem seus movimentos. O olhar de Fiona parecia carregado de julgamento maternal: *Não posso impedir que você deixe ele ficar no seu quatro,* parecia dizer, *mas ele se tornou uma criatura muito diferente do menino com quem você cresceu.*

Já que essas palavras foram apenas insinuadas, Quin não explicou que não acontecera quase nada entre ela e Shinobu, eles apenas dormiram. Era ele quem tinha mais experiência, mas passou a maior parte das últimas semanas inconsciente, o que deixava Quin mais preocupada em mantê-lo vivo do que em viver um romance.

Ela encontrou a porta do quarto fechada e a empurrou para abri-la, aliviada por não estar trancada. Shinobu estava encolhido em cima da cama, meio agachado, olhando para o Porto de Victoria pela janela redonda. Usava apenas as roupas de baixo e seu corpo inteiro estava espetado com agulhas de acupuntura. No entanto, não havia agulhas em sua cabeça, porque, como Quin percebeu com preocupação, ele estava usando o focal de metal iridescente. Ela encontrou um rastro de agulhas já utilizadas no chão. Pelo visto, ele mesmo as arrancara do couro cabeludo antes de colocar o capacete.

– Ei – disse Quin com cautela.

Ele se virou ao ouvir a voz dela e seus olhos estavam iluminados e bem mais alertas do que quando ela fora para a casa de Mariko, mas também pareciam um pouco selvagens. Na cama, ele parecia mais uma cobra pronta para dar o bote.

– E aí? – disse ele, pulando para o chão.

Ela tentou segurá-lo, mas ele aterrissou bem sem ajuda.

– Você não deveria estar pulando ainda – afirmou ela.

– Não, está tudo bem. Não estou mais sentindo dor. – Ele chegou bem perto e sorriu para ela. – Sinto como se tudo estivesse bem.

O capacete fez um som vagamente crepitante, e pequenos tridentes vermelhos de energia engatinhavam pelas beiradas, percorrendo a testa de Shinobu. Quin tocou em um deles com cuidado.

– A luz do sol... – disse ele. – Eu o deixei no sol para recarregar. Como se fosse um despedaçador.

– Quando você o colocou? – perguntou ela. Embora a pergunta de verdade fosse: *Por quê?*

– Não sei direito – respondeu ele, como se sua incerteza fosse algo muito natural. – Alguns minutos? Ou um dia?

– Como assim você não sabe direito?

Ela ficou mais assustada. Será que ele estava usando o capacete há tanto tempo que perdera a noção? Será que foram horas? A mente dela focou nas instruções em seu bolso. Shinobu não seguiu nenhuma delas. Mesmo assim, ela achou que não seria uma boa ideia arrancá-lo inesperadamente da cabeça dele.

– Acho que não é importante saber há quanto tempo estou com o capacete – explicou ele.

Ele a segurou pelos ombros, como se fosse beijá-la, ou comê-la viva, quem sabe. As agulhas em suas mãos balançaram com o movimento.

– Quin, você precisa experimentar isso. Ele... ele... ele *faz* alguma coisa. Algo extraordinário. Você começa a... Ele nos faz *ver tudo*.

– Vou tirá-lo da sua cabeça agora mesmo – disse ela.

– Já? Por quê?

Ele parecia chateado. Levou as mãos até as laterais do capacete, para segurá-lo.

– Já faz muito tempo que você está com ele – disse ela com firmeza. Tirou as mãos dele do focal, feliz por não ter recebido nenhuma resistência física, e o puxou da sua cabeça. No mesmo instante Shinobu gemeu e desabou. – Espere! – disse Quin, agarrando-o por debaixo dos braços para evitar que ele se sentasse e afundasse as agulhas ainda mais na pele. – Não se sente. Tente ficar em pé.

Ele agarrou a própria cabeça, como se o estivesse matando, e resmungou de novo, mas dessa vez conseguiu se equilibrar. Quin tirou todas as agulhas do corpo dele o mais rápido que pôde e o ajudou a subir na cama. Ele se sentou pesadamente no colchão e, com uma mão na barriga, fechou os olhos.

– Estou tonto... – murmurou ele.

– Deite-se.

Quin o estendeu na cama. O que deu nele para usar o capacete antes que ela voltasse? Foi sua natureza aventureira ou uma simples curiosidade? Suas bochechas estavam vermelhas e seu batimento cardíaco, acelerado, mas diminuía conforme ela tocava no seu pescoço.

Ele abriu os olhos e a encarou.

– Estou bem agora – sussurrou ele. – Fiquei enjoado... mas já passou. – Ele percebeu que ela se debruçava na direção dele e deu um sorriso preguiçoso. – Pelo visto você me colocou convenientemente na sua cama.

– Idiota! – disse ela, empurrando o ombro dele.

– Ai – respondeu ele, puxando-a para perto. – Como pode me bater se já está tudo doendo tanto?

– Idiota – repetiu ela, com um pouco mais de delicadeza dessa vez. Ele a envolveu nos braços, mas ela o afastou para que os dois se olhassem. – Você não pode simplesmente colocar o capacete. Não é um brinquedo. Se não usá-lo da forma correta, vai acabar se machucando.

– E me machuquei – murmurou ele. – Fiquei tonto e agora está tudo doendo de novo. Que tal um beijo para sarar?

– Shinobu... – Ela não estava no clima de paquerar nem de brincar. Não sabia quantas outras vezes aguentaria vê-lo desabar à sua frente. – Por que você colocou o capacete?

Ele olhou com seriedade para ela e finalmente pareceu ter recobrado a consciência.

– Passei o dia todo na cama, entediado – disse ele. – Foi uma burrice. Desculpe.

– Sua mãe me deu as instruções de uso.

– Jura?

– É, mas depois conversamos sobre isso. Quando estivermos em condições de ser mais cuidadosos.

– Claro. Tudo bem – disse ele.

Quin suspirou e, aos poucos, começou a relaxar.

– Eu não paro de dar trabalho, desculpa – murmurou ele, e Quin notou em sua voz que a influência do focal, seja lá qual fosse, já tinha passado de vez. – Você me perdoa?

– Provavelmente – disse ela, com relutância.

Ele a puxou para perto. Como ele não estava correndo perigo de se machucar, Quin reparou em como estavam deitados na cama, com o sorriso dele pendendo mais para um lado do que para outro. Ele a observava com os olhos entreabertos.

– Agora você vai me beijar, certo? – perguntou ele.

– Talvez – murmurou ela.

E então o beijou, porque o amava, mesmo que ele fosse descuidado. Na metade das vezes, o descuido dele salvava a vida dela.

O beijo foi bom, mas muito parcial.

– Você está caindo no sono durante o beijo? – perguntou ela, ao perceber que era exatamente isso que estava acontecendo.

Shinobu abriu os olhos com dificuldade e logo os fechou de novo. Os implantes de analgésico já haviam sido removidos, então isso era exaustão de verdade.

– Claro que não – sussurrou ele. – Beija mais.

Mas, alguns instantes depois, ele estava dormindo profundamente. Tão profundamente que não reagiu nem quando Quin sacudiu seus ombros. Quin olhou para o focal do outro lado do quarto, na mesa onde o deixara. O que aquele capacete causava exatamente à pessoa que o usava?

CAPÍTULO 10

JOHN

John cuidava da fogueira e do jantar enquanto a Jovem Pavor andava em círculos. Estavam no pequeno acampamento dentro da oficina na propriedade, o mesmo lugar onde visitara Maud no ano anterior, na primeira vez que ela aceitou ajudá-lo. Mas agora estava morando lá com ela, dormindo mal toda noite, em cima de uma pilha de palha no canto, enrolado em seu manto, enquanto a Jovem Pavor dormia um sono quieto e profundo do outro lado da oficina, encasulada em seu manto como um pequeno anjo negro talhado em uma lápide.

A lareira deles ficava perto das portas abertas da oficina, um grande círculo de pedras com as cinzas que restavam sempre que o acendiam para cozinhar. Um fogo novo ardia alaranjado enquanto John assava o jantar deles.

Na janela perto da lareira ficavam os varais onde eles curavam os couros dos animais que caçavam juntos. Muitas peles foram penduradas ali, e Maud e John usavam coletes de pele de raposa para se proteger do frio noturno.

Ao longo da parede do fundo da oficina ficavam velhas prateleiras e estantes de facas e espadas resgatadas dos prédios destruídos na propriedade. Eles usavam todas aquelas coisas no treinamento.

A Jovem, que geralmente ficava imóvel, a não ser que alguma ação fosse necessária, andava de um lado para outro diante do fogão a lenha, incapaz de ficar sentada. Ele nunca a vira assim, mas ela preferira não explicar seu estado mental, então ele continuava aguardando até que ela falasse. Ele esperava que ela não estivesse mais chateada com sua desobediência mais cedo, quando perseguira Briac Kincaid. Se ela decidisse não treiná-lo mais, ele não saberia o que fazer.

John se forçou a olhar para o outro lado. O diário da sua mãe estava em seu colo, e ele o estudava sob a luz da fogueira. Fazia isso todas as noites desde que pegara o diário em um bolso no manto de Quin, enquanto todos mergulhavam para o chão a bordo da Traveler. Quin devolvera o diário para ele. Mesmo sem a intenção, ela o ajudou.

Maud parou diante das portas da oficina e olhou para o lado de fora, para a escuridão absoluta na qual se transformara a noite. Eram mais ou menos três horas da madrugada e uma névoa espessa dominava a paisagem.

– Você quer falar? – perguntou John, por fim.

Ela se virou para ele, com as feições iluminadas pelo fogo. Sua expressão estava calma e nítida como de costume. Em seus olhos havia apenas uma pista da inquietude do seu corpo. Ela não respondeu.

John espetou pedaços de carne de coelho para virá-los na grelha de metal. O ferimento de bala no seu ombro latejava, embora doesse bem menos nos últimos dias. Seus olhos se fixaram no diário.

O caderno de sua mãe era tanto autoexplicativo quanto difícil de entender. A primeira metade parecia ser um relato dos delitos do Pavor Médio e da justiça que ele aplicara aos Seekers indisciplinados. As páginas foram escritas por mãos ancestrais, portanto a leitura era muito difícil. No entanto, a avó de John, Maggie, forçava-o a ler livros antigos em voz alta, muitos escritos à mão. Então, ele tinha prática com inglês arcaico e conseguia decifrar grande parte das primeiras páginas do diário. Ele pedira ajuda a Maud para traduzir o que ele não entendia, mas ela recusara. Na verdade, ela recusara ceder qualquer coisa àquele diário além de um olhar casual.

Livrei o mundo do Médio, dissera ela na primeira vez em que ele tentou lhe mostrar o livro e explicar o que ele achava que havia ali. *Não tenho nenhuma vontade de ler um relato do que ele fez. Foram muitos os seus crimes, mas a maioria aconteceu há muito tempo. Eu deveria tê-lo matado antes.*

John não estava muito interessado nos crimes do Médio, muito menos em fazer justiça. Então, não pediu mais ajuda. Ele estava interessado na segunda parte do livro, onde sua mãe e outros catalogaram as últimas aparições de Seekers e athames de vários clãs.

De acordo com o diário, originalmente havia dez famílias de Seekers e cada uma tinha um athame. Mas a maioria desses athames estava desaparecida há vinte, cinquenta, cem anos desde que John nascera. Era um mistério onde estariam agora e por que haviam desaparecido, pelo menos para Catherine e seu diário. Mas ela os procurara. Ou, talvez, apenas *alguns* deles, os pertencentes aos clãs que causaram mal ao seu próprio.

Durante muitas gerações, outros clãs perseguiram e mataram sua família. *Algum dia você vai destruir os clãs que nos prejudicaram*, disse sua avó Maggie antes de sua mãe morrer. *Você vai se tornar o que éramos no início: poderosos, mas bons.* Ela repetia as mesmas palavras da mãe dele: *Nosso clã vai se erguer novamente e outros vão cair.*

Quando ele tocou nas páginas do diário, pensou nas mãos da mãe manuseando as mesmas folhas, preenchendo-as com sua caligrafia clara e feminina. E ele pensou em Quin, por mais que não quisesse. O diário esteve com ela. Suas mãos também o tocaram. Quando os olhos dele percorreram uma linha de texto, sentiu os olhos dela fazerem o mesmo.

O que ela achou disso?, pensou ele. *E em que ela está pensando?*

Maud desviou abruptamente das portas e se sentou perto da fogueira, do lado oposto a John. Fixou o olhar nele. Era sempre desconfortável essa fixação, como ser avaliado por um leopardo. O cabelo castanho-claro comprido dela batia nos ombros, aumentando a impressão de selvageria.

– Não conheço esses meninos – disse ela simplesmente. – Tenho certeza de que nunca os vi. E não há um Seeker que eu não tenha conhecido.

O coelho estava pronto. Em silêncio, John tirou a carne da grelha e serviu uma porção para ela nas tábuas tortas que eles usavam para as refeições. A Jovem Pavor aceitou a comida, mas a segurou à sua frente, como se não a notasse.

– Você conhece todos os Seekers? – perguntou ele.

– Eu deveria ser capaz de identificar pela aparência a que clã pertencem. Eu deveria ter alguma noção da família deles.

– Como pode esperar que conheça todos? – perguntou ele.

Maud não poderia ser muito mais velha que John. Na verdade, parecia mais nova. Embora já vivesse há muitos anos, ela passara a maior parte do tempo *Lá*, conforme ela mesma explicara, hibernando, dormindo ou esticada, como gostava de definir. Então, a duração de sua vida no mundo real, do tempo que passara desperta, não era muito mais do que a de John, certo?

Ele simplesmente disse:

– Se fossem Seekers, eu os conheceria. Mas não conheço.

Ao notar a comida à sua frente, ela começou a comer. Após algum tempo, pareceu chegar a uma decisão e perguntou a John:

– O que seu livro diz sobre o clã do javali?

John tentou disfarçar a surpresa com o interesse dela pelo diário.

– Javali? Por que esse?

– Os meninos tinham um athame e, no punho, havia um javali entalhado.

– Então... eles não podem ser Seekers do clã do javali? – perguntou ele.

– Não – respondeu Maud –, eles não são.

Quando ela não ofereceu nenhuma explicação adicional, ele deixou a tábua de lado, limpou cuidadosamente as mãos e folheou o livro. Na segunda metade do diário, havia uma página com um javali desenhado no alto. Ele a ergueu para que Maud visse.

– Ela fez um registro – disse ele – de lugares onde Seekers do clã do javali foram vistos, lugares onde o athame deles foi visto. Como aqui. – Ele apontou para uma das notas mais antigas abaixo do desenho do javali e acrescentou: – 1779, Espanha, perto da cidade de Valência.

– Qual é o último local da lista? O lugar mais recente onde o athame foi visto?

Os olhos dele percorreram algumas páginas.

– Aqui. Noruega, dezoito anos atrás, na posse de Emile Pernet, do clã do javali. – Ele mostrou a frase para ela. – Depois disso ninguém mais viu o athame do javali. Até agora, eu acho.

– Emile – repetiu a Jovem Pavor.

– Você o conhece?

– Já ouvi esse nome – disse ela. – E o que é isso embaixo do texto?

Ela se aproximara para olhar o diário, e eles ficaram sentados com os ombros colados.

– Um desenho de algum lugar.

Catherine incluíra um desenho de uma paisagem árida com rochas pontiagudas por todos os lados e uma caverna profunda e escura ao longe. Havia vários desenhos como esse no diário. Maud pegou o livro dele e olhou fixamente para a ilustração.

– Ela escreveu as coordenadas de um athame – disse ele. – Você reconhece o local?

Abaixo do desenho havia símbolos dos mostradores de um athame. Certamente eram instruções para encontrar a caverna. A Jovem Pavor já tinha começado a ensiná-lo sobre o athame e seus símbolos. Eles também já tinham usado o instrumento algumas vezes para viajar de Londres para a propriedade e outros locais próximos, embora não o deixasse empunhar a arma ancestral sozinho e, inclusive, vedasse seus olhos durante o processo. Ele só poderia usá-lo depois do juramento. Mas quando fosse um Seeker completo, o athame permitiria que ele seguisse as coordenadas do diário, retraçaria os passos de sua mãe para encontrar os clãs que prejudicaram o dele.

A Jovem Pavor continuava observando o desenho. Depois de algum tempo, ela disse:

– Se isso é uma caverna, pode ser que eu reconheça o local. Mas não faz muito sentido... Se for onde suspeito, deveria ser um local seguro para Emile, e não o último lugar onde seu athame foi visto antes de desaparecer. – Ela continuou segurando o diário e o folheou. – Posso ficar olhando isso por algum tempo?

John sentiu uma dor quase física quando o diário saiu de suas mãos. Era um objeto tão precioso, e ficou desaparecido por tanto tempo... mas ele engoliu o desconforto e disse:

– Sim, claro.

Considerou o interesse de Maud nas notas de sua mãe como um sinal de esperança. John andara pensando na cabine da sua avó na Traveler. A aeronave continuava no Hyde Park. Seus motores perigosos precisavam ser desmontados no local antes de transportá-la para fora de Londres e ser consertada. O trabalho estava quase pronto e o transporte seria feito em alguns dias. Enquanto a Traveler fosse consertada, seu interior seria removido, incluindo o que havia na cabine de Maggie. Havia coisas lá de que John precisava, coisas que ele não queria que seus primos – os mesmos que já estavam disputando o controle da fortuna da família – encontrassem.

Ele não queria falar sobre isso com a Jovem Pavor. Ela não gostava de menções à família dele ou à sua mãe. Ela queria que ele mantivesse a mente no presente durante o treinamento. Mas naquela noite, depois de ver os meninos, ela estava diferente. Ele observava a forma cautelosa como ela segurava o diário enquanto olhava para o fogo. Se ela estava interessada no que a mãe dele escrevera, talvez, pensou ele, pudesse se convencer a ajudá-lo.

– Eu... eu preciso voltar para a Traveler – disse ele antes de perder a paciência. – Para uma visita rápida. Mas tem que ser logo.

Maud olhou para ele.

– Por quê?

– Estou com o diário da minha mãe, mas há outras coisas dela no quarto da nave. Não quero que outra pessoa roube.

A Jovem Pavor esperou por uma explicação melhor. John batia nervosamente uma das mãos na perna. Maud fora verdadeira com ele e ele nunca mentira para ela desde que concordara em treiná-lo. Ele era seu aluno e honraria o acordo o máximo que pudesse.

– No diário, minha mãe registrava os clãs que mataram nossos parentes – explicou ele calmamente.

– O que você me mostrou no diário não diz nada sobre parentes mortos – respondeu Maud. – Só estou vendo listas de locais e datas.

– Talvez ela escrevesse sobre outras coisas além dos inimigos, mas estão aí – respondeu ele. – Quando você vir o que tem no quarto da minha avó na Traveler, tudo vai fazer sentido. Sejam lá quais outras coisas minha mãe estivesse fazendo, ela rastreava quem nos fez mal.

– Você quer juntar provas para uma vingança? – Seu tom de voz era cortante apesar do ritmo lento.

– Já contei as promessas que fiz para você – disse ele, se esforçando para manter o olhar firme. – Enquanto você me treinar, não vou fazer nada sem sua permissão. Mas eu... eu preciso recuperar essas coisas antes que se percam.

Maud pareceu considerar a resposta dele por um tempo. Por fim, ela disse:

– Podemos visitar a aeronave. – Então, os olhos dela encontraram os dele. – Sua mãe não queria só vingança, sabe?

John se virou sem dizer nada. Mas seus pensamentos eram óbvios: *Você não sabe o que minha mãe queria.*

CAPÍTULO 11

MAUD

21 ANOS ANTES

– O que você está fazendo aqui? – A voz da menina ecoava pela floresta.

– O que acha que estou fazendo aqui? – perguntou uma voz masculina.

A Jovem Pavor escutou a porta de um velho chalé sendo fechada à força, e depois viu dois pares de pegadas pela vegetação rasteira da floresta.

– Pare de me seguir!

Era a voz da menina de novo, mais nítida dessa vez, e Maud parou com um pé no ar, escutando.

A Jovem Pavor estivera nas ruínas do castelo na propriedade escocesa, treinando sozinha, imaginando por onde estaria o Pavor Médio naquele dia. No momento, ela seguia para o sul através da densa floresta que descia até o rio, onde ela costumava caçar as refeições deles.

– Vá embora! – disse a menina, depois de um instante.

Algo na voz dela incomodava Maud. Ela se equilibrava em um dos pés e, depois de um breve momento de deliberação, se virou e subiu o morro de novo.

– Quero ficar sozinha! – disse a menina.

Ela arfava e, a julgar pelos seus passos, estava correndo.

A Jovem reconheceu a voz: era de Catherine Renart, uma das aprendizes que logo mais faria o juramento e se tornaria uma Seeker. Quando Maud chegou ao topo do morro, viu Catherine seguindo depressa em meio às árvores lá embaixo. Obviamente ela visitara o pequeno grupo de chalés abandonados que ficavam escondidos nas profundezas da floresta, ali perto.

Outro aprendiz perseguia a menina. Era um garoto chamado Briac Kincaid, embora fosse difícil considerá-lo um menino. Só tinha quinze anos, assim como Catherine, mas já era alto como um homem e seu rosto tinha um formato cruel.

Catherine chegou a uma área mais aberta da mata, e ali Briac a alcançou. Ele agarrou o braço dela para girá-la até ficarem um de frente para o outro. Maud notou o rubor na pele clara de Briac contrastando com seu cabelo tão preto quanto a noite.

– O que você estava fazendo nos chalés? – perguntou ele.

– Por que está me seguindo? – exigiu Catherine, arrancando o braço da mão dele.

Briac agarrou os ombros dela e sorriu. Catherine recuou um passo e deu de cara com uma árvore.

– Você sabe por que estou seguindo você – sussurrou ele.

Catherine pareceu mais surpresa do que assustada.

Mas por que eu estou aqui?, perguntou-se a Jovem Pavor. Isso era uma briga de casal, nem de longe algo que deveria chamar sua atenção. Durante os últimos dias, ela observou os aprendizes treinando, como ela e o Médio faziam sempre que estavam na propriedade. Enquanto a maioria dos aprendizes se ocupava de provar seu valor para os instrutores, com o intuito de serem convidados a fazer o juramento, o comportamento de Catherine era diferente. Era como se ela já enxergasse sua vida além do treinamento e quisesse aprender as coisas que importavam. A Jovem também fora assim. Fazia mil perguntas ao seu mestre, o Velho Pavor, sobre o futuro, embora ele só respondesse algumas delas.

– Você queria que eu te seguisse até aqui – sussurrou Briac.

Do alto do morro, Maud olhou para os dois. Ela estava escondida entre as árvores, mas achava que não perceberiam sua presença nem se ela estivesse no descampado.

– Não queria não – disse Catherine.

– Ah, vai. Indo sozinha para os chalés abandonados? – perguntou suavemente. – Vamos entrar em um deles...

– Eu estava dando uma olhada nas coisas do Emile – justificou ela, afastando um dos ombros do toque dele.

– Emile? – respondeu ele. – Por que você perderia tempo com ele? Um aprendiz falido que desistiu e foi embora.

Catherine puxou o outro ombro e olhou com raiva para Briac.

– Ele era nosso amigo – disse ela. – Estava treinando com a gente.

– Ele era um menininho.

– Tinha quatorze anos. Só alguns meses mais novo do que a gente. E eu gostava das coisas que ele queria fazer depois do juramento.

– Tipo o quê? Livrar-se de políticos corruptos? Ajudar os pobres? – disse Briac, como se essas coisas fossem uma piada ingênua.

– Por que você fala assim? – perguntou Catherine. – Temos que fazer esse tipo de coisa. É nosso propósito.

– É mesmo?

– Meu avô nos livrou de um guerrilheiro afegão, libertamos inocentes...

– Muito bom, Catherine. Você deve ter uma família perfeita. Mas Emile não teria chegado a fazer o juramento.

– Por que acha isso?

– Ele escolheu uma má companhia – disse Briac.

– De quem você está falando?

Briac deu de ombros.

– Não sei direito, e não tenho motivo para me importar. – Sua voz se reduziu a um murmúrio áspero: – Deixe Emile para lá. Não é por isso que você está aqui.

– É por isso que estou... – começou Catherine, mas Briac a interrompeu ao encostar os lábios nos dela.

A menina recuou. O cabelo claro se enroscou na casca da árvore quando puxou a cabeça para longe. Da curta distância entre eles, observou Briac, como se analisasse um fenômeno natural inesperado em um laboratório.

– Ah, fala a verdade – insistiu o menino. – Faz três anos que nos espancamos durante os treinamentos no celeiro. Você nunca quis...?

Catherine exibiu um olhar de suspeita, que logo foi substituído por uma expressão de leve curiosidade. Ela o empurrou para longe e depois colocou a mão atrás da cabeça dele e o puxou de volta. Eles se beijaram de novo.

Maud se virou de costas. Ela não precisava se envolver nesse momento, e ainda teria que caçar o jantar. Deu alguns passos antes de ouvir a voz deles outra vez. Percebeu que estendera a audição para mantê-los sob observação.

– Isso é... demais – disse Catherine.

– Não, é bom. É bom...

– Você é cruel quando treinamos. Detesto você, na metade do tempo.

– Só porque eu quero ficar com você – sussurrou ele. – Você não me quer?

Logo depois, Maud ouviu uma disputa violenta e, sem qualquer pensamento consciente, deu meia-volta. Quando voltou à crista do morro, viu que Briac conseguira prender os braços de Catherine por trás dela. Catherine resistia enquanto ele a pressionava na árvore com uma das mãos no cós da calça dela.

– Não! – disse Catherine, finalmente afastando a cabeça dele.

– Tudo bem – respondeu Briac. Suas palavras não passavam de um sussurro. – Faz um ano que quero ficar com você.

Ele forçou os lábios nos dela e sua mão desapareceu no cós da calça de Catherine. Maud sentiu os pés acelerando e descendo o morro na direção deles.

Catherine virou a cabeça e, então, se jogou para a frente. Sua testa acertou o nariz dele, que gritou e a soltou.

– Saia de cima de mim! – berrou ela, empurrando-o.

Briac ficou em choque com a cabeçada, mas só por um instante. Logo depois espalmou a mão no rosto de Catherine, fazendo um estalo estrondoso ao atingir a bochecha dela.

Catherine caiu para o lado, mas Maud logo percebeu que era fingimento. Em meio à queda, as mãos de Catherine agarraram os ombros de Briac e ela acertou o joelho na virilha dele com força o bastante para que ele arfasse e recuasse, se contorcendo. Catherine foi atrás dele, empurrou-o no chão e desferiu golpes na sua cabeça. Briac ergueu os braços para se defender e Catherine aproveitou para acertar de novo sua virilha com o joelho.

Maud parou de andar. Catherine lutava com habilidade e não precisava de ajuda. *Claro que não*, pensou ela. *A menina já é quase uma Seeker formada.*

Enquanto Briac rolava no chão, Catherine sacou uma faca das costas e cortou o cós da calça dele. Rasgou de cima a baixo, expondo as roupas de baixo.

– Está gostando agora? – murmurou ela, quase sem fôlego.

O menino se contorcia e do chão da floresta a observava se levantar e se ajeitar. Ele não tentou ficar de pé quando ela saiu correndo.

Depois de percorrer certa distância, Catherine viu Maud e parou. A Jovem Pavor percebeu que estava totalmente exposta com o braço direito a postos e uma faca em punho, pronta para jogar em Briac Kincaid. Catherine parecia surpresa.

Eu me surpreendi, pensou a Jovem. *Os aprendizes conseguem se cuidar. Nós, Pavores, precisamos ficar de fora disso.*

Com um movimento fluido, Maud enfiou a faca de volta no seu lugar e se virou para seguir seu caminho original para o sul, em direção à caça. Mas os passos de Catherine a seguiam. Quando a Jovem Pavor não se virou nem mudou o ritmo de caminhada, escutou Catherine acelerar e logo a menina foi parar ao seu lado.

– Você ia me ajudar? – perguntou ela, caminhando com a Jovem Pavor. – Por quê?

Maud olhou para ela. De perto, ficou impressionada com a semelhança da garota com outra aprendiz, uma menina chamada Anna. Claro, ela deveria ser a irmã mais velha de Catherine. Ambas tinham cabelo claro e olhos azuis. Mas Anna se parecia mais com qualquer outro aprendiz: não tinha a curiosidade de Catherine.

– Achei que você não devesse interferir nas brigas dos Seekers – disse Catherine.

– Você ainda não é uma Seeker – retrucou Maud, sem se alterar.

– Sei me cuidar.

– Tenho certeza de que agora Briac também sabe disso.

– Nunca gostei dele – disse a menina, conversando casualmente enquanto acompanhava Maud. – Devemos deixar brigas de família de lado enquanto estivermos aqui. A propriedade é um terreno neutro, você sabe. Mas eu não deveria ter deixado que ele chegasse tão perto. – Catherine examinou as próprias mãos. Uma de suas articulações estava sangrando. Ela levou a mão à boca e observou a floresta à sua volta. Depois deu uma risada breve e alegre. – Você ficaria surpresa com quantas pessoas diferentes se pode conhecer nesta floresta.

– Logo mais você vai fazer seu juramento e estará livre para ir aonde quiser – disse Maud.

– Mas que tipo de Seeker vou ser?

A Jovem Pavor se perguntou o que a menina queria dizer com isso, mas não estava disposta a perguntar. Ela já se metera demais na vida da aprendiza, estava acessível demais. Os Pavores devem manter distância. Esse era o juramento dos Pavores: defender as três leis dos Seekers e ficar à parte da humanidade, para que suas mentes estivessem claras para fazer julgamentos.

– O athame da minha família está desaparecido há... cem anos ou coisa do tipo – continuou Catherine, como se Maud tivesse cobrado esclarecimentos dela. – A propriedade não tem as ferramentas de que precisamos para nosso treinamento. Então, que tipo de Seeker vou ser quando fizer meu juramento? Vou ser metade do que os Seekers costumavam ser. Menos da metade, porque não tenho athame, como a maioria dos aprendizes. Nem Briac. Você acha que outra família se arriscaria a me emprestar o athame para que eu possa ir para a América do Sul, ou coisa do tipo, capturar líderes de quadrilhas do tráfico de drogas? Vão revirar os olhos assim como Briac fez.

As palavras eram ditas pela menina como se ela estivesse esperando há meses para conversar com alguém. Talvez ela estivesse esperando há meses para conversar especificamente com Maud.

– De quais ferramentas você está falando? – a Jovem Pavor foi compelida a perguntar, apesar de tudo.

Ela sabia que alguns athames não estavam mais em posse das suas casas de origem e que muitos haviam desaparecido de vez, mas não sabia por quê. O que mais teria desaparecido?

– Não tenho certeza – disse Catherine. – Ouvi falar de um capacete para treinamento. Mas há outras ferramentas também. Você deve saber melhor do que eu.

O trabalho de Maud com os aprendizes era só supervisionar os juramentos e ela não passava muito tempo prestando atenção às especificidades do treinamento deles. Mas assim que Catherine mencionou o focal, ela se deu conta de que não via um desses desde... quando? Quando foi a última vez que viu um aprendiz usando um focal? Pelo menos quinze despertamentos antes? E mesmo naquela época era coisa rara, sendo que antigamente era comum. Havia outros instrumentos para a formação de um bom Seeker que não eram necessários, mas certamente úteis, cujo uso ela não via na propriedade há, pelo menos, algumas gerações.

A Jovem Pavor balançou a cabeça para discordar da frase de Catherine, mas também para afastar seus próprios pensamentos sobre o assunto.

– Você está falando dos problemas de um Seeker. Se os Seekers perdem suas posses de vista, isso não é uma preocupação dos Pavores.

– Mas não são nossas *posses* que desaparecem, não é? – perguntou Catherine em voz baixa, olhando para trás, onde dava para ver os chalés abandonados ao longe. – Meu amigo Emile, Emile Pernet, do clã do javali, não voltou este ano. E outros não voltaram. Olhe só todos esses chalés vazios.

– Nem todo mundo completa o treinamento – disse a Jovem Pavor. – É difícil.

– Já tentei várias vezes entrar em contato com Emile, mas ele não responde – comentou Catherine distraidamente. – Ele se foi e ninguém parece se importar.

– Vários aprendizes abandonam o treinamento – disse a Jovem Pavor. – Por que você deveria se preocupar? Ou eu?

– Você parecia preocupada mais cedo. – Catherine indicou com a cabeça o local onde Briac a atacara. – Você não é como o outro. O Médio. Ele não está nem um pouco preocupado com a vida dos Seekers.

A Jovem não respondeu. Um Seeker não está em posição de julgar um Pavor, quem dirá uma aprendiz. Se Maud não tivesse visto a menina ser atacada, já a teria repreendido. Mas naquela situação a Jovem Pavor simplesmente continuou andando e acelerou o passo.

– Você se incomoda com isso? – perguntou Catherine, apressando-se para acompanhar Maud. Ou ela não se dava conta do desconforto da Jovem com a conversa, ou estava determinada a insistir, apesar do que Maud achava. – Você se incomoda... por não se envolver? Por estar sempre separada do restante de nós?

– Esse é o dever de um Pavor.

– Você já se arrependeu... de ser o que é?

Maud lançou um olhar de censura e Catherine ficou um passo para trás. Em voz baixa, ela esclareceu:

– Eu só queria saber se... seria difícil para alguém como eu... ter uma vida como a sua?

– Já existem três Pavores, então sua pergunta não faz sentido.

A menina ficou quieta durante vários passos, mas continuava acompanhando Maud.

– Mas... mas tem mais de um Jovem Pavor.

Maud parou de andar e encarou a menina.

– Explique-se – exigiu ela. – Não há outros Pavores.

– Meu tataravô viu o Pavor Médio treinando outros.

Apesar do seu bom senso, a Jovem Pavor perguntou:

– Seu tataravô?

– Ele escreveu. Tenho a carta.

– Não. Não há outros Pavores – afirmou Maud novamente. Claro que não havia. – Só o Velho Pavor pode criar outro Pavor, e ele não criou ninguém desde que me treinou.

– É mesmo? Tem certeza? – Catherine parecia cabisbaixa com essa notícia. Ela manteve o olhar baixo, fixo no chão da floresta. Até que, quase sem coragem de falar, desembuchou: – Mas se há apenas três Pavores... você, você acha que o Pavor Médio merece a posição que tem?

Um reflexo fez o braço de Maud se erguer e estapear astutamente a bochecha de Catherine. A mão da menina imediatamente cobriu seu rosto. Maud continuou andando e, desta vez, acelerou tanto o passo que Catherine precisou correr para acompanhá-la.

Como um aprendiz sem juramento se atreve a falar assim com um Pavor?

A menina já não a acompanhava e Maud a ouvia esfregando a bochecha onde fora acertada.

— Ele fez coisas que não deveria ter feito, e não é um juiz justo — gritou Catherine às costas da Jovem.

As duas acusações eram verdadeiras, evidentemente. A Jovem Pavor já sabia disso há algum tempo. Mesmo assim, Catherine não tinha o direito de ser tão desafiadora.

— Vários Seekers escreveram sobre ele — disse a menina, embora ainda não estivesse acompanhando.

Maud desacelerou ao escutar isso e se lembrou de algo do seu passado. Quando era criança, séculos antes, ela acidentalmente espiara uma luta entre o Pavor Médio e o Jovem Pavor que ela sucedera. Nas suas últimas palavras antes de morrer, o Jovem disse ao Médio que escrevera muitas coisas. Então, ele sorriu como se tivesse vencido a luta, embora estivesse claro que o Pavor Médio estava prestes a matá-lo. Maud sempre se perguntara o que o menino Pavor escrevera. E onde.

Anos mais tarde, ela tomou coragem de contar sobre o acontecido para o Velho Pavor. O Velho respondeu calmamente:

— Poucas coisas a respeito do Pavor Médio me surpreenderiam, criança. Ele admitiu este ato para mim. E, no entanto, ele mudou o seu comportamento. Está diferente agora. Você deve deixá-lo comigo, pois o tenho nas minhas mãos.

Maud apertou o passo, até que estava trotando, deslizando por entre as árvores com uma passada silenciosa, firme e ritmada. Mesmo assim, ela ouviu o que Catherine disse em seguida:

— Meus pais não querem saber — murmurou a menina —, ninguém na propriedade quer saber, nem você quer saber.

A Jovem Pavor voltou a sua audição para si, isolando Catherine.

Muito tempo mais tarde, quando estava voltando para a propriedade com duas aves para o jantar, viu o Médio em pessoa. Ele estava de pé perto do chalé dos Pavores, falando com Briac Kincaid, que tinha o nariz inchado e um olho roxo.

O comentário mais estranho de Catherine ecoava na mente da Jovem Pavor: *Meu tataravô viu o Pavor Médio treinando outros.*

Os Pavores muitas vezes passavam tempo juntos esticados *Lá*, mas o Médio tinha a capacidade de acordar a si mesmo, e ela não. Isso queria dizer que ele frequentemente estava acordado enquanto Maud dormia. O que ele fazia todas essas vezes quando estava lá fora, no mundo sem ela?

Enquanto a Jovem Pavor observava, o Médio colocou uma mão no ombro de Briac Kincaid. Era um gesto de camaradagem que Maud considerou perturbador.

CAPÍTULO 12

QUIN

– Você já falou com a Jovem Pavor? – perguntou Quin a sua mãe.

Ela e Fiona estavam sentadas no chão do quarto de Quin. Horas antes, as duas despedaçaram cuidadosamente a cópia do diário de Catherine e espalharam as folhas pelo chão para que pudessem estudar tudo mais facilmente. Quin acordara inquieta no meio da noite e encontrara sua mãe ainda de pé. Juntas atravessaram as horas da madrugada até o dia seguinte, transcrevendo os registros mais antigos do diário com caligrafia mais legível, decifrando as complicadas palavras impressas no papel.

Fiona, sentada de pernas cruzadas a alguns metros de distância, percorria com os olhos as páginas à sua frente antes de se dirigir a Quin:

– Nunca falei – disse ela. – Parei de treinar quando tinha quatorze anos. Vi a Jovem Pavor algumas vezes na propriedade, quando eu era menininha e ela vinha oficiar os juramentos dos aprendizes mais velhos. Mas nossos caminhos nunca se cruzaram.

– E Catherine? Você a conhecia?

A menção à mãe de John fez com que os olhos de Fiona escurecessem, mas Quin não conseguiu perceber qual era a razão para tal mudança.

– Eu a conhecia superficialmente – respondeu Fiona de maneira bruta, sem dar brecha para mais perguntas. – Ela era um ano mais velha do que eu. Ela e suas amigas provavelmente me achavam fraca.

Mas eu desisti, então elas provavelmente estavam certas de pensar assim.

Quin deixou o assunto de lado e voltou sua atenção para as páginas no chão. Estava tão feliz com a melhora na saúde de Fiona que não queria levantar assuntos que a chateassem, temendo que ela pudesse atrapalhar a recuperação da sua mãe.

– De acordo com o diário, parece que os Seekers têm uma fascinação pelo número duzentos – murmurou Quin momentos depois, enquanto lia as páginas. O número aparece diversas vezes ao longo do diário, mas a cada ocorrência restava a Quin perguntar-se *duzentos de quê*, já que isso nunca ficava claro. – Mas Briac e Alistair nunca falaram coisa alguma sobre isso quando eu estava treinando. Veja esta entrada aqui, datada de aproximadamente duzentos e cinquenta anos atrás, falando sobre a "concentração dos duzentos".

– Eu reparei nisso – disse Fiona. – Mas nunca ouvi menção disso.

Um barulho, parecendo um suspiro, veio da cama de Quin. Shinobu continuava dormindo ali, deitado quase exatamente do mesmo jeito que passara a noite toda e boa parte da tarde anterior. Ela olhou para ele, que se revirava debaixo das cobertas.

– Talvez ele esteja finalmente acordando – sussurrou ela.

Fiona concordou e ficou de pé.

– Vou buscar o chá dele com o Mestre Tan – disse ela.

O Mestre Tan fazia chá medicinal para Shinobu todas as manhãs com ervas da sua famosa coleção. De acordo com Shinobu, o chá era extremamente repugnante, mas eficaz para acelerar a recuperação dele.

Fiona apertou os ombros da filha e saiu do quarto. Quin achou que o aperto era mais do que um consolo, parecia que sua mãe dizia: *Você trouxe esse aí para casa... Agora tem que cuidar dele.*

Quando Fiona foi embora, Quin se levantou do chão e se sentou na beirada da cama. Com o movimento do colchão, Shinobu acordou, assustado.

– Quin? O quê...

– Você está vivo – disse ela em voz baixa, acariciando a bochecha dele. – Algumas vezes cheguei a achar que pudesse estar morto.

Não era bem verdade, mas ele estivera tão profundamente inconsciente que ela relutara em sair do quarto a noite toda. Estava mais aliviada do que admitia em vê-lo acordado, falando.

Shinobu olhou para o relógio e ela percebeu que ele estava tentando entender os números.

– Estou dormindo desde a tarde de ontem? – perguntou ele.

– Ahã.

Ele inclinou a cabeça para trás, de volta ao travesseiro, e encarou o teto.

– Como?

Ela passou uma das mãos no cabelo dele.

– Acho que o focal te deixou especialmente alerta porque sugou toda a sua energia.

Ele piscou algumas vezes, passou a mão na testa e esfregou os olhos em um gesto tão infantil e desprotegido que Quin ficou morrendo de vontade de abraçá-lo.

– Usar o capacete foi uma experiência muito interessante, Quin. Era como se eu visse e entendesse *tudo*. Como se o mundo fosse muito nítido. Como se meus pensamentos se organizassem sozinhos.

Ao escutar essa descrição, ela entendeu por que ele tinha gostado tanto.

– Não é à toa que se chama "focal". Imagino que o objetivo seja ajudar o usuário a focar – disse ela –, mas a primeira regra para usá-lo é: "Esteja firme e saudável." Você ainda não chegou lá.

– Você acha que foi por isso que dormi tanto?

Quin deu de ombros.

– Talvez.

Ele se sentou e as cobertas deixaram à mostra seu peito nu. Ele ainda estava só de cueca, do jeito que ela o encontrara coberto de agulhas de acupuntura. Ela olhou para a cicatriz no lado direito do seu abdômen. Estava bem melhor que antes, mas ainda era uma linha roxa e feia de quase dezoito centímetros. E ele estava muito magro.

– Quin, quero usá-lo de novo.

– O focal? – Ela riu, mas depois parou. Ele não estava brincando. Com um leve tom de zombaria, ela perguntou: – Você quer usar a coisa que o deixou apagado por quase um dia inteiro?

– Estava fazendo algo por mim. Meus pensamentos estão mais... mais *lógicos* do que antes. O que quer que tenha feito por mim, durou a noite toda. Ainda estou sentindo, Quin. E quero deixar que o capacete termine seja lá o que estava fazendo.

– Mas não é...

– E daí se eu dormir muito? Estou precisando descansar, de qualquer forma. Ontem eu estava sentindo dor no corpo todo...

– *Por causa* do capacete. Você estava com dor quando o tirei da sua cabeça.

– Quero usá-lo só um pouquinho.

Ele colocou a mão no braço dela e a encarou com tamanha intensidade que a fez se lembrar de como a olhou quando estava com o focal. Era perturbador. Quin tratara de muitos viciados em drogas no seu tempo como curandeira – drogas sempre foram um problema na Ponte de Pedestres – e esse era exatamente o tipo de coisa que um viciado diria para convencer alguém de que estava fazendo a escolha certa. Era particularmente perturbador vindo de Shinobu, que há pouco tinha largado as drogas. Ele era um guerreiro tão bom e resistente por causa dos seus anos de treinamento de Seeker que, percebeu de repente, ela não prestara tanta atenção na fraqueza dele como deveria.

– Shinobu – disse ela com gentileza –, não vamos pensar no focal agora não. Eu o guardei.

Ele parecia desapontado com essas palavras e olhava incansavelmente à sua volta, como se planejasse sair procurando onde ela o deixara. Na verdade, o enfiara embaixo da pilha de roupas no fundo do armário. Mas assim que ficasse sozinha por um instante, encontraria um esconderijo melhor.

Ela colocou uma mão de cada lado do rosto dele e disse:

— Deixe que eu faça o meu trabalho em você. Agora mesmo.

Ele retribuiu o olhar dela, mas seus olhos estavam sombrios, desfocados. Depois de um instante, ele assentiu e sua expressão ficou mais clara, embora ele percebesse que seu comportamento estava estranho.

— Sim, por favor — sussurrou ele.

Ela o acomodou na cama novamente e tirou as cobertas de cima dele, para que pudesse ver o corpo inteiro. Quase todos os hematomas já haviam desaparecido, os ossos quebrados estavam quase todos calcificados, mas ainda havia certa fragilidade nele.

Na época em que treinava sob a tutela do Mestre Tan, ela centralizava os pensamentos e deixava a mente vagar. Era como ensinar os olhos a desfocarem até que algo ao longe ficasse mais nítido. Após um instante, o mundo comum se tornava menos claro e ela passava a enxergar linhas acobreadas de energia circulando o corpo de Shinobu.

Na primeira vez em que ela treinou com o Mestre Tan, ele ficou impressionado com a facilidade de Quin para atingir esse nível de concentração. Só depois, quando ela já tinha recuperado toda a memória, que percebeu como o treinamento mental de Seeker a preparara para entrar nesse estado de visão aumentada.

A energia de Shinobu fluía e desenhava formas pelo seu corpo, mas as linhas reluzentes estavam partidas onde havia lesões. Manchas escuras pairavam sobre os ferimentos, ainda mais na ferida causada pela espada-chicote no lado direito. E havia dezenas de manchas mais claras em volta da cabeça. Shinobu incluíra eletricidade na equação ao usar o focal.

Quin isolou todos os outros pensamentos, acalmou a respiração e focou ainda mais. Logo viu seu próprio campo energético: correntezas de cobre brilhantes desciam pelos seus braços. Ela abriu bem os dedos, ergueu as mãos a alguns centímetros do peito de Shinobu e deixou a energia escorrer dos seus braços, pelos seus dedos, derramando do seu corpo para o de Shinobu feito um rio de eletricidade.

Ela mexeu metodicamente as mãos pelas manchas escuras sobre os ferimentos dele para rompê-las e limpar as áreas afetadas. Quando finalmente chegou à cabeça dele, notou que as linhas de cobre formaram redemoinhos em volta de uma constelação de manchas escuras. Aos poucos, elas se dissiparam e as correntezas reluzentes em torno do rosto e da cabeça dele entraram em simetria e fluíram sem obstruções.

Shinobu suspirou fundo de alívio e Quin notou que ele estava visivelmente mais relaxado. Ela permitiu que a visão voltasse ao normal e os desenhos de energia foram sumindo à sua frente. Quando ele abriu os olhos para encará-la, ela deixou as mãos caírem na cama.

– Melhor? – perguntou ela baixinho.

– Melhor – murmurou ele em resposta. – Você me faz muito bem.

Ela sorriu. A fragilidade de antes já tinha passado, pelo menos por enquanto. Ele se sentou ao lado dela na cama, se inclinou e a beijou suavemente. Então, os olhos dele vasculharam o quarto antes de encontrar os dela de novo.

– Você escondeu mesmo o focal? – perguntou ele.

Ela não gostou de ouvir essa pergunta outra vez. O capacete de metal certamente o afetara profundamente. No entanto, ele parecia resignado com o fato de não poder usá-lo.

– Escondi – respondeu ela.

E vou escondê-lo melhor ainda.

Ele assentiu.

– Você se importa se sairmos do quarto? Sei que não posso usar o capacete. Mas preciso tirá-lo da cabeça. Quero lutar.

Quin riu. Já fazia dias que ele pedia um treino de luta para ela. Talvez agora fosse uma boa hora. Contanto que fossem cuidadosos, seria bom para ele usar os músculos.

— Passei quase toda a noite acordada analisando o diário — disse ela. — Então, existe uma chance muito, muito pequena de que você consiga me vencer.

Ele deu de ombros levemente e a beijou de novo. Ela ficou feliz de ver o humor dele melhorando tão depressa.

— Será que eu deveria amarrar uma mão atrás das costas para ajudá-la? — perguntou ele. — Ou vendar os meus olhos? Ou você precisa de mais moleza do que isso?

— Saia já da minha cama! — disse ela.

Ela o empurrou para longe com ares de galhofa e se dirigiu para a escrivaninha encostada na outra parede.

— Eu trouxe um presente para você da casa da sua mãe ainda melhor do que o focal — disse ela.

Ela tirou a espada-chicote de uma das gavetas mais fundas da escrivaninha e a lançou para ele. Shinobu a agarrou e balançou nos braços como um bebê por um momento. Ele olhava amorosamente para a espada-chicote.

— Eu senti saudade — disse ele para a arma. Então, ele a arremessou de volta para Quin e começou a pegar roupas. — Tome cuidado, Quin Kincaid. Não vou pegar leve com você.

Então, Fiona chegou com uma leve batida na porta, trazendo chá do Mestre Tan. Quin sentia prazer ao vê-lo beber a garrafa inteira, tapando o nariz e quase vomitando. Em seguida, subiram até o telhado para lutar.

CAPÍTULO 13

SHINOBU

Shinobu abriu os olhos e descobriu que já anoitecera novamente. Ele estava deitado na cama de Quin. Através da janela circular ali perto um brilho entrava no quarto: as luzes distantes de Hong Kong refletiam nas águas escuras do Porto de Victoria. O raio claro e oval dessa luz percorria lentamente um caminho pelo teto. Quin estava deitada ao lado dele na cama, dormindo profundamente e respirando de forma delicada. Sua mão quente encostava no braço dele.

Ela o levara para o telhado da casa dela naquela tarde, onde lutaram por quase uma hora. Ele sabia que ela tinha facilitado o treino para ele, mas ficou feliz ao descobrir que seus músculos não estavam tão fora de forma assim. Estava se recuperando bem e suas forças voltavam rapidamente.

Depois da luta, ele se deitara no chão do quarto de Quin, exausto. Toda parte do seu corpo doía, e o ferimento do lado direito latejava no ritmo das batidas do seu coração, mas isso não importava. A luta fora estimulante.

Já que Quin passara a maior parte da noite acordada analisando o diário, a luta a deixara completamente exaurida. Por isso acabou dormindo, e ele também. Mas agora ele estava acordado.

Seu corpo ainda doía, mas era diferente. Ficou de lado e olhou para Quin. O rosto dela estava relaxado e madeixas do cabelo escuro tampavam os olhos fechados. Shinobu sorriu ao notar como ela estava linda. Pensou em quantas camas de meninas diferentes ele se infiltrara. Geralmente, envolvia bem menos roupas e dormir lado a lado, mas Quin já vira duas vezes Shinobu driblar a morte por pouco, e estava sendo cautelosa. Olhando para ela, ele não entendia por que estivera com qualquer outra pessoa. Essa era a única garota que ele queria.

Ele a puxou para perto e tocou os lábios no ombro dela.

– Eu te amo, Quin Kincaid – sussurrou ele.

Ainda dormindo, ela se virou para ele e envolveu seu pescoço com os braços.

– Eu te amo – repetiu ele e a beijou delicadamente, sentindo ela devolver o beijo. – Eu te amo. Eu te amo. Eu te amo.

Ela estava acordando, puxando Shinobu para perto com beijos de verdade agora.

– Quero tirar sua roupa – murmurou ele.

Ela assentiu, a cabeça encostada na bochecha dele.

Um barulho no andar de baixo chegou ao quarto.

Shinobu ergueu os olhos e percebeu que a porta do quarto de Quin ainda estava aberta. Era noite, apesar de não muito tarde. Fiona deveria estar acordada lá embaixo.

– Já volto – sussurrou ele.

Engatinhou para fora da cama e se aproximou da porta. Esticando a cabeça para fora, na direção do corredor no topo da escada, ele escutou. Ouvia a mãe de Quin no escritório de cura no andar de baixo, cantarolando sozinha.

Ele começou a fechar a porta, mas parou no meio. Perto do quarto, estava a porta aberta do banheiro do andar de cima. Uma luz fraca do andar de baixo chegava ao banheiro e Shinobu percebeu que havia um pequeno painel no teto desalinhado dos outros. O painel só estava meio centímetro fora do lugar, mas ele fora treinado quase a vida inteira para notar pequenas mudanças no ambiente. Ele olhou para o teto e soube imediatamente que ali era onde Quin escondera o focal na pressa.

Ele parou na entrada do quarto dela e encarou o painel desalinhado. Já sabia que a dor estranha que sentira ao acordar podia ser por causa do capacete de metal. Ele acordou com o mesmo desejo pelo capacete que sentia pelo ópio. Mas o focal não era uma droga. Era só uma ferramenta, uma ferramenta que os Seekers usavam há centenas de anos, uma ferramenta que Quin admitia servir para focar a mente. Era uma coisa boa e fez com que ele se sentisse muito bem na primeira vez que o usara. Como se lhe desse indício de algo maior do que ele, algo quase como o *grande projeto* do qual poderia fazer parte. Que mal havia nisso?

Quin tirara o capacete da sua cabeça antes que ele entendesse tudo o que estava sentindo. Ela estava certa, claro, ele não deveria usá-lo antes que estivesse completamente curado. Ela lhe mostrara as instruções que a própria mãe dele escrevera. Mesmo assim, interrompera os pensamentos dele bem na hora em que estavam ficando claros. Usando o focal, ele começara – apenas começara – a se sentir conectado com o mundo de um jeito que não sentia desde a infância. Ele só queria vivenciar aquela sensação até o fim.

Mas prometera que não o usaria de novo. Mas... largara todas as drogas e nunca quisera voltar. O focal era outra coisa. Ele podia colocá-lo só por um tempinho, enquanto Quin dormia. E quando o tirasse, caso se sentisse inconsciente, ficaria tudo bem. Era noite, e ele estaria dormindo ao lado dela.

Olhou para o quarto às suas costas. Quin estava dormindo. Ele via o contorno do seu perfil na luz clara da janela. Ela era bonita e, mesmo se estivesse sonhando de novo, esperava que ele voltasse para a cama. Se ele se deitasse debaixo das cobertas, finalmente poderiam ficar juntos...

E poderiam mesmo. Logo mais. Ela nem precisaria saber que ele deixara o quarto.

Ele saiu e fechou a porta. Em três passos velozes, estava no banheiro. Era alto o suficiente para empurrar o painel do teto até abri-lo. E ali estava o focal, em cima do painel ao lado, brilhando, apesar da pouca luz. Com o pé, ele fechou a porta do banheiro. Depois pegou o capacete, trancou a porta e se sentou no chão do banheiro.

Antes que ele pudesse se convencer a não seguir adiante com aquilo, colocou o focal na cabeça.

CAPÍTULO 14

CATHERINE

20 ANOS ANTES

– Como poderia ter alguma coisa aqui dentro? – perguntou Mariko, dando uma olhada através da grade de metal no túnel do outro lado. – Este lugar está lotado de turistas. Provavelmente, não resta nenhum item autêntico na ilha. Parece a Disneylândia.

– Eu não sabia que você já tinha ido à Disneylândia – disse Catherine.

Ela estava curvada sobre a beirada da grade, usando a tocha de corte (grata por tê-la trazido) no último pino espesso que mantinha a grade no lugar.

– Claro que nunca fui à Disneylândia – respondeu Mariko, indignada, como se Disneylândia fosse sinônimo de clube de strip-tease ou prisão.

– Ah, segura!

O pino de metal fez um estouro ao quebrar na metade e a grade ficou solta. Catherine agarrou um dos lados, Mariko segurou o outro e juntas a baixaram até as rochas arenosas.

– Não tem nada aqui dentro – afirmou Catherine, respondendo à pergunta anterior de Mariko. – Se estou certa, vamos encontrar um espaço vazio, como uma caverna subterrânea. E aprenderemos um pouco sobre o meu clã.

Mariko e Catherine usavam vestidos de alcinha, e Catherine estava com dificuldade para se acostumar com sua aparência. Após passarem anos juntas na propriedade com roupas de treinamento encardidas, trajes muito femininos mais pareciam uma fantasia. Aos dezesseis anos, com essas roupas, elas estavam bonitas e frívolas, na opinião de Catherine. Pareciam as turistas do tipo que Mariko tanto desprezava.

Elas ficaram esperando a tarde toda, andando pelas ruas íngremes até que a maré baixasse o suficiente para procurarem pelo túnel que, Catherine tinha certeza, ficava abaixo do muro de contenção da maré. Ao pôr do sol, elas já tinham praticamente dado a volta em todas as praias daquela ilha minúscula, mas finalmente encontraram a entrada do túnel sob a velha capela equilibrada na extremidade sudoeste da ilha.

A entrada não estava bem escondida. Ficava só a alguns metros da areia, feito a entrada de um velho calabouço. Não era nada convidativo, mas qualquer visitante curioso com as ferramentas certas e sem medo de ser preso poderia ter feito o que elas estavam fazendo: afastar a grade e entrar pela passagem de rocha escura.

– Agora vigie a praia – instruiu Catherine.

Elas estavam relativamente escondidas pela grande rocha que despontava da parede de contenção e se estendia até a arrebentação. Mariko deu uma olhada na praia rochosa. Ao longe, grupos de visitantes perambulavam pela ilha e aproveitavam a última luz do dia para tirar fotos. A maioria deles estava saindo da areia molhada, subindo a escada de rocha antiga até o Monte Saint-Michel, lá em cima.

– Todo mundo está indo embora – disse ela.

– Pronta?

Mariko limpou as mãos na saia e afastou o cabelo escuro e comprido do rosto. Então, olhou com ceticismo para a passagem escura. Catherine iluminou lá dentro com a lanterna, mas o túnel fazia uma curva e não dava para ver muita coisa.

– Vai abrir em algum momento – garantiu Catherine, ouvindo a própria voz ecoando pelo túnel.

– Depois de quanto tempo? – perguntou Mariko. – Seu livro diz isso?

Mariko estava se referindo ao diário de Catherine, que enfiara na mochilinha que usava. Originalmente, ele não pertencia a Catherine. A princípio, pertenceu ao bisavô dela, que, um ano antes, a presenteara com o diário. Decidira não passá-lo para os pais de Catherine, afinal ele e Catherine concordavam que não se importariam muito com o conteúdo, pois o diário não continha um mapa para a conquista imediata de poder e riqueza. Por outro lado, era um registro da história dos Seekers, embora muito incompleto no momento.

Seu bisavô escrevera pessoalmente algumas das entradas do diário, mas em grande parte continha cartas e textos de outras pessoas que ele incluíra ao longo de vários anos. Mesmo com tudo isso, o diário era fino. Catherine pretendia preenchê-lo mais. Havia inúmeras cartas e diários para serem encontrados em velhas propriedades de Seekers abandonadas ao redor do mundo e Catherine já começara a achá-los.

Recentemente descobrira duas cartas ao custo de muita dificuldade durante viagens que foram difíceis de justificar para seus pais. As duas cartas foram escritas em papel velino e eram sobre o Pavor Médio, objeto de interesse de Catherine, afinal muitos Seekers testemunharam o comportamento indevido dele. Ela havia colado cuidadosamente esses tesouros no início do diário.

Se ela coletasse provas suficientes das coisas ruins que o Médio fizera no passado, e se pudesse mostrá-las ao Velho Pavor, será que ele encontraria alguém melhor do que o Médio para avaliar os Seekers?

Ela também achara, dentro de um baú no sótão dos seus pais, um bilhete do seu bisavô que a levara até ali, ao Monte Saint-Michel. O bilhete descrevia uma caminhada na praia de uma pequena ilha, andando sobre rochas e areia por muito tempo até encontrar a entrada para uma caverna especial que pertencia ao clã da raposa. Ele anotou as coordenadas que levavam até lá com um athame, mas como Catherine não tinha um athame, ela seguiu as instruções para chegar lá a pé.

Embora procurasse primordialmente informações sobre o Pavor Médio, ela ficaria feliz em aprender qualquer coisa sobre a sabedoria dos Seekers. Se encontrasse alguma coisa interessante no Monte Saint-Michel, incluiria no diário.

– Não sei qual é a extensão do túnel, mas nunca a vi recuar de um desafio, Mariko.

Mariko fungou.

– Sorte a sua que meu verão anda muito entediante, Cat-chan.

Catherine se agachou e entrou na passagem. O túnel era estreito, com pedras ásperas em ambos os lados que arranhavam seus ombros enquanto caminhavam. Estava tudo molhado e com cheiro de maresia. Havia tufos de algas em decomposição espalhados pelo chão e até a metade das paredes, indicando que o túnel se enchia de água quando a maré subia muito.

– Por que você me deixou usar sandálias? – reclamou Mariko depois de alguns minutos.

Catherine apenas riu. Ela dissera pelo menos cinco vezes para Mariko escolher calçados melhores.

– Mesmo de sandálias, isso não é melhor do que escutar os sermões da minha mãe sobre como achar bons maridos?

– Sim – concordou Mariko –, mas qualquer coisa é melhor do que aquilo. Ai, bati a cabeça! – Então, irritada, acrescentou: – Me fala de novo: por que você quer achar essa caverna?

– Não confia em mim?

Mariko bufou. Catherine já tinha colocado a amiga em apuros várias vezes, quase sempre porque encorajava Mariko a fazer muitas e muitas perguntas aos instrutores delas, depois de já terem se recusado a respondê-las para Catherine.

– Foi algo que Briac disse, na verdade – explicou Catherine. Enquanto falava, percebeu que o chão à frente delas se inclinava para cima e as únicas algas que restavam ali estavam muito secas. – Ele falou que cada casa costumava ter um lugar especial para membros do clã. Era tipo um ponto de encontro. Geralmente uma caverna, acho, mantida em segredo de todos os outros. Sua família tem isso?

– Não tenho certeza – respondeu Mariko depois de refletir por um instante. – Acho que tínhamos um retiro nas montanhas na região central do Japão.

– Bem, acho que vamos achar a caverna especial do clã da raposa. Cuidado, o teto está ficando cada vez mais baixo.

– Que maravilha – disse Mariko. – Eu já estava me sentindo confortável.

Catherine se agachou ainda mais e já andava em uma postura estranha, meio de cócoras. O ar estava abafado e Catherine ficou contente por Mariko não estar se sentindo claustrofóbica.

– Quando Briac disse isso, você estava vestida? – perguntou Mariko. – Ou ele já tinha dado um jeito de tirar sua calcinha?

Só outra Seeker brincaria com o fato de que Briac atacara Catherine. O treino brutal constante possibilitava que encontrassem humor em algo que não era nem um pouco engraçado.

– Rá, rá – respondeu Catherine. – Não, ele me contou sobre as cavernas pouco antes de eu ter quebrado o nariz dele por tentar encostar na minha calcinha.

– Espero que ele tente de novo e você deixe a masculinidade dele comprometida para sempre com um chute rápido e veloz. Meu pai me treinou para chutar um homem e garantir que ele nunca mais me trará problemas. Talvez eu devesse encomendar botas com ponteiras de aço para você, Cat, para que esteja sempre preparada...

– Se você odeia tanto Briac, como consegue ficar perto de Alistair? Eles vivem grudados, esses dois – retrucou Catherine, usando uma das mãos para guiá-la ao longo da parede baixa do túnel.

– Estamos engatinhando para o inferno? – perguntou Mariko.

– Devemos estar perto do fim. Estou sentindo uma brisa.

De fato, ela sentia uma brisa, mas a luz da lanterna indicava que o túnel continuava à frente. E se não encontrassem nada no fim e tivessem que voltar de costas pelo caminho inteiro? E se ela tivesse errado totalmente a localização?

Antes que Catherine fosse longe demais naquela linha de pensamento, Mariko continuou a conversa de onde tinham parado:

– Briac e Alistair são amigos desde a infância e Alistair é leal, mas não é como Briac. – Catherine sorriu ao ouvir a grande devoção na voz da amiga. – Alistair é, bom... é muito bonito, você não acha? – acrescentou Mariko.

Catherine respondeu com um som evasivo. Na sua opinião, a amizade de Alistair e Briac compensava pela sua aparência.

– Ele é um cavalheiro de verdade – continuou Mariko, um pouco sonhadora. – Embora não seja *sempre* gentil.

Catherine parou e apontou a lanterna para Mariko. Sua linda amiga piscava inocentemente na direção da luz.

– Você e ele... *já*, Mariko? – perguntou ela.

– Bem, não exatamente – respondeu ela, envergonhada. – Meus pais ficariam revoltados se eu fizesse isso.

– Então temos isso em comum – comentou Catherine, se virando para seguir em frente. A rigidez dos pais de Mariko era algo além da compreensão ocidental, mas os pais de Catherine não ficavam muito para trás. Fazia séculos desde que casamentos arranjados eram um costume na Inglaterra, mas os pais dela ainda não tinham se modernizado. – Meus pais parecem achar que sou propriedade deles, de corpo e alma. Pensam que vão escolher os meninos e também quais das minhas perguntas merecem respostas. Na maioria das vezes, eles não respondem a nenhuma sequer. – Mariko suspirou.

– Meus pais não sabem as respostas para nenhuma pergunta interessante. Desistiram das tradições dos Seekers várias gerações atrás. – Mariko ficou quieta por um instante antes de voltar a falar: – Minha mãe passou o verão inteiro me apresentando para meninos japoneses, para que eles possam escolher meu parceiro. Por sorte, vários deles eram bonitos.

– Meninos de clãs de Seekers?

– Não, não. Eles só me mandaram para o treinamento na propriedade porque é uma tradição da família. Meu pai queria que eu fosse treinada, que eu fizesse meu juramento. Só que ele não espera mais envolvimento do que isso. O athame da minha família está sumido há muitas gerações. Acho que meu pai tem esperança de que possa reaparecer magicamente algum dia, e eu deveria estar preparada, por via das dúvidas.

Catherine e Mariko fizeram os juramentos de Seeker antes do verão. Foram enviadas para uma missão – libertar um velho Seeker de uma prisão na África – e, depois, foram chamadas de volta para suas casas, Mariko para Hong Kong e Catherine para a Inglaterra. Alguns dias atrás Mariko chegara para visitar Catherine em Londres, e era a primeira vez que se viam desde que saíram da propriedade.

– Então... você tem que se casar com um desses meninos, Mariko--chan? – perguntou Catherine.

– Provavelmente. – Sua voz estava resignada e menos triste do que Catherine esperara. – Mas... Alistair. O *cabelo* dele, Cat-chan, os *ombros*. Quando ele me segura, é como se um robô de batalha me abraçasse.

Catherine riu ao ouvir a descrição, que parecia extremamente japonesa.

– Descrevendo dessa forma, consigo entender sua atração – disse ela.

Mas, no fundo, ela não entendia. Já conheciam Alistair há anos e parecia tão bobo ser apaixonada por um menino que viram crescer.

– Por favor, me diga que é o fim – pediu Mariko. – Meu pescoço está me matando e já arranhei o corpo todo.

Pelo feixe de luz da lanterna dava para ver o espaço se abrindo e, alguns instantes depois, Catherine saiu do confinamento do túnel e desceu para uma grande alcova de rocha. Era praticamente redondo ali, com cerca de nove metros de diâmetro e um teto que pairava a mais ou menos três metros acima da cabeça delas.

Catherine se alongou enquanto a amiga saía do túnel e descia para a alcova ao seu lado. Mariko pegou a lanterna e a girou para iluminar lentamente o espaço. O teto era feito de rocha natural, assim como mais da metade das paredes. Só o lado por onde haviam entrado era artificial, feito de rochas compactadas, grandes e desiguais. O restante do cômodo fora escavado diretamente do morro.

Havia marcas d'água nas paredes, algumas bem elevadas. Durante uma tempestade ou maré muito alta, o lugar devia ficar completamente cheio de água do mar. O chão e a metade mais profunda da alcova estavam cobertos de lixo marítimo: pedaços de madeira, areia saibrosa e algas antigas lentamente se transformavam em pó. Em alguns pontos, a alga ainda era verde. Mas, quando Catherine cutucou um amontoado de algas com o sapato, elas esfarelaram sob seu pé. Ao olhar para o teto, ela encontrou pequenas aberturas. Por ali passava a fina corrente de ar fresco que acariciava seu rosto.

A característica mais estranha era uma prateleira na parede mais ou menos na altura do seu peito. Circundava quase todo o local e era larga o suficiente para que se pudesse sentar ali, mas alta demais para facilitar seu uso. Do outro lado do túnel, acima da prateleira, uma cabeça de raposa fora talhada na rocha.

Catherine expirou, surpresa, quando viu a raposa.

– Acho que não restam dúvidas de que esta caverna pertence à minha família.

– Tem mais alguma coisa talhada aqui nessa parede – disse Mariko.

Elas se aproximaram e Mariko iluminou com a lanterna vários números esculpidos na pedra. Antes que Catherine pudesse analisá-los, outra coisa chamou sua atenção.

– Passa a lanterna pra cá – disse ela, com urgência. – Lá está. – Ela direcionou o feixe de luz da lanterna para um objeto parcialmente visível na prateleira, bem do outro lado da alcova. – Está vendo?

Elas cruzaram o chão entulhado e Catherine se esticou para alcançar a prateleira. Seus dedos se fecharam em torno de algo feito de rocha polida. Ela puxou o objeto para a luz e as duas o encararam, mudas.

– Isso é... um athame – disse Mariko, por fim.

E era.

Catherine estava segurando uma adaga de pedra perfeita, com cada centímetro intacto. Ela moveu os anéis da empunhadura, que giraram com facilidade ao toque. Depois segurou a adaga de cabeça para baixo, para conferir a base do punho.

Mariko e ela suspiraram ao mesmo tempo.

– É... é... – começou Mariko.

– É o athame da minha família – completou Catherine.

Havia uma pequena raposa talhada no punho da adaga de pedra.

Catherine subiu rapidamente os degraus de pedra da praia em direção ao vilarejo do Monte Saint-Michel, com a mochila agarrada ao peito. Dentro dela, estava o athame e a espada-chicote que encontraram ao lado da adaga de pedra. Uma brisa gelada emanava da água para a terra, mas muitas pessoas ainda andavam por ali, tirando fotos com a abadia ao fundo e a lua atrás do pináculo.

Elas haviam saído da alcova subterrânea o mais rápido possível. Catherine não quisera falar, mal ousara respirar, até que saíssem do túnel com o athame. Poderiam muito facilmente ter ficado encurraladas ali, caso alguém as estivesse perseguindo. Mas Mariko estava segurando o braço dela.

– Por que estamos indo tão rápido, Cat? – perguntou ela, puxando Catherine para perto enquanto ziguezagueavam por um grupo de alemães que discutiam sobre configurações de câmeras. – O athame deveria estar parado na alcova há anos. Não é como se alguém estivesse procurando por ele.

– Não estava lá há anos – disse Catherine. – Estava limpo quando o peguei, assim como a espada-chicote. Nenhuma poeira, nenhum sal da maresia. Como se tivessem acabado de ser colocados ali.

Mariko parou para pensar.

– De vez em quando a alcova se enche de água do mar – observou ela. Então, chegando à mesma conclusão que Catherine, acrescentou: – Seria uma burrice deixar um athame naquele lugar por qualquer período de tempo. Poderia ser levado pelo mar. É de imaginar que foi deixado ali recentemente para que alguém o encontrasse.

Mariko começou a guiar as duas, e Catherine ficou grata por isso. Sua mente estava envolvida no velho instrumento que ela carregava. Fazia cem anos que estava perdido, talvez mais. E ali estava. Seu coração começou a bater forte. Ela encontrara o athame da raposa. De toda a sua família, em todas as gerações, foi *ela* quem o encontrou. Eles voltariam a ser Seekers de verdade.

Estava ali naquela alcova escura, uma alcova que supostamente pertence à minha família, esperando por... quem?

Mariko as guiou, subindo mais alguns degraus, até seguirem pela rua às sombras da grande abadia. Catherine queria apertar o passo.

– Quem quer que o tenha colocado ali pode estar nos observando agora – sussurrou ela para Mariko. – Precisamos ir.

Mas Mariko a segurou pelo braço, forçando as duas a andar no ritmo serpenteante dos turistas.

– Se estamos sendo observadas, Cat-chan, devemos andar devagar para não chamarmos atenção – concluiu a amiga. – Mas *não* estamos sendo observadas.

– Como você sabe?

– Seria uma coincidência inacreditável – sussurrou Mariko. – Concordo que alguém deve ter colocado o athame e a espada-chicote ali *recentemente*. Mas não neste instante. Pense. Você chega aqui logo no dia...

Sua amiga parou. Levou Catherine para o muro de pedras rasteiro de onde dava para ver todo o vilarejo, até a parte continental da França, ao longe.

– Olhe com atenção – pediu Mariko –, ali perto dos degraus que levam para a porta da igreja. Descendo para a escada da praia.

Catherine olhou. Havia pelo menos vinte outras pessoas entre elas e a abadia, mas logo notou o que Mariko indicava: um homem andando pelas sombras da construção alta e escura, seguindo o mesmo caminho que elas haviam acabado de percorrer. Ele usava roupas comuns e um chapéu, que ocultava seu rosto na sombra, mas havia algo em seu jeito de se mexer, em seu controle rígido sobre os movimentos das pernas e dos braços.

– Ele anda como um Seeker – disse Catherine.

– Ou um aprendiz, pelo menos – concordou Mariko.

– Você o reconhece? Será que é Emile? – Catherine sentiu uma pontada de esperança. Seria maravilhoso descobrir que Emile está vivo e bem. Mas o sentimento logo passou. – Não, não é ele.

Mariko balançou a cabeça.

– Definitivamente, não é Emile. Muito grande. Não o conheço.

Ela agarrou Catherine pelos ombros e observou atentamente sua expressão.

– O que foi? – perguntou Catherine.

– Como você descobriu onde ficava aquela sala subterrânea? – perguntou Mariko. – Me diga exatamente.

Catherine tentou organizar seus pensamentos enquanto observava o homem desaparecer por onde ela e Mariko passaram. Era como se ele estivesse usando as mesmas instruções que Catherine recebera.

– Eu já disse. Encontrei um bilhete do bisavô do meu bisavô... ou algum ancestral. Tenho a árvore genealógica em casa, que mostra...

– Essa parte não importa – interrompeu Mariko.

– Certo. – Catherine se recompôs. – O bilhete dizia como encontrar este lugar, aquela alcova...

– O bilhete do seu ancestral dizia que a caverna ficava sob o Monte Saint-Michel?

– Não. Essa era a parte que faltava. O bilhete falava de uma caverna, dava instruções para encontrar o túnel depois de chegar na ilha, mas não dizia onde ficava. Eu só descobri ontem.

– Como? – pressionou a amiga.

– Tem a imagem de uma pequena montanha, um morro, na verdade, no escudo da minha família. Durante toda a minha vida, fiquei me perguntando onde ficava. Ninguém na minha família sabia direito. Assim como a caverna, era um conhecimento que se perdera com o tempo. Mas de repente entendi: a montanha no nosso escudo é o contorno do Monte Saint-Michel sem alguns dos prédios mais modernos, observado do mar, não da terra. E fiquei achando que as coordenadas que ele escreveu estavam ali para guiar alguém até este lugar.

– Catherine, você olha para o escudo da sua família desde que nasceu, mas só ontem percebeu isso? – sussurrou Mariko, deixando o sotaque japonês em destaque ao falar mais depressa.

– Concordo que parece estranho, agora que você está falando. Não sei explicar, só sei que o pensamento surgiu na minha cabeça: *Monte Saint-Michel. Monte Saint-Michel.* A ideia estava lá quando acordei, e era tão forte que foi quase assustador. – Catherine riu de nervoso, relembrando a estranha mistura de animação e terror que a dominara no momento da descoberta. Depois prosseguiu: – Pesquisei e encontrei fotos que comparei com o escudo da minha família, e então ficou óbvio.

– Então, você pensou que deveríamos vir imediatamente para a França e procurar a caverna que pertencia à sua família há centenas de anos?

– O pensamento estava tão claro e fiquei tão feliz ao perceber que estava certa... – sussurrou Catherine de volta. – Eu não esperava encontrar nada lá dentro! Nem esperava achar a caverna, não mesmo.

Ela olhou de novo para a rua de paralelepípedos, imaginando quanto tempo aquele homem levaria para encontrar a entrada do túnel. Tinham colocado a grade pesada em frente ao túnel, mas poderia ser removida em instantes. Quando ele chegasse ao fim do túnel e descobrisse que o athame não estava mais lá, o que aconteceria? O que ele estaria disposto a fazer?

– Catherine, o Monte Saint-Michel "apareceu" na sua cabeça. Você achou que era importante vir para cá *agora mesmo*.

– Olhei para o escudo e entendi tudo.

– Não, você não "entendeu tudo"! – berrou Mariko. – Cat-chan, não está entendendo? Você leu a mente de outra pessoa. Escutou os pensamentos de outra pessoa. Os pensamentos *urgentes* de outra pessoa. Você estava bisbilhotando a mente de alguém, algum *Seeker*, que deixou o athame ali. Ou seja lá quem que esteja vindo buscá-lo – concluiu ela, gesticulando na direção do Seeker misterioso.

– Até parece. Você está falando sério? – zombou Catherine. – Não acredita nisso, não é?

Elas aprenderam que muitas vezes Seekers desenvolviam, como uma consequência do treinamento mental, a habilidade de ler os pensamentos de outras pessoas. Mas Catherine sempre achara que havia outras explicações para o que os Seekers consideravam ser telepatia.

– Não é preciso acreditar nisso para conseguir fazer – observou Mariko. – Chegamos naquela alcova escondida minutos antes de outra pessoa. Eu estava justamente falando que era uma coincidência inacreditável, quando vimos alguém seguindo nossos passos. Qual outra explicação pode haver?

Mesmo relutante, Catherine entendeu o que a amiga queria dizer. Relembrou o medo gelado que acompanhara sua primeira visão do Monte Saint-Michel, como se o pensamento tivesse vindo de alguém perigoso. Talvez tivesse vindo do homem que acabara de passar e, se esse fosse o caso, ele não era alguém para ser enfrentado sem preparo.

– Talvez – admitiu ela.

– E ele está prestes a descobrir que o athame e a espada-chicote foram roubados – disse Mariko em voz baixa.

Catherine olhou para a amiga.

– Precisamos ir – disse ela.

– Sim – concordou Mariko. – Depressa.

CAPÍTULO 15

JOHN

Os escombros da Traveler tinham seis andares que antes formavam uma bela aeronave. A cobertura de metal refletora estava envergada e amassada em alguns pontos, revelando as árvores do parque e os prédios da cidade da forma distorcida como os espelhos de parque de diversões costumam mostrar. A Traveler passava a noite inteira rodeada de luzes de segurança e, durante o dia, equipes de emergência se espalhavam por toda a nave, desconectando metodicamente todas as fontes de energia, preparando a nave para sair da cidade, onde poderia ser consertada. E em breve, caso John prevalecesse sobre os outros ramos da sua família, ela voaria novamente.

Já era noite e ele e a Jovem Pavor estavam dentro da Traveler. Ela usara o athame para levá-los até lá e, como sempre, vendara os olhos de John.

Embora a equipe de resgate não estivesse ali àquela hora, as ofuscantes luzes exteriores continuavam acesas e brilhavam pelas janelas. De todos os lados dava para ouvir os pingos e os vazamentos dos canos arrebentados e sentir o cheiro de incêndios elétricos. Do teto dos corredores envergados, vazamentos de água gotejavam e evaporavam assim que tocavam as superfícies ainda quentes. Sombras deformadas se formavam em toda parte.

Gavin, o avô de John, já fraco e à beira da morte, quase morrera no acidente. Ele continuava inconsciente no hospital de Londres, onde os parentes de John se reuniam dia e noite, esperando para saber se Gavin sobreviveria e, apesar do que acontecera, estavam prontos para lutar pelo controle do seu patrimônio.

O patrimônio pertencia a John, por direito. Ele deveria estar lá com os parentes, reivindicando tudo que era seu, já que sua mãe acumulara a fortuna para ele, com o intuito de que pudesse se proteger dos inimigos, como ela nunca teve a chance. Mas as disputas na justiça teriam que esperar. A Jovem Pavor pode ter concordado com essa visita noturna à Traveler, mas nunca aceitaria deixá-lo voltar a Londres para algo tão mundano quanto uma disputa nos tribunais com os primos. Até que o treinamento estivesse completo, ele precisaria manter distância do mundo comum e ignorar os parentes pelo tempo que pudesse.

John sabia que sua ausência poderia ser a sentença de morte do avô. Anos antes, Catherine envenenara Gavin para mantê-lo sob controle. O veneno ficou permanentemente alojado no seu corpo, e ele precisava de uma dose diária de antídoto para permanecer vivo. Agora, Maggie se fora e John estava com Maud. Não havia ninguém em Londres para dar o antídoto a Gavin. Sem Maggie, John nem ao menos fazia ideia de como adquiri-lo. Ele só poderia torcer para que os médicos descobrissem um jeito de combater o veneno e que o velho sobrevivesse. Afinal de contas, Gavin era o único verdadeiro aliado de John e, mesmo que ele tivesse enlouquecido completamente, John o amava.

Maud traçara uma anomalia que levava diretamente ao salão principal da Traveler. Dali, John os guiou cuidadosamente até uma passagem estreita, já quase destruída, em um dos andares mais baixos da nave. No meio da passagem, chegaram a uma porta de metal entreaberta e emperrada no chão do corredor.

– O quarto da minha avó, Maggie – disse ele.

Lá dentro, no espaço minúsculo, havia uma cama, uma escrivaninha pequena e um armário bloqueado pelo teto desabado, tudo totalmente desorganizado. John se agachou para entrar ali e acendeu uma luminária na cabeceira da cama, iluminando a cabine.

Tudo de que ele precisava estava no chão. O quarto de Maggie fora decorado com várias fotos emolduradas e obras de arte, que foram derrubadas violentamente com a colisão da Traveler. Estavam jogadas no chão, quebradas em meio aos cacos de vidro. Ele se ajoelhou e começou a catá-las.

– O que aconteceu com sua avó? – perguntou a Jovem Pavor na entrada do quarto.

A pergunta surpreendeu John. Logo que ele começou a treinar com Maud, ela falava o mínimo possível e nunca faria perguntas pessoais. Sua conversa ficava mais fluida quanto mais tempo os dois passavam juntos, como se ela estivesse sendo contagiada por John e pelo mundo real.

– Não encontraram o corpo dela – disse ele.

Sua voz também parecia constante e longe demais, mas era um assunto pelo qual ele não queria que a Jovem Pavor se interessasse. As opiniões a sangue-frio de Maggie não agradariam a Maud.

– Você acha que ela escapou?

A equipe de resgate encontrara todo mundo da nave – alguns mortos, mas a maioria vivos – exceto Maggie.

– Sim – respondeu ele –, acho que ela saiu da nave de alguma forma.

A Jovem assentiu e se sentou no corredor. Enquanto John observava, ela tirou o diário de Catherine do bolso da jaqueta. Ele o deixara com aquilo desde a noite anterior.

Quando ele voltou a atenção para as molduras quebradas no chão, ainda estava com Maggie na cabeça. Ela não era sua avó de verdade, e sim uma parente mais distante. Ele pensava nela com frequência desde a colisão. Acreditava, sim, que ela havia escapado da nave, embora não entendesse como. E para onde ela teria ido? Se estivesse viva e bem, por que não havia entrado em contato com ele?

Na verdade, ele não sabia se deveria ficar triste ou aliviado. Maggie o criara depois que sua mãe se fora. Ele a amava, claro, mas também a odiava às vezes. Ela o assustara durante toda a infância, dizendo que alguém viria matá-lo, assim como tinham ido atrás de sua mãe e de tantos outros. Ele deveria estar preocupado com Maggie, com medo de que ela estivesse ferida ou perdida. Mas ele sentia algo diferente: uma grande inquietação sobre onde ela poderia ter ido parar e o que poderia estar fazendo.

Certa vez, sua avó lhe contou uma história para dormir sobre uma mulher que morava nas profundezas da floresta, longe de toda a humanidade, exceto de alguns poucos escolhidos. A história pareceu algo mais do que um conto de fadas. Maggie parecia descrever algo que tinha realmente feito. Será que ela estava fazendo isso de novo, vivendo em algum lugar distante de Londres, deixando o tempo passar?

Ele empilhou na cama as molduras de fotos quebradas e catou os últimos cacos de vidro. Cada moldura tinha mais fotos do que era de esperar, muitas estavam escondidas atrás de outras coisas expostas no vidro. Então, John rasgou a parte de trás das molduras, puxou uma a uma as fotos dos esconderijos e arrumou todas em cima da colcha da cama.

As fotos escondidas não eram nada agradáveis. Todas retratavam uma cena de morte terrível. Imagens de homens, mulheres e crianças mortos por facas, espadas, afogamento... As fotos mais antigas tinham sido tiradas pelo menos cem anos antes, mas percorriam o último século em preto e branco. A primeira vez que Maggie lhe mostrara essas fotos ele tinha apenas oito anos. Todos os mortos eram seus ancestrais e membros do clã da raposa. Ali estavam as fotos para provar todas as formas como os outros clãs de Seekers vitimaram o dele. As fotos convenceram John a dedicar sua vida à vingança, assim como sua mãe dedicara a dela.

Eles acham que somos pequenos, fracos e indefesos. Presas fáceis, disse sua mãe antes de morrer. *Somos presas fáceis, John?*

— Não — murmurou John em voz alta agora, assim como fizera antes para sua mãe —, não somos.

Mas, olhando para as pilhas de fotos, ele pensou que todos de sua família *tinham sido* presas fáceis. Foram vítimas muitas e muitas vezes. Não mais. Os assassinos não iam escapar depois dessa carnificina.

Esta é a minha lista de quem vai pagar, pensou John.

CAPÍTULO 16

MAUD

Enquanto John estava ocupado no quarto da avó, a Jovem Pavor continuava sentada no chão inclinado do corredor da Traveler, analisando o diário de Catherine. A princípio, não quis dar uma olhada no diário, não quis ver as evidências dos crimes do Médio. Ela fora forçada a coexistir com o Pavor Médio desde a infância, o que só foi possível porque ignorara as piores partes da natureza dele. Depois que ela o matou, se sentiu bem ao constatar que eliminara todos os vestígios dele, mas o diário relatava o contrário. Revelou que, ainda que ela soubesse de alguns dos delitos do Médio, havia inúmeros outros que desconhecia totalmente.

Uma entrada mais ou menos na metade do livro chamara sua atenção na noite anterior, e ela estava relendo:

12 de abril de 1870.

Pai,
O Pavor Médio voltou não faz sequer três dias. Ele não anunciou sua presença, mas Gerald estava caçando sozinho e o viu entre o lago e a fortaleza.
Devo fazer algum gesto de reconhecimento da presença dele? Não quero ofendê-lo por ser objetivo demais, tampouco por não ser respeitoso o bastante.

Além disso, tenho mais uma novidade. Há dois jovens com ele, de famílias humildes, a julgar pelas vestes e pelo jeito de falar. Estão treinando esgrima com o Pavor. Praticam uma aritmética estranha entre eles, contando números que sempre somam duzentos.
O que podemos concluir disso?
Com muito amor, para você e meus irmãos,

Thomas

Isso foi escrito com uma caligrafia relativamente moderna, usando ortografia moderna, mas Maud não conseguia distinguir todas as palavras. As primeiras páginas do diário eram as únicas que ela lia com tranquilidade. Mas entendeu que "dois jovens... de famílias humildes" estavam sendo treinados pelo Pavor Médio.

Meu tataravô viu outros sendo treinados pelo Pavor Médio, dissera Catherine, anos antes, na floresta. Provavelmente essa era a carta que o ancestral de Catherine escrevera, concluiu Maud. E os dois meninos estranhos que Maud e John viram na propriedade escocesa... Será que eram os mesmos jovens descritos na carta? Na noite anterior, sentada em frente à fogueira, Maud se convencera de que a resposta era sim. Catherine confundira os meninos com Jovens Pavores. Mas claro que não. Eles eram outra coisa, e pertenciam ao Médio.

Maud tinha certeza de que ele pegara uma espada-chicote para dividir ao meio e dar para os meninos. Talvez ele também dera o athame do javali para eles. A carta fora escrita quase duzentos anos antes, então aqueles meninos estavam passando tempo *Lá*, esticados, o que explicava o toque de Pavor em seus movimentos.

A carta era de 1870. *Eu estava acordada em 1870?*, perguntou-se a Jovem Pavor. Em geral, ela sabia quanto tempo ficara esticada e quanto tempo passara acordada. Mas ela não enfatizava precisamente os anos, portanto não tinha certeza de onde estivera em 1870. Ela poderia muito bem ter estado *Lá* enquanto o Pavor Médio perambulava pelo mundo, treinando aqueles meninos. Mas para *que* ele os estaria usando?

Ela folheou as primeiras páginas do diário à procura, como muitas vezes já estivera, de uma entrada específica. Escrita em pergaminho estava a descrição de como o Pavor Médio matou um Jovem Pavor, séculos antes. Não foi o assassinato que ela testemunhara, foi um ainda mais antigo.

Este pedaço de pergaminho é a prova de que o Médio matou pelo menos dois Jovens Pavores antes de mim, pensou ela. *Isso com certeza é mais do que meu mestre sabia. Se ele soubesse de tudo, será que teria se livrado do Médio antes?* Ela temia que a resposta fosse não. O Velho Pavor reconhecera os antigos crimes do Médio, mas estivera ligado de tal forma a ele que não conseguira fazer justiça. Até que Maud decidiu fazê-la com as próprias mãos e matou o Médio.

A Jovem Pavor ergueu os olhos do diário e notou um brilho de metal no seu campo de visão. À direita da entrada da cabine, um pedaço de parede desabada pendia no corredor. A rachadura revelava um espaço escuro. Maud afastou para o lado o pedaço de parede do corredor e espiou através do que deveria ser o armário da avó de John, que tinha praticamente desabado durante a colisão da aeronave. Os objetos se misturavam em uma pilha e, em meio aos lenços e sapatos emaranhados, algo grande e de metal refletia a luz. Quando a Jovem Pavor arrancou esse item pela rachadura na parede, ela reconheceu imediatamente o peso e o tamanho familiares.

Era um escudo de metal, do tipo que um espadachim levaria no braço. A superfície do escudo era formada por diversos círculos concêntricos que giravam independentemente. Ela sabia o que aquilo fora um dia: *um escudo de despedaçador.* Embora já tivessem sido populares entre os Seekers, fazia pelo menos duzentos anos que a Jovem não via um desses. Seu mestre, o Velho Pavor, não tinha muita fé nesses instrumentos – ele acreditava que as pessoas deveriam confiar mais em reflexos ligeiros –, mas em algumas ocasiões Maud treinara com um escudo do tipo quando o Pavor Médio a instruía.

Ela passou as mãos pelos círculos concêntricos da face do escudo, fazendo-os girar. Em rotação, os anéis criavam a ilusão desorientadora de que a superfície do escudo espiralava, ao mesmo tempo, na sua direção e para longe de você. O escudo era feito para suportar o ataque direto de fagulhas de despedaçadores e, quando usado com habilidade, fazia coisas interessantes com as fagulhas.

Se John melhorar um pouco, talvez eu deixe ele usar isso, pensou ela.

Havia mais alguma coisa no armário, que se tornou visível depois que ela removera o escudo. Maud achou que seus olhos pudessem estar enganados, então se esticou rapidamente para tirar o objeto dali. Era outra ferramenta que não via há gerações: um capacete de metal iridescente, um focal.

A Jovem Pavor analisou o capacete e o escudo, e começou a fazer planos para o restante do treinamento de John. Quando ela o ouviu murmurando na cabine alguns minutos depois, largou os objetos e entrou ali.

A cama estava coberta por um caos de imagens, todas de morte. O chão empenado se movia enquanto ela se aproximava de John. A Jovem Pavor não tinha nenhuma vontade de participar da vingança de John – nem ao menos de reconhecê-la –, mas acabou pegando algumas das fotos para analisar. Muitas eram em preto e branco, provando como eram antigas. Mas muitas outras eram coloridas, com o tom mais proeminente sendo o vermelho-sangue. Mesmo nas fotos em preto e branco, ela sentia o tom de vermelho escondido nas grandes poças negras: um homem, uma mulher e quatro crianças cortados em pedaços, os adultos pendurados em facas compridas cravadas nas paredes, as crianças emboladas no chão com as roupas escurecidas pelo sangue. Pessoas mortas por espancamento, por tiros. Pessoas mortas, com uma exuberância inconfundível, por espadas-chicote. Havia *tantas*.

– Você estava lá? – perguntou John, baixinho.

Maud demorou um instante para entender o que ele queria dizer. Estava perguntando se ela participara da morte daquelas pessoas, que eram membros da família dele. A Jovem Pavor ficou profundamente incomodada ao perceber que John achava que ela teria sido capaz de ações tão malignas, mas ele fora criado para isso, para ver ameaças e assassinos por todos os lados.

Ela olhou para outras fotos. Na verdade, reconhecia a maioria dos rostos. Vira aqueles homens, aquelas mulheres, até mesmo algumas daquelas crianças. Ela os observara no trem, realizara seus juramentos. Mas nunca os vira daquela forma.

A Jovem Pavor balançou a cabeça.

– Não.

Seus olhos brilharam ao ver uma das fotos mais recentes. Uma bela jovem apertava um ferimento abissal no abdômen enquanto seus olhos azuis encaravam o nada, fixados na morte. Havia um corte profundo em uma das bochechas que, apesar do aspecto terrível, pouco afetava suas feições singelas. *Catherine*, pensou Maud. *Eu estava lá quando Catherine morreu.*

Porém, uma inspeção mais apurada a fez perceber que não era Catherine Renart. Era sua irmã mais velha. As duas se pareciam muito, mas a da foto tinha feridas diferentes. O ferimento fatal de Catherine fora na perna, não na barriga. E ela só morreu, é claro, muitos anos mais tarde. O Médio e Briac insistiram em despedaçar Catherine e mantê-la viva. Dessa forma, Briac poderia dizer honestamente que não tirara a vida dela, embora não houvesse nada de honesto em como Briac lidava com Catherine.

– Você a conhecia? – perguntou John.

– Fiz o juramento dela na propriedade – disse Maud. – Ela e sua mãe eram muito parecidas.

John apontou para a imagem desenhada com sangue na camisa da menina: um carneiro rudimentar.

– Um carneiro – afirmou a Jovem em voz baixa. – Alguém desenhou um carneiro.

– O assassino desenhou o emblema da casa dele – disse John, suspirando. – Quin é do clã do carneiro, mas ela ainda não era nascida. Foi Briac.

– É possível – concordou Maud.

Embora qualquer um possa desenhar qualquer coisa em um defunto, pensou ela.

Agora que John notara esse detalhe, ela via imagens similares em várias vítimas: um urso desenhado por um dedo ensanguentado na camisa de uma criança; em outra foto, ela via o contorno de um javali. A Jovem Pavor tentou imaginar Seekers assinando seus terríveis atos com as insígnias dos próprios clãs, mas não conseguia visualizar com precisão a cena. Por que alguém faria uma coisa dessa? O único resultado possível seria criar inimizade entre os Seekers.

John não hesitara. Analisou as fotografias como se planejasse uma batalha. E, Maud percebeu logo depois, era o que ele estava fazendo.

– No diário, minha mãe estava registrando as localizações dos diferentes clãs de Seekers e seus athames. Mas aqui dá para ver quais clãs deram errado, quais precisam ser contidos – explicou John, apontando para três pilhas de fotos. – Ao olhar para os sinais desenhados nos corpos, conto sete assassinatos cometidos pelo clã do urso, cinco pelo clã do javali e dois pelo clã do carneiro. Então, o clã do urso...

Ele perdeu o fio da meada, mas Maud sabia quais palavras completavam sua frase: *o clã do urso é o primeiro na minha lista.*

John pediu o diário de volta, e o folheou até encontrar a página que tinha um urso desenhado no cabeçalho. Abaixo do animal havia uma ilustração muito parecida com a que ele mostrara para Maud na propriedade. Era outro desenho de uma caverna. Essa estava aninhada no topo de um morro atrás do qual surgia uma fileira de outros morros com um padrão característico. Abaixo do desenho havia um conjunto de coordenadas.

– Aqui – disse ele. – Foi nesse local que minha mãe ouviu falar da casa do urso pela última vez. No diário consta que o athame do urso foi visto pela última vez no sudoeste da África, há oitenta anos, em posse de uma Seeker chamada Delyth Priddy, do clã do urso, que possivelmente trazia um acompanhante. E aqui estão as coordenadas. Ela estava registrando as coordenadas para que pudesse ir até esses lugares.

Maud entendeu qual era a intenção dele: queria que ela o levasse até aquele lugar para percorrer o mesmo caminho que sua mãe. A Jovem Pavor reconheceu o local pelo desenho e pelas coordenadas. Era uma caverna na África considerada especial para o clã do urso, assim como cada clã de Seeker já teve um lugar especial para os membros, embora a maioria deles tenha caído em desuso há muito tempo. Parecia que Catherine andara procurando essas cavernas.

Ela não explicou nada disso para John, pelo menos por enquanto, porque era vantajoso deixá-lo tirar as suas próprias conclusões. Ela foi até o corredor para recuperar o escudo e o capacete.

– O que são essas coisas? – perguntou ele ao ver os objetos quando ela voltou. – Tem um desenho deste aqui – gesticulou para o capacete – no diário.

– Isso é um focal – respondeu ela, erguendo o objeto. – Se usado corretamente, é uma ferramenta excelente. O escudo é interessante, mas menos importante para o treinamento.

– É o capacete do qual você falou antes? – sussurrou ele. – Para me ajudar a encarar um despedaçador sem perder as estribeiras?

– É possível – disse ela.

Mas na verdade era exatamente aquilo que tinha a intenção de ensiná-lo: como encarar o despedaçador, e muitas outras coisas, sem perder as estribeiras. Como encontrar o caminho apropriado.

Ela olhou para as fotos de morte espalhadas pela cama. John queria ir atrás do clã do urso para vingar sua mãe e todas as pessoas nas fotos. O fato de que ninguém vira um membro do clã do urso em aproximadamente oitenta anos não o dissuadia. Nem o fato de que o clã do javali, o próximo na lista de John, estivesse desaparecido há uma geração, desde que Emile Pernet desaparecera na Noruega. Pelo visto, John achava que sua mãe encontrara um rastro secreto que a levaria até seus inimigos. A Jovem Pavor tinha dúvidas. Se Seekers e athames estavam desaparecidos há tantos anos, ela achava que não seriam facilmente encontrados.

Então tomou uma decisão. John poderia fazer sua busca. Ela o deixaria ir atrás da sua vingança sobre os clãs de Seekers que há muito haviam deixado de existir. *E, no caminho, vou treinar sua mente para se manter a distância de crueldades fúteis e vendetas. E, talvez, seguindo o diário de Catherine, eu mesma descubra o que o Pavor Médio fez.*

– Talvez eu possa te ajudar a seguir o que sua mãe escreveu no diário – disse ela. – Mas vai ter que trabalhar por esse privilégio.

CAPÍTULO 17

QUIN

— Como Catherine era mãe de John, eu imaginava que ela fosse um pouco lunática – confessou Quin para Shinobu. – Quando John fala sobre o que ela queria, não há espaço para mais nada na sua cabeça. Quando ele me perseguiu pela propriedade, e lutamos no telhado do celeiro do desfiladeiro, achei que ele estivesse louco, e tudo por causa dela.

Estavam no escritório de cura de Quin, e as páginas do diário tinham sido alinhadas nos balcões e na mesa de exame. Ela organizara as fileiras cronologicamente, assim como apareciam no diário, mas ver todas as páginas abertas facilitaria a tarefa, assim esperava, de mergulhar a mente nelas.

— Você não acha que Catherine era louca? – perguntou Shinobu encostado na parede, com os braços cruzados, observando-a percorrer as páginas.

— Ela deve ter sido um pouco louca – respondeu Quin. – Mas no diário eu vejo alguém registrando coisas erradas... porque queria consertá-las. – Pegou algumas folhas de papel da mesa de exame. – E ela incluía coisas boas, simplesmente por serem boas. Como essa sobre Maud ainda muito nova, sendo treinada para se tornar uma Pavor. Dois aprendizes de Seeker a viram na propriedade e escreveram para seus pais, descrevendo como ela corria velozmente: feito um falcão mergulhando na direção de um rato-do-campo. Catherine admirava a Jovem Pavor.

– E o Pavor Médio? – perguntou Shinobu.

Quin olhou para cima e percebeu que ele se aproximara dela, estava às suas costas, lendo por cima do seu ombro. O temperamento dele andava diferente nos últimos dias, mais quieto do que de costume e mais sério também. Seu humor se alterava enquanto ele se recuperava. Mas seu interesse no diário o trazia de volta à tona.

– Acho que Catherine odiava o Pavor Médio – respondeu Quin. – Parecia que, toda vez que ela encontrava alguém com algo ruim para dizer sobre ele, ela registrava no diário.

Havia várias entradas no diário, especialmente as primeiras, que revelavam o pior do Pavor Médio.

– Você acha que ele é importante? – perguntou ele.

– Importante para o que nós queremos saber? Para explicar por que Seekers como o meu pai eram tão diferentes do que deveriam ser? – Ela deu de ombros. – No diário, todas as coisas ruins do Pavor Médio aconteceram centenas de anos atrás. Não vejo como podemos justificar o comportamento de Briac com base nisso.

Ele não parecia satisfeito com a resposta. Enquanto ela observava, ele percorreu várias páginas do diário e escolheu uma. Era uma carta na qual um Seeker contava ao outro que viu o Pavor Médio por perto logo antes de uma pessoa ser gravemente ferida. Shinobu ergueu a página para mostrar a ela.

– *Você* acha que ele foi importante? – perguntou ela.

Ele respirou fundo e se apoiou no balcão.

– Bem... – começou, parecendo desconfortável. – Quando eu usei o focal... sabe, quando você me encontrou com todas aquelas agulhas... estávamos lendo o diário, e eu... senti uma coisa.

– Na sua mente, você quer dizer? No capacete?

Ele assentiu e cruzou os braços, pensativo.

— Acho que o focal não mostra algo que você já não saiba. Mas talvez nos ajude a ver o que já sabemos de um ponto de vista diferente. — Ele passou uma das mãos no cabelo e analisou seus tênis, quase como se não gostasse do que estava prestes a dizer. — Acho que entendi algo sobre o diário. Catherine destinou a primeira metade para os Pavores: cartas sobre eles, ocasiões em que foram vistos, coisas ruins que o Pavor Médio fez ou foi acusado de fazer.

— Certo — concordou Quin.

— E o restante é majoritariamente um registro de onde Seekers de diferentes clãs e seus athames foram vistos. — Ele ficou em silêncio, e ela perguntou: — Você viu algo relacionado a isso quando usou o focal?

— Acho que vi uma conexão entre o Pavor Médio e o que aconteceu aos clãs de Seekers recentemente — disse ele, vagarosamente. — E se Catherine achava que tinha uma conexão?

Os olhos de Quin percorreram o papel à sua frente enquanto ela refletia.

— Você acha que o Pavor Médio era o principal alvo dela?

— Na minha opinião, ela *achava* que ele era importante. Não sei se era, na verdade — confessou ele, voltando o olhar para os tênis, pois cutucava o chão com o bico.

— Ela achava, sim, que ele era importante — concordou Quin, dando uma olhada nas primeiras páginas do diário. — Mas, se ela descobriu qual é a conexão, acho que não escreveu aqui.

— Ou escreveu, mas você não consegue enxergar — retrucou ele.

Ainda estava olhando para os próprios tênis e parecia tentar conter um pensamento teimoso. Sem erguer os olhos, delicadamente segurou o cotovelo dela e a puxou para perto.

— Você poderia... poderia experimentar o focal, sabe... — disse ele, baixinho.

— Você quer que *eu* o coloque?

— Sei que *eu* não deveria usá-lo — respondeu ele, ainda sem olhar para ela. — Mas... havia algo ali, Quin. Você vai ver coisas que, caso contrário, não perceberia. – Apontou com a cabeça para os papéis em volta deles. – Prometo que você vai ver mais. E, mesmo que não, vai poder me contar como foi a sensação. Talvez seja diferente em pessoas diferentes.

Ela olhou para a sala ao redor e depois para ele, que resistia ao desejo de usar o capacete, o que era bom. Ela admitiu para si mesma que estava curiosa para descobrir o que o focal fazia. Contanto que seguisse as instruções de Mariko, ela conseguiria conter o perigo. E talvez Shinobu estivesse certo e ela aprendesse alguma coisa.

Quin estava com as instruções de Mariko nas mãos. Shinobu não seguiu as instruções quando usou o focal, mas Quin tinha a intenção de segui-las exatamente. Ela se sentou de pernas cruzadas no telhado da casa, com Shinobu agachado ao seu lado. A primeira regra era ter um corpo firme. E isso Quin tinha.

Estava na segunda instrução: *Esvazie seus pensamentos e comece com a mente neutra.*

Ela cuidadosamente esvaziou os pensamentos, como fazia na época em que trabalhava de curandeira. Ao terminar, leu o próximo passo: *Foque no assunto em questão.*

Qual era o assunto em questão? *Quero descobrir onde começaram os Seekers desonrosos*, pensou ela. *E o que Catherine deve ter descoberto sobre isso.* Ela manteve essas perguntas com firmeza na sua mente.

Próximo passo: *Coloque o capacete na cabeça.*

O focal deslizou como se tivesse sido feito especialmente para Quin. No momento em que ficou em posição, ela sentiu um zunido nos ouvidos e no crânio. Não era exatamente um barulho, mas uma vibração desagradável e dissonante. O único barulho de verdade era um estalo distante, pois o capacete ganhava vida com eletricidade, e ela sentia as centelhas na testa e em volta das orelhas.

Uma onda de desorientação a atingiu, como se ela estivesse na proa de um barco se sacudindo violentamente, embora soubesse muito bem que estava sentada no telhado de casa. Ela começou a tombar, viu a superfície do telhado vindo em sua direção, mas Shinobu a segurou pelos ombros e a manteve no lugar.

– Está tudo bem – disse ele alto o suficiente para que ela pudesse ouvi-lo, apesar dos estalos nos ouvidos.

O peso das mãos dele era reconfortante. O zunido do capacete estava enfraquecendo, mas, ao mesmo tempo, a sensação na sua cabeça ficava mais forte, como se o focal tivesse unido forças com ela, se tornando quase indistinguível da sua mente. A sensação não era mais desagradável... Era quase boa.

De repente ela não precisava mais de Shinobu para se manter de pé. Quin se levantou por conta própria.

A vibração elétrica do capacete estava completamente conectada à sua mente, e a impulsionou para uma nova potência mental. Ela olhou para o próprio corpo, as mãos e os braços ao lado para ajudar no equilíbrio, os pés plantados no chão. Suas pernas pareciam pequenas e distantes, mas ainda atendiam aos seus comandos. Shinobu estava bem ao lado dela, pronto para segurá-la de novo, se fosse preciso.

Ela andou com insegurança até a beirada do telhado. De lá, olhou para a grande cobertura drapeada da ponte. Depois olhou para baixo, nas duas direções da passarela da ponte. Havia várias pessoas na rua, centenas e mais centenas, e enquanto observava, Quin sentia para onde cada pessoa tinha a intenção de ir. As ondas de tráfego de pedestres não eram aleatórias; havia linhas de fluxo pelas multidões, uma lógica em cada movimento. Ela se sentiu igual a quando curava pacientes – uma consciência expandida –, mas, com o capacete, sentia dez, cem vezes mais do que por conta própria.

Ela se virou. Na altura dos olhos, via o porto abaixo da ponta externa da cobertura da ponte. A água era cinza e escorria na direção oposta à dela, para a ilha de Hong Kong, e se repartia em mil pontos, onde navios a reviravam, deixando rastros brancos para trás. E havia ainda outros movimentos, as trilhas deixadas por lanchas e lixo, as pequenas marolas rodeando as rochas perto da beira-mar, os desenhos traçados pela maré escorrendo pelos grandes pilares que erguiam a ponte.

A água do porto fazia parte de um só oceano formado por grandes ondas lentas e tocava todas as regiões costeiras da terra. As pessoas lá embaixo eram uma espécie que, por outro lado, fazia parte de todas as criaturas vivas. Ela quase era capaz de ver o mundo todo...

Quin puxou seus pensamentos de volta como um pescador recolhendo suas linhas. Havia um assunto em questão, e era importante. *O diário de Catherine. Quando as coisas mudaram e por quê.*

Sua mente estava engrandecida. Ela enxergava aqueles assuntos como formas escuras e bem definidas se destacando do restante do mundo. Ela entendeu, assim como dissera Shinobu, que o focal não lhe mostraria algo que ela ainda não soubesse. Mas havia coisas que ela sabia, *sim*... O diário. O Pavor Médio, como Shinobu apontara. Havia lógica no que Catherine escrevera.

Quin percorreu de novo com o olhar a passarela da ponte, e notou as pessoas entrando e saindo, sentando, andando, comendo, brigando, sendo curadas no andar de cima. Ela também sentia as centenas de outros abaixo, procurando o esquecimento nos bares de drogas nos andares mais inferiores da ponte. Ela não queria cortar a conexão que sentia com todos eles, com o oceano, com os barcos no porto, com o céu cinza que pairava acima de tudo. Parecia que este era o jeito *certo* de se ver as coisas. E se *ela* continuasse usando o capacete para sempre? Não seria melhor? *Ela* não ficava melhor quando o usava? Compreendia *qualquer coisa* com o focal na cabeça.

Ela se deparou com Shinobu, que a observava, seu rosto refletindo o estranho êxtase de interconectividade que ela sentia. Ele a avisara: o focal era incrível.

Forçar os braços a se moverem foi uma das coisas mais difíceis que ela já fez, mas conseguiu puxar o focal com um gesto repentino e violento, e o jogou para o lado como se o objeto a tivesse queimado.

Imediatamente o zunido elétrico se tornou novamente perceptível, áspero e dissonante, como se o capacete e sua mente brigassem ao se separarem. Quin sentiu o corpo se curvar, e depois as mãos de Shinobu a tocavam, para ajudá-la a se sentar no telhado. Ela relaxou ainda mais, até que se deitou na superfície áspera do telhado, encarando as vigas e a cobertura lá no alto.

– Você está bem? – perguntou ele, acariciando o cabelo dela e afastando-o do rosto. – Você não gostou?

– Gostei – respondeu ela, automaticamente, pensando que talvez nunca tivesse gostado tanto de alguma coisa. – Gostei mesmo. – Respirou fundo uma, duas vezes, e acrescentou: – Mas é... é demais. Não aguento.

Ela estava tonta e desorientada, embora não entendesse como, afinal estava deitada. E se sentia enjoada também. Estava enjoada demais. Além das questões físicas, o estresse mental a incomodava, uma depressão dolorosa que correspondia à euforia que sentira com o capacete.

Apoiando-se em Shinobu, ela ergueu o corpo para se sentar e encostou a cabeça no ombro dele. Suas têmporas latejavam.

– Foi incrível? – murmurou ele na orelha dela.

Ela assentiu. Uma onda de exaustão percorreu seu corpo, mas o zunido nas suas orelhas havia desaparecido, informando que sua mente já voltara ao seu controle.

– Você estava certo – disse ela. – Dá para direcionar a mente para algo que você quer entender, e enxergar com mais clareza. Muito mais clareza. Vi a conexão no que Catherine escreveu.

– Qual era?

Ela reuniu os pensamentos e, ao fazer isso, começou a se sentir melhor. Dentro do focal, eles lhe ocorreram tão rapidamente e tudo parecia tão conectado. Mas alguns se destacaram por serem mais importantes.

– Os meninos que vimos – disse ela, lentamente –, eles diziam sempre "o nosso mestre", e eu achava que talvez se referissem a Briac, mas isso não fazia sentido, porque tratavam Briac como... como um bicho ou coisa assim. Mas e se o mestre deles fosse o Pavor Médio? E se aquela entrada no diário que cita dois meninos treinando com o Médio fosse sobre *aqueles* dois? Os mesmos meninos?

– E se eles estiverem aqui agora, procurando por esse athame? – disse Shinobu, desenvolvendo o pensamento dela.

– Se ele os treinou há tanto tempo e os dois ainda estão por aí... então estiveram descansando *Lá*, e o Médio andou fazendo coisas que ninguém entendeu.

– Isso! – disse Shinobu, imediatamente assimilando o raciocínio. Ele retribuiu o olhar dela com o hiperalerta que ela já vira nele, na tarde em que ele usara o focal. Era como se, ao usar o capacete, Quin provocara em Shinobu quase o mesmo efeito que se ele o tivesse usado. – Há quanto tempo eles estão à solta, então? – perguntou. – E como interagiram com Seekers durante todo esse tempo?

Ele estava segurando Quin com uma das mãos, e com a outra o focal, girando-o de todos os ângulos para que pudesse observar.

– Não... – sussurrou ela, quando pareceu que ele iria colocar o capacete. – Sei que ele me deu esta ideia, mas... acho que não seria bom usá-lo, Shinobu. Não quero colocá-lo de novo.

Ele lambeu os lábios, nervoso, depois colocou o capacete no chão e afastou deliberadamente a mão. Seus olhos demoraram a se desviar do objeto antes de se voltarem para ela.

– Não vou usá-lo – disse ele –, não se preocupe.

Segurando-se em Shinobu, ela conseguiu ficar de pé e ele também. Entregou o focal para Quin e ela percebeu que ele não olhou para o objeto. Pensou que ele poderia estar com medo do capacete, e agora ela entendia a sensação.

– Há algumas páginas do diário que quero rever – disse ela. – Acho que tive uma ideia.

CAPÍTULO 18

NOTT

Nott estava em guarda enquanto Wilkin e Briac usavam a janela brilhante para encontrar a menina. Nott estava empoleirado no encosto da cadeira, com os pés no assento. Os três estavam em algum lugar de Hong Kong, no canto escuro de uma sala comprida cheia de janelas brilhantes desse tipo – Briac as chamava de *computadores* –, cada qual em sua pequena alcova com uma cadeira à frente. Alguns jovens homens estavam espalhados, curvados sobre outros computadores, fazendo sabe-se lá o quê. Nott já vira muitas coisas estranhas desde que o mestre o tirara da sua família, vários anos antes. Computadores eram só mais uma estranheza da lista.

Havia uma pequena divisória separando a mesa deles das outras, portanto ninguém olhava para eles. *Por favor, sejam mais curiosos*, pensou ele com os olhos fixos nas costas das outras pessoas na sala. Ele queria bater em alguém.

O capacete não estava em nenhum lugar das florestas de Hong Kong. Passaram horas procurando, o tempo inteiro tentando ignorar os gritos de dor de Briac por causa do ferimento de faca nas suas costas. (Bem, na metade do tempo Briac ficou gritando de dor, e na outra metade parecia ter esquecido que estava machucado.) Mais cedo ou mais tarde desistiram da busca, e Wilkin acabou admitindo que pode ter deixado o capacete cair na escuridão de *Lá*, onde provavelmente nunca mais o encontrariam. Os dois pareciam tão abalados por essa conclusão que Nott socara Wilkin bem no meio da cara, e Wilkin nem sequer tentara retribuir o soco.

Perder o capacete significava que ele não poderia seguir propriamente as ordens do mestre, só com muita sorte. Então, até Nott concordara que deveriam continuar procurando a menina, na esperança de que recuperassem o athame do mestre, enquanto pensavam no que fariam em seguida.

– Fique parado! – sibilou Wilkin, batendo na cabeça de Briac.

Por algum tempo, Briac se ocupou com uma tábua na frente do computador, apertando letras (Nott só conseguia reconhecer que eram letras, embora não conhecesse todas do alfabeto. Poderia aprender se quisesse. Era muito inteligente. Mas Wilkin também não sabia ler muito bem, então quem se importa?), sendo que Briac estava resmungando e mordendo o punho, porque Wilkin estava costurando o ferimento nas suas costas de novo. Os pontos que Nott fizera da primeira vez ficaram tão frouxos que Briac nunca parou de sangrar.

– Psiiiiu – sussurrou Nott, observando Wilkin golpear Briac com a agulha de novo. – Não dá para fazer ele ficar quieto, Wilkin? Alguém vai escutar.

Aquilo não era necessariamente verdade. A pessoa mais próxima estava sentada a uma mesa a meio caminho da porta e usava algo que tapava as orelhas. Mas Nott gostava de dificultar a vida de Wilkin. Por exemplo: certa vez, ele escondeu uma das botas de Wilkin por três dias. Wilkin ficou mancando até achar a bota parcialmente afundada na beira do Lago Tarm.

Briac gritou quando a agulha o espetou novamente. Nott balançou a cabeça e examinou os próprios braços, com diversas cicatrizes decorando sua pele. Para ficar vivo, para colocar o mundo no lugar, era preciso lutar e, às vezes, se machucar. O que Briac esperava?

– Continue procurando por ela! – ordenou Wilkin.

Ele cutucou Briac com o cotovelo, até que o homem fixou os olhos na janela reluzente. Nott não tinha ideia de como o computador poderia ajudá-los a achar alguém, mas Briac insistia que era possível. No hospício, Briac usara outro tipo de computador – o *telefone* que roubaram de uma enfermeira – para localizar o hospital de Londres onde estava Quin. Mas Briac usara o capacete naquela situação, então pensara com mais clareza. Observá-lo tentando colocar a cabeça no lugar era excruciante, e por isso Nott constantemente dava as costas para eles.

Um barulho discreto e rastejante alertou Nott de que uma ratazana se esgueirava pelo canto mais escuro da pequena alcova deles. Ele escorregou da cadeira e chegou mais perto. A criatura era cinza e preta, e suas garrinhas tateavam a sujeira do rodapé.

Nott puxou a menor faca da cintura e a jogou num arco lento, de quem tem prática. O punho acertou a cabeça da ratazana com um golpe fatal, e ele pegou a presa no chão. Quando voltou para a luz, viu que seus olhos estavam fechados, mas uma das patas ainda se mexia. Que bom. Ainda estava viva. Nott sabia muito sobre ratazanas e quanto castigo elas aguentavam antes de se entregarem para os espíritos, e ele jogara a faca de forma correta. Ele enfiou o bicho em um dos bolsos da jaqueta.

Wilkin já tinha quase terminado de costurar as costas de Briac. Quando Nott subiu de novo na cadeira, o menino mais velho puxou a linha com força pela última vez e deu um nó, deixando para trás uma grande e torta fileira de pontos. Dando um tapa no ombro de Briac, disse:

– Perfeito!

Briac pareceu não perceber que os cuidados médicos tinham chegado ao fim. Continuou mordendo o punho e encarando o computador, olhando para o nada. Por fim, agarrou a própria cabeça e gemeu:

– Não consigo... Não consigo lembrar o nome dela! Não sei quem ela é.

Várias pessoas olharam para eles.

– Quin! – sussurrou Wilkin. – Já sabemos o nome dela. Sua filha, Quin Kincaid!

Briac observou a tela do computador por mais algum tempo. Depois ficou de pé. Wilkin foi jogado para trás, na direção de Nott, que caiu da cadeira. A ratazana guinchou dentro da sua jaqueta, feito uma porta enferrujada rangendo.

– Sem o capacete não consigo! – gritou Briac.

Wilkin deu um tapa na boca de Briac e sibilou:

– Não temos o capacete!

Briac se virou e respondeu:

– Então você não tem nada!

Ele agarrou o computador e o ergueu acima da cabeça. E, antes que Wilkin pudesse fazer alguma coisa, Briac estraçalhou o aparelho no chão. Com um enorme barulho, a máquina se partiu em centenas de pedaços que voaram em todas as direções.

– Não sei usar isso! – gritou Briac, segurando a própria cabeça de novo. As fagulhas quicavam em volta do seu rosto. Seja lá o que o capacete fizera para acalmar seus pensamentos, o efeito já tinha passado. Ele estava completamente enlouquecido de novo. – É inútil! Assim como ela, Fiona, Quin, todas elas. Fingem lealdade, e depois lhe dão uma facada, uma facada, uma facada!

Ele pontuou cada um dos seus gritos com um chute na pilha de vidro bagunçada que antes fora um computador, e lançou alguns pedaços pelo chão.

Dois rapazes corriam na direção deles pela sala comprida. Todos os outros se apressavam para a porta.

– Você! Pare! – falou um dos homens que se aproximavam, o sotaque revelando a língua falada naquela cidade. – Estou chamando a polícia!

Nott não deveria usar a espada-chicote na frente de pessoas comuns, então puxou a faca maior. Saltou da cadeira e aterrissou na frente dos homens que se aproximavam, fazendo-os parar de repente.

– Vamos lutar? – perguntou Nott com alegria, se agachando, pronto para o ataque, e sua faca reluziu na luz fraca da sala.

Os dois homens recuaram e quase colidiram um no outro na pressa de chegar até a porta. Em um instante, estavam seguindo os clientes e desaparecendo pela calçada tumultuada, deixando Nott, Wilkin e Briac em paz.

Nott decidiu que estava na hora de tomar as rédeas do idiota do Wilkin. Então ele disse:

– Você sabe que nosso mestre sempre diz que Vigilantes deixam as mentes livres, Vigilantes entram em pânico, Vigilantes não conseguem seguir um plano simples! Estamos sempre além do que devemos fazer.

Wilkin assentiu.

– Devíamos ter seguido as ordens desde o início e acordado os outros imediatamente. Agora não podemos mais, porque perdemos o capacete.

– Nós *podemos*, Wilkin. Temos o outro jeito, o que nosso mestre nos mostrou, já que não temos o capacete.

Uma centelha de esperança iluminou os olhos de Wilkin, mas logo se apagou.

– Mas... mesmo que a gente chegue aos duzentos, os outros vão contar para ele que erramos...

– Ele vai ficar furioso, de qualquer forma, por não termos seguido as ordens ou por termos perdido o capacete. Já perdemos o capacete, então o mínimo que podemos fazer é tentar seguir as ordens.

Wilkin ficou assustado, mas não tinha opção. Assentiu e respirou fundo.

– Não precisamos mais de você, seu louco! – disse ele, desferindo um soco no estômago de Briac, que se sentou na pilha de vidro quebrado e continuou segurando a cabeça e falando sozinho, como se não tivesse percebido o soco que levara.

Wilkin pegou o athame. Nott mostrou os dentes e, juntos, eles ajustaram os mostradores como já haviam praticado tantas vezes. Isso era o que deveriam ter feito assim que o mestre desaparecera.

Quando colocaram os símbolos na ordem certa, Wilkin acertou o athame com a vara de relâmpago. A vibração fez Nott sentir cócegas até nos ossos e balançou as escrivaninhas enquanto Wilkin traçava um círculo no ar. O tecido do mundo começou a desembaraçar, branco e preto, luz e escuridão, se retorcendo um no outro, abrindo uma grande passagem.

Nott segurou Wilkin pelo braço, e os dois se entreolharam.

– Pronto? – perguntou Wilkin.

– Sim – respondeu Nott.

Wilkin deu um tapa com força no rosto de Nott.

Ele aceitou o golpe e estapeou Wilkin do mesmo jeito, sendo que sua mão espalmada acertou o menino mais velho com tanta força que o som do impacto ecoou pela sala vazia.

– Bom? – perguntou Wilkin.

– Mais um – respondeu Nott.

Wilkin o acertou com a outra mão, com tanta força que tudo que Nott via era uma escuridão com algumas estrelas.

– Outro para mim também – pediu Wilkin, se aproximando.

Pontos escuros flutuavam diante dos olhos de Nott, mas ele conseguiu acertar Wilkin pela segunda vez, com tanta força quanto na primeira.

Nott balançou a cabeça até sua visão clarear. Sentiu o que esperava: foco. A dor deixou seus pensamentos tão afiados quanto uma navalha. O mestre lhes ensinara esse truque, um método para ser usado em último caso, para manter a mente no lugar.

– Agora contamos! – disse Wilkin, segurando Nott pelos ombros.

Agarraram Briac e o arrastaram feito um cachorro grande e perigoso para dentro da anomalia, andando igual ao Pavor Médio, copiando seus passos.

CAPÍTULO 19

SHINOBU

Shinobu precisou ter muita força de vontade para devolver o focal a Quin e deixar que ela o levasse embora. Quando desceram do telhado para a casa dela, até o primeiro andar, onde as páginas do diário continuavam espalhadas pelos balcões, ela correu para o andar de cima, a fim de escondê-lo novamente de Shinobu. Claro que ele sabia onde ela o guardava. Por isso não podemos dizer que estava escondido.

Quin tinha razão: ele não deveria usar o focal. Mas ele o usava em segredo, à noite, enquanto Quin dormia, e às vezes até durante o dia, quando ela e a mãe iam para o escritório de Mestre Tan ajudá-lo com os pacientes. Embora ele nunca tenha seguido propriamente as ordens de Mariko ao usar o capacete, já imaginava o tempo que passava com o objeto como um ritual: esperar até que a casa ficasse completamente quieta, subir para o banheiro no andar de cima, ansiar pelo zumbido elétrico da sua mente e colocar o focal.

Shinobu não deixou de perceber que esse ritual se parecia muito com seus antigos rituais, quando se escondia da mãe para fumar bastões de Shiva na casa da piscina, ou quando se perdia nos antros de ópio da Ponte de Pedestres com seu amigo Brian. Brian, que tinha largado as drogas e devia estar em algum lugar ali perto, em Hong Kong. O que ele diria sobre Shinobu usar o focal como uma droga? Claro que o capacete era diferente. Assim como a droga, removia sua dor física enquanto o usava, mas os efeitos mentais eram singulares. E era estranho, pensou ele, como os efeitos do focal estavam mudando ao longo do tempo. Ele não sentia mais apenas clareza e foco, como ocorrera nas primeiras vezes em que o usou. Agora era mais como se o focal lhe dissesse coisas.

Que pensamento bobo. Não era como se o focal realmente falasse com ele. Era mais como sussurros à beira do ouvido, uma voz num quarto distante, cujas palavras não dava para distinguir, mas a emoção e o significado chegavam até ele. Não sabia exatamente quais ideias o focal vinha sussurrando para ele, mas suas primeiras impressões o levaram a achar que poderiam ser pistas para um grande plano. E aqueles dois garotos faziam parte. O Pavor Médio... ele também era parte do plano, embora Shinobu não soubesse explicar como sabia disso. Era mais um sentimento do que uma certeza. E um sentimento tão forte... Ele não deveria usar o focal. E dissera a Quin que não o usaria.

Ele a escutava no andar de cima, no topo da escada. Ia admitir o que fizera assim que ela descesse de novo. Seria um alívio, porque assim ele poderia explicar as sensações que o capacete lhe provocara. Talvez fossem importantes, talvez ele tivesse vislumbrado algo que os dois precisassem entender.

Quin descia a escada com passos leves. Ele falaria antes que tivesse tempo de pensar. E ela olharia para ele da mesma forma que sua mãe costumava fazer quando o encontrava desmaiado na porta de casa, como se fosse um viciado, porque ele era exatamente isto: um viciado incapaz de se controlar.

– Ei – disse ela ao passar pela porta da sala de exame.

Shinobu percebeu que estava com os punhos cerrados. Enfiou-os no fundo dos bolsos para escondê-los dela.

Ele reuniu forças e disse:

– Ei, Quin, eu...

Ele parou. A expressão de Quin era receptiva e adorável. Sua pele clara ainda estava ruborizada por ter usado o focal no telhado. E ele percebeu que ela estava preocupada por causa da conexão que fizera quando o usara.

– O quê? – perguntou ela, dando-lhe toda a atenção quando ele ficou quieto. – Você está bem?

– Talvez eu não devesse ter forçado você a usar o focal – disse ele.

Ela apertou a mão dele, sem nem sequer imaginar todas as palavras que ele não dissera.

– Não preciso usá-lo de novo – disse ela com delicadeza. – E agora podemos usar nossas próprias mentes, sem o focal, para analisar algo que ele me ajudou a ver.

Ela largou a mão dele e começou a andar vagarosamente pelo balcão, observando cada página do diário pela qual passava, procurando alguma coisa em particular.

O momento passara. Shinobu não ia contar tudo para ela. Ia parar de usar o focal e, mais cedo ou mais tarde – talvez mais cedo do que tarde –, ele não teria mais *vontade* de usá-lo. Então seria mais fácil contar para ela, porque não importaria mais.

– Olhe. Essas são as páginas que eu gostaria que estudássemos – disse ela, pegando várias páginas no balcão e se ajoelhando no chão para distribuí-las à sua frente. – Se focarmos no Pavor Médio, mesmo que só porque esse também foi o foco de Catherine, teremos por onde começar, um ponto de partida para nossa busca pelo momento em que os Seekers seguiram pelo caminho errado. – Ela olhou para as páginas no chão. – Essas três entradas do diário sobre o Pavor Médio parecem estar... relacionadas. Pelo menos foi o que pensei quando usei o focal.

Shinobu se sentou no chão ao lado dela. Observando as páginas que ela selecionara lado a lado, era fácil ver o longo período de tempo que o diário abrangia. A mais antiga das três entradas estava escrita com uma caligrafia densa e velha, quase ilegível. Quin a transcrevera com a mãe e, naquele momento, colocou a cópia ao lado da original. As duas outras entradas eram mais recentes, portanto dava para ler.

Ela pegou a versão da entrada mais antiga e leu em voz alta, enquanto Shinobu tentava acompanhar pela original:

É o Ano do Nosso Senhor, 1433

O Médio esmagou o sopro da vida da garganta do Jovem Pavor.
Eu me escondi entre os carvalhos à beira do rio, mui distante do reduto, donde vi o Médio e o Jovem lutando de mãos desnudas.
Estavam brincando e praticando, até que o Médio superou o Jovem e, com as mãos firmes em volta do pescoço, disse-lhe: De mim, tu viste demais. E abriste tua boca para o Mestre. Agora, de uma vez por todas, a fecho.
Quando a juventude se foi, donde eu estava posto dentre as árvores, de facto espiei o Médio amarrando o corpo, que carregou até o âmago do rio para desaparecer, mandar os restos mortais para as profundezas do esquecimento.

– Então, essa entrada – disse Quin – descreve o Pavor Médio matando um Jovem Pavor, que obviamente era muito mais antigo do que a que conhecemos agora, e enfiando o corpo no rio. – Ela apontou para vários símbolos de athame escritos na margem com caneta esferográfica moderna. – Parece que Catherine descobriu onde foi que isso aconteceu, porque escreveu essas coordenadas aqui ao lado.
Perguntas surgiram imediatamente na cabeça de Shinobu:
– Os Pavores podem se matar? Ou precisam de um julgamento, uma votação ou coisa parecida?
– Não sei, mas mesmo que pudessem, não imagino isso sendo feito sem a presença do Velho Pavor. Você imagina?
– Não.
– Acho que podemos ter certeza de que o Médio estava fazendo algo errado – disse ela. – Então, na primeira entrada, o Médio mata

um Jovem Pavor em uma floresta, perto do rio, "mui distante" do reduto. Agora, olhe para a segunda.

Ele acompanhou por cima do ombro dela, enquanto ela lia em voz alta:

1610?

... ele prometeu justiça contra meu pai, o Senhor Robert do clã do cavalo, por transgressões das três leis sagradas dos Seekers. Ele declarou que o Senhor Robert matou outro Seeker, prejudicando, portanto, a humanidade.

Ele chamou meu pai para aquele lugar na floresta onde é visto com frequência. Assim fazemos no nosso instrumento de pedra...

Nesse ponto, uma série de coordenadas para athames foi incluída pelo autor do documento, escrita desordenadamente com uma pena. Eles as examinaram por um instante e continuaram lendo:

Ao chegarmos juntos, meu pai ordenou que eu subisse numa árvore para ficar em segurança. Eu deveria ser sua testemunha, mas sem interferir. O Médio apareceu e, sem qualquer desculpa, acertou um golpe fatal no meu pai pelos seus crimes e levou o corpo dele até o outro lado do rio.

O Médio voltou depressa, chutando terra para cobrir o corpo do meu pai no chão. Escondido nos galhos da árvore, chorei em silêncio.

Ouvi o som de um athame, o ar sacudiu, e o Pavor Seeker mais velho chegou com os olhos pegando fogo e a espada-chicote na mão. Houve uma discussão assustadora. O mais velho golpeou, os braços e as pernas eram como relâmpagos. Desarmou o Médio e o jogou na terra, mas o Médio insistiu que suas ações foram justas.

Não consegui me mexer para descer à terra e contar o que eu sabia. Não havia crime, meu pai apenas testemunhara o Médio agindo de maneira imprópria com uma mulher. Deus me perdoe, pois, aterrorizado, não me movi.

O Médio foi embora envergonhado. O Pavor mais velho permaneceu lá, virou-se para mim e disse o seguinte: Ele estivera errado, e tens meu pedido de desculpas. Ele não vai errar novamente, isto te prometo. Será um homem mudado e um Pavor decente.

Em um mês, meu irmão também partiu, embora outros jurassem para mim que ele fora assassinado por um Seeker, mas não pelo Pavor Médio. Eu já não sei em que acreditar.

Quando ela terminou de ler, Quin ficou encarando as páginas por mais algum tempo e indicou um pequeno desenho na margem que parecia ter sido incluído por Catherine.

– O que você acha que é isso? – perguntou ela.

– Um morro? – arriscou Shinobu. – Ou será uma caverna?

– Nesse bilhete – disse Quin, pensativa –, o Médio declara "justiça" contra um Seeker e o convoca para um lugar específico na floresta, que são essas coordenadas. Talvez haja um morro por perto, onde o Médio o mata como punição por desobedecer a lei dos Seekers, enquanto o filho do homem observa tudo de cima da árvore.

– O filho diz que não foi justiça – ressalta Shinobu. – E parece que o Velho Pavor concordou e não ficou nada satisfeito.

– Sim. Também mencionam um rio. E olhe só as coordenadas. Não fica na Escócia? As duas entradas estão apontando para a Escócia?

– Acho que sim.

Eles haviam adquirido conhecimento sobre o funcionamento das coordenadas para athames durante o treinamento. Mas, a não ser que tivessem familiaridade com o local, como era o caso de Hong Kong e da Escócia, nenhum dos dois conseguiria decifrar onde o conjunto de coordenadas os levaria com base apenas nos símbolos.

– Agora, a terceira página – disse Quin, e em seguida leu a última entrada:

12 de abril de 1870

Pai,

O Pavor Médio voltou não faz sequer três dias. Ele não anunciou sua presença, mas Gerald estava caçando sozinho e o viu entre o lago e a fortaleza.

Devo fazer algum gesto de reconhecimento da presença dele? Não quero ofendê-lo por ser objetivo demais, tampouco por não ser respeitoso o bastante.

Além disso, tenho mais uma novidade. Há dois jovens com ele, de famílias humildes, a julgar pelas vestes e pelo jeito de falar. Estão treinando esgrima com o Pavor. Praticam uma aritmética estranha entre eles, contando números que sempre somam duzentos.

O que podemos concluir disso?

Com muito amor, para você e meus irmãos,

Thomas

Mais uma vez, com uma caneta moderna, Catherine escrevera as coordenadas na margem.

– São quase as mesmas coordenadas – disse Quin –, e aqui aparece a primeira menção de que ele estava treinando aqueles meninos. Se é que são os mesmos.

– Há floresta e água de novo, porque ele cita um lago – acrescentou Shinobu.

– E uma fortaleza. Os três incidentes devem ter acontecido muito perto um do outro. O Pavor Médio está presente em todos eles, e os meninos no último. E Catherine se deu o trabalho de descobrir o local onde cada um aconteceu.

As descrições da floresta, do lago e da fortaleza mexiam com os pensamentos de Shinobu. Ele estava vivendo um *déjà-vu*, como se estivesse se lembrando de conversas parcialmente esquecidas ou de um sonho lúcido. Ele queria ver aqueles lugares. Não, ele *precisava* ver aqueles lugares.

Tentou um tom de voz constante para perguntar:

– Vamos seguir essas coordenadas? É nisso que você está pensando?

Quin olhou para ele.

– Acho que não vamos achar nada. As entradas do diário são tão antigas... Mas não custa nada ir até lá ver onde esses incidentes aconteceram, certo?

– Por que não? – concordou ele.

Era um tremendo alívio saber que os pensamentos de Quin estavam de acordo com os dele. Talvez nunca precisasse contar a ela que alguns daqueles pensamentos lhe ocorreram enquanto usava o focal. Ele estragara alguma coisa ao mentir para ela, mas ainda não conseguia voltar atrás porque queria continuar usando o focal.

Mas não ia fazer isso. Não ia usá-lo de novo. E em algum momento acabaria contando tudo para ela.

CAPÍTULO 20

JOHN

– Prepare-se – disse a Jovem Pavor.

Atrás dela, pairava a carcaça de um enorme navio naufragado, preto em contraste com o azul-claro do céu. Outras carcaças eram visíveis a distância, o que restava dos cascos mais pareciam costelas pontiagudas emergindo das dunas de areia ao longo da costa. Várias focas faziam barulho e tomavam sol perto da água e, para além da costa, a areia virava um deserto e se expandia em todas as direções.

Eles seguiram as coordenadas sob o clã do urso no diário da mãe dele – o último local onde o athame fora visto – e estavam na Costa dos Esqueletos, na Namíbia.

A areia estava fria sob seus pés, por mais que o sol brilhasse quente. Às suas costas, o oceano se chocava na costa, pulverizando a água salgada no ar. À sua frente, dunas íngremes levavam para um deserto com nada além de alguns arbustos no caminho. Essa terra de ninguém ia da praia aos montes distantes no leste e continuava até o sul, talvez para sempre.

John colocou o binóculo e focou novamente em um pico de arenito além do deserto. A entrada escura da caverna era quase imperceptível, apenas um borrão na ladeira vermelha. Mas mesmo de longe ele reconheceu a caverna e os montes enfileirados atrás. Correspondiam perfeitamente ao desenho de Catherine. Ele suspeitou que Maud tivesse alterado ligeiramente as coordenadas para trazê-lo até um ponto mais distante da caverna para fazê-lo correr.

John guardou o binóculo.

– Estou pronto – disse para a Jovem pavor.

Ela deixou que ele fosse até ali, mas insistira que a expedição seria um treinamento.

– Comece! – ordenou ela.

Ele correu.

Apesar do sol, estava usando jaqueta, assim como Maud. Ela o fazia treinar sem roupa quando estava frio, e no momento o deixava coberto no calor do deserto. *Porque ela ama desconforto*, pensou ele. *Minha avó Maggie também era assim, mesmo que ao seu jeito, e me mantinha sempre com medo. Alguma vez já relaxei?* A resposta veio mesmo contra sua vontade: *Sim, algumas vezes, com* Quin. Mas passara a maior parte da vida sob grande tensão.

Ele acelerou pelas dunas, suando e arfando, temendo não chegar ao primeiro pico.

– Mais rápido! – gritou Maud.

Ela o acompanhara com facilidade, mesmo carregando todas as armas deles nas costas, incluindo o capacete de metal e o escudo redondo que encontraram na Traveler. Ele ainda não tinha permissão para usar nenhuma dessas coisas.

Da crista das dunas, a areia escorria para revelar a terra dura e farelenta do deserto. John acelerou. *Já estou com sede. Como vou chegar até a caverna?* Com isso seus pensamentos foram ainda mais longe: *Aquela noite sob o chão do apartamento da minha mãe eu estava com tanta sede quanto hoje. E fiquei ali embaixo por tanto tempo...*

– Concentre sua mente aqui na corrida – advertiu Maud, como se lesse os pensamentos desgarrados dele. – Apenas na corrida.

Ele seguiu as ordens dela, apontando a cabeça para a frente e seus olhos, com o foco do olhar certeiro sempre no mesmo local a cinco metros de distância, observavam a terra poeirenta de onde um tufo de grama seca ou arbustos pelados surgiam ocasionalmente. Um passo à frente, depois o outro, de novo e de novo. Seu corpo era uma máquina.

Nada mais importa no momento, só a corrida, disse para si mesmo. *Para Catherine, nada importava além de recuperar nosso clã. Era mais importante para ela do que o amor ou a morte...*

Sua mente seguiu assim, como sempre, trazendo imagens da sua mãe, da sua avó, de Quin... Ele balançou a cabeça para se livrar dos pensamentos indesejáveis. *Corra!*, ordenou.

Depois de quase três quilômetros, a caverna não parecia mais perto. Ele suava ainda mais, as roupas grudando no corpo.

– Vamos, John! – berrou a Jovem Pavor.

Embora ela corresse logo à frente e não olhasse para trás, de alguma forma sabia que ele reduzira a velocidade.

Seu corpo doía. Como um reflexo, estava pensando de novo em Quin. Na maneira em que a puxara para trás do celeiro de treinamento na primeira vez em que se beijaram. Os olhos dela brilhavam, as bochechas estavam rosadas por causa do frio. Ela o amava naquela época. Só de pensar que agora ela o odiava lhe causava dores físicas.

Não é nada, disse para si. *A dor não é nada, no seu coração ou nas suas pernas. A sede não é nada. O calor não é nada. Catherine consideraria tudo isso como coisas pequenas. E Maggie mostrou...*

Ele interrompeu seus pensamentos. Não precisava de Catherine nem de Maggie na sua cabeça. Ele só precisava correr.

E foi o que fez.

Uma hora se passou até que o monte ficasse visivelmente mais próximo. A essa altura, John se movia pelos minúsculos arbustos esqueléticos que eram mais numerosos naquela área. Seus pés pisoteavam o chão feito pistões de uma moto: incansáveis, mesmo pingando de suor. *Posso correr para sempre*, pensou ele. *Amo fazer isso.*

E então ele caiu. Antes que se desse conta, sua cabeça bateu com força na terra, acertando com força a maçã do rosto.

Corra!, disse ele para si mesmo. Mas seu corpo não respondia. Ele usara toda a potência.

A Jovem Pavor estava ajoelhada ao seu lado. Ela o puxou para colocá-lo sentado, o apoiou em seu corpo e jogou água do cantil na sua boca. O instinto de John foi tomar um gole, mas se conteve e bebeu vagarosa e demoradamente.

– O que está pensando? – perguntou ela com uma voz baixa suave e reconfortante.

Seus olhos castanho-claros eram iluminados pelo sol enquanto ela olhava para o rosto dele.

– Estou pensando... que quero correr.

– Que bom – disse ela. – Sua mente está vazia.

John devolveu o cantil e entendeu que a Jovem Pavor tinha razão. A morte de sua mãe, os avisos de sua avó e até mesmo Quin estavam distantes. Sua cabeça, pelo menos naquele momento, estava tranquila.

– O que pretende aprender aqui no deserto? – perguntou Maud, segurando o capacete de metal, o focal, sobre a cabeça dele.

– O que minha mãe encontrou aqui – respondeu ele de uma vez. – E como isso vai me levar ao clã do urso.

– Mantenha esses pensamentos em mente.

Em seguida, ela colocou o capacete na cabeça dele e o ajudou a se levantar. John quase caiu quando o zumbido elétrico do focal atravessou seu corpo. A paisagem girou. Ele abriu os braços para tentar se equilibrar. Então, parou.

Havia uma caverna perto o bastante para se distinguir os detalhes. Ondas de calor emanavam do deserto por todos os lados, e o mato, ocupando quilômetros em todas as direções, se mexia com a brisa lenta. Ele sentia a pressão do ar quente subindo para o vasto arco azul do céu. Ele estava conectado com todas essas coisas, fazia parte delas, e seus pensamentos estavam sob o seu comando.

– Agora, corra! – ordenou Maud.

E foi o que ele fez.

O sol começava a se pôr quando escalaram a terra vermelha do morro e chegaram à caverna. A Jovem Pavor chegou antes de John e, depois que ele se agachou para passar sob uma rocha saliente, a encontrou de pé dentro do lugar escuro, a jaqueta dela se mesclando às sombras. Ela não parecia ter corrido vinte ou vinte e cinco quilômetros, em vez disso parecia ter passado o dia inteiro esperando por ele no frescor da caverna.

Ela tirou o focal da cabeça dele assim que ele apareceu. Quando o capacete foi removido, havia uma dissonância nos ouvidos dele, uma sensação de puxa e empurra, como se o capacete o estivesse segurando com firmeza e fosse um esforço se desvencilhar. John perdeu o equilíbrio, sentiu a areia e as rochas sob as mãos, e depois percebeu que estava deitado no chão duro da caverna. Ele ficou ali, recuperando o fôlego, sentindo o ferimento pulsar calorosamente junto das batidas do coração. Encarou o teto enquanto os estalos e as repuxadas do capacete desapareciam. De repente, ficou completamente exausto.

A caverna já estava na penumbra, mas havia luz suficiente para ele medir as dimensões do espaço. Estendia-se por cerca de dezoito metros da entrada até uma parede ao fundo, onde a rocha vermelha se misturava com as sombras. E, embora a entrada fosse rebaixada, o teto da caverna era bem alto, desaparecendo acima da sua cabeça na escuridão turva.

A jaqueta da Jovem Pavor esvoaçou ao lado da orelha dele quando ela se sentou ao seu lado. Escurecia depressa, mas ele distinguiu o rosto pálido dela e seu cabelo comprido quando ela jogou o capuz para trás com o intuito de vê-lo. Quando lhe entregou o cantil, ele se ergueu com o cotovelo para beber.

– Você descobriu alguma coisa durante a corrida? – perguntou ela.

De fato, ele descobrira. Várias coisas ficaram mais claras quando ele estava com o focal. Passou algum tempo bebendo, e usou essa pausa para ordenar seus pensamentos.

– Minha mãe estava interessada em todos os clãs de Seekers – disse ele meditativamente. – Quando olhei para o diário dela pela primeira vez, achei que fosse em parte sobre os Pavores e majoritariamente sobre vingança. No entanto, ela não estava atrás só dos clãs que nos fizeram mal.

– Não – concordou Maud. – As intenções dela eram maiores do que isso.

– Talvez ela tenha começado o diário antes de descobrir o que esses clãs fizeram com o nosso – ponderou ele. A Catherine que escrevera o diário parecia mais curiosa, que furiosa. – E é por isso que eu precisava ver as fotos de Maggie. Para focar minha busca.

A Jovem Pavor não disse nada.

John tomou outro gole, até que sentiu o caminho percorrido pela água descendo por sua garganta, pelo seu estômago, chegando até cada célula do seu corpo.

– Por que me fez correr tanto antes de usar o focal?

Houve uma pausa, e Maud explicou com seu tom de voz inabalável:

– Ele tem outro nome: caospacete. Um focal carrega os traços das pessoas que já o usaram, especialmente se foi reutilizado muitas vezes pela mesma pessoa. Pensamentos... Padrões... Hábitos... podem – ela escolhia cuidadosamente as palavras – *permanecer* dentro do capacete, como uma neblina. Se você não esvaziar sua mente por completo, vai ser uma presa para os pensamentos externos. Pode até mesmo dividir a mente de alguém em duas, e uma delas vai ser muito parecida com outra pessoa. – Ela o ajudou a se sentar. – Uma corrida intensa é um bom jeito de esvaziar a mente antes de usar o focal. Agora você deveria sentir apenas os seus pensamentos em foco.

John assentiu. Estava fisicamente esgotado, mas uma nova energia mental percorria seu corpo. Ele entendia que o focal não lhe ensinara nada novo; em vez disso, o permitira ver seu próprio conhecimento sob outra perspectiva. Catherine seguira os Seekers do clã do urso até aquela caverna. E lá ele deve descobrir para onde ir em seguida.

A Jovem Pavor estava usando sua pederneira. Centelhas reluzentes escapavam da pedra na escuridão, iluminando seu rosto com rajadas de luz branca. Depois de alguns minutos, ela acendeu as folhas de um grande galho dos arbustos do lado de fora da caverna.

Ela estendeu a tocha para John, e ele ficou de pé para pegá-la. O arenito vermelho da caverna balançava à sua volta sob a luz inconstante. John achou que a fumaça preencheria rapidamente o espaço, mas enquanto a madeira queimava, o teto alto da caverna afunilava a fumaça, mandando-a para cima e para longe. Havia a imagem de um urso entalhada no arenito estriado do teto da caverna. As paredes eram desiguais e não tinham nenhum ornamento ou sinal de presença humana, até que ele chegou ao fundo da caverna. Lá, o teto de rocha descia drasticamente em direção ao chão, formando um ângulo exageradamente agudo. No ponto onde parede e chão se encontravam, os dois planos formavam uma cunha quase impenetrável para a luz da tocha, como se o chão estivesse sendo engolido pelas sombras do fundo. Acima dessas sombras, havia algo escrito.

– Maud.

A Jovem Pavor se moveu em silêncio pelo chão áspero até chegar à poça de luz. Pequenas imagens haviam sido entalhadas na parede ao fundo. Não, entalhadas não, percebeu John, foram *derretidas*. As arestas das imagens eram suaves e arredondadas, e correntes de arenito fundido haviam escorrido das paredes para uma piscina no chão, onde tinha se solidificado em forma de poças vitrificadas. A inscrição dizia:

91
30
57
22
PSDS

– O que é PSDS? – perguntou John.

A Jovem Pavor balançou a cabeça, indicando que não sabia e deixando a pergunta de lado.

– Há outra coisa ali – disse ela em voz baixa.

Ela apontou para o lugar baixo e escuro onde a parede inclinada encontrava o chão. Seus olhos eram muito melhores do que os dele para enxergar no escuro, e à primeira vista John não conseguiu discernir nada nas sombras. Mas quando se ajoelhou e aproximou a chama, a luz mostrou dois corpos humanos profundamente entocados na parede.

– Ai, meu Deus – sussurrou ele.

Um era de uma mulher, a julgar pelo cabelo, embora estivesse morta há tanto tempo e tão decomposta que havia pouco mais do que ossos e restos empoeirados de pele ressecada em meio às roupas e capa escuras. Seu primeiro pensamento foi a sua mãe. Durante anos mantiveram Catherine viva com a ajuda de máquinas em um celeiro da propriedade, depois que ela fora despedaçada. No fim das contas, com olhos profundos e pele transparente, ela não tinha uma aparência muito melhor do que aquele defunto. Vê-lo despertou lembranças da impotência que ele sentira quando vira a mãe naquele estado.

John estabilizou a mente. Ele não estava impotente. Abaixou-se e engatinhou para mais perto dos corpos, para observá-los sob a luz trêmula da tocha. Não sentia cheiro de morte. Os corpos estavam ressecados. O segundo era menor, talvez estivesse morto há mais tempo, não dava para ter certeza. As roupas do corpo menor pareciam um monte de panos sujos.

– Aquele defunto era uma criança, você não acha? – perguntou John quando Maud engatinhou ao seu lado.

– Difícil dizer – respondeu a Jovem Pavor.

John não queria tocar nos restos mortais, mas Maud não hesitou. Esticou-se, pegou o braço esquerdo ressecado da mulher e arregaçou a manga farelenta da camisa do defunto.

– Olhe só – disse ela baixinho.

John se inclinou com a tocha. Havia uma descoloração na pele espessa do pulso. Era uma marca no formato de um athame. A Jovem repetiu o procedimento no outro braço, mas no pulso direito da mulher John viu uma marca diferente, e na forma de um urso.

– Seekers costumavam fazer uma segunda marca com o símbolo do clã – disse Maud. – Essa tradição parece ter desaparecido atualmente.

John podia adivinhar por que Seekers como Briac Kincaid não tinham marcas com as insígnias dos clãs. Eles viviam com athames roubados, e poderia ser estranho ter um emblema diferente no braço do que aquele do athame que está usando.

Ele olhou novamente para o corpo da mulher.

– O diário dizia que o athame foi visto pela última vez aqui, com uma Seeker chamada Delyth Priddy possivelmente com um acompanhante. Seria essa Delyth? E esse o acompanhante?

Eles prestaram atenção no corpo menor. O cabelo era curto e escuro; as roupas, cinza e rústicas. Maud puxou pedaços de pano para examinar os pulsos do cadáver. A pele estava em decomposição mais avançada do que a do outro corpo, e não havia marcas.

– Então, não era um Seeker – disse John, tentando não pensar muito na pele murcha e nos ossos que a espetavam, pois se pareciam muito com a clavícula da sua mãe na última vez em que a vira.

Maud girara o crânio do defunto menor na direção da luz, revelando os dentes sujos e arranhados na careta morta.

– Não era um Seeker – concordou ela, se distanciando dos cadáveres. – Esse corpo é... mais parecido com os meninos que vimos na propriedade escocesa. Os dentes deles eram tão sujos quanto esses daqui.

Esta conclusão pareceu afetá-la profundamente. Sentou-se sobre os calcanhares e encarou o corpo menor por um instante.

– Há quanto tempo acha que estão mortos? – perguntou John.

A Jovem Pavor balançou a cabeça lentamente.

– Difícil saber com precisão. O ar seco do deserto, longe das intempéries do clima. Morreram há anos, mas não sei dizer quantos. Talvez o pequeno tenha morrido há mais tempo que a mulher.

Ela estava de pé novamente e observava a inscrição derretida na parede.

– Os números somam... – Ela ficou em silêncio enquanto fazia as contas.

John se levantou e notou uma mudança na Jovem Pavor. A expressão dela não se alterou ao olhar para os entalhes, mas era como se o peso do desespero tivesse caído sobre os seus ombros. Sem olhar para John, se virou e saiu da caverna.

Ele a seguiu, se abaixando para passar na abertura baixa que dava para a noite do deserto. Acima deles, apesar do brilho da lua, estrelas piscavam infinitamente, como se o céu fosse maior e mais bonito ali do que em qualquer outro lugar do mundo. A entrada da caverna estava a meio caminho do pico de arenito, e ele encontrou Maud sentada na beirada, olhando para o vasto pedaço de terra aos seus pés.

Sentou-se perto dela, preocupado com seu estado mental. Ela parecia estar sugando a escuridão da noite para se cobrir. Assim que John se sentou, sentiu a exaustão da longa corrida. Ele estava com fome, com sede e seus músculos doíam e imploravam por sono.

– A soma é duzentos – disse ele, indo contra seu próprio bom senso. – Duzentos é o número mencionado várias vezes no diário. Significa algo para você?

Um longo período de silêncio se estendeu antes que ela finalmente respondesse:

– Não. Há um mundo de coisas sobre as quais nada sei, um mundo de eventos para os quais estive cega e surda.

Em um gesto inesperado de raiva, a Jovem Pavor jogou a tocha flamejante, que deu pinotes pela ladeira e brilhou intensamente até parar ao pé do morro. John observou as chamas da tocha se apagarem aos poucos.

Maud olhou através do deserto para o oceano ao longe, onde a lua refletia uma faixa branca na superfície azul-escuro que se movia com as ondas quebrando na costa. O mundo era tão bonito ali... John desejou que pudesse deixar seus olhos e sua mente se demorarem naquela cena, mas ele não podia fazer isso. Havia dois corpos na caverna logo atrás. Será que sua mãe já se vingou ao matar aqueles dois, ou será que ela, assim como John, apenas encontrou os corpos? De qualquer forma, aquele local era um beco sem saída. Ele precisava tentar o próximo, e o próximo, contanto que Maud ainda estivesse disposta a ajudá-lo.

Ele não entendia o humor atual dela.

– Por que na África? – perguntou ele, com esperança de que ela não achasse esse assunto entediante. – Parece um lugar muito estranho para uma caverna de Seekers.

– Seekers se sentem mais em casa quando estão na Europa, é verdade, mas se espalharam pelo mundo – respondeu ela, com o olhar ainda fixo no oceano. Seu tom estava impassível como sempre, mas ele sentia certa frustração. – Há postos avançados de Seekers em muitos lugares estranhos, John.

– Você vai me deixar ir ao próximo lugar do diário? – perguntou ele. – A caverna do clã do javali?

– Você acha que essa caverna vai fazer mais sentido?

– Minha mãe encontrou alguns dos nossos inimigos, e estava procurando pelos outros. Também posso encontrá-los.

– Ou talvez o que você procura esteja em um lugar totalmente diferente. E se as anotações da sua mãe não tiverem nada a ver com vingança? – Ela fez uma pausa e depois acrescentou: – Conheço essa caverna, John. Cada clã tinha um lugar assim. Um refúgio privado, um ponto de encontro, um lugar para cerimônias e conferências, conhecido apenas pelos membros, e, às vezes, pelos Pavores. Não deveria ser um lugar perigoso para membros do clã do lugar. Não deveria ser um lugar onde eles desaparecem.

A Jovem Pavor olhou para o rosto dele, e John sentiu o desconforto habitual do olhar fixo dela. Após algum tempo, ela se virou para as brasas da tocha lá embaixo.

– Estou pensando, John... Será que é sempre esperto descobrir alguma coisa, só porque dá para ser descoberta?

Sob a luz da lua, ele via a emoção nos olhos dela. *Ela vai confessar alguma coisa,* pensou ele. A ideia era tão estranha que ele parou de respirar por um tempo.

– Algumas coisas eu prefiro não saber – disse ela, encontrando os olhos dele novamente. Pela primeira vez desde que ele conhecia Maud, ela parecia uma menina, em vez de uma Pavor. Ela parecia vulnerável. – Se eu descobrir tudo que o Pavor Médio fez – disse ela, a voz menos estável do que estivera durante todo esse tempo –, se eu descobrir que ele corrompeu Pavores e Seekers, eu deveria assumir parte da responsabilidade pelas ações dele? Será que eu também sou como ele foi?

John voltara a respirar, mas ainda demorou um tempo para reencontrar a voz. Por fim, disse:

– Às vezes você me faz lembrar a Quin. Digna demais para ver como as coisas são de verdade. Decente demais para saber que nada no mundo é decente.

– Os pensamentos dela frequentemente surgem na minha mente – admitiu a Jovem Pavor.

– Os pensamentos de Quin? – Ele tentou, sem sucesso, esconder a surpresa.

– Às vezes, quando se treina a mente como nós treinamos, dá para alcançar diretamente os pensamentos de outras pessoas. A mente de Quin e a minha se cruzam, de vez em quando. Acho que ela tem um coração nobre, ou nunca teria confiado a ela o athame dos Pavores.

– Mas... os pensamentos dela alcançam sua mente? – perguntou John de novo, tentando não parecer insensato.

– Às vezes. Outras vezes sinto que ela vê através dos meus olhos. Ela vê o mesmo que eu, mas talvez nem perceba.

Ele quase não quis perguntar:

– Sobre o que... Sobre o que ela está pensando quando você escuta os pensamentos dela?

Ela olhou para ele.

– Por que está perguntando isso? Está preocupado com os pensamentos dela?

– Não. Eu... eu só estou perguntando – disse ele, dando as costas, envergonhado.

– Tento não escutar – disse a Jovem Pavor. – Ela não tem a intenção de me alcançar.

Seus olhos se fixaram novamente em John, e ela parecia ver o desconforto emanando dele em ondas. Sua voz retomara a estabilidade de uma instrutora quando ela perguntou:

– John, você pensa muito nela?

– Não de propósito – respondeu ele em voz baixa.

Ele não quisera falar com Maud sobre Quin, mas as perguntas surgiram de qualquer forma. Ele desviou o olhar.

– Às vezes, você menciona o nome dela quando estamos treinando para me desconcentrar. Sei que estou caindo na sua isca, mas ela fica na minha cabeça. – Ele queria ficar quieto, mas não conseguia: – Penso na cara que ela fez quando percebeu que tinha sido traída por mim. Quando abro o diário, penso nas mãos dela tocando as páginas, nos seus olhos lendo as palavras. Imagino o que ela diria sobre as coisas que minha mãe e minha avó me mandaram fazer. Ela me diria que estou errado... e quero que ela saiba que não estou. Quero que saiba que estou certo. Porque eu *estou* certo. Ela é que está errada.

John finalmente conseguiu se conter, envergonhado do tanto que já tinha falado. Eram pensamentos que ele dificilmente admitia ter, mesmo para si. Ele se perguntou se, apesar do grande esforço de Maud para ajudá-lo a esvaziar a mente, o focal o tornara alguém mais falante.

– Eu não tinha ideia de como seus pensamentos estavam focados em outra pessoa – disse a Jovem Pavor após algum tempo. – Você não está só distraído pelo medo do despedaçador ou pelas memórias da sua mãe, mas por Quin, que está viva no mundo.

– Sim – sussurrou ele após um instante para admitir a si mesmo a verdade daquela afirmação.

– Outras pessoas não podem comandar seus pensamentos, John. Se você quer ser um Seeker, precisa aprender a comandá-los sozinho. Isso é metade do trabalho para chegar ao juramento. O focal pode ajudar... superficialmente. Mas você precisa alterar um hábito já enraizado. – John estava morrendo de medo de que ela estivesse prestes a rejeitá-lo como aluno. Mas, em vez disso, ela disse: – Vou deixar você ir ao próximo lugar que procura no diário da sua mãe, a caverna dos Seekers do javali. – Ele estava prestes a agradecer, quando ela ergueu a mão. – Mas, antes, tem outra coisa que preciso pegar para você.

CAPÍTULO 21

CATHERINE

19 ANOS ANTES

– Ele está olhando para você – disse Mariko.

– O quê? – gritou Catherine em resposta.

Ela vira os lábios de Mariko se mexendo, mas não ouvira nada por causa da música.

A casa noturna pulsava com uma batida tão forte que mais parecia um terremoto abalando o chão. A luz branca dos lasers atravessava a fumaça, passando por desenhos que piscavam no ritmo da música. Rostos e corpos estavam decorados com tinta fosforescente que destacava grotescamente alguns traços e exagerava os movimentos.

O local estava lotado, e Catherine começava a entender o prazer de se perder no anonimato festivo. Mariko e ela tinham pintado faixas prateadas que brilhavam quando os lasers passavam diante dos seus rostos.

– Ele está olhando para você! – repetiu Mariko, gritando para ser ouvida.

Ela tocou a mão de Catherine e apontou discretamente.

Um jovem de cabelo escuro se aproximava devagar pela multidão e, embora tentasse direcionar o olhar para várias coisas na boate, estava óbvio que seus olhos se voltavam sempre para Catherine. Seu rosto tinha um tom opaco de azul-escuro, então seus traços estavam escondidos, como se usasse uma máscara.

Estavam na Ponte de Pedestres, que cruzava do Porto de Victoria na ilha de Hong Kong até Kowloon. Catherine estava passando alguns meses na casa de Mariko e os pais dela achavam que naquele momento as meninas estavam em uma aula noturna de dança tradicional, o que não era exatamente uma mentira.

– Ele é bem bonito! – disse Mariko em particular, gritando as palavras no canal auditivo de Catherine.

– Como você sabe? – gritou Catherine.

– Acho que não sei! Mas essa pode ser sua noite de sorte!

Esse era o jogo delas: notar os meninos que as notavam e fingir que algo podia acontecer. A verdade era que Catherine, mesmo que se divertisse muito, não se sentia nada além de uma observadora num lugar como aquele. Gostava de fingir que era só mais uma na vasta multidão de foliões ali no segundo andar da Ponte, mas, apesar da tinta no corpo, ela estava sóbria, tinha seu treinamento de Seeker e não se adequava.

Depois de recuperar o athame da família, ela esperava que seus pais se ajoelhassem em gratidão. E eles ficaram gratos, claro, mas, quando Catherine contou o que queria fazer com o athame, o que ela queria se tornar um dia, eles riram dela. Não tiveram a intenção de ser cruéis, riram porque sentiam pena dela. Suas esperanças eram tão ridículas e inalcançáveis que ela era motivo de pena para sua própria família. Não ligavam que o Pavor Médio não fosse digno da posição que ocupava. Não queriam que Catherine colhesse provas disso ou fantasiasse sobre quem poderia substituí-lo. Mesmo quando falou das primeiras coisas que queria fazer como Seeker (pequenos atos em partes do mundo onde pequenas boas ações fariam grande diferença), a trataram como uma sonhadora. Seus pais viam o athame apenas como uma chave para a segurança da família. Catherine não contara para a família sobre sua convicção de que deveria encontrar as cavernas secretas de cada clã, como um primeiro passo para descobrir para onde tinham ido os Seekers desaparecidos.

Sua irmã mais velha, Anna, ficou com ciúmes de Catherine quando ela trouxe o athame da raposa para casa.

Acabou acusando Catherine de tentar rebaixar seu status de irmã mais velha aos olhos dos pais. Então, Catherine foi embora.

Ela fez um último ato como Seeker. Voltou para a caverna sob o Monte Saint-Michel, sozinha e com pressa, e vasculhou as paredes em busca de pistas do passado e do presente. Encontrou vários números entalhados na rocha, o que ela não tivera tempo de estudar com Mariko. Somados, os números totalizavam duzentos e, ao lado deles, havia uma série de marcações em forma de setas. Mas Catherine estava perdida em relação ao que significavam os números. As imagens de setas provavelmente indicavam um caminho, mas por onde começar? Eram uma medida de distância? De tempo?

Ela foi embora da França sem respostas. Viera para Hong Kong largar a vida de Seeker para trás, pelo menos por muito tempo. Ela deixaria Anna lidar com seus pais e o legado deles.

Catherine resmungou quando algo a espetou perto da coluna. Fivelas enormes e afiadas eram a última tendência em Hong Kong, e era preciso tomar cuidado em lugares como aquele. Ela deu um passo para a direita.

– Posso falar com você?

Catherine se sobressaltou. O jovem com o rosto pintado de azul-escuro passara pela multidão e estava ao lado dela, na beira da pista de dança, com a cabeça perto da orelha dela. Catherine olhou para Mariko, que também observava o recém-chegado. Geralmente Mariko e ela recusavam com educação aproximações como essa. Catherine ainda achava os meninos do mundo tão diferentes dela que quase pareciam de outra espécie. E Mariko vivia sob as regras medievais de namoro impostas por seus pais. Mas algo na autoconfiança daquele rapaz chamou sua atenção.

– Tudo bem – disse ela, e Mariko ergueu tanto a sobrancelha que chegou a ser cômico. – Onde?

O rapaz apontou para uma área menos barulhenta no canto do salão principal. Catherine foi atrás dele, ziguezagueando pela multidão. Ela piscou para Mariko, avisando para a amiga japonesa que nada mudara: ela ia falar com ele e logo voltaria.

– Já nos conhecemos? – perguntou ela, voltando-se para seu acompanhante e analisando sob uma luz diferente o rosto pintado dele.

– Você deveria me conhecer – disse ele.

– Deveria? – perguntou ela, sem saber se escutara direito.

Ele a guiou pela multidão menos densa até os fundos da boate, com uma das mãos nas suas costas e a outra apoiada de leve no seu braço. A princípio, ela gostara da postura confiante dele, mas ali, com menos gente por perto, o toque duplo dele parecia agressivo.

Estavam navegando entre uma série de colunas de vidro com redemoinhos de líquido dentro. Alguns casais dançavam a música lenta ali, mas não prestavam atenção em Catherine e no seu acompanhante.

– Você deveria me conhecer – repetiu ele.

– Eu deveria... Ai! – disse ela.

Algo a espetou nas costas através do pano fino do seu vestido.

– Cuidado! – Os olhos dele se camuflavam com a tinta do rosto. – Você ficou presa ali.

Catherine viu que as arestas das colunas eram pontiagudas. Ela deve ter roçado em uma das pontas.

– Estou com sede – disse ela, e, ao dizer isso, percebeu que estava com muita, muita sede. A sensação a dominara de uma só vez.

– Está? – perguntou ele.

Ele a guiou por entre as últimas colunas, até que foram parar na área mais escura, onde uma passagem aberta e embaçada levava aos banheiros. Catherine tropeçou e, com uma mão no braço e outra nas costas, ele a segurou de novo.

– Ai! – disse ela.

– Cuidado, Catherine. Você fica esbarrando nas coisas.

– Briac? – perguntou ela, tentando enxergar além da tinta. Mas não era Briac, embora seu cabelo fosse escuro e ele andasse como Briac. Era outra pessoa. – Emile?

Seria possível que Emile estivera vivo e seguro esse tempo todo? Esperando encontrá-la assim como ela esperava encontrá-lo?

Ele deu uma risada grave e desagradável que Catherine sentiu mais do que ouviu.

– Não, não sou Emile.

Ela esbarrou de novo e ele a guiou pelo corredor escuro até os banheiros. Várias meninas passaram sem reparar neles.

– Espere – disse Catherine, notando de repente como estava tonta. E com sede. O que estava acontecendo? – Espere.

Ele agarrou um dos braços dela, e Catherine viu um brilho de metal entre os dois dedos da mão esquerda do rapaz.

– Estou aqui – disse ele.

Abriu a porta de um banheiro particular e a empurrou para dentro. Em um reflexo, Catherine espalmou as mãos e agarrou ambos os lados do caixilho da porta, impedindo que ele a empurrasse de vez para dentro.

Pelo espelho ela conseguiu ver que a mão direita dele vinha em sua direção. Ela entendeu o movimento: ele estava prestes a acertar o cotovelo dela para que cedesse. Catherine jogou o pé esquerdo para trás. Seu salto alto afundou no sapato dele com uma precisão mortal, um ato de muita sorte, pensou ela, considerando como estava tonta.

Arfando de dor, ele a soltou e Catherine se virou para acertar o pescoço dele. O rapaz abaixou a cabeça e evitou o golpe. Feito um touro ensandecido, deu uma cabeçada na barriga dela, forçando sua entrada no banheiro. Catherine caiu de costas no chão.

Ele estava no banheiro com ela e trancava a porta. A luz ali dentro estava um pouco mais forte e ela notou que ele usava o que pareciam anéis de plástico em dois dedos da mão esquerda. Aqueles anéis eram conectados e na ponta havia uma agulha.

– Você! Você me drogou! – disse ela.

Só agora estava entendendo por que seu comportamento estava estranho. Ela o deixara guiá-la pela boate até uma área isolada.

Naquele ponto, ele estava em cima dela, segurando-a no chão com os joelhos sobre seus braços.

– Onde é que está? – exigiu ele.

Ela o encarou através dos olhos entreabertos. Um pouco da tinta já sumira do seu rosto, mas ela ainda não o reconhecia.

– O quê? – perguntou ela.

Ele deu um tapa em Catherine, que sentiu uma dor distante quando sua cabeça atingiu o chão. Quantas vezes ela sentira a agulha espetá-la? Pelo menos três. Que tipo de droga era? Uma forte. Ela estava prestes a desmaiar. Será que Mariko estava procurando por ela?

– Onde está o *athame*? Você pegou algo que me pertencia. Foi prometido para mim.

Ele ergueu a mão para acertá-la de novo, mas se conteve, deixando Catherine responder.

Ela tentou fazer sua cabeça funcionar. Este homem – ou menino, difícil dizer – era um Seeker, com certeza. Ela deveria ter percebido isso de imediato, mas seus movimentos estavam bastante camuflados pelas pessoas dançando à volta. E ele não era alguém que ela conhecesse.

– Alguém lhe prometeu... o athame da minha família? – perguntou ela lentamente, arrastando as palavras. – Quem faria isso?

– Você sabe quem.

Ela não sabia. Será que os Seekers faziam escambo entre eles com athames roubados?

– Era você... no Monte Saint-Michel? – perguntou ela já sem forças, finalmente o reconhecendo.

– Onde está guardado? – exigiu ele.

– Onde... o quê?

Ele a sacudiu, como se isso fosse ajudá-la a pensar. Em vez disso, o banheiro oscilou.

– Você está me atacando – disse ela, e a estupidez das palavras ecoou também nos seus ouvidos.

– Nada entra na sua cabeça, não é mesmo? – Os olhos dela estavam desalinhados e parecia haver dois homens à sua frente, ambos prontos para atacá-la. – Emile era tão devagar quanto você – disse o garoto –, e as coisas também não acabaram bem para ele.

– Você... Emile? O que aconteceu com Emile?

Ele estava sorrindo... Os dois estavam sorrindo para ela. Seus olhos se fixaram em um objeto. Um copo. Estava na beirada da pia, entrando e saindo do campo de visão enquanto ele a sacudia. Alguém deixara um copo ali no banheiro. Batom escuro na borda, restos de alguma coisa verde no fundo.

O pé dela. Aquele era o pé dela ali embaixo, não era? Perto do pedestal da pia.

– Eu e meus irmãos não vamos mais servir de iscas para outras pessoas – sibilou ele no rosto dela. – *Nossa* família não vai desaparecer. Um dos meus irmãos estava em Londres hoje.

O que ele queria dizer com aquilo? Estava ameaçando a família dela? Catherine tentou pensar. Ela teria que deixar que ele a acertasse de novo. E ela teria que se mexer depressa. *Consigo me mexer depressa?*, perguntou-se.

Moveu os lábios como se fosse responder, e depois cuspiu nele.

Chute!, disse Catherine para si mesma.

Ele deu um tapa com força. E ela chutou.

O pé de Catherine agarrou na pia e ela girou as pernas para o lado. Um instante depois sentiu uma pancada dolorosa e o espirro molhado do copo caindo no seu tornozelo.

– Onde sua família colocou o athame? – exigiu ele, e a sacudiu de novo.

Catherine se contorcia por baixo dele. Ela conseguiu escorregar o copo pela perna na direção da sua mão esquerda.

– Vou reportar você... para os Pavores – sussurrou ela. – Por direito o athame é da minha família. Eles vão punir você.

– Vão mesmo?

Ele sorriu de um jeito que a fez se lembrar dos seus pais e da pena que sentiam. Ele não tinha medo de que ela falasse com os Pavores. *Por que não?*, pensou. *Ele deveria temê-los. Mesmo que o Pavor Médio seja péssimo em julgamento, a Jovem Pavor vai ter que me escutar. Essa pessoa está violando as leis dos Seekers.*

– O athame é meu... – disse ela – e vai ficar comigo.

O braço dela ainda estava preso debaixo do joelho dele, mas seus dedos agarravam o copo grudento. Ela apalpou a superfície, girando o copo para segurá-lo pela base pesada. *Estou drogada*, pensou ela. *Ele está contando com isso.*

– Não – disse ele e se inclinou. Ao fazer isso, seu joelho ergueu do braço dela. – Vou matar você e ficar com o athame.

– Eu estava prestes a dizer o mesmo para você – sussurrou Catherine.

Ela jogou o copo com força no chão e depois o cortou com os cacos restantes. Vários cacos afiados ficaram presos na base espessa de vidro. Ela o acertou no pescoço e sentiu os cacos penetrando a fundo na garganta dele e quebrando.

Ele gritou, agarrou o cabelo dela e puxou violentamente as mechas enquanto sangue jorrava do seu pescoço. Estava berrando e sugava o ar pelo ferimento na garganta. Ela ainda via dois meninos quando ele caiu de cara no chão.

Catherine conseguiu rolar e sair de debaixo dele, escorregando pelo sangue que pingava. Os dedos dela também sangravam por causa do vidro quebrado, mas ela continuava agarrando com firmeza sua arma enquanto se levantava. Com a mão direita, buscou a fechadura da porta, mas seus dedos estavam molhados e escorregavam da maçaneta.

A porta abriu de forma abrupta.

Mariko estava bem ali com uma faca de cozinha na mão e um segurança enorme com uma chave ao seu lado.

Os olhos de Mariko percorreram Catherine, seu vestido embebido de sangue e o banheiro às suas costas.

Mariko a pegou pelo braço e a puxou para perto do segurança, que encarava boquiaberto a bagunça lá dentro. Ela agarrou Catherine e a levou para fora da boate. No caminho, disse baixinho:

– A vida com você não é nada chata, Cat-chan.

Catherine já estava sóbria e totalmente vestida no chuveiro da casa com piscina de Mariko, e sua amiga a enxaguava. Apesar do calor do banho, Catherine tremia. A água escorria cor-de-rosa, iluminada por um ou outro tanto de tinta prateada, enquanto Mariko esfregava o cabelo e os braços de Catherine. Ela estremecia toda vez que as mãos da amiga passavam pelas partes inchadas do seu crânio.

– Ele era o homem no Monte Saint-Michel – disse Catherine.

– Tem certeza?

– Tenho. Disse que a família *dele* não iria desaparecer... como se a *minha* fosse. Como se outras famílias também fossem. Como talvez a de Emile. E os Pavores não fariam nada a respeito...

– O que vamos dizer para o meu pai? – perguntou Mariko, enxaguando o sabonete da cabeça de Catherine sem prestar atenção no que ela dizia. – Devemos contar a verdade?

Catherine olhou para seu vestido rasgado e para os cortes profundos na sua mão esquerda, com a qual segurara o copo quebrado.

– Acho que vamos contar a verdade a ele – disse Mariko, respondendo à própria pergunta, quase tagarelando. – Pode ser que precisemos lutar contra esse homem agora.

– Ele está morto, Mariko. Não vamos ter que lutar contra ele.

– Bem, então contra a família dele...

Um celular tocou.

Catherine reconheceu o toque: era o dela. Mariko vasculhou a bolsa da amiga, que estava no chão e ainda manchada com borrões escuros de sangue. Catherine desligou o chuveiro e Mariko estendeu o telefone para ela.

– É sua mãe – sussurrou ela.

A mãe de Catherine. É claro. A mulher intuitivamente sentia toda vez que Catherine escondia alguma coisa. Mas as palavras do seu agressor voltaram à sua cabeça: *Um dos meus irmãos estava em Londres hoje. Onde sua família deixou o athame?*

Trêmula, ela pegou o telefone da mão da amiga, parou por um instante para se recompor, e atendeu:

– Alô? Mãe? Você está bem? O athame está bem?

A voz do outro lado da linha era da sua mãe, mas estava incoerente. Dava para ouvir vários soluços intercalados com palavras engasgadas que quase não se entendia.

– Mãe? Você está...

– Sua irmã... – As palavras truncaram e Catherine demorou um tempo para entender.

– O quê... Anna?

– Anna... – repetiu a mãe dela, ainda se esforçando para ser compreendida. – Anna morreu.

CAPÍTULO 22

QUIN

Quin e Shinobu olharam para fora da anomalia, diretamente para o vasto córrego de água. Quin teve a sensação de estar olhando através de um rio de energia para um rio de verdade. Estavam seguindo as coordenadas da primeira de três entradas do diário, a que descrevia como o Pavor Médio matara um Jovem Pavor no século XV e afundara o corpo na parte mais funda do rio.

Shinobu pulou na água primeiro e depois se virou para segurar a mão dela.

– Está um pouco fria – avisou ele.

Quin entrou perto dele, na correnteza fraca, e a anomalia pairou durante algum tempo atrás deles antes de se costurar e fechar. A água batia nos joelhos deles, mas parecia muito mais profunda no meio, onde a correnteza era forte e imprevisível. Era de manhã cedo ali na Escócia, se é que leram corretamente as coordenadas.

– Venha cá, meu salgueiro-gato – disse ela, empurrando Shinobu para a margem. – O que é o frio para um escocês?

– Meu lado japonês é muito delicado – falou ele, simulando seriedade enquanto andava pela água em direção à beirada.

Ele vestia um moletom escuro e calça jeans, ambos um pouco grandes nele, mas seus ombros eram tão largos que a mochila parecia pequena nas suas costas.

A margem do rio estava cheia de samambaias que cresciam sob as copas dos carvalhos. Shinobu se segurou nas folhas para sair da água e depois puxou Quin para perto. Os dois pararam de pé, pingando na beira do rio. Quin viu uma careta aparecer e sumir rapidamente no rosto dele. Ele insistira em fazer outro treino demorado com espadas-chicote naquela manhã, e ela imaginava que seus ferimentos o incomodavam por mais que ele tentasse fingir que não.

Shinobu desdobrou o mapa e o colocou no tronco de uma árvore caída e cheia de musgo. Em seguida, puxou um aparelho de posicionamento do bolso da jaqueta. Lá estavam: um ponto brilhando na tela do mapa, em algum lugar no norte da Escócia. Ele deu zoom para ver mais de perto, mas não havia um marco por ali. Estavam no meio do nada, perto de um riacho. Isso não era muito mais do que já sabiam e, francamente, também era a descrição de quase qualquer lugar da Escócia. Ele marcou a localização no mapa de papel.

– Acha que já estivemos aqui? – perguntou ele.

Ela balançou a cabeça e examinou o mapa.

– Alistair nos trouxe a tantos lugares na Escócia enquanto estávamos treinando... É difícil dizer.

– De acordo com o diário, em algum lugar por aqui já teve uma fortaleza – disse Shinobu. – Talvez não seja perto o bastante para andarmos até lá. Dizia "mui distante do reduto".

Quin vasculhou novamente os arredores.

– Quem escreveu a entrada do diário sobre este lugar estava escondido nas árvores perto da beira do rio quando o Médio matou o Jovem Pavor. Vamos andar um pouco?

– Claro.

Ele dobrou o mapa e o colocou no bolso. Mais uma vez, Quin viu certo sofrimento no rosto dele, que nada disse.

Descreveram arcos crescentes ao andarem para longe da beira do rio. Quin não tinha certeza do que procuravam, a não ser talvez por pistas do que acontecera com o Pavor Médio, pistas do que fora escrito no diário. No entanto, depois de uma hora andando pelo mato na beira do rio, não encontraram nada.

Decidiram partir para a segunda entrada do diário. Depois de seguir outro conjunto de coordenadas, emergiram de outra anomalia em um denso matagal de arbustos no meio de um vasto clarão na floresta. A anomalia os levara para um pouco acima do que Quin esperara, e ela caiu desajeitadamente em cima de Shinobu.

– Ai.

– Desculpa. Era sua perna machucada?

– Era, mas não foi nada de mais – disse ele enquanto levantavam e saíam do matagal.

Quando se livraram dos galhos imobilizadores, Quin reparou que Shinobu estava desviando o olhar dela, como se a dor e o mau humor tivessem tomado conta dele.

– Ei – disse ela, cutucando o rapaz com o bico da bota. – Você está bem? Podemos fazer isso outro dia. Posso levar você de volta.

– Estou bem – respondeu ele, e tentou sorrir, mas não deu muito certo.

Quin espanou os galhinhos quebrados do cabelo e da jaqueta, se recusando a ser afastada pelo mau humor.

– Já acabou de mexer nas minhas roupas? – perguntou ele, irritado.

– Acabei sim. Tem um besouro no seu cabelo, mas provavelmente não vai te machucar.

Quin, que sabia do ódio que ele sentia por insetos, se divertia ao vê-lo se inclinar e passar as mãos freneticamente na cabeça.

– Saiu? – perguntou ele, se empertigando.

– Saiu. Você está muito bonito.

O cabelo curtinho dele estava espetado para cima e apontava para todos os lados. Apesar disso, ou talvez por esse motivo mesmo, ele estava muito bonito.

– Detesto quando você usa essa palavra.

O humor dele estava azedando depressa, o que a fazia se lembrar tanto das vezes em que ele ficara irritado quando criança que ela ficou surpresa por estar gostando um pouco daquilo.

– Você detesta a palavra "bonito"? – perguntou ela.

– Você costumava me chamar de bonito – disse ele, desviando o olhar dela para vasculhar a floresta à volta, mais pela vergonha do que por verdadeiro interesse no entorno. Mas Quin aproveitou a oportunidade para avaliar também o ambiente. As árvores e a vegetação baixa eram um pouco diferentes ali, mas o ar parecia o mesmo do primeiro local. – Você queria dizer "intocável" ou "inamável", nada de bom.

– "Soturno e mal-humorado", provavelmente era o que eu queria dizer – sugeriu ela, incapaz de resistir ao impulso de implicar com ele.

Ela passara muito tempo preocupada e era um alívio poder fazer graça agora que ele não estava correndo perigo por causa dos ferimentos.

– Você quis dizer que eu parecia uma pintura ou coisa do tipo. Podemos continuar com a busca?

– Não.

De repente ela entendeu a origem do mau humor dele.

– Como assim "não"? – perguntou ele.

– Você não terminou o chá antes de vir para cá – disse ela, se sentindo uma idiota por não ter se lembrado disso antes.

Ela fora ao Mestre Tan naquela manhã para pegar o chá medicinal diário dele, mas Shinobu não bebera muito. Eles haviam treinado com espadas-chicote e passado muitas horas explorando, e era o chá do Mestre Tan que possibilitava aquele tipo de esforço. Shinobu estava sem energia.

– Eu bebi sim – disse ele. – Você viu.

– Me entrega a mochila.

– Vou conferir – disse ele, se virando de costas para deixar a mochila fora do alcance dela.

Ele a tirou das costas e se virou para procurar pelo chá, como se fosse mais fácil provar que estava certo se Quin não estivesse olhando.

Um minuto depois, ele se virou cheio de vergonha com uma garrafa quase cheia de chá na mão.

– Eu coloquei na mochila – disse ela.

Ele deixou a garrafa no chão e a encarou furiosamente enquanto fechava a mochila e a jogava nos ombros. Mesmo diante da prova, ele não estava pronto para admitir a derrota.

– Não preciso de chá agora – disse ele. – Por acaso pareço uma vovozinha frágil?

– Um pouco.

– Mas uma vovozinha "bonita", certo?

Ela colocou a garrafa na mão dele e lhe deu um beijo na bochecha.

– Muito bonita. Agora, beba.

Soturnamente, ele desenroscou a tampa da garrafa e bebeu tudo de um gole só. Quando terminou, tossiu e fez uma careta. Em seguida, se curvou como se fosse vomitar tudo de novo. Isso acontecia toda vez que bebia o chá do Mestre Tan. Então, Quin apenas esperou que passasse.

Quando superou o gosto podre e limpou a boca com a manga da jaqueta, ela perguntou:

– Podemos voltar?

Ele balançou a cabeça, e ela já percebia o bom humor retornando. Os remédios do Mestre Tan logo faziam efeito.

– Não quero voltar. Não sou um inválido. Estou quase curado. – Ele conteve um sorriso, obviamente percebendo que soara infantil. Ainda sem olhar nos olhos dela, murmurou: – Gosto quando você me dá ordens.

– Gosto quando você fica de mau humor.

– Muito obrigado – disse ele, começando a explorar o clarão logo à frente.

– Isso não lembra as brigas que costumávamos ter quando éramos crianças? – perguntou ela, enroscando os dedos nos dele enquanto andavam. – Eram brigas engraçadas.

– Como naquela vez em que eu joguei seiva de árvore no seu cabelo e você me deu um soco na boca do estômago? – perguntou Shinobu.
– Foi hilário.

Quin sentiu o próprio humor despencar com aquela lembrança.

– Ainda estou irritada por causa disso.

– Nós tínhamos seis anos. Você me deixou sem ar.

– Minha mãe teve que cortar um pedaço do meu cabelo, Shinobu.

Ela o empurrou de brincadeira. Ele estava rindo.

– Você parece brava – disse ele, subitamente preocupado. – Onde está o *seu* chá, Quin? Será que devemos voltar e fazer um pouco de chá para você?

Ela agarrou a jaqueta dele, fingindo estar enfurecida, mas interrompeu o movimento no meio.

– Olhe – disse ela, agarrando o cotovelo dele.

Examinaram os amieiros na beira do clarão, e os galhos quase se juntavam acima deles. Além de uma das árvores maiores, era possível enxergar ao longe através da floresta. A certa distância havia um morro coberto de samambaias e, ao lado, embora escondido pela vegetação baixa, ficava uma abertura que parecia muito a entrada de uma caverna.

– É o que Catherine desenhou no diário, não é? – disse ela.

Aproximaram-se com cautela e, ao chegarem mais perto, o morro se revelou bem grande e ficou óbvio que era resultado de trabalho humano. Era um círculo quase perfeito, coberto de plantas. Circundado de árvores, mas nenhuma crescia nele. A abertura era baixa, escura e perfilada com grandes pedras posicionadas com exímia habilidade. Degraus de pedra cobertos de musgo e silvas silvestres desciam até o interior escuro.

– Cheiro de coisa velha e podre – disse Shinobu quando veio uma lufada de ar do morro.

– Você trouxe uma lanterna? – perguntou ela.

Ele se virou de costas de novo para mexer na mochila, e voltou com uma lanterna. Os dois se agacharam e ele iluminou a entrada.

Dentro do morro havia um espaço grande, uma caverna mesmo, coberta de pedras fixadas nas paredes com argamassa arenosa e irregular. Resíduos da floresta cresciam lá dentro, além do que o vento soprava para o seu interior: galhos antigos, folhas mortas, rochas soltas e uma grande quantidade de terra cobriam o chão de pedra.

E havia esqueletos encostados na parede do fundo.

Quin e Shinobu recuaram da abertura quando viram os humanos em decomposição com roupas esfarrapadas, restos de cabelo e pele contornando os rostos vazios.

– Isso não é nada bom – disse Shinobu em voz baixa.

– Acho que explica o cheiro – comentou ela.

O odor dentro do morro era úmido e podre, mas não vinha da decomposição recente. Era o cheiro das mortes de um passado distante.

Shinobu percorreu vagarosamente a caverna com a luz da lanterna, mas não havia ninguém escondido nas sombras. O espaço, assim como os corpos, fora abandonado anos atrás.

– Vamos? – perguntou ele, fazendo um gesto galanteador para o interior da caverna.

Quin assentiu e, se abaixando para passar sob a verga, entrou na caverna.

O espaço era grande o bastante para dar eco, que era curto e próximo, como se os sons das botas pulassem de volta para ela quase imediatamente.

Havia quatro corpos. Estavam deitados um ao lado do outro, as roupas emaranhadas e deterioradas davam a impressão de que eram todos parte de uma mesma massa. Todos morreram com casacos de lã, mas não havia outras semelhanças nas suas roupas. O corpo mais antigo, pouco mais do que ossos com alguns pedaços de pele coriácea, vestia uma blusa com punhos rendados. Já estava quase desintegrado, mas alguns detalhes comprovavam que o dono da blusa vivera no século XVII. Outro corpo vestia um tipo de jeans que poderia ter sido comum cem anos antes. O outro era bem pequeno, talvez uma criança, com dentes podres e roupas grosseiras e tanta crosta de sujeira que era quase impossível distingui-lo dos restos mortais. O último corpo era de uma menina, presumiu Quin, com argolas douradas nas orelhas e um colar delicado de ouro em cima do que restava da sua camisa e do seu tórax.

– Olhe – disse Shinobu, sua voz saiu um sussurro porque era o que parecia apropriado na presença da morte.

Ele pegou um galho do chão e o usou para tirar o colar das dobras de roupas velhas. Pendurado na corrente, havia um pequeno cavalo dourado.

– Um cavalo – disse Quin. – Pode me passar a lanterna?

Ele entregou a lanterna para ela, que a mirou para a parede atrás dos corpos, onde vira um desenho nas pedras. Pelo feixe de luz, via-se um cavalo esculpido na parede ao fundo. Em um dos lados e mais perto do chão, uma série de letras e números tinha sido gravada nas paredes:

P51
D21
S64
D44
S20

– Então, esta caverna pertencia ao clã do cavalo? – sugeriu Quin.

As imagens na parede pareciam ter sido esculpidas por algo extremamente quente. Quin caminhou com cautela em volta dos corpos para examiná-los mais de perto.

– É como se tivessem derretido na rocha – disse ela para Shinobu enquanto passava os dedos pela pedra.

Ele apareceu ao lado dela e passou as mãos nas letras e nos números.

– O que poderia fazer isso? – perguntou ele. – Alguma ferramenta moderna?

Quin balançou a cabeça.

– Realmente não sei.

– Os números somam duzentos – ressaltou ele.

– É, somam duzentos – concordou ela. – Como no diário. Mas duzentos *o quê*? O que são P, D e S?

Shinobu passou um tempo olhando para a parede.

– Seriam moedas? Dinheiro? – sugeriu ele. – Ou nomes? Pippa, Dougal, Sylvia?

Quin riu, embora parecesse um ultraje fazer piadas com os corpos na caverna. Ela tirou o caderno do bolso e anotou os números e as letras. Ela e Shinobu vasculharam o espaço à procura de outros entalhes na parede ou no teto, mas não havia nada.

– Deveríamos descobrir exatamente onde estamos – disse ela.

Saíram da caverna para o ar puro. Quin ficou surpresa ao ver que a manhã fria e cinzenta na floresta estava exatamente como a haviam deixado.

Shinobu abriu o mapa na lateral do morro, puxou o aparelho de posicionamento e, alguns minutos depois, tinha marcado a localização exata deles. Estavam um pouco distantes do primeiro local, ainda no norte da Escócia, no meio do nada. Quin traçou com o dedo a distância do ponto anterior para o atual, que parecia ser de aproximadamente sessenta e quatro quilômetros. De acordo com o mapa, estavam perto de outra seção do mesmo rio, como a entrada do diário sugeria. Quin ficou imóvel por um instante e ouviu os sons distantes do rio.

– Você acha que os números na caverna são quilômetros? – perguntou Shinobu.

– Se foram entalhados na caverna há muito tempo, poderiam ser qualquer coisa... Léguas, *furlongs*.

– Pés? – sugeriu Shinobu. – Ou alguma coisa totalmente diferente, como o número de golpes de uma espada-chicote?

– Ou peso.

– Ou quantos sanduíches você deve levar quando sai de casa.

Ela riu e depois disse com seriedade:

– Na entrada do diário, o Pavor Médio mata um membro do clã do cavalo e o arrasta para longe. Ele o trouxe para essa caverna? Será que o menino mais velho ali dentro é o Seeker mencionado no diário?

– O Velho Pavor se desculpou pelo que o Médio fizera e disse que ele não faria nada de mal de novo – ponderou Shinobu. – Então, quem foi que matou os outros defuntos da caverna?

Ela não tinha a resposta. Quin ficou na dúvida se ela exigia uma resposta naquele momento. Ainda estava impressionada por ter encontrado alguma coisa. Passaram a hora seguinte percorrendo o lado de fora do morro, explorando a floresta no entorno. Mas não encontraram nada.

– Como está se sentindo? – perguntou ela quando se sentaram no clarão para comer o pequeno almoço que ela trouxera.

Ele ergueu a sobrancelha para ela.

– Você quer ir para o local da terceira entrada do diário, não quer?

Ela olhou para ele com timidez. Estava quase trêmula de ansiedade. Não tinham encontrado nada no primeiro local, e algo no segundo. O que teria no terceiro?

– Não se preocupe comigo – disse ele. – Estou me sentindo invencível.

Quin assentiu:

– Também me sinto um pouco assim.

Terminaram de comer. Depois, Quin puxou o athame da cintura. Alinhou os mostradores para levá-los ao local da terceira entrada do diário, onde o Pavor Médio fora visto, muito tempo atrás, treinando dois meninos.

CAPÍTULO 23

NOTT

Chovia na Fortaleza Tarm, e gavinhas espessas de fumaça emanavam do lago, escondendo a floresta. Os picos rochosos distantes pareciam formas escuras espreitando pela cortina cinzenta.

– Quantas vezes você vai me bater? – questionou Nott, caído no chão da fortaleza com o rosto em uma poça de água parada do Lago Tarm. Gotas de chuva caíam na sua nuca.

– Você vai aceitar a surra sem reclamar – disse o Vigilante de pele negra.

Ele se chamava Geb. Nott sabia disso porque ele se apresentara quando começou a agredi-lo. Geb provavelmente não tinha mais de dezoito anos, no entanto parecia pensar que não havia ninguém acima dele, a não ser o mestre.

Seu parceiro mais novo, um menino magro chamado Balil, estava no processo de enfiar o punho repetidamente na barriga de Wilkin, que continha os gritos. Mas Nott ficava orgulhoso de ver que seu parceiro não chorava. Por que eles deveriam conceder esse prazer a outros Vigilantes?

Depois do episódio naquela sala estranha cheia de computadores em Hong Kong, eles finalmente passaram a seguir as instruções do mestre. Depois de uma longa caminhada *Lá*, encontraram Geb e Balil de pé, tão inertes quanto esculturas de cemitérios, esperando ser trazidos de volta ao mundo. Nott vira as formas distantes de outros Vigilantes, também aguardando na escuridão. Em um mundo perfeito, teriam recolhido todos eles. Mas aquele não era um mundo perfeito, porque não tinham o capacete. Quando encontraram Geb e Balil, corriam o risco de se perder no não tempo daquele lugar, e tiveram que se contentar em trazer apenas dois.

Traçaram uma anomalia para a Fortaleza Tarm e arrastaram Geb e Balil para dentro. Os braços e as pernas do menino mais velho estavam rijos, apesar da pele delicada, e fora um trabalho pesado arrastá-los pela água fria do lago e largá-los na área coberta do forte para esperar que acordassem.

Geb e Balil tinham o tipo de pele tão, tão escura que Nott associava ao interior do continente africano. Nott imaginou fugazmente onde e quando seu mestre os teria treinado. O mestre treinava todos os Vigilantes na Fortaleza Tarm, onde ensinara a necessidade de seguir ordens, onde os punia e de onde os bania caso o desobedecessem. Mas claro que o treinamento acontecia ao longo de muitas décadas, talvez mais que isso, e Vigilantes poderiam ter vindo de qualquer lugar do mundo, qualquer lugar onde o mestre encontrasse meninos passíveis de serem moldados à sua imagem.

A maioria dos Vigilantes fora comprada da família, alguns foram roubados. O próprio Nott fora comprado por um punhado de moedas de prata. Ele se lembrou da primeira vez em que vira o mestre, largo como um touro, com um rosto que não fora feito para sorrir, o casaco preto pendurado nos ombros como se fosse inato. Nott ficara aterrorizado quando o homem o levara de sua mãe, que deu as costas para Nott e se ocupou de guardar as novas moedas dentro de uma velha bota. O mestre o empurrara brutalmente ao diminuir o passo para olhar para o chalé dos seus pais logo atrás, que, para falar a verdade, era pouco mais do que uma pilha de pedras na terra.

No chão da Fortaleza Tarm, Nott se apoiou nos cotovelos para erguer o corpo. Viu o próprio reflexo na poça de onde tirara a cabeça.

Era o rosto do seu irmão mais velho retribuindo seu olhar: pele clara, muitas sardas e um emaranhado de cabelo castanho livremente lambuzado de sujeira. *Odger*, pensou ele. *Cresci e agora pareço Odger*. Se ao menos Odger estivesse em casa naquela manhã, ele nunca teria deixado sua mãe vender Nott. Odger fora seu amigo, seu protetor. Ensinara Nott a pescar no córrego atrás da casa deles. Ensinara Nott a abaixar a cabeça quando o pai deles estivesse por perto.

Mas Odger não estivera presente no dia em que o mestre comprou Nott. *Isso é bom ou ruim?*, pensou. Seu mestre lhe ensinara a lutar, a colocar o mundo no lugar. Ele o tornara melhor do que um simples menino. Mas Odger, dois anos mais velho e tão resistente quanto o espeto de ferro que sua mãe deixava perto da lareira, fizera Nott se sentir... Qual era a palavra? *Afetuoso*, talvez? Pode ser. Odger o fizera se sentir afetuoso, não como o calor que se sente perto da lareira, era um calor interno de afeto.

O que era melhor: ser um Vigilante e saber que está um nível acima de todos e de tudo no mundo, ou sentir afeto? Nott ficava na dúvida.

De onde ele estava deitado no chão da Fortaleza Tarm dava para ver o veado morto diante da entrada. O olho do animal parecia encará-lo. *Você não usa o capacete há dias*, sussurrou o veado. *Não está pensando direito*. O veado tinha razão: por que ele ainda se importava com Odger?

Todos esses pensamentos levaram apenas um minuto para passar pela mente de Nott, e Geb estava impacientemente cutucando as costelas de Nott com o bico da bota.

– Anda, levante-se.

Nott se levantou com dificuldade, a cabeça ainda zumbindo com o último golpe, as pernas vacilantes no chão de pedras rachadas. As árvores atrofiadas que cresciam entre as lajotas balançavam com a brisa fria e úmida. Nott tremeu.

Geb sorria enquanto se preparava para espancá-lo de novo. O sorriso do Vigilante mais velho revelava as marcas em seus dentes idênticas às de Nott. Geb e Balil também tinham um capacete próprio, mas claro que nunca deixariam Nott usar.

– Posso pelo menos me defender? – perguntou o menino mais novo, tentando se empertigar.

– Como se você conseguisse se defender de mim! – retrucou o menino mais velho, ridicularizando o outro. – Você mal é um Vigilante, seu raquítico!

– Não sou raquítico! – berrou Nott. – Ainda estou crescendo.

– Você é um raquítico que não consegue seguir ordens. – Geb deu um tapa no rosto de Nott. – Esse é o seu castigo por esperar para nos recolher. E por perder o capacete. Tente aprender alguma coisa.

Ele chutou o peito de Nott, jogando-o de volta no chão. No processo, a surra causava uma sensação boa, porque distraía Nott da perda do capacete. Ele ficou ali deitado por um tempo, aproveitando a calmaria do chão duro de pedra embaixo dele.

– Há quanto tempo nosso mestre sumiu? – perguntou Geb.

– Semanas – admitiu Nott. Então, do seu lugar no chão, explicou: – Encontramos o athame dele. Wilkin achou que deveríamos recuperá-lo.

– Alguma vez o mestre lhe disse que deveria procurar o athame, em vez de procurar por ele? *Não.*

Claro que Nott sabia disso. Era o que ele estivera tentando dizer para Wilkin o tempo inteiro.

– O que você deve fazer, Nott?

– Devemos acordar todos os pares de Vigilantes escondidos naquele lugar escuro.

– E depois?

– Começamos no nosso lugar especial e andamos sem parar pela escuridão *Lá*, nos dividindo, procurando por ele em cada centímetro até que seja encontrado.

Certa vez Nott imaginara que *Lá* seria tão grande quanto o próprio mundo, mas seu mestre o corrigira ao ensinar os Vigilantes a encontrá-

-lo na escuridão além do tempo. *Lá*, explicara o mestre, era muito menor e mais focado do que o espaço do mundo. Na verdade, se você conseguisse não se perder, poderia seguir por um caminho circular até voltar para onde começara, tudo isso num único dia. Era exatamente isso que os Vigilantes deveriam fazer enquanto procuravam pelo mestre.

– Certo – disse Geb. – É isso que você deveria ter feito. Agora temos que compensar pelo tempo que você perdeu. Ele vai ficar irritado com todos nós por algo que é culpa sua.

– Você estava deitado lá, desamparado, quando o trouxemos de volta – murmurou Nott, ainda com a cabeça no chão. – Levou horas para acordar. Protegi você quando poderia ter te espancado enquanto estava deitado ali.

Isso não era necessariamente verdade. Na realidade, Nott e Wilkin deixaram Geb e Balil desprotegidos por bastante tempo, e aproveitaram para largar Briac de novo no hospício na periferia de Londres. Mas não tinha como Geb saber daquilo.

– Nosso mestre teria jogado vocês numa caverna se nos machucassem – disse o menino mais velho. – Ele provavelmente ainda vai fazer isso.

Ele agarrou Nott pela camisa e, puxando com força, o tirou do chão. Em meio ao movimento, uma vibração abalou as paredes em ruínas da fortaleza na beira do lago. Todos os quatro Vigilantes se viraram para olhar através da entrada da Fortaleza Tarm.

Havia algo cintilante no ar do lado de fora. Enquanto observavam, o tecido do mundo rompia e se alongava sinuosamente para criar uma abertura. Havia alguém usando um athame para chegar na fortaleza deles.

– É o nosso mestre! – disse Geb cheio de entusiasmo. – Ele vai dar um jeito em você.

Em um instante, o círculo ficou suficientemente aberto para que Nott visse quem estava além dele. Havia duas silhuetas na escuridão.

Nenhuma delas era a do seu mestre. (E como poderiam ser, se ele não estava com o athame?)

– São eles! – gritou Nott, com um olhar mais apurado do que o dos outros. – Wilkin, são eles!

Quin e seu acompanhante alto e ruivo estavam ali parados na escuridão, prestes a invadir a privacidade da fortaleza dos Vigilantes.

Mais do que isso: dava para ver a aresta do capacete de Nott, emergindo da mochila nas costas do menino alto. *Eles* roubaram o capacete. É claro. Não estava perdido. Eles eram ladrões: primeiro roubaram o athame, depois o precioso capacete.

– Eles estão com nosso capacete, Wilkin!

Com um rugido animalesco, ele se livrou de Geb e saiu tropeçando pelo chão para pegar a espada-chicote. Enquanto corria para a anomalia em solidificação, escutou os outros vindo logo em seguida. Ele se virou para trás e viu Geb colocando o capacete dele na cabeça. *Bom*, pensou Nott, *vamos precisar disso.*

Todo o treinamento deles, todos os planos do mestre, foram instantaneamente esquecidos. Aceleraram pela fortaleza empunhando suas armas, prontos para recuperar o athame e o capacete de Nott. E por que não? Quem quer que conseguisse recuperar aqueles itens com certeza se tornaria o preferido do mestre e nunca, jamais, seria escolhido para morrer em uma caverna.

CAPÍTULO 24

Shinobu

*"Conhecimento de si
Conhecimento de casa
Uma noção clara
De onde venho
Para onde vou
E a velocidade do que há no meio
Garantirão meu retorno em segurança."*

Shinobu e Quin estavam recitando juntos o canto do tempo. Estavam lado a lado *Lá* na escuridão enquanto Quin traçava uma anomalia no mundo.

Enquanto os fios de luz e sombra se distanciavam sinuosamente uns dos outros, Shinobu viu uma paisagem cinza e chuvosa: Escócia mais uma vez, claro. Ao longe, havia ladeiras arborizadas encobertas pela névoa, acima dela picos de rochas pretas emergiam. Perto deles, do outro lado da anomalia, havia uma fortaleza em ruínas despencando dentro do lago. Esse local fora mencionado no diário, obviamente.

Era isolado e estava em ruínas, mas não vazio. Antes que a anomalia ao menos se abrisse por completo, Shinobu ouviu gritos e depois viu quatro meninos correndo na direção deles, brandindo armas e parecendo mortais.

– Quin! – berrou ele. – Escolha coordenadas diferentes! Acerte o athame de novo!

Mas no mesmo instante ele teve um pensamento muito estranho: *Aqui estão eles. Fique.*

Ele arrastou Quin alguns passos para trás enquanto ela girava os mostradores do athame para levá-los para outro lugar. Mas os meninos já estavam na anomalia. E não hesitaram: saltaram pelas bordas efervescentes como se fosse uma entrada comum para uma casa em algum lugar.

Loucura!, pensou Shinobu. Pular *dentro* da anomalia para lutar era loucura.

– Sua espada-chicote! – disse ele para Quin, puxando a própria.

Depois de um instante, os meninos estavam disparando na direção de Shinobu, que se posicionara entre eles e Quin. Estava tentando dar mais espaço para que ela usasse o athame. Se não conseguisse fazer isso logo, ficariam presos. E esse era um pensamento aterrorizante...

Mesmo assim, ele estava esperando aqueles dois meninos. O diário dizia que aquele era o local onde o Médio treinara "dois jovens... de famílias humildes". O dia inteiro, em algum lugar no fundo da sua mente, Shinobu ansiara por esse encontro. Ele *tinha esperança* de encontrá-los. Era necessário. *Mas por que seria necessário?*, perguntou-se ele. A resposta era tão estranha quanto simples: o focal lhe dissera que era necessário.

De onde estava lutando, Shinobu via que Quin estava tendo dificuldade para ler os mostradores do athame por causa da pouca luz. Ela ainda não conseguira acertá-lo. Estava ao lado dele, repelindo os golpes das quatro miniaturas de espadas-chicote. Armas similares para quatro meninos diferentes: dois morenos, dois claros, embora todos tivessem o mesmo jeito cruel de lutar, o mesmo cheiro de morte em volta deles. A anomalia estava atrás dos meninos, fazendo sombra neles e dificultando a visualização dos detalhes nos seus movimentos.

Ele estava esperando por dois meninos, mas havia quatro, e os dois extras eram mais velhos e maiores. Todos os quatro atacavam com uma barbárie fatal, jogando-se na escuridão sem tempo do *Lá* de forma suicida. Ainda assim, se sentia conectado a eles.

Pare, disse a si mesmo. *Não existe conexão nenhuma.*

As espadas pequenas eram tanto uma vantagem quanto uma desvantagem para os meninos: uma desvantagem porque a espada de Shinobu tinha um alcance muito maior, e uma vantagem porque os meninos conseguiam avançar quando ele golpeava, fazendo-o recuar. Shinobu torceu o punho, diminuindo sua espada a fim de parear com as deles.

Ele ouviu Quin murmurando o canto do tempo, tentando manter o foco.

Conhecimento de si, começou Shinobu na própria mente, *conhecimento de casa...* Mas a luta demandava toda a sua atenção.

– Avance! – gritou Quin. – Saia pela anomalia.

– Estou tentando!

Ele bloqueou os golpes e girou os ombros numa tentativa de separar os dois meninos dos outros para acuá-los com mais facilidade.

Shinobu já perdera a conta de há quanto tempo lutavam. O tempo estava se esticando. Seus músculos se moviam de um jeito diferente.

– A anomalia está fechando! – disse Quin, ao lado dele. Havia desespero em sua voz, e ele ouviu o esforço heroico que ela fez para recuar os meninos. – Avance!

– É tarde demais – disse ele, com a voz distante e desconectada.

A anomalia estava fora do alcance deles e já perdia a forma. A luz desaparecia. E, então, ela fechou.

Na escuridão, ele escutou o golpe brutal que ela desferiu e em seguida acendeu a lanterna que pegara de Shinobu na floresta. Ela a apontou para o rosto dos meninos e os atacou outra vez.

– *Conhecimento de si* – ele a ouvia recitando –, *conhecimento de casa, uma noção clara de onde vim...* Shinobu, recite seu canto!

Ele estava tentando.

No feixe de luz vacilante, seus braços se moviam automaticamente para bloquear os dois meninos que lutavam contra ele. Como conseguia ser páreo para eles? Sua mente avaliou devagar essa questão e ele encontrou a resposta: ele não era páreo para eles. Estava ficando mais lento, assim como os meninos.

Todos, menos um. O menino maior continuava lutando da mesma forma e era rápido demais para que os olhos de Shinobu o acompanhassem. A espada-chicote de Quin rasgava aqui e ali e o feixe da lanterna oscilava violentamente. Ela era muito boa em manter o foco.

– *Conhecimento de si* – dizia Quin, as palavras tão rápidas que Shinobu mal conseguia entendê-las –, *conhecimento de casa...* Shinobu, pega ele!

O oponente mais velho tombou em cima de Shinobu. Pelo feixe de luz oscilante, viu sangue no peito do menino e também outra coisa: ele usava um focal.

Uma vibração. Luz do dia. Shinobu tomou um puxão brusco pelas costas. Caiu na grama e na terra fofa.

Ele estava respirando, sabia disso. Sentia o cabo da espada-chicote na sua mão. Mas o ar, a brisa, as nuvens no céu, tudo se movia com muita rapidez.

Quin estava em pé ali perto na grama, ainda lutando contra o menino com o focal.

– Shinobu! – gritou ela quando sua espada-chicote acertou a do oponente. – Por favor, se levante!

Quin... Quin... Com força de vontade, Shinobu se arrastou de volta para o fluxo de tempo normal.

Ele tomou consciência da dor que sentia de uma só vez. Seus ferimentos tinham voltado à vida durante a luta: suas costelas, sua perna, o ferimento de espada na lateral do corpo. Tudo que estivera doendo nos últimos dias, desde que ele se forçara a não usar mais o focal. Mas a luta tinha transformado um incômodo em dor.

Ele não ia colocar o focal. Prometera isso para si mesmo. Não sabia o que poderia acontecer se o colocasse de novo...

– Shinobu!

Ele rolou de lado, abriu a mochila e pegou o capacete. Ele o trouxera para a expedição na Escócia e o escondera de Quin, embora de alguma forma tenha ido parar no topo da mochila depois que ele pegara a lanterna para Quin. Ele não o trouxera com a intenção de usá-lo, mas porque sofria só ao pensar que teria que deixá-lo em Hong Kong, do outro lado do mundo. Mas não havia escolha. Estava com dor e Quin corria perigo.

Ele levou o focal à cabeça...

E alguma coisa pesada acertou seu peito.

– Devolva! Devolva!

Estava sendo espancado por punhos pequenos. O menino menor o atacava, tentando agarrar o focal e acertando Shinobu em qualquer lugar que alcançasse.

Shinobu fechou o punho na camisa do menino, viu as sardas e os dentes pretos dele, e sentiu o fedor de carne podre. Depois deu uma cabeçada no garoto. Seu oponente sardento ficou com o corpo mole, permitindo que Shinobu se ajoelhasse. Então, o menino se esticou desesperadamente para agarrar o focal, arranhando as mãos de Shinobu.

Ninguém vai pegar esse capacete, pensou Shinobu. *É meu.*

Chutando o peito do menino, Shinobu o afastou e colocou o capacete na cabeça.

Uma vibração dissonante penetrou em seus ouvidos, mas ele já estava curtindo a sensação. Mesmo antes que o focal estivesse no lugar, Shinobu percebeu que o objeto o faria aguentar a luta. A dor já diminuía, e no lugar surgiu uma grande compreensão do seu entorno. Notou que estavam na propriedade escocesa. Na escuridão, Quin escolhera as coordenadas que conhecia melhor.

O menino mais novo, que Shinobu acabara de chutar para longe, já se levantava de novo. *Nott. O nome dele é Nott.* Ele se lembrou disso do primeiro encontro deles. Ou será que aquele nome já existia dentro do focal? Os outros três meninos perseguiam Quin em grande velocidade pela área comum.

Eles querem o focal, mas querem ainda mais o athame dos Pavores, pensou Shinobu, entendendo o que o focal sussurrara para ele. *Querem essas coisas porque pertencem ao seu mestre, o Pavor Médio. Sem ele, são apenas crianças sórdidas. Com ele, têm um propósito.*

Mas o Pavor Médio se foi.

Shinobu olhou para seus braços e suas pernas. Com o focal na cabeça, seus membros pareciam mais distantes, porém reagiam com mais agilidade.

Ele correu na direção de Quin.

A grama da área comum crescera sem supervisão por quase dois anos e já alcançara mais de um metro e meio de altura. Os meninos e Quin estavam bem no meio, só seus cocurutos eram visíveis por cima dos caules altos. Um dos meninos deu um soco forte em Quin.

– Ei! – gritou Shinobu.

Sua mente e o focal zumbiam juntos, e ele enxergava todos os movimentos que precisava fazer para derrotar os meninos. E seu conhecimento e sua experiência de luta eram iluminados pelo focal. Parecia diferente de outras sensações que tivera com o capacete: eram coisas novas e secretas.

Assim que ele se aproximou, viu que todos os agressores estavam gravemente feridos. Seus rostos estavam cinzentos e a explosão de energia inicial já passara. Ele avançou na direção deles em grande velocidade, jogando um contra o outro. Um dos agressores mais velhos perdeu a espada-chicote com o impacto. O menino foi atrás dela e saiu correndo.

Outro oponente, um que Shinobu já vira – Wilkin –, parecia desesperado. Seu rosto estava machucado e ele sangrava muito pelo nariz. Shinobu se jogou ameaçadoramente, e isso bastou. Wilkin tombou para longe em meio à grama alta, e Nott o seguia a distância.

O menino mais velho, alto e de pele escura, o que usava o focal, segurava Quin no chão a alguns metros dali. Ele estava em cima de um dos braços dela e sua espada-chicote já se encontrava pronta para o golpe.

Ele vai matá-la, pensou Shinobu. *Estou longe demais...*

Ele sentiu uma onda de terror. O capacete guinchou nas suas orelhas. De repente seus pensamentos e o focal discordavam, como se o pânico dele não se misturasse bem com o intenso estado de atenção provocado pelo capacete. Sua mente logo começou a discutir com ela mesma:

Quin.

Os meninos... quero encontrá-los.

Quin! Ele vai acertá-la!

Ela não é importante. Os meninos são.

Ela é tudo que importa. Quin!

A espada-chicote baixou na cabeça de Quin, que rolou na direção das botas do menino, acertando a espada na grama atrás dela.

Seu agressor ergueu novamente a espada. Ele não erraria na segunda vez.

Eu estava procurando os meninos. Eles podem ser úteis.

Não me importo. Quin! Quin!

Havia uma vibração tão aguda e cortante no focal que pareciam espetos de metal em seus ouvidos. A dor ficou mais forte, esmagadora, como se a mente de Shinobu se partisse ao meio. Ele gritou e saiu pisoteando a grama.

Talvez eu queira algo diferente, pensou ele.

Não! Eu sei o que quero.

Ele girou o pulso, abrindo a própria espada-chicote. Depois a estalou na forma de um chicote. A substância preta e oleosa se enroscou no braço do menino, e Shinobu o jogou para longe de Quin. Depois girou o pulso com força, puxando o chicote de volta para formar uma espada. Ele a ergueu para dar o golpe.

No momento em que soltou o braço, Quin agarrou a própria espada-chicote e logo se levantou. O menino com o focal, sangrando e exausto, olhou para os dois e entendeu que tinha sido derrotado. Ele saiu correndo atrás dos outros três, que já estavam na beira da floresta.

Quin deu alguns passos atrás dele, mas depois caiu. Shinobu correu até ela.

– Ei – sussurrou Quin quando o viu.

Seus olhos escuros estavam desfocados, e seu cabelo tinha se espalhado pela grama partida.

Ele delicadamente procurou ferimentos nela, mas não havia sangue. *Quin*, pensou ele. Por que se importara tanto com aqueles meninos? Ele ficara confuso. Ninguém importava mais do que Quin.

– Ele acertou minha cabeça – sussurrou ela. – Achei melhor me deitar um pouco...

Uma vibração vinda da floresta os alcançou. Os meninos estavam usando um athame.

– Eles pegaram o athame? – perguntou ele.

– Não. Não estão usando nosso athame – murmurou ela. – É seu, ou da sua mãe. Tinha um dragão no pomo.

– O quê?

– Estão com o athame da sua família. – Os olhos dela se fixaram nele. – Você está usando o focal – murmurou ela.

– Foi preciso – disse ele. – Eu não teria sobrevivido sem ele.

Ela assentiu e fechou os olhos. Ele enfiou os braços embaixo dela e a levantou com facilidade.

– Vou levar você de volta.

A cabeça dela pesava no peito dele. Estava esgotada. Depois de um tempo, murmurou:

– Achei que ele fosse me matar. Mas você o impediu. Você me salvou.

CAPÍTULO 25

QUIN

Shinobu a carregou pela anomalia de volta para Hong Kong. Assim que estavam em segurança dentro de um táxi, indo na direção da Ponte de Pedestres, ela tirou o focal da cabeça dele. Shinobu imediatamente despencou em cima dela. Quin o segurou, ele envolveu a própria barriga com os braços e gemeu baixinho enquanto seu corpo se acostumava com a separação do capacete.

A cabeça de Quin também latejava e ela estava tonta por causa do golpe desferido pelo menino maior. Fechou os olhos e encostou a cabeça no banco do carro, sentindo o táxi girar à sua volta.

Depois que o carro já tinha descido pelas ruas íngremes e eles estavam mais perto do porto, ela ouviu a respiração de Shinobu regularizar. Ele estava deitado no colo dela, e quando ela abriu os olhos o encontrou retribuindo seu olhar.

– Você levou o focal – disse ela.

Por isso ele virava as costas para ela toda vez que abria a mochila. Não queria que ela visse o capacete.

Ele ficou envergonhado. Fechou os olhos e disse:

– Tenho usado o capacete, Quin. Com frequência.

– Tem mesmo?

Ele abriu os olhos, mas não a encarou.

– Não sei o porquê. Eu... não consegui me conter. Era como ópio, só que muito, muito melhor.

Ela passou a mão no cabelo dele e se inclinou para aproximar o rosto do dele.

– Você me salvou com o capacete. Salvou nós dois.

Ele assentiu, mas não parecia feliz com o que ela dissera. Esfregou os olhos e depois pegou a mão dela. Ele a encarava com aquele olhar típico dele, que queria dizer que faria o que fosse preciso, assim como fizera na luta e em todas as outras vezes que a salvara.

– Talvez o focal tenha ajudado hoje – sussurrou ele. – Só que nunca mais quero usá-lo. Não me deixe usá-lo de novo.

– Foi tão ruim assim?

– É sempre estranho. Mas hoje, durante a luta, *doeu*. Senti que ele torcia minha mente. – Ele exibiu uma expressão tão sofrida que Quin o puxou para mais perto, como se conseguisse afastar a lembrança ruim.

– Não vou deixar você usá-lo de novo – prometeu ela. – Vou encontrar um lugar para escondê-lo e deixar trancado.

– Que bom – disse ele. – Que bom.

A cabeça dela caiu no encosto, e observou os prédios passando do lado de fora.

– Estávamos certos sobre os meninos e o Pavor Médio – disse ela, depois de algum tempo.

– Eles ainda estavam lá, na fortaleza onde foram treinados há quase dois séculos.

– Sim, estavam – concordou ele, segurando com firmeza a mão dela.

Quando chegaram ao lado da Ponte de Pedestres pertencente à ilha de Hong Kong, saíram do táxi e cambalearam pela passarela da ponte. Quin estava totalmente exausta por causa da luta, e Shinobu mal conseguia ficar de olhos abertos. Apoiando-se um no outro, conseguiram entrar na casa, sabe-se lá como.

Fiona estava em casa. Ela os empurrou para a sala de exame, onde limpou seus cortes e machucados enquanto Quin tentava explicar o que acontecera. Depois, a mãe dela ajudou os dois a subirem a escada e eles tombaram na cama de Quin.

Quando Fiona foi embora, Shinobu puxou Quin para perto, moldando o corpo dela na mesma forma do dele. Quin se sentia, como o pai de Shinobu costumava dizer, como um saco de batatas machucadas que estava acordado há dias.

– Achei que não fôssemos encontrar nada ao seguir as entradas do diário – sussurrou ela. – Pelo menos nada tão dramático.

– O Médio estava sempre muito ocupado – murmurou Shinobu na orelha dela. – E o que quer que ele estivesse fazendo... parte do plano ainda está sendo levada adiante por aqueles meninos.

Ela assentiu.

– Quieto agora – disse Quin em voz baixa. – Não consigo ficar de olhos abertos.

– Você está sempre tentando dormir comigo – murmurou ele, com a voz quase inaudível, como se fosse um comentário meio inconsciente.

Quin sorriu enquanto pegava no sono.

Ela acordou com o calor da luz do sol que entrava pela janela banhando a cama. Seu corpo doía, mas dormira tão profundamente e por tanto tempo que já estava recuperada. Com os olhos ainda fechados, se esticou para tocar em Shinobu. Encontrou apenas as cobertas amarrotadas, frias e vazias.

Abriu os olhos. Estava sozinha na cama, ainda com as roupas sujas do dia anterior, com respingos de lama na calça.

– Shinobu? – chamou ela.

Escutou passos no andar de baixo, mas depois de prestar atenção por mais algum tempo, percebeu que eram os passos da sua mãe, e não de Shinobu.

Quando se levantou, viu o bilhete no chão do quarto:

Quin...
 Preciso ir. Tem alguma coisa errada com a minha cabeça. Não se preocupe. Vou consertá-la de novo.
–S

Ela logo entendeu que o focal fizera mal a ele. Será que alguma vez ele seguiu as instruções de Mariko para usá-lo?

Correu para o andar de baixo e procurou em todos os cômodos. Encontrou apenas Fiona catalogando ervas na sala de tratamento, nada de Shinobu.

De volta ao andar de cima, abriu a porta do armário no quarto. Jogara o focal ali na noite anterior, antes de caírem de sono. Parecera um lugar seguro o bastante para uma noite, até que ela pudesse escondê-lo melhor.

O focal não estava no armário. Ela procurou pela casa inteira, só para garantir, mas o capacete de metal havia desaparecido.

Assim como o athame dos Pavores.

CAPÍTULO 26

CATHERINE

19 ANOS ANTES

O trem chacoalhou ao fazer a curva e as luzes piscaram, acendendo e apagando. Catherine estava em Londres, aquela cidade cinzenta e chuvosa, que parecia muito mais severa do que Hong Kong. Seu corpo oscilou quando o trem se endireitou, e o túnel escuro acelerava do lado de fora das janelas. Ela estava no metrô, a caminho de um encontro com seus pais.

Eles a proibiram de andar pela cidade sozinha, desprotegida, mas ela estava ignorando essa ordem. Seus pais provavelmente tinham razão. Anna estava morta, e ela mesma poderia ter sido assassinada naquela boate em Hong Kong. Catherine ainda carregava os machucados daquele encontro na nuca e na lateral da mandíbula. Quando o trem fez outra curva, ela sentiu o peso reconfortante da espada-chicote às suas costas. E ela estava em pé, embora o vagão não estivesse tão cheio, porque ficar em pé a deixava alerta. Se outro Seeker misterioso planejasse matá-la, ela não seria surpreendida. Era bom estar de volta, estar pronta para lutar, para ser uma Seeker de novo.

No mesmo dia em que Catherine fora atacada em Hong Kong, Anna fora atacada por outra pessoa que procurava o athame deles, possivelmente o irmão de quem atacara Catherine. Anna vivera o bastante para explicar isso. A julgar pela quantidade de sangue na cena do crime, os pais dela acreditavam que Anna fora gravemente ferida pelo agressor, mas ela morrera antes de chegar ao hospital. O athame sobrevivera, bem escondido dentro do cofre dos pais dela no banco.

Ainda era difícil acreditar que sua irmã se fora. Catherine amava Anna, que era só um ano mais velha, por mais que as duas nunca tenham sido próximas. Brigavam mais do que faziam as pazes, e quando Catherine se lembrava da infância, parecia repleta de competições mesquinhas e de crueldade. Anna era mais bonita que Catherine, melhor em matemática e ciências, melhor em línguas, e fazia questão de lembrar Catherine disso todos os dias desde que eram pequenas.

Mas nem todos os talentos de Anna a impediram de ter ciúmes quando Catherine cresceu e se tornou uma lutadora melhor. Anna não gostava de perder em nada para a irmã mais nova. Quando Catherine, que também tinha sua beleza (um pouco menos que Anna), começou a chamar a atenção dos meninos, Anna deixou claro que Catherine nunca seria nada além de uma segunda opção. Quando Catherine demonstrou grande interesse pelas tradições dos Seekers, Anna zombou dela por causa das suas incontáveis perguntas. Quando ela sonhava sobre as boas ações que faria como Seeker, Anna a ridicularizava por ser ingênua. E quando Catherine voltou da França para casa com o athame da família, resgatado após passar um século desaparecido, Anna parou de vez de falar com ela.

A última conversa das duas foi forçada pela mãe. Anna ligou para Catherine em Hong Kong um mês antes, por insistência da mãe, para se gabar sobre como amava o menino com quem seus pais a estavam obrigando a se casar. Archibald Hart. Um nome ridículo para o que deveria ser um menino ridículo; só podia ser, já que concordara com um casamento arranjado nos dias de hoje. Ele não era um Seeker, mas sua família era conhecida e os pais dela valorizavam isso.

Archie é tão bonito. Perfeito, na verdade, dissera Anna ao telefone com um tom efusivo que parecia genuíno, mas provavelmente não era.

Forte, um homem de verdade, e inteligente. Cada palavra parecia ter sido escolhida com base no seu potencial de fazer com que Catherine se sentisse inferior, indigna. *Ele está de joelhos por mim, Cat. É um pouco constrangedor. É uma pena que não tenham encontrado um par assim para você. Mas não se preocupe: tem alguém para você em algum lugar por aí.*

Como se Catherine não tivesse nada melhor para fazer do que ficar sentada esperando para ver que tipo de menino monstruoso seus pais tentariam forçar para cima dela. Ela se mudara para Hong Kong porque queria deixar tudo isso para trás.

Mas Catherine era o alvo da piada, claro. Seus pais haviam encontrado alguém exatamente como Archie para ela. Anna se fora, mas a proximidade com a família de Archie seguia tão importante quanto antes, e no momento Catherine estava indo encontrar Archibald Hart e seus pais. Eles queriam que ela se casasse com ele no lugar de Anna. O nome da família de Archie e o athame de Catherine seriam a parceria perfeita.

Tomara que ele me deteste, pensou ela, e não foi a primeira vez. *Por favor, faça com que ele me deteste.*

O trem parara e outros passageiros entraram. Ela notou a presença de Briac Kincaid assim que o vagão voltou a se movimentar. Ele não passara pelas portas de vidro da plataforma como todas as outras pessoas. Entrara pela porta dos fundos, vindo de outro vagão. E obviamente ele estava procurando por ela. Será que a seguia desde a estação onde ela embarcou? Talvez ela não estivesse tão atenta quanto achava.

Briac parou quando viu os olhos de Catherine fixos nele. Tinha dezessete anos, assim como Catherine, e estava mais alto desde a última vez em que ela o vira. Usava uma calça jeans e um suéter, como qualquer outra pessoa normal no metrô, mas nele as roupas pareciam uma fantasia. Ela só conseguia imaginá-lo com uma espada-chicote na mão, a capa preta em um dos ombros, o olhar frio e cruel. No entanto, naquele momento seus olhos pareciam menos cruéis. Havia algo quase suplicante no olhar dele.

Ele moveu os lábios: *Fale comigo.*

As mãos de Catherine automaticamente foram para suas costas, com o intuito de sentir a espada-chicote, que estava escondida ali. Ela girou um pouco o pulso e uma pequena e afiada faca caiu na palma da sua mão.

Claro que vou falar com você, pensou ela, passando o polegar pela lâmina.

Ela abriu caminho pelos passageiros no corredor até parar ao lado de Briac. Ele se esticou para tocar o braço dela, mas ela escorregou no meio das últimas pessoas no vagão. Espremendo-se pela porta ao fundo, deu um passo para a ruidosa e escura plataforma que conectava os vagões do trem. Bem na beira da plataforma, o chão do túnel era iluminado pelas rajadas de claridade das luminárias intermitentes.

Assim que Briac saiu do vagão atrás dela, Catherine o puxou para longe da porta, onde ficariam visíveis para os passageiros do lado de dentro, e o empurrou na cobertura de metal do trem. A faca na mão direita dela já tocava o pescoço dele.

– Você teve alguma participação nisso? – perguntou ela. – Você ajudou a matá-la?

– Quem? Anna? Você acha que eu matei sua irmã?

Briac ergueu os braços num gesto de rendição, mostrando para ela que não queria lutar.

Mentiroso, pensou Catherine. *Você está sempre pronto para lutar.*

– Você nos detestava, Briac – disse ela. – Teve alguma participação nisso?

Ela encostou a faca no pescoço dele, que foi forçado a se recostar no trem.

– Não, eu não participei disso, Catherine!

– *Ele* participou? O mesmo que me atacou?

– Alguém atacou você? – perguntou Briac, parecendo honestamente surpreso com a revelação.

– No mesmo dia em que atacaram Anna. Um Seeker... procurando por algo que pertencia a *mim*.

Ela jogou o cabelo para o lado com o intuito de mostrar o hematoma amarelado que continuava visível na sua mandíbula desde o ataque que sofrera em Hong Kong, uma marca esmaecida de dedos brutos no seu rosto.

– Mas você escapou – disse ele. Sua voz demonstrava alívio e mais alguma coisa. Possivelmente admiração, embora não parecesse provável. – Você é uma boa lutadora, você...

– Eu não só escapei, também o matei.

– Bem, isso é... é bom.

Briac ainda parecia abalado com a notícia de que Catherine fora atacada. Ela estava surpresa de ver uma preocupação sincera nos olhos dele.

– Não, isso não é bom – retrucou ela –, porque não consigo descobrir o nome de um garoto que já está morto. – Tinha orgulho de dizer essas palavras, como se espancar seu agressor tivesse sido uma opção. A verdade era que ela quase não escapara. – Quem era ele? A princípio, achei que fosse você.

– Não sei – disse ele, erguendo as mãos quando ela pressionou a faca no seu pescoço de novo. – Não sei mesmo, Catherine.

Ela o observou e depois relaxou um pouco a mão que segurava a faca. Se tivesse que adivinhar, arriscaria que ele estava dizendo a verdade, que não sabia quem matara Anna.

Briac sentiu a propensão dela para escutar, e continuou:

– Não sei quantos Seekers ainda restam no mundo, ou quais podem estar atrás de você. A maioria de nós se esconde uns dos outros há gerações.

– Como descubro quem nos atacou?

– Essa não é a pergunta mais importante...

– A morte não importa para você? – perguntou ela, interrompendo-o. – Aposto que suas tarefas incluem muitas mortes. Você nem sabe quem já matou.

Ela esperava que ele ficasse irritado, tentasse pegar a faca, mas ele não fez isso. Ele olhou para a lâmina na sua garganta e, depois, para ela.

– Essa não é a pergunta importante, porque coisas muito maiores estão acontecendo – disse ele, baixando o tom de voz, como se pudesse ter alguém escutando na plataforma barulhenta entre os vagões. – As coisas poderiam ficar... bem, se estivermos do lado certo. Ou muito mal, se estivermos do lado errado.

– A morte de Anna pode ser "boa"? É isso que você acha? E Emile? Meu agressor deixou implícito que ele poderia estar morto também.

– É mesmo? – perguntou Briac, parecendo ainda mais preocupado.

– Não tenho certeza.

Briac pareceu deixar a preocupação de lado.

– Você tem que esquecer Emile, Catherine. E até Anna.

Catherine girou a faca, levou o braço para trás e então acertou o estômago de Briac com o cabo da arma. Ele se curvou.

Ela esperou cautelosamente enquanto ele gemia e se encostava de novo na lateral do trem. Assim que ficou de pé novamente, parecia furioso. Mas não avançou para cima dela. Ficou parado feito uma estátua, inspirando e expirando.

– Muitos de nós seremos assassinados ou desapareceremos – disse ele entre os dentes cerrados. – Faz tempo que isso está acontecendo. Seeker contra Seeker. Você sabe disso, não é? Podemos ser espertos, ou podemos ser mais duas vítimas.

Catherine pensou mais uma vez na caverna da raposa sob o Monte Saint-Michel. Será que aquela e outras cavernas guardavam os segredos sobre esses desaparecimentos?

– Por que os Seekers não pedem ajuda aos Pavores? – perguntou ela. – Sei que o Pavor Médio ignora esses crimes, ou culpa um Seeker em vez de outro, mas o que o Velho Pavor ou a Jovem...

– Ninguém os procura porque o Velho sumiu há muito tempo e a Jovem não faz nada sem o Médio.

– Ela está sob a sombra do Médio, mas é boa...

– Catherine, escute – interrompeu Briac –, há coisas que você não sabe. – Seus olhos se desviaram dos dela. – Junte-se a mim que eu explico tudo que sei. – Ele disse isso como se estivesse oferecendo algo muito valioso. – E você explica tudo que sabe. Você tem um athame agora...

– Como você sabe disso?

– Todo mundo sabe! Junte-se a mim, e teremos uma chance de... de nos sair muito bem. E não acabar como Anna. Porque você tem o diário, e eu posso usá-lo.

– Meu diário? – Pela primeira vez na conversa ela ficou realmente confusa. – Como você sabe sobre o diário?

– Vi que você tinha quando éramos aprendizes, e não fui o único. Você contou para outros aprendizes as coisas que registrava no diário. Não foi cuidadosa com isso, Catherine. – Ele balançou a cabeça e acrescentou: – É uma arma melhor que qualquer Seeker poderia ter. O Médio não quer que ninguém saiba das coisas que ele fez. Se você se juntar a mim, mostrarei como usá-lo.

Ela procurou algum sinal de sinceridade no rosto dele. Seu olhar frio parecia preocupado e sério, mas tudo que ela via nele era o menino cruel que tentara agarrá-la à força na floresta. Ela nunca confiaria nele.

– Achei que você estivesse noivo de Fiona MacBain. Alguém que você pode intimidar.

Briac deu um tapa raivoso no trem.

– Não estou tentando convencê-la a se casar comigo. Estou pedindo para ser minha parceira.

– Você tem Alistair para isso.

Briac revirou os olhos.

– Ele é um romântico. Quer ser um Seeker como os das velhas histórias.

Catherine riu e sentiu certa afinidade com Alistair.

– Também é o que eu quero. Você não sabia?

– Isso não existe mais.

– Não existe por causa de Seekers como você, Briac. *Assassinos* como você. Quando tivermos um Pavor melhor do que o Médio para nos proteger...

– Você acha que alguém vai *substituí-lo*? Está louca?

Ele espalmou a palma da mão no trem de novo. Parecia realmente assustado, o que era muito perturbador, porque Briac não se assustava com facilidade. Em um movimento rápido, ele agarrou os ombros dela e a sacudiu com força.

– Não diga essas coisas, Catherine, está escutando? Você não quer chamar a atenção do Pavor Médio. Ele já sabe do diário. Quer acabar morrendo de verdade?

– O Pavor Médio não vai me matar. Pavores não matam Seekers, a não ser que tenham burlado a lei. Até o Pavor Médio. São os Seekers que andam se matando. Foi um Seeker que me atacou, um Seeker que matou Anna. Se tivéssemos um Pavor Médio justo e imparcial...

Ele a sacudiu de novo.

– Apenas pare! Podemos nos ajudar e talvez teremos uma chance. Caso contrário, *alguém* vai matar você, Catherine.

– *Você* sempre pareceu o Seeker mais provável de fazer isso, Briac.

– Penso em matar você o tempo inteiro – disse ele seriamente. Ele cravou os dedos nos ombros dela. – Você está enlouquecendo.

Catherine entrelaçou os braços com os dele e abaixou os cotovelos, fixando os braços dele nas costelas. Ele resistiu quando ela se virou e deu um passo para a frente, empurrando-o para a beira da plataforma. Eles agarraram os braços um do outro, e a cabeça dele balançou a apenas centímetros da parede do túnel.

Ela o soltou de repente, e ele tateou em busca da grade. Catherine não esperou para ver se ele recuperaria o equilíbrio. Já estava na porta do outro vagão.

– Fique longe de mim – disse ela.

CAPÍTULO 27

CATHERINE

19 ANOS ANTES

Catherine precisou ajeitar sua roupa no banheiro da estação de metrô depois do confronto com Briac. Ela se sentia ridícula com a camisa e a saia sem graça que sua mãe insistira que vestisse, mas, pelo menos, nada estava rasgado ou sujo depois do encontro com Briac. Se sua aparência não estivesse aceitável, ela não iria querer saber.

Deixou a estação e encontrou seus pais na esquina. A mãe dela a guiou por um pequeno beco atrás de várias mansões para fazer uma trança no seu cabelo. Os machucados amarelados e feios permaneciam na mandíbula de Catherine, mas a mãe dela conseguiu cobrir as manchas com algumas mechas de cabelo. Então, elas andaram até a porta da casa da família Hart.

Mesmo meia hora depois, a trança ainda estava tão repuxada que a testa de Catherine doía e suas sobrancelhas estavam erguidas, e ela imaginava que deveria parecer extremamente surpresa. Teve a confirmação quando se olhou no espelho acima da lareira dentro da casa opulenta.

Desde o acontecimento no metrô, sua mente estava focada no diário, que deixara trancado dentro do armário na casa dos pais. A primeira coisa que precisava fazer quando seus pais fossem embora daquele encontro constrangedor seria encontrar um lugar mais seguro para guardá-lo.

– Você gosta de carros? – perguntou Archie.

Ele e Catherine estavam de frente para a janela enquanto os pais dos dois se serviam de chá na sala de estar.

A sala era grande e espaçosa, com uma lareira em cada ponta e pé-direito alto, chegando ao teto coberto por um mural do céu. As janelas verticais ofereciam vistas de outras casas luxuosas de Londres e do parque que começava no fim da rua. Mesmo assim, apesar da estrutura cara e tradicional, a casa tinha uma aparência esfarrapada. Os Hart não estavam tão bem de vida quanto antes. Se estivessem, não precisariam casar o filho com alguém de uma família tão estranha quanto os Renart.

Catherine voltou a olhar para Archie. Infelizmente, ele era tão bonito quanto Anna dissera. Ela não tinha exagerado, e Catherine acabou se ressentindo de Archie por causa disso. Ele tinha cabelo castanho-avermelhado e ligeiramente comprido para o gosto de Catherine, mas emoldurava bem seu rosto e sua combinação de traços delicados, incluindo os olhos castanhos, que quase combinavam com o cabelo, e os lábios, que, irritantemente, chamavam sua atenção. Ele usava calça social e um suéter que parecia ajustado para destacar os músculos dos seus ombros e braços. Ele era alguns anos mais velho do que ela, mas era uma criança.

Arrogante, pensou ela, *e vaidoso. Perfeito para Anna.*

Ela imediatamente se arrependeu desse pensamento. Não queria sentir desprezo pela sua irmã morta.

– Carros? – repetiu ela.

– Eu restauro carros e motos antigas – disse ele. – Posso mostrá-los para você um dia desses. Acho que você iria gostar.

– Por que acha isso? – perguntou ela, tomando um gole de chá. A bebida estava escaldante e queimou sua boca. Ela fez um esforço enorme para disfarçar, como se nada tivesse acontecido.

– Hum... Eles são bonitos – disse Archie, e seus olhos brilharam ao tocar no assunto. – Alguns carros do século passado são obras de arte.

– Faz três anos que quase não entro em carros – disse ela. – Não havia carros na propriedade.

– Então, você ia gostar ainda mais, não acha? – perguntou ele, recusando-se a ser desencorajado.

– Eu peguei o metrô até aqui – disse ela, como se isso encerrasse o assunto.

Ela deu outro gole no chá, que já esfriara um pouco. Mas sua boca já estava queimada e o chá pareceu tão quente quanto antes. Não foi tão bem-sucedida em esconder o desconforto dessa vez. Archie olhou para o chá dela e para sua expressão, mas não comentou nada. Seu pai certamente o instruíra a ser amigável com ela, assim como a mãe e o pai dela ordenaram que ela fosse agradável com ele.

Então, com uma pontada repentina de pavor, ela ficou preocupada que ele estivesse olhando para os machucados na sua mandíbula. Ela balançou a cabeça sem qualquer discrição, tentando cobri-los novamente com o cabelo.

– Então, você nunca foi a uma escola de verdade? – perguntou ele. – Só para a propriedade na Escócia da qual tanto ouço falar?

– Uma escola de verdade? – repetiu Catherine, incapaz de conter a irritação na sua voz. – A propriedade é uma escola de verdade. Aprendemos coisas lá.

– Claro, não quis dizer...

– Só tínhamos... atividades muito mais atléticas do que uma escola comum.

– Anna me contou – disse ele. Então, ele pareceu se arrepender de ter mencionado a irmã morta de Catherine. Ele parecia encurralado, mas se recuperou habilmente. – Que... que tipo de esportes você pratica? Também gosto de esportes, pratico boxe.

Ele simulou alguns socos no ar, numa tentativa óbvia de chamar atenção para seus músculos. Ela desviou os olhos para observar sua mãe, que elogiava o pai de Archie, Gavin, pela qualidade do serviço de chá.

– Esgrima, principalmente – disse ela em resposta à pergunta de Archie. – Corrida. E algumas artes marciais. Boxe é... hum, parece bem fácil quando há tantas regras, não acha? Em uma briga de verdade, seu oponente usaria o cotovelo para acertar seu pescoço se isso fosse uma vantagem para ele.

– Boxe é fácil? – questionou Archie, claramente aborrecido, apesar dos esforços para aturá-la. Colocou a xícara de chá no pires com força demais. Ele se esforçou para diminuir o tom de voz: – Você acha que é fácil levar um soco no meio da cara?

– Mas o objetivo não é evitar o soco? – perguntou ela. – Quer dizer, se você for bom.

– Não é sempre assim, é? Você sempre desvia dos golpes quando pratica esgrima?

– Não, nem sempre – admitiu ela, com um tom de voz calculado para que ele soubesse que ela raramente levava um golpe.

Claro que não era verdade, mas a palavra "esgrima" parecia tão ridícula para descrever a luta que praticavam na propriedade.

– Às vezes você precisa levar um soco para dar outro – disse ele. – Às vezes é uma estratégia. E é preciso estar disposto a levar o golpe.

Catherine pensou em quando estava no chão daquele banheiro em Hong Kong, deixando o Seeker misterioso acertá-la para que pudesse pegar o copo. Archie estava certo, obviamente.

– É isso que você está fazendo aqui comigo? – perguntou ela, mal escondendo a malícia. – Levando um golpe pela sua família?

Ele sorriu para ela, um sorriso frio que mostrava que sua paciência acabara. Ele colocou deliberadamente o chá sobre a mesa lateral, cerrou os punhos e adotou uma postura de boxeador.

– Vai me dar um soco? – perguntou ela com interesse enquanto tomava mais um gole de chá. Ainda quente demais. Por que ela continuava bebendo? – Devo apoiar minha xícara para que não quebre?

Ele mesmo pegou a xícara das mãos dela e a colocou de lado. Era uma criança grande e burra, pensou ela. Não fazia ideia do que realmente significava lutar. Ele só tinha lutado de brincadeira durante toda a vida. Não duraria um dia sequer na propriedade.

– Me bate – disse ele, retomando a postura de boxeador.

Não foi preciso que ele pedisse duas vezes. Primeiro, ela acertou o punho em seu estômago, que parou ali mesmo.

Ela o acertara com bastante força, mas sua mão encontrou uma massa muscular firme, de alguém que treinara para receber socos de oponentes muito maiores. De repente, o punho dele veio na direção da mandíbula dela, não para bater – ela viu pela trajetória que ele não tinha a intenção de acertá-la –, mas para comprovar seu argumento.

Catherine não se conteve. Virou-se para o lado de forma que o punho dele não passou nem perto do rosto dela. Mesmo de brincadeira, não queria que ele achasse que ela ficaria parada ali para ser golpeada.

Ela desferiu outro soco nas costelas dele, intencionalmente mais forte do que o anterior. Mas, dessa vez, ele também girou e desviou. Era mais rápido do que ela previra. E estava rindo para ela, como se estivesse feliz com a velocidade dos reflexos dela. Isso era irritante; ele não era bom o suficiente para julgar as habilidades dela.

Ele desferiu outro soco no rosto dela. Ela se abaixou e mirou um soco direto no queixo dele, ainda mais forte dessa vez. Mas ele se desviou antes que o soco pudesse acertá-lo.

Ele deu outro golpe, rápido e preciso, tentando mostrar para ela que poderia derrotá-la se quisesse, mas Catherine agarrou o pulso dele e o puxou, dando uma volta na sua frente. Ela ergueu o cotovelo e bateu no seu pescoço quando ele passou...

Todos os três pais encaravam os dois do outro lado da sala. Catherine viu o horror sincero no rosto da sua mãe, e a vergonha no do seu pai. Pelo visto, o pai de Archie estava se divertindo, mas parecia preocupado que Catherine pudesse estar machucada. Ela viu claramente no rosto de Gavin Hart que ele ficaria muito desapontado caso algo também acontecesse com essa menina.

Ela agarrou o braço de Archie para ajudá-lo a se levantar. Ficaram segurando o antebraço um do outro por um instante, e ela teve a impressão de que ele parecia feliz outra vez. *Por que ele está tão alegre?*, pensou ela. *Eu poderia tê-lo derrotado facilmente.*

Archie e ela pegaram suas xícaras e deram as costas para seus pais pararem de encará-los.

– Claro, é melhor evitar um soco, se puder – disse Archie em voz baixa enquanto olhava pela janela com ela. Sua respiração estava acelerada. – Imagino que seja assim também na esgrima.

– Pode imaginar o que quiser – disse ela, com um tom de voz delicado, mas cheio de veneno. Estava brava com ele, e com ela também, porque ainda olhava para os lábios dele. – Até parece que você é bom o bastante para lutar contra mim.

No caminho para casa, Catherine ouviu a mãe e a avó Maggie, que viera buscá-las, explicarem os inúmeros benefícios de uma aliança entre ela e Archibald Hart, e as razões pelas quais ela deveria tentar agir sem selvageria na próxima vez em que se encontrassem.

Catherine odiava essas lições de moral. Mas dessa vez foi fácil ignorar a onda de conselhos e advertências.

– ... é simplesmente mais seguro se você fizer parte de uma família que chama atenção – dizia Maggie. – Eles podem não estar no melhor momento, mas os Hart ainda são uma família com a qual os jornais se importam. Existe segurança nisso. Caso não tenha notado, Seekers têm a tendência de desaparecer. Se você se casar com um Hart, não vai sumir sem que alguém perceba.

– Não deveríamos tentar consertar a *razão* pela qual os Seekers estão se atacando, em vez de aceitar que as coisas são assim? – perguntou Catherine para a avó.

Maggie a ignorou.

– Catherine – disse ela –, você quer usar o athame da sua família, não quer?

– Quero – respondeu Catherine, virando-se para sua avó. Desafiadora, ela acrescentou: – E não pelo dinheiro, pelo poder ou pela minha segurança pessoal. Quero usá-lo como uma Seeker de verdade, para fazer coisas boas.

– Tudo bem, você tem seus sonhos – disse Maggie, ignorando a mãe de Catherine, que a ridicularizava por entre os dentes. – Então proteja esses sonhos. A família de Archie poderá ajudá-la com isso. E você pode usar o athame para ajudá-los.

Catherine assentiu e deixou o olhar passear no lado de fora da janela do táxi. Começara a chover. Londres estava cinza, úmida e ancestral.

Ela observava superficialmente a paisagem. Estava pensando na expressão de satisfação de Archie e imaginando o que exatamente isso significava.

CAPÍTULO 28

NOTT

Os quatro Vigilantes se moviam pela escuridão apenas com a lanterna de Nott para iluminar o caminho.

— Você nos levou até uma luta — disse Geb. — Você nos distraiu.

Nott demorou um tempo para entender o que Geb estava dizendo, porque ele falava rápido demais. Mas, de qualquer forma, era a mesma coisa que Geb dissera uma dúzia de vezes: Nott e Wilkin os enganaram para entrar em uma luta perdida contra Quin, Nott e Wilkin os desviaram das ordens do mestre deles.

— Ela estava com o athame dele e nosso capacete — respondeu Nott lentamente, apesar de saber que Geb tinha razão.

— Inútil é o que você é — murmurou Geb. — Aposto que você nem consegue contar até duzentos sozinho.

Escutando a própria voz como se estivesse distante, Nott disse:

— Nós pegamos você, não foi? Sem a gente, vocês ainda estariam dormindo aqui.

Nott não sentia que era importante mencionar que tinha dificuldade para contar até duzentos sozinho. Isso não era da conta de Geb.

— Cala a boca, Nott — sussurrou Wilkin na velocidade de uma lesma. — Estamos quase lá.

Nott ficou em silêncio. Suas mãos agarravam a lanterna com firmeza e, na luz da lanterna, via os quatro: ele, Wilkin, Geb e Balil se movendo pela escuridão *Lá*. Estavam todos cortados e inchados. Nott tinha tantos inchaços roxos no rosto que os sentia tomarem formas estranhas; as articulações dos dedos e seu peito doíam tanto que era difícil se mexer. Os outros tinham curativos improvisados nos cortes superficiais de espada-chicote nos ombros, e sob os curativos havia pontos feios que costuraram uns nos outros.

– Aqui estão – falou Geb, cutucando Nott para segurar a lanterna mais alto.

Nott respondeu depois de alguns instantes. Sua mente estava confusa e seus braços e pernas pareciam nadar pelas águas do Lago Tarm. Ao erguer a lanterna, percebeu que havia duas figuras de pé totalmente imóveis na frente deles. Mais Vigilantes.

– Não vamos ficar aqui olhando – disse Balil devagar. – Vamos voltar. Já estou me sentindo estranho.

– Espere aqui – ordenou Geb. – Vou pegar outras coisas de que precisamos.

Geb desapareceu na escuridão. A luz da lanterna refletia no capacete dele e voltava opaca, lambendo as formas que se erguiam no pretume. Geb estava no meio dessas formas, procurando alguma coisa. Mas Nott não conseguia focar. Estava se alongando.

– Deixamos os raquíticos aqui? – perguntou Geb.

Ele estava de volta. Nott perdera a noção do tempo e, de alguma forma, Geb já retornara.

– Pode ser – respondeu Balil, as palavras tão arrastadas quanto a respiração de Nott.

Eles realmente planejavam deixá-los ali?, perguntou-se Nott, embora parecesse uma possibilidade distante e desimportante. Não, só estavam provocando. Geb já começara a acertar o athame com a vara de relâmpago para traçar a nova anomalia no mundo. As bordas se solidificaram e por meio do buraco Nott viu a fortaleza despencada, iluminada pela lua minguante que pendia atrás da torre.

Eles não deixaram Nott pegar os Vigilantes dormentes. Wilkin, Geb e Balil fizeram isso sem ele.

– Segure a lanterna direito, seu raquítico! – ordenou Geb.

Carregando seus novos camaradas, os Vigilantes passaram pela anomalia até as águas rasas do lago. Nott saiu tropeçando atrás deles.

Uma hora depois, os recém-chegados estavam deitados no chão da Fortaleza Tarm com poses estranhas e rijas, e seus olhares vazios se fixavam no céu noturno. Poderiam levar horas até começar a respirar e se mover normalmente de novo.

Nott abraçou os próprios joelhos no peito e analisou o rosto dos dois recém-chegados. Não eram o que ele esperava. Eram esqueléticos e manchados, e não muito mais velhos do que Nott. *É assim que fico quando estou congelado* Lá?, questionou Nott. *É assim que meu mestre vê quando vem nos acordar para nossa vez no mundo, ou na nossa vez de cuidar dele?*

Mas esses meninos não se pareciam realmente com ele. Estavam vestidos, assim como todos os Vigilantes, com tecidos de lã cinza, mas suas roupas eram bem mais novas do que as de Nott, como se seu mestre os tivesse encontrado apenas alguns anos antes. Os olhos deles estavam abertos e vidrados, e um usava óculos.

A mente de Nott se perdera *Lá*, e só agora voltava. Repentinamente, ele perguntou:

– Por que você só pegou dois Vigilantes? Deveríamos ter resgatado todos.

– Sim. Em algum momento – concordou, piscando para o seu parceiro, Balil, que balançou a cabeça de forma encorajadora.

– Em algum momento? – perguntou Nott. Ele olhou para trás, para os recém-chegados congelados. – Mas... por que você escolheu esses dois? Quem são?

– Não sei o nome deles – disse Geb na defensiva.

– Mas... são Vigilantes mesmo? – perguntou Nott.

– Estão treinando para ser. Assim como você fez um dia. Assim como todos nós fizemos.

– Treinando? – perguntou Nott. – Então, não são Vigilantes de verdade?

– Ainda não.

– Mas... e as nossas ordens?! – questionou ele, mostrando os dentes para Geb.

– Vamos segui-las – garantiu Geb – muito em breve.

– Em breve? – berrou Nott. – Mas é isso que Wilkin vem falando. "Em breve." – Levantou-se e tentou parecer ameaçador, apesar de ser o menor de todos. – Vocês nos bateram por não seguir o plano.

Geb ficou de pé, posição na qual ficava acima da cabeça de Nott. Empurrou-o de volta para as pedras frias do chão da fortaleza.

– Nós *vamos*! – disse ele raivosamente. – Mas você perdeu o capacete, não foi? E aquela menina está com o athame do nosso mestre. E você já desperdiçou várias semanas com isso. Mesmo que a gente obedeça às ordens do mestre, mesmo que a gente o encontre – *quando* o encontre –, ele vai estar furioso.

Balil assentiu.

– A culpa é sua, Nott, mas... ele pode achar que é nossa culpa também. O capacete perdido, o atraso. Somos os mais velhos. Ele vai ficar mais irritado com a gente.

Geb gesticulou na direção dos meninos mais novos, ainda congelados.

– Esses Vigilantes vão nos ajudar a encontrar a menina. E quando a encontrarmos, pegaremos o athame do nosso mestre de volta *e* o seu capacete. *Depois* acordaremos os outros, *depois* vasculharemos cada centímetro da escuridão até achar nosso mestre. Ele não vai ter motivo para nos enviar para as nossas cavernas. Eu em especial. Vai ficar tudo bem.

Nott olhou de Geb para Balil e então para Wilkin. Todos os três pareciam satisfeitos com o plano.

– Mas...

– Sente-se – ordenou Geb, sem olhar nos olhos de Nott. – Chega de você.

Nott se sentou e encarou os próprios pés. Todos os Vigilantes sentiam tanto medo de serem disciplinados que ele estava determinado a provar que era melhor do que os outros. Seu mestre era tão arbitrário e sigiloso em relação às punições que nenhum Vigilante tinha certeza do que despertaria sua raiva, ou qual penalidade ele aplicaria. Os próprios Vigilantes eram um dos maiores segredos do mestre, mas ele tinha tantos outros segredos que Nott às vezes se perguntava se os inventava. *Se você tirasse seu manto, suas roupas e botas, encontraria alguma coisa dentro? Ou ele era cheio da fumaça dos próprios planos secretos? Se você o espetasse, os segredos vazariam pelo mundo?*

– Esses são novos – explicou Balil, apontando para os Vigilantes congelados –, de apenas alguns anos atrás.

Ele jogou uma pedra nos meninos congelados, que quicou no rosto de um deles. Muito sutilmente, seus corpos começavam a descongelar: os braços iam relaxando aos poucos, as pernas se esticavam no chão.

– Eles vão saber usar computadores! – disse Wilkin com um surto de compreensão. – Vão usar computadores para nos levar até Quin?

– Isso – disse Geb. – Vão saber os caminhos da modernidade. – Ele deu um chute veloz e firme em um dos meninos. – Acorde logo, anda!

– E aqueles? – perguntou Nott.

Atrás de Balil havia dois despedaçadores que Geb recuperara quando desapareceu na escuridão *Lá*. As armas de metal cintilavam na iridescência tênue do brilho noturno.

– Vamos ter que assustá-la quando a encontrarmos, não é mesmo? – perguntou Geb. – Não sei você, Nott, mas não quero ser cortado por uma espada-chicote de novo, se puder evitar. Vamos assustá-la até devolver o athame e o capacete.

– Olhe! – disse Wilkin, animado.

Um dos meninos congelados piscara muito lentamente.

CAPÍTULO 29

SHINOBU

O porão do hospital cheirava a morte e desinfetante. Sombras de macas e de equipamento médico velho se formavam em volta de Shinobu. A anomalia que ele criara já se fechara, mas seu tremor residual continuava vivo na sala e o equipamento vibrava em torno dele. Já passava da meia-noite, no meio do turno da madrugada, e, a não ser pelos canos barulhentos e pelo zumbido das luzes fluorescentes, o hospital estava quieto quando ele surgiu no corredor.

Ele acordara no meio da noite, enroscado ao lado de Quin, mas só conseguira pensar no focal. Não, só conseguira pensar nos segredos que o focal sussurrara para ele enquanto o usava, nos meninos que o atacaram, no athame dos Pavores, no diário de Catherine. E, mais do que todas essas coisas, no próprio Pavor Médio. Era como se o focal conhecesse o Pavor Médio, e a voz que Shinobu ouvia, bem ao pé do ouvido, pertencesse a ele.

Ao acordar, lembrou que Quin ainda não escondera o capacete. Ela apenas o jogara no armário antes de cair no sono. Ele sacudira o ombro dela e sussurrara:

– Quin, acorde, por favor! Vou colocar o capacete, e não quero fazer isso.

Mas ela dormia tão profundamente que não sentiu nem escutou nada. Ele a sacudiu ainda mais, e falou mais alto:

– Por favor, Quin. Acorde! Me impeça de fazer isso!

Meio acordada, meio dormindo, ela se virou de frente para ele na cama. Pela luz fraca que entrava pela janela, ele viu os olhos escuros dela piscando por entre as mechas de cabelo.

– Você está bem? – murmurou ela.

Ele não conseguiu responder, porque algo muito ruim acontecera. Enquanto ele olhava para Quin, que praticamente dormia, não a via. De repente, ela não parecia mais a menina que ele amava, com quem ele crescera, para quem dera sua vida. Ele a viu de outra maneira: uma Seeker que pensava apenas nela e no próprio clã, à custa de qualquer outra pessoa, à custa de planos mais importantes. Ela usaria e descartaria Shinobu... a não ser que ele a impedisse.

Quando ela colocou a mão adormecida na bochecha dele, ele sentiu como se fosse o toque de uma inimiga, e se recolheu. No mesmo instante soube que o focal alterara a forma como ele a via, que distorcera alguma coisa em sua mente.

Eu não acho isso, disse para si mesmo, deitado ao lado dela. *Eu não acho isso. Eu amo Quin. Eu a amo.*

Ele fechou os olhos com força e, quando os abriu, a visão do mal já tinha desaparecido. Quin voltara a dormir, com a mão confortavelmente posicionada entre o queixo e o pescoço dele, o cabelo bagunçado, espalhado por todos os lados, a respiração suave e regular. Ela era Quin de novo, ela era dele.

Mas a lembrança daquela outra visão ainda pesava como uma rocha maciça. E se voltasse? E se ele não pudesse controlá-la da próxima vez? Ele nunca mais queria enxergar Quin daquela forma.

Ele se levantou da cama, pegou o athame e o focal, que estavam no armário de Quin. Precisou de toda a sua determinação para não colocar o capacete, mas o enfiou na mochila junto com o athame; depois, calçou as botas e saiu de casa sem fazer barulho.

Quando usou o focal, ele viu os sinais de algo grandioso e perturbador. Às vezes, pensava que teria um jeito de fazer o que Quin tinha a intenção de fazer – entender quando e por que os Seekers haviam mudado – e ele também pensou que, talvez, arranjaria um jeito de ter algum controle sobre o futuro, para deixarem de ser vítimas dos planos ambiciosos dos outros, como Quin e ele eram desde os primórdios da infância.

Mas o Pavor Médio estava no cerne disso tudo. De alguma maneira, o Pavor Médio estava *dentro* do focal. Shinobu sabia de uma pessoa ainda viva que mantinha uma boa relação com o Médio. E essa pessoa era Briac Kincaid. Shinobu vira os laços fortes entre eles na propriedade, antes de fazer o juramento, e os vira lutando em sincronia na Traveler, antes da Jovem matar o Médio.

Shinobu levara algum tempo para localizar Briac. Mas, finalmente, o seguira até ali, até o hospital nos arredores de Londres. E Shinobu chegara. Ele estava indo falar com Briac.

Encontrou a escada no fim do corredor do porão e começou a subir. A escadaria estava mal iluminada e Shinobu só conseguia distinguir os símbolos que indicavam os andares. Ele saiu no terceiro andar e seguiu cuidadosamente até um corredor muito iluminado. Ele logo descobriu que não havia motivo para furtividade. Com a exceção de uma pessoa, todos os enfermeiros do turno da noite estavam amontoados em volta de uma tela, jogando RPG on-line na sala de intervalo bagunçada deles. A exceção era um ajudante grande, com a barba por fazer, que dormia tranquilamente em uma maca no fundo do corredor, embrulhado por uma névoa de cerveja evaporada. Shinobu passou pelo homem e foi até a ala de cuidados mentais para homens adultos.

O cheiro lá dentro era horrível. Os olhos dele precisaram de um tempo para se ajustar. A noite estava clara do lado de fora, mas as janelas eram minúsculas e ficavam no alto da parede, cobertas por telas pretas que filtravam quase todas as luzes que vinham da cidade. As paredes possivelmente tinham algum tom de cinza durante o dia, mas no momento pareciam ter um tom fantasmagórico de verde, desbotando pelas sombras em todos os cantos e sob cada uma das velhas camas de metal.

Havia doze camas no quarto, todas ocupadas. Havia formas escuras deitadas sob os cobertores providos pelo governo, alguns se mexiam intermitentemente, outros ficavam tão imóveis quanto defuntos.

Uma cortina fora instalada em volta de uma das camas para separá-la das outras e, logo atrás, Shinobu via os brilhos de uma luz multicolorida. Um instante depois, ele estava do outro lado da cortina com a mão na boca de Briac Kincaid, sacudindo o homem até acordá-lo.

Os olhos de Briac se abriram de uma só vez. Estavam selvagens e desfocados, mas, quando finalmente se fixaram em Shinobu, uma expressão de puro terror tomou conta dele. Briac gemeu e se contorceu, lutando contra as amarras de couro que o seguravam na cama.

Era a imaginação de Shinobu, ou as fagulhas na cabeça do homem estavam mais reluzentes do que antes? Sob a luz baixa, giravam em volta do rosto de Briac feito pirilampos furiosos.

– Shhh! Não estou aqui para machucar você – sussurrou Shinobu, mas Briac não demonstrava qualquer sinal de entendimento.

Shinobu tirou o focal da mochila e o segurou na frente de Briac para que ele o visse. Os olhos dele imediatamente se fixaram no capacete, e quando a intenção de Shinobu ficou clara, Briac parou de gemer e ficou em silêncio. Exibiu um olhar ansioso e cheio de ganância.

Com o focal nas mãos, Shinobu sentiu um impulso quase irresistível de colocá-lo na cabeça. Sua ausência o deixara com uma forte dor mental, como se um pedaço seu tivesse sido removido e ele precisasse desesperadamente recuperá-lo para se sentir inteiro de novo. Ele lambeu os lábios, forçou seus braços a se moverem e enfiou o focal na cabeça de Briac. Depois afundou em uma cadeira dobrável de metal perto da cama, colocou as mãos embaixo das pernas para evitar que tremessem e esperou.

Os pensamentos de Briac foram embaralhados pelas fagulhas do despedaçador, mas Shinobu tinha certeza de que o focal os desembaralharia, pelo menos por algum tempo. Ele vira isso acontecer na floresta de Hong Kong, quando Briac pegara o capacete da primeira dupla de meninos. E ele sentira o mesmo acontecer na própria cabeça. O focal clareava as ideias.

Briac já não resistia mais. Seus olhos estavam fechados e seu corpo relaxava nas amarras, exceto por um tremelique ocasional. Ele estava se desenrolando por dentro do capacete.

Conforme os minutos passavam, Shinobu tirou uma soneca. Ele forçou seus olhos a se abrirem quando ouviu uma movimentação, um som se movendo depressa por baixo do leito do outro lado do quarto. Pés pequenos em forma de garras corriam pelos ladrilhos do chão. Era uma ratazana? O hospital era sujo o bastante para uma ratazana, ratos ou baratas. *Uma ratazana seria melhor.* Ele poderia brincar com ela – machucá-la até – enquanto esperava Briac abrir os olhos. *Uma bem gorda seria bom. Elas guincham mais alto...*

Briac estava agitado. As fagulhas do despedaçador orbitavam na sua cabeça com voltas mais preguiçosas, muito mais calmas do que quando Shinobu chegara. O focal as ordenava um pouco melhor.

– Eletricidade – disse Briac demoradamente, abrindo os olhos apenas para encarar o teto escuro. Sua voz estava rouca, como se tivesse passado dias em silêncio.

– O quê? – perguntou Shinobu.

– Médicos. Fagulhas. Eles... não conseguem entender – disse, e ainda com fraqueza indicou com a cabeça o equipamento médico em volta da cabeceira da cama.

Shinobu notou que havia um aparelho com eletrodos forrados com espuma apoiados do outro lado do leito de Briac. Levando um susto desagradável, ele entendeu que aquele aparato era usado para dar um choque elétrico no cérebro do paciente. Os médicos daquele hospital estadual sujo viram as fagulhas em volta da cabeça de Briac e desenterraram velhas engenhocas elétricas para ver o que aconteceria. Aquilo explicava por que as fagulhas pareciam mais reluzentes. Por mais que ele não gostasse de Briac Kincaid, o pensamento fez Shinobu estremecer.

– Eu não conseguia conectar nem dois pensamentos – murmurou Briac. – Nem um. Quero matá-los, matá-los, matar...

– E você consegue conectar dois pensamentos agora? – perguntou Shinobu, interrompendo-o antes que começasse a reclamar.

Os brilhos de arco-íris giravam mais violentamente quando os pensamentos de Briac vagueavam.

– Sim – respondeu Briac, suspirando. – Você está sempre aqui para mim, Alistair.

– Tenho perguntas – disse Shinobu. Ele puxou a cabeça do homem para que ficasse diante da sua. – Sou um Seeker empossado. Você deve responder as minhas perguntas. Caso contrário, posso ter justificativas para me livrar de você.

Aquilo era um acordo, uma lei entre os Seekers: se alguém tivesse qualquer conhecimento dos Seekers, deveria compartilhar com algum Seeker empossado que perguntasse. Shinobu esperava que Briac honrasse o acordo, mesmo que fosse só por temer a própria vida.

Briac riu bruscamente.

– Nunca escondi nada de você, Alistair.

– Não sou Alistair. Sou Shinobu.

– Alistair, Shinobu, Fiona. Ruivos tolos. Nascidos para seguir. Posso dizer qualquer coisa, qualquer coisa mesmo, e você vai engolir.

Talvez o focal estivesse funcionando bem demais, trazendo o verdadeiro Briac à tona, sem máscaras. Shinobu não estava preparado para sua própria reação. Imaginou as mãos escorregando no pescoço de Briac e enforcando a vida de dentro dele. Seria fácil – Briac estava amarrado na cama – e mais satisfatório do que machucar uma ratazana.

Shinobu parou de retorcer as mãos na direção do pescoço de Briac e disse:

– Quero falar do Pavor Médio.

Os olhos escuros de Briac entraram em foco.

– Essa não foi uma pergunta sobre a sabedoria dos Seekers. Meu juramento não me obriga a responder isso.

– Tudo bem – respondeu Shinobu, se esticando para pegar o focal, como se fosse tirá-lo da cabeça de Briac.

– Não! – disse o homem ligeiramente, se virando o mais longe que podia, o que não era muito longe por causa das amarras. – Não, por favor. Eu respondo. Conheci o Pavor Médio... talvez melhor do que outros Seekers.

– Conte sobre aqueles meninos dele. Já os vi duas vezes.

– Eles me encontraram aqui, me levaram para longe e me bateram, em Hong Kong e na propriedade. Eles me bateram, me bateram! Meninos nojentos, nojentos...

– Pare – disse Shinobu, colocando a mão pesadamente no ombro dele para acalmá-lo.

Briac tentou se controlar.

– E quando eles me colocaram aqui de volta – continuou ele –, os médicos ficaram zangados porque eu tinha escapado...

– Para que o Médio usa os meninos? – perguntou Shinobu, interrompendo Briac com outro aperto firme no ombro.

– Diz que são os Vigilantes, os vigilantes dele. O que eles vigiam? Ele? Nós? Nós? – Briac estava perdendo a coerência outra vez.

– Eles são quantos? – perguntou Shinobu.

Briac balançou a cabeça.

– Muitos, talvez. Muitos! Não sei, não sei, não...

– Mas e o focal? – perguntou Shinobu, tentando mudar de assunto na esperança de que o homem se acalmasse.

Briac se recompôs.

– Eu o usei quando era criança – disse ele. – Meu pai roubou um, e o manteve por algum tempo. E *ele* me deixou usá-lo. Muito rápido. Ele distribuía privilégios assim. Por algum tempo, e depois não dava para saber o que aconteceria. Uma faca nas costas, uma recompensa, uma luta repentina com alguém que fora seu amigo, tortura. Qualquer coisa, qualquer coisa mesmo. Só estava sob o meu controle porque eu roubei o diário de Catherine e o escondi dele. Chantagem. Ele estava desesperado para pegá-lo de volta, e me tratou bem. Ele estava preocupado porque o Velho Pavor poderia ler e descobrir o que ele fizera...

Os olhos de Briac se desviaram e as fagulhas circundavam seu rosto com mais vigor. Shinobu segurou o queixo do homem e o forçou a fazer contato visual com ele.

– O Pavor Médio. *Ele* deixou você usar o focal. *Ele* distribuía privilégios. *Ele* tinha medo do diário. *Ele* estava planejando... coisas grandiosas.

Briac assentiu cuidadosamente.

– Quando ele me deixava usar o focal, estava errado, errado... – Sua voz ficou mais alta, mas, quando percebeu a expressão de Shinobu, se conteve e sussurrou de forma conspiratória: – Foi um erro deixar que eu usasse o capacete. Porque ele está *no* focal. Eu *via* o que ele estava planejando.

– Também vejo.

– E ele me disse coisas...

– Conte o que você viu e o que ele disse para você – ordenou Shinobu.

Os olhos de Briac rapidamente encontraram os dele. Comprimiu os lábios como se os selasse, e balançou a cabeça.

Shinobu se aproximou do capacete, e os olhos escuros do homem se fixaram temerosamente nas mãos flutuantes de Shinobu. Ele começou a murmurar xingamentos e ameaças, mas essas coisas pareciam sair de forma automática da sua boca, sem nenhum pensamento por trás. As fagulhas do despedaçador dançavam indomavelmente.

– É tudo que tenho – disse Briac, suspirando. Seus olhos suplicavam enquanto via as mãos de Shinobu se aproximando do focal. – É tudo que tenho, pare! Se eu contar, será que você e eu podemos seguir o que vimos no focal juntos? Podemos nos ajudar.

– Como você e meu pai se ajudaram? – perguntou Shinobu friamente.

– Sempre cuidamos um do outro, Alistair – argumentou Briac.

– O que fez para que ele fosse leal a você por todos aqueles anos?

– Você já quebrou muitas leis, Alistair – disse Briac. – Que outro Seeker seria seu parceiro?

– Você o enganou para que matasse.

– Você gostava de matar – disse Briac, e algo da sua velha natureza estava de volta na sua voz. – Você era muito bom.

– Ele nunca gostou disso. – Só de pensar em seu pai tendo prazer em matar enfureceu Shinobu e mais uma vez ele imaginou as próprias mãos em volta do pescoço de Briac. Só levaria um ou dois minutos, resistência mínima, alguns gritos abafados. – Você o tornou um assassino, disse para ele que nunca seria outra coisa, você o afastou de Mariko.

– Sim – concordou Briac, com uma expressão iluminada –, todas essas coisas.

– O Pavor Médio – demandou Shinobu. – Se você quiser continuar usando o focal.

Briac exibiu uma expressão horrível, como se dissesse para Shinobu que um pouco mais o mataria, e a promessa de ficar com o focal na cabeça, mesmo que por alguns minutos, no fim das contas ganhou. Ele começou a falar em voz baixa, como se as palavras fossem preciosas demais para serem espalhadas em voz alta:

– Os Vigilantes são os... seguranças dele. Não, não, não, palavra errada, palavra errada... – Shinobu agarrou o ombro de Briac, na esperança de ajudá-lo a focar. Briac se recompôs e continuou: – Vigiam para ele. Uma dupla está sempre acordada no mundo, esperando os sinais, checando se ele está bem. Mas há outros escondidos *Lá*. Se algo acontece com o Médio, os Vigilantes procuram por ele no mundo, e também sabem como achá-lo *Lá*. Se Quin não tivesse encontrado o Médio e eu, perdidos na escuridão depois do ataque na propriedade, os

Vigilantes teriam ido atrás dele mais cedo ou mais tarde. Assim, ele nunca fica perdido ou preso *Lá* por muito tempo.

As palavras escapavam facilmente dele, como se talvez tivesse guardado essa explicação na memória há anos e agora a reproduzisse no automático.

– Mas ele está morto – disse Shinobu. – A Jovem Pavor matou o Médio na aeronave. Se o procurassem agora, nunca o encontrariam.

Briac pareceu atormentado, como se estivesse perdendo uma impiedosa batalha interna para não falar.

– Juro que eles não sabem disso! – disse ele, por fim, as palavras saindo rasgadas. – Não fazem ideia de que ele está morto. Estão esperando que os use para seu verdadeiro propósito.

– Qual é o verdadeiro propósito deles?

Por entre os dentes cerrados, Briac respondeu:

– Livrar-se... de nós.

– Livrar-se dos Seekers? – repetiu Shinobu.

– Ele vem diminuindo nossos números a cada década – observou Briac.

Seu rosto estava vermelho por causa do esforço de falar contra sua vontade. Shinobu entendeu que essa informação era um tesouro que Briac vinha guardando para si havia muito tempo.

– O Pavor Médio está se livrando dos Seekers? Recentemente? – questionou Shinobu mais uma vez, tentando compreender o motivo e como isso acontecia.

– Faz tempo que ele vem se livrando de nós.

– Não pode ser – respondeu Shinobu, quase para si mesmo. Os Pavores não deveriam interagir com os Seekers, a não ser para fazer justiça ou realizar os juramentos. – Há entradas no diário que mencionam que ele matou Seekers, mas isso foi há séculos e, de qualquer forma, o Velho Pavor o parou...

– Idiota! – gritou Briac de repente. – Você merece ser estapeado, chutado, espancado, espancado, espancado...

– Pare! – gritou Shinobu, cravando os dedos no braço do homem.

Briac ficou um tempo de olhos fechados. Quando os abriu, inspirou fundo e disse, tão baixinho que Shinobu mal discerniu as palavras:

– Ele quer que a gente despareça.

– Ele...

– Ele nos joga uns contra os outros. Vamos nos matar *por* ele. Às vezes, assinamos os assassinatos que cometemos com os emblemas de outros clãs, para que os Seekers procurem se vingar dos outros, para confundi-los, levá-los para a direção errada. Talvez ele nos dê alguma coisa em troca. E os Seekers que o ajudam acham que são os únicos, seus favoritos, que estão seguros. Até que alguém vai atrás deles.

Shinobu ficou quieto enquanto tentava digerir essa frase. Se o Pavor Médio estava colocando Seekers uns contra os outros... de repente várias coisas fizeram sentido: o isolamento e o vazio da propriedade; as cabanas de aprendizes vazias que antes ficavam ocupadas; o silêncio de Briac e Alistair sobre outros clãs de Seekers; Briac estar com o athame da raposa, mesmo que por direito ele pertença à família de John; até o uso cruel e homicida que Briac estava fazendo do athame da raposa.

– Por que ele faria isso? – perguntou Shinobu, por fim. – Por que ele iria querer que Seekers se matassem?

Ele notou o trabalho exaustivo dos músculos no rosto de Briac. Até que o homem disse:

– Quando formos tão poucos a ponto de sermos facilmente eliminados, o Médio e seus Vigilantes darão um fim em todos nós.

– Ele quer dar um fim aos Seekers... por que andamos desobedecendo as leis dos Seekers? – perguntou Shinobu finalmente.

Briac deu uma gargalhada desagradável que logo ficou aguda e assustadora.

– Ele não liga para as leis. Quer o que os Seekers têm, nossos artefatos, athames, nossas ferramentas. Ele quer controlá-los...

– *Por quê?* – perguntou. – Ele já é um Pavor. Já tem tudo...

– Por quê? *Por quê?* Se *ele* tem controle, ninguém mais tem... – justificou Briac, arfando, e as fagulhas circulavam tumultuosamente sua cabeça, acelerando.

– Explique – disse Shinobu.

Com a respiração trêmula, Briac inspirou repetidas vezes, tentando aquietar seus pensamentos.

– Ele tem suas razões, razões, razões boas ou ruins... Como vou saber? É entre ele e o Velho Pavor. Aqueles dois... Ele *odeia* o Velho, sempre perscrutando sua mente, vendo o que o Médio faz, punindo toda vez que faz algo errado. É assim que ele escapa do controle do Velho Pavor...

A mente de Briac se embaralhou novamente, e as fagulhas não estavam acalmando. Ele fechava os olhos com força, tentando se segurar às linhas de raciocínio. Levou muito tempo para falar novamente:

– Não sei quais são os motivos, mas o Médio quer acabar com tudo que o velho homem construiu.

– Você quer dizer... ele quer destruir *todos nós*? Seekers?

– Somos nós – concordou Briac. – A não ser que... – As palavras chegavam, por mais que ele tentasse contê-las – ... a não ser que a gente seja inteligente o bastante para mudar nosso próprio destino.

– Mas o plano dele falhou – disse Shinobu baixinho.

– Falhou?

– O Pavor Médio está morto.

– Sim – sussurrou Briac –, e os Vigilantes ainda não sabem. Estão esperando que alguém os comande.

Ele inspirou lentamente várias vezes. Em seguida, voltou a falar, dessa vez sem que Shinobu pedisse, como se fosse um imenso alívio finalmente compartilhar isso com alguém, apesar do valor do seu conhecimento secreto.

– O Médio estava se livrando dos Seekers e também acumulando coisas e guardando *Lá*... – começou Briac e, enquanto falava, Shinobu segurava a própria cabeça com as mãos, deixando as palavras de Briac, algumas coerentes e outras não, passarem por ele.

Shinobu tentou se apegar ao que fazia sentido, como a explicação de Briac sobre os duzentos, sobre o verdadeiro uso do focal e sobre um medalhão de pedra, e tentou ignorar o que parecia loucura, como Seekers tendo justificativas para matar outras famílias de Seekers, e como o Velho Pavor era simplesmente um homem velho e falho, que confia em qualquer um e com frequência está errado.

Por fim, ele escutara o suficiente para traçar um plano.

CAPÍTULO 30

SHINOBU

O depósito do hospital fedia a roupa suja, papel mofado e alguma coisa agridoce, como maçãs deixadas ali para apodrecer. E ratazanas. Ele as farejava, e as ouvia rastejando pelas prateleiras e dentro das paredes. Se havia uma ratazana na ala onde ele estivera, então ali era a base das ratazanas.

Shinobu colocou o focal de volta na mochila. Não fora fácil pegá-lo de Briac, pois ele começara a chorar e espernear. Como estava sem o capacete, as fagulhas de despedaçador em volta da cabeça dele imediatamente giraram de forma incontrolável, seus pensamentos se espalharam e seus gritos logo minguaram para murmúrios incoerentes quando Shinobu saiu do quarto.

Também não fora fácil manter o focal longe da sua cabeça. Shinobu seguira pelo corredor até o depósito, mas o tempo todo ficou pensando no toque frio do capacete nas suas mãos e na ligação elétrica com sua mente.

Mas não o colocou.

Ele tinha a resposta que Quin procurava. Ele sabia por que os Seekers haviam mudado: porque o Pavor Médio os colocara uns contra os outros. Eles haviam mudado porque o Médio estava tentando destruir todos, enquanto engenhosamente apagava suas pegadas.

Agora o Pavor Médio estava morto, mas aqueles meninos – Vigilantes – continuavam à solta. E o Médio tivera outras armas também. Uma delas estava ali no depósito.

Quin queria consertar as coisas, entender o que os Seekers deveriam ser. E Shinobu queria proteger Quin. Então, e se... e se ele controlasse todas as ferramentas do Médio, incluindo os Vigilantes?

Shinobu analisou as prateleiras à sua frente. Os pertences dos pacientes foram jogados em caixas de papelão, que, por sua vez, foram empilhadas aleatoriamente. Parecia que as prateleiras com frequência eram assaltadas pela equipe do hospital à procura de itens de valor. Por outro lado, as caixas mais novas estavam praticamente intactas: talvez a equipe esperasse um pouco antes de roubar os pacientes.

Algo roçou nos dedos de Shinobu enquanto ele procurava a caixa certa. Em vez de recuar com desgosto, com uma onda instantânea de curiosidade, ele esticou a mão para a frente e pegou algo quente e peludo: uma pequena ratazana preta e branca com rabo comprido e olhos pequenos e úmidos que brilhavam. Ela se contorcia freneticamente na mão dele, tentando mordê-lo, e sem pensar Shinobu a esmagou na prateleira de metal. O animal ficou imóvel, mas ele ainda sentia seu coração batendo depressa, seu peito se mexendo. *Vai ficar bem por algum tempo*, pensou ele, colocando a criatura em um dos bolsos largos da jaqueta.

Quando ele finalmente encontrou a caixa de Briac, a puxou para baixo e abriu. Encontrou apenas alguns itens lá dentro: um manto preto e comprido, botas e uma espada-chicote enrolada. Ele ficou surpreso que a espada não tivesse sido roubada, mas ela só funcionaria com Briac, portanto deve ter parecido um objeto relativamente inútil, como um chicote enroscado que não desenrolava.

Ele enfiou a espada-chicote no maior bolso da jaqueta, depois começou a revirar o manto de Briac, metodicamente virando do avesso cada bolso. Mas todos estavam vazios. Será que Briac mentiu para ele? Shinobu estava prestes a colocar o manto de volta na caixa quando uma das pontas da vestimenta bateu no chão produzindo um baque mudo.

Havia um objeto pequeno e duro costurado dentro da bainha de lã na ponta do manto. Shinobu conseguiu apalpá-lo quando enfiou o dedo dentro da costura. Ele abriu os pontos e o objeto caiu na sua mão. Era um medalhão de pedra em formato delicado. Ele cabia muito bem na palma da sua mão. Na verdade, parecia ter sido feito especialmente para isso.

Shinobu segurou o objeto para analisá-lo cuidadosamente. Mesmo com pouca luz, ele logo reconheceu a gravação na superfície: três formas ovais interligadas, a representação simples de um átomo. Era o mesmo desenho que constava no pomo do athame na sua cintura. Era o símbolo dos Pavores. A parte de trás do medalhão, à primeira vista, era plana e lisa, mas quando ele inclinava a pedra, via dúzias de cicatrizes desbotadas na superfície.

De acordo com Briac, ele roubara esse medalhão do Médio durante a luta na Traveler. Era um objeto que todos os Vigilantes reconheceriam como propriedade do mestre. E, como o mestre estava morto, quem tivesse o medalhão nas mãos se *transformaria* no mestre deles. Esse era o plano de Briac, embora ele estivesse louco demais para levá-lo adiante.

Shinobu colocou o disco de pedra no bolso e cuidadosamente fechou o botão.

A ratazana acordara. Estava girando dentro da jaqueta de Shinobu, procurando uma saída. *Não quero que Quin a veja*, pensou ele. *Ela não entenderia*. Já vai estar muito irritada porque ele saiu no meio da noite. Mas não queria irritá-la ainda mais com ratazanas. Ele puxou o bicho pelo rabo e o segurou diante do rosto, observando-a se virar e revirar tentando mordê-lo. De repente, a ideia de ter uma ratazana em suas mãos parecia estranha. Ele jogou o bicho no chão e o deixou escapar.

– Isso foi estranho – sussurrou em voz alta.

Shinobu sacou o athame e ajustou os mostradores. Ele estava voltando para Quin, para pedir desculpas e fazer novos planos. Ele entendia o que o Médio queria, e Quin e ele poderiam assumir o controle.

CAPÍTULO 31

CATHERINE

19 ANOS ANTES

O quintal adjacente à casa grande era estreito e mal-iluminado pelas lanternas que emitiam um brilho tão inconstante quanto o movimento das chamas de verdade. Um emaranhado de vinhas floridas subia por uma das paredes de tijolos, oferecendo vários esconderijos para quem quisesse passar despercebido.

A moto estava estacionada no chão de pedra, em um canto escuro do quintal, e o capacete fora apropriadamente apoiado no guidão, esperando seu dono voltar.

Catherine ficou ali, com as costas encostadas na parede, escondida nas sombras das vinhas volumosas. Ela olhou para a casa do outro lado do quintal, que era alta, cara, antiga e com quatro andares. Ali ficava a janela onde ela e Archie beberam chá juntos. Nossa, ele a irritou muito!

Era difícil dizer exatamente por que ela estava ali, mas estava. Dessa vez, se vestiu de outro jeito: jaqueta de couro por cima da roupa preta e justa, como uma Seeker que tinha se juntado a uma gangue de motoqueiros.

Depois de muito tempo, Archie saiu da casa. Ele parecia irritado, da forma que Catherine imaginava que ela deveria ficar depois de ficar um pouco com os pais dela. Archie só tinha o pai, mas Catherine achava que, mesmo sendo só um, Gavin era tão difícil como dois ou três pais poderiam ser.

A noite estava fria, mas ele estava de camisa sem mangas enquanto corria para descer os degraus da porta lateral. Só quando chegou perto da moto colocou a jaqueta. Catherine ficou muito incomodada ao reparar em uma série de detalhes físicos dele mesmo sem tentar: a forma como seu cabelo caiu despojadamente depois que passou a mão nele e a contração dos seus ombros e braços ao vestir a jaqueta.

Pelo amor de Deus, Catherine, pensou ela, *contenha-se.*

Archie se virou para a casa enquanto fechava a jaqueta, e ela aproveitou esse momento para sair das sombras. Aproximou-se em silêncio e estava encostada no banco da moto quando ele se virou de novo.

Archie se sobressaltou quando a viu, mas logo se recuperou. Sua expressão ficou indecifrável enquanto olhava para ela.

– Você está diferente – disse ele, cuidadosamente.

– Minha mãe escolheu minha roupa da outra vez – explicou ela.

– E quem escolheu desta vez? Satanás?

– Está ruim? – perguntou ela. – Minha amiga Mariko não está aqui para me ajudar, e não entendo nada de estilo.

– Não, não está ruim – disse ele, com um tom de voz que informava que ela aparentava qualquer coisa, menos algo ruim. Então, amistosamente, perguntou: – Você está aqui para me dar uma surra?

– Seria fácil demais – respondeu ela no mesmo instante. As palavras saíram de forma natural, como se estivesse praticando a arte da paquera, quando, na verdade, era a primeira vez que ela ouvia aquele tom específico na sua voz. – Não vale a viagem.

Ele riu e Catherine ficou incomodada por gostar tanto do som da risada dele. Archie se encostou no outro lado do banco da moto, quase roçando o ombro no dela, embora estivessem de costas um para o outro.

– Sabe, sou mesmo um bom lutador – disse ele com seriedade. – Não sou tão tolo quanto você pensa, Catherine Renart.

– Sei que você não é.

E ela sabia. Soube no primeiro dia em que se conheceram.

Ela desviava os olhos dele, focando nas lanternas e nas suas chamas que pareciam reais. A pergunta que ela queria fazer era difícil. Archie sentiu que ela estava prestes a falar e se calou, esperando.

– Por que você olhou para mim daquele jeito? – perguntou ela, por fim.

– Está falando sobre como olhei para você quando quase me nocauteou na frente do meu pai? – disse ele, como se o momento estivesse congelado em sua mente, assim como estava na dela.

Catherine assentiu.

– Eu estava pensando: *ela consegue se cuidar melhor do que qualquer menina que já conheci.* – Continuou ele: – *É uma pena que me deteste, porque me sinto mais sortudo do que nunca.*

Catherine se convencera de que não fazia ideia de como ele responderia à pergunta dela, mas, ao ouvir essas palavras, percebeu que sabia o tempo inteiro. Ela vira aqueles pensamentos claramente escritos na testa dele quando se conheceram na grandiosa sala de estar do pai dele. Ela baixou os olhos para as mangas da própria jaqueta, tão parecidas com as de Archie, agora que prestava atenção. Ela encontrara a jaqueta e a vestira para ele. Essa era a verdade, se é que ela fosse admitir.

– Eu não queria gostar de você – sussurrou ela.

– Eu também não queria gostar de você – disse ele, em voz baixa.

– Você estava destinado para minha irmã – comentou ela. – É a escolha dos meus pais.

Ele deixou o ombro encostar no dela.

– É, eu também detesto isso. – Ficaram quietos por um tempo. Até que ele disse: – Quero que saiba que sua irmã não ligava nem um pouco para mim. Casar comigo era só mais um dever que ela achava que precisava cumprir. E quando ela morreu... a ideia de que meu pai a substituiria por outra igual a ela, como se minhas futuras parceiras de vida fossem intercambiáveis...

— Não sou nem um pouco parecida com Anna — disse Catherine, e as palavras saíram mais bruscamente do que ela pretendera.

— Eu soube disso assim que nos conhecemos.

Os centímetros que os separavam de alguma forma desapareceram e o ombro dele encostava no dela, maciço e reconfortante. Archie estava ali, ao lado dela, escutando. Ele era o tipo de pessoa que *escutava*, pensou Catherine. Escutava até as teorias malucas que se perseguiam dentro da cabeça dela. Mesmo não sendo um Seeker e não sabendo nada sobre a vida dela, poderia até ser que ele se importasse, assim como ela, em descobrir a verdade sobre as coisas e melhorá-las. Quando ela se forçou a olhar para Archie, ele virou a cabeça e retribuiu o olhar.

— Você não é o que eu esperava — sussurrou ela.

— Um boxeador frívolo que gosta de brincar com carros antigos?

Ela negou com a cabeça. Seus olhos se fixaram na mão dele que estava no banco da moto entre eles.

— E você não é uma menina estranha qualquer com quem meu pai quer que eu me case — disse ele, tirando a mão do banco e, com muita cautela, puxando uma das mãos dela da cintura. — Você é apenas Catherine.

O jeito como ele disse seu nome lhe deu a impressão de que ela nunca tinha escutado aquele nome ser dito da forma certa. O toque dele era quente, e a pressão que exercia a fez se sentir agradavelmente enjoada.

— Por que ele está forçando você a se casar comigo? — perguntou Catherine.

Archie pensou por um minuto antes de responder:

— Ele é... um pouco estranho, o meu pai. Está convencido de que sua família vai ser o caminho para a recuperação da nossa. Financeiramente, eu acho, embora ele não saiba como e não me importe. Ele me diz que sou alguém importante disfarçado. Que o disfarce me salvou e agora preciso de você.

– O que isso quer dizer?

Archie deu de ombros.

– Não faço ideia. Se estou com algum disfarce, então é um muito ruim. As atividades sociais da minha família estão o tempo inteiro nos jornais.

– Talvez esse tipo de fama *seja* o disfarce. Torna você menos descartável – disse Catherine, pensativa. – Meus pais parecem querer essa fama para mim.

Embora eu duvide que ela me salve, se não consigo nem ao menos evitar que os Seekers se matem, pensou ela.

– Então, seus pais são tão estranhos quanto os meus – disse ele.

– Ah, acho que eles são muito mais estranhos.

Os dois riram. Então, Catherine perguntou:

– Isso é uma armadilha, Archie? Um jeito de me fazer confiar em você e baixar minha guarda?

– É – sussurrou ele, puxando Catherine para perto –, porque eu definitivamente sabia que você estava escondida aqui, esperando por mim. Andei ensaiando para esse encontro.

Catherine sorriu. Ela que fora até lá, entrara escondida e esperara por ele.

– A julgar pelas suas roupas – disse ele –, eu deveria perguntar se *você* não está tentando montar uma armadilha para *mim*.

O rosto dele estava muito próximo do dela. Uma barbicha rala crescia no seu maxilar, mas seus lábios pareciam suaves e quentes. Catherine sabia o que queria, e não importava mais se era o que seus pais também queriam. Eles eram irrelevantes naquele momento.

– Talvez eu *estivesse* tentando fazer uma armadilha para você – sussurrou ela. – Estava preocupada que nunca mais fosse querer me ver depois do meu comportamento da última vez.

– Você não deveria ter se preocupado.

Ele se inclinou mais para perto e Catherine achou que iria beijá-la. Em vez disso, olhou para a casa, e percorreu com o olhar todos os quatro andares. Depois ele se afastou.

– Não quero ficar aqui – disse ele bruscamente.

Sem esperar pela resposta dela, ele pegou o capacete e colocou na cabeça de Catherine.

– Vamos – disse ele, jogando uma das pernas por cima da moto. – Vamos para outro lugar, longe do meu pai e dessa casa.

Um instante depois, ela estava sentada na traseira da moto, se agarrando nele com firmeza enquanto as ruas de Londres passavam voando. Assim que saíram do quintal e a casa ficou para trás e sumiu, Archie parecia outro nos braços dela. Não era o filho de Gavin Hart, e Catherine não era filha dos pais dela. Não naquele momento.

Eles começaram a se beijar na escadaria escura que levava ao apartamento dele. Depois de colocar os braços em volta dele na moto, parecia natural continuar assim depois de descerem.

– Você já fez isso? – perguntou ele, em voz baixa.

– Beijar alguém? Uma vez. Não deu muito certo.

– Que bom – sussurrou ele, levantando um pouco Catherine com seu abraço enquanto eles se tocavam.

Saíram tropeçando pela escada, caíram um por cima do outro, o que serviu de desculpa para se beijarem de novo. Por que ela nunca suspeitara que beijar poderia ser assim?

No topo da escada, Archie revirou os bolsos à procura da chave, sem soltar o abraço. Então, ao entrarem no apartamento, os olhos de Catherine absorveram alguns cômodos iluminados pelos postes do lado de fora. A mobília era boa, como se tivesse pertencido a uma das antigas casas da família, mas o espaço era um pouco básico e masculino, como Archie. Ela tirou a jaqueta dele. Catherine olhou para ele através da luz que entrava na sala pela janela. De alguma forma, como um milagre que ela não entendia, ali estava alguém que fazia sentido para ela.

– Você precisa saber que tem um monte de coisas erradas comigo – sussurrou ela. – Anna morreu e esse tipo de coisa ainda pode ser de família.

– Morte precoce? – Ele estava rindo, mas parou quando Catherine o encarou com seriedade. – Impossível – sussurrou. – Sei socar as coisas, lembra?

Catherine se permitiu sorrir.

– Acho que posso... ficar com você, Archie. Na minha vida. Talvez até me ajude a entender uma coisa.

– Não sei o que quer dizer com isso, mas sim. Com certeza – sussurrou ele em resposta. – Eu não sabia o que faria comigo se você tivesse me detestado.

– Não detesto você.

Ela pegou uma das mãos dele que estava na sua cintura e o puxou, para que ele a seguisse. Ela o guiou pela sala de estar, tentando se localizar naquele espaço desconhecido, até chegarem ao quarto dele. Os dedos dela se entrelaçaram com os dele, ela o puxou para dentro e fechou a porta.

CAPÍTULO 32

CATHERINE

19 ANOS ANTES

– Archie, você não está dormindo, está?

– Hã? – resmungou Archie. Uma mão quente e preguiçosa subiu para tapar a boca de Catherine. – Shhhh.

Ela mordeu de leve o dedo dele.

– Ai! – exclamou, se revirando na cama, puxando Catherine mais para perto.

Archie tinha fechado as cortinas, mas a luz da lua brilhava pelo material translúcido, colorindo tudo com tons frios de azul e verde, especialmente a escrivaninha antiga perto da janela. Entalhado do outro lado da escrivaninha havia um elegante veado com grandes chifres. Da cama, Catherine observava o desenho há dez minutos. Veados parecidos com aquele enfeitavam toda a mobília do quarto.

Ela puxou as cobertas, atravessou o quarto e abriu as cortinas.

– O que foi? – perguntou Archie, que estava acordado e observava Catherine da cama.

Ela puxou uma cadeira e subiu nela para analisar de perto o entalhe no antigo armário da parede do fundo.

– É um veado – disse ela, traçando o desenho com o dedo.

O veado do armário era uma versão mais angular e simplificada do que os outros no quarto, e ainda era igual ao que aparecia desenhado em uma das cartas antigas coladas no seu diário, que ela guardava em um cofre no porão dos seus pais.

– É – disse Archie, passando uma mão no cabelo bagunçado, que Catherine já não achava mais tão comprido. – Algum antepassado adorava veados. Estão em tudo nas nossas casas: armários de cozinha, bancos, penicos. Estou surpreso que você não tenha reparado nisso na casa do meu pai.

– Eu estava distraída odiando você.

Archie sorriu.

– Nosso sobrenome é Hart. Hart é um veado macho, um cervo, em inglês. Então, cervo, Hart, Hart, cervo.

– Hmmm – disse ela – Como Renart, meu nome, é uma raposa e temos raposas em tudo. De onde é esse armário?

– Da casa de campo, acho. Temos pilhas de mobília velha. A essa altura a maior parte da nossa riqueza está em mobília – disse ele, se jogando no travesseiro. – Você está muito bonita. Por favor, volte imediatamente para a cama.

Ela lançou um olhar sedutor para ele, mas ficou onde estava e abriu as portas do armário, deixando a luz dos postes entrar. As roupas de Archie estavam penduradas ali dentro.

– Você está com uma expressão engraçada – disse ele, se sentando para prestar mais atenção. – Como se estivesse pensando em puxar minhas roupas e jogá-las no chão.

E foi exatamente isso que Catherine fez. Vinte minutos depois, as roupas de Archie estavam espalhadas por todos os lados, e juntos eles tiraram as últimas gavetas da parte de baixo do armário. Descobriram um fundo falso em uma delas: um espaço que Archie nunca suspeitara que existia. Ele esticou o braço lá dentro, tateando pelo espaço escondido.

— Tem... alguma coisa aqui — disse ele. — Alguma coisa dura e arredondada.

— Você consegue pegar?

O mais provável era que ela e Archie tivessem descoberto algo completamente inútil, como uma lata de moedas velhas ou uma coleção de ferraduras da sorte que alguém guardava há séculos. Mas Catherine ficou inexplicavelmente animada.

— Peguei! — disse ele.

Quando ele puxou o braço de volta, fez um barulho como se arrastasse alguma coisa. Ele agarrava um capacete empoeirado. Catherine inspirou fundo quando o segurou nas mãos. Embora ela nunca tivesse visto um pessoalmente, o reconheceu na mesma hora. Era um focal, o capacete de metal que os Seekers usavam para treinar suas mentes.

— Um capacete de moto? — perguntou Archie. — De cem anos atrás? Parece muito antigo.

Ela espanou a poeira, revelando o metal prateado que refletia cores iridescentes quando a luz batia. Ela inexplicavelmente pensou na Jovem Pavor e em falar com ela. Talvez fizesse isso algum dia. Mas ela focou seus pensamentos de volta em Archie.

— Não é um capacete de moto — disse ela.

— O que é, então?

— É...

Ela revirou o capacete nas mãos. O interior era forrado com lona, que estava rasgada e puída em vários pontos. Escondido debaixo do forro de lona estava um pedaço de papel, que dava para ver por um pequeno rasgo. Catherine removeu o papel com cuidado. De porões, sótãos e celeiros abandonados ela já coletara bastante memorabilia Seeker para saber o que era, mesmo antes de ver o que estava escrito.

Era uma carta, escrita às pressas, a julgar pela caligrafia:

Edward,

Fizemos um acordo e esperamos que seja honrado. O que prometemos não será agradável, mas a alternativa é ainda pior.

Com sorte, estaremos juntos em breve. Sem sorte... Não terminarei esta frase.

Pelo menos o capacete permanece com você. Ele é nosso, é seu. Guarde-o em segurança, filho. Poderá ajudá-lo em uma longa caminhada, ou em uma luta desesperada.

Não se esqueça do que você é.

Dos seus pais, com amor

Archie leu a carta por cima do ombro de Catherine e depois a pegou de suas mãos para reler. Catherine o observava, compreendendo mais sobre Archie do que ele mesmo. Ele era de um clã de Seekers, provavelmente pela família da mãe, pois seu pai parecia não ter qualquer conhecimento sobre os Seekers. A mãe de Archie morrera quando ele era criança e Catherine imaginou que ela não ensinara nada a ele sobre sua herança, ou talvez ela tivesse decidido que era mais seguro não ser um Seeker.

– Edward era meu avô – disse ele, pensativo. – Não! Meu bisavô.

– Por parte da sua mãe?

– É. Os Hart são todos do lado da minha mãe. É o sobrenome dela. Meu pai mudou de nome quando os dois se conheceram, embora ele fosse um primo distante dela.

– O que aconteceu com Edward, seu bisavô?

Ele analisou a carta de novo, e disse:

– Acho que ele é o que morreu em um acidente de carro antes que eu nascesse. Não faço ideia sobre que tipo de acordo os pais dele estão falando.

A mente de Catherine estava juntando as peças. Seekers estavam atacando outros Seekers provavelmente há muito tempo. Mesmo assim, a carta não fora escrita por um assassino intencional, mas por um participante relutante... de quê?

– Parece que eles o forçaram a fazer alguma coisa que não queria – disse ela. – Talvez algo violento... e depois desapareceram?

Será que foi isso que aconteceu com Emile?, pensou ela.

– Para uma menina que acabei de conhecer, você parece saber muito sobre meus parentes distantes.

Ele estava levando isso tudo com leveza, mas Catherine não.

– Archie, tenho medo de que nossas famílias possam ter algumas coisas em comum.

– O que você quer dizer com isso? – perguntou ele. – Parentes que desapareceram?

– Talvez – disse ela, sobriamente.

– Você está tão séria... – Ele olhou para ela, e depois para o capacete. – O que é isso?

– Chama-se focal – respondeu Catherine. – E até onde eu sei faz mais ou menos cem anos desde a última vez que alguém viu um.

– O que você quer dizer com "alguém viu um"? Há pessoas procurando por isso?

– Sim.

Archie começou a colocar o capacete na cabeça. Ela se apressou para segurar as mãos dele.

– Não faça isso – disse ela. – Não é... Bem, não é uma frivolidade. Precisamos de instruções.

– Catherine, você pode, por favor, me explicar do que está falando?

– Esse capacete, esse focal, é uma ferramenta dos Seekers – disse ela. – Mas os focais desapareceram. Como o ancestral que escreveu esse bilhete, que provavelmente deve ter desaparecido também. Muitas coisas e muitas pessoas sumiram. Talvez estivessem se matando, ou talvez tenham desaparecido de outra forma.

– Eu deveria saber o que é um Seeker? – perguntou ele.

– Por isso que nossos pais querem que a gente se case, pelo menos é o que eu suspeito. Meus pais devem saber que sua família pertence a um clã de Seekers que ainda deve ter... bem, coisas como esse capacete. Na verdade, acho que foi minha avó Maggie que pensou nisso tudo. Ela parece saber tudo sobre todos.

Esse focal, Catherine passou a entender, era tudo que restava do que antes foi um grande clã de Seekers, o clã do veado. A mãe de Archie fora uma Seeker, e seu pai talvez soubesse disso.

Archie parecia estar ficando impaciente. – Catherine, você vai me dizer o que é um Seeker, e como você sabe disso, ou vou ter que jogar os sapatos que espalhou pelo chão em você até que me diga a verdade?

Ela se sentou no colo dele.

– *Eu* sou uma Seeker – revelou, com uma mão em cada lado do rosto dele e depois lhe deu um beijo. – E você, ao que parece, deveria ter sido um também.

CAPÍTULO 33

MAUD

A Jovem Pavor estava com John na passarela da Ponte de Pedestres em Hong Kong. Ele olhou para ela, assentiu como se dissesse que entendeu qual é sua tarefa, e depois se virou para se juntar aos transeuntes. Maud o observou por alguns minutos desaparecer pelo caminho, e então ela mesma se virou e saiu da ponte para andar pelas ruas de Kowloon.

Ela o trouxera até ali para ver Quin. A Jovem Pavor não entendia muito sobre amor romântico, mas John obviamente amava Quin – ou pelo menos não conseguia parar de pensar nela. E, como os desejos de John e Quin estavam batendo de frente, ele estava sempre muito distraído. Tinha várias outras fontes de distração além de Quin – sua mãe e sua avó, particularmente –, mas Quin era diferente; ela vivia no mundo agora, e sua mera existência chamava a atenção dele.

Ele sentia o amor que fosse, mas era impossível seguir com o treinamento se não conseguisse reger seus pensamentos. A Jovem Pavor o trouxera até a Ponte de Pedestres para que ele encontrasse Quin e descobrisse se ele era capaz de controlar sua mente.

Ela seguiu pelas ruas de Kowloon, até que encontrou um lugar isolado no fim de um beco fedorento. Lá, com o athame de John, se transportou para o topo de um prédio muito alto. Ventava muito lá em cima. Perto dali dava para ver a maior parte da Ponte de Pedestres cruzando o porto e os prédios ainda mais altos da ilha de Hong Kong que se estendiam na direção do Pico de Victoria.

O céu estava repleto de nuvens imponentes, mas o sol de vez em quando irrompia, iluminando as pontas do seu cabelo e as fibras do velho suéter de lã, mudando a aparência do mundo. Ela não se permitiria se preocupar com John enquanto ele estivesse na ponte. As decisões dele eram integralmente dele, e não importava o que ela quisesse para ele. Ela afastou seus pensamentos dele, sentou-se ao ar livre e espalhou o manto cinza e espesso à sua frente.

O manto já era tão familiar quanto sua própria pele, mas não originalmente dela. Pertencera ao seu antigo e querido mestre, o Velho Pavor. Durante a luta na Traveler, ele o colocou nos ombros dela antes de entrar *Lá* e deixá-la para ser a Jovem, Média e Velha Pavor por conta própria.

Na primeira vez em que o vestiu, o manto arrastara no chão porque era comprido demais para ela. Hoje em dia pairava logo acima do chão; ela crescera no mês em que passara acordada. Suspeitava que crescia e envelhecia mais lentamente do que uma menina comum de quinze anos, mas continuava crescendo e envelhecendo.

O manto continha vários itens que pertenceram ao Velho Pavor. Assim como fizera em segredo uma ou duas vezes nas últimas duas semanas, ela tirou os objetos dos bolsos do manto e organizou todos à sua frente. Quando era criança, observava o manto do mestre e se perguntava quantos mistérios guardava. Agora, alguns daqueles mistérios estavam em sua posse, mas continuavam tão misteriosos quanto antes.

Entre os itens nos bolsos havia algumas pequenas ferramentas de metal. Só uma era familiar, porque ela vira o mestre usá-la na câmara secreta sob as ruínas do castelo na propriedade escocesa. Ele usara a ferramenta em uma caverna escondida onde, com um leve toque na parede de rocha, provocou um tremor tão intenso que Maud achara que iria trazer o teto abaixo. No entanto, as outras coisas não significavam nada para ela.

O manto também continha objetos feitos de pedra. Um ou dois foram moldados com a mesma pedra branca e translúcida dos athames, mas os outros eram diferentes, escuros e turvos. Havia armas também, principalmente facas, mas só algumas pertenceram ao mestre; o restante era dela.

A vibração chamou sua atenção. Um raio de sol se mexia sobre um dos itens mais estranhos do manto, que tremia na superfície arenosa do telhado. Maud pegou o objeto, certificando-se de mantê-lo sob a luz do sol. Era feito de pedra e metal e tinha uma superfície de vidro acoplada. O vidro era escuro e grosso, como se tivesse muitas camadas empilhadas uma sobre a outra. Não era maior do que sua mão aberta e vibrava na sua pele. Um instante depois o sol se escondeu atrás das nuvens e o objeto de pedra ficou inerte. Mas ganhou vida com um toque de luz solar, assim como acontecia com despedaçadores e focais. Talvez vários daqueles itens ganhassem vida se ela os deixasse por tempo suficiente no sol.

Seu mestre tivera dois rostos: um antigo e outro quase moderno. Os objetos eram como ele. Alguns pareciam tão velhos quanto as rochas naturais sob as ruínas do castelo na Escócia, mas outros poderiam pertencer ao mundo estranho atual.

Talvez John, uma pessoa moderna, conseguisse identificar aquelas coisas, mas ela nunca permitiria que alguém que não fosse um Pavor empossado visse o conteúdo do manto do seu mestre. No entanto, ela notara uma mudança em John que alterava sua opinião sobre ele. Depois que ele correra pelo deserto com o focal, ela o vira questionar, por um momento, seu propósito de perseguir outros clãs de Seekers. Ela começara a direcioná-lo para coisas melhores.

CAPÍTULO 34

JOHN

John mantinha o olhar fixo à frente enquanto analisava a multidão na Ponte de Pedestres com sua visão periférica, como a Jovem Pavor ensinara, assimilando os movimentos à sua volta com clareza e olhar firme. Ele começara a enxergar simplesmente suas velhas fraquezas – a mente dispersa, o temperamento – e cuidadosamente se livrou de cada uma. Maud o transformava no Seeker que ele sempre quisera ser. Se conseguisse aprender a controlar sua mente, talvez o treinamento estivesse quase completo.

A Jovem Pavor os trouxera para Hong Kong e usou o athame para levá-los clandestinamente até a ponte, mas naquele momento John estava por conta própria. Ela deixara claro que ele devia cumprir aquela tarefa sozinho e que, se tivesse sucesso, continuaria o treinamento e deixaria que ele fosse para o próximo lugar do diário.

Ele achara que seria difícil encontrar Quin, mas, quando se aproximou do meio da ponte, a viu. Ela estava na área externa em frente à porta de casa, se despedindo de um velho chinês com jaleco de curandeiro. Tinha a mesma aparência: cabelo escuro caindo pelos ombros, olhos escuros contrastando com a pele clara. Os laços do seu jaleco azul de curandeira amarravam o tecido e marcavam sua cintura fina, trazendo à tona em seus pensamentos as incontáveis vezes em que ele colocara a mão ali e a puxara para perto.

A respiração de John estava um pouco mais acelerada e ele ouvia as batidas do próprio coração. Claro que Quin tinha a mesma aparência, ele lembrou a si mesmo, afinal fazia só algumas semanas desde que a vira na Traveler. Ela parecia quase tão preocupada quanto antes.

As outras pessoas na ponte desapareceram da vista de John enquanto ele ziguezagueava pelos transeuntes. Ele se movia do mesmo jeito que Maud faria, e o foco do olhar fixo veio automaticamente. Ele estava satisfeito de perceber como tinha ficado parecido com ela.

Então suas mãos tocaram os braços de Quin, e ele a puxava para o beco estreito entre a casa dela e a do vizinho. Só quando ela estava encurralada perto da escada dos fundos foi que ele percebeu a velocidade dos seus movimentos. Não quis dar tempo para ela dizer não, por isso chegou de supetão, com uma explosão quase impossível de velocidade, como um Pavor.

Quin sacou a espada-chicote antes mesmo que ela tivesse a chance de ver claramente o rosto dele. John notou a mudança nos olhos dela quando percebeu que era ele. Ela ficou paralisada, no intervalo de uma respiração, quando seu olhar encontrou o dele. Depois deu um puxão para se livrar dele.

– Quin, só quero falar com você.

Ele desacelerou para falar com clareza, e manteve a voz calma. Estava com a própria espada-chicote, mas não tinha a intenção de pegá-la.

– Você vive dizendo isso logo antes de lutar contra mim, John. – Havia raiva em sua voz e alguma outra coisa, certa exaustão, como se estar perto dele sugasse suas energias.

– É verdade, só quero conversar.

E era mesmo verdade, mesmo; ele só queria um minuto da atenção dela.

– Não ficou satisfeito com a concussão que me deu da última vez que nos vimos? – disse Quin bruscamente. – Quer tentar bater mais forte agora?

A espada-chicote dela ainda estava enroscada em sua mão, mas seus olhos escuros lançaram um aviso para ele. Ela não teria problema algum em usá-la.

– Peço desculpas pelo que aconteceu na Traveler. As coisas não aconteceram como planejei. E eu não queria ter batido em você.

– Então suas mãos se mexeram sozinhas, foi isso?

Ele pensou em Quin na Traveler, inclinando-se na direção de Shinobu, que estava no chão, ferido. A forma como ela falara com ele, seu tom de voz... John ficara com tanto ciúme que perdera o controle. Acertou Quin com toda a força e crueldade. Maud estava certa: ele não tinha controle sobre seu coração ou sobre seus pensamentos quando se tratava de Quin.

Ele fechou os olhos por um instante, e finalmente disse:

– Eu... eu queria ver você.

As palavras soaram infantis, embora fossem a lamentável verdade.

Ele virou o rosto, envergonhado. *Penso tanto em você que está atrapalhando meu treinamento* é o que ele deveria ter falado.

– Bem, você já me viu – disse ela, friamente. – Agora, pode ir embora.

Ela o empurrou para o lado e seguiu pelo beco em direção à passarela movimentada de onde tinham acabado de sair. John segurou o braço dela.

– Espere, Quin, por favor. – Ele manteve a voz suave e a mão leve no pulso dela. Não queria parecer bruto.

Ela puxou o braço para se livrar dele, mas ficou ali parada o encarando, esperando que falasse.

– Eu... eu tento manter você longe dos meus pensamentos – gaguejou ele. – Mas não consigo...

– Não somos amigos, John – interrompeu Quin. – Você não precisa confessar nada para mim.

Ela estava se virando de novo, sem nem ao menos dar uma chance para ele se explicar, afinal estava desesperado para que ela o ouvisse.

Ele a virou cuidadosamente e ficou aliviado por não precisar puxar o braço dela dessa vez.

– Não penso em você como amiga – disse ele, a voz um pouco mais que um sussurro. – Penso em nós dois na floresta, juntos. Penso nos planos que fizemos.

Por um momento ela não respondeu, como se estivesse sem palavras. Então, seus olhos relaxaram e John pensou que talvez realmente a tivesse tocado. No entanto, a suavidade passou assim que chegou. – É só um hábito – disse ela.

– O que você quer dizer com isso? – perguntou ele.

– Pensar em mim. É só um hábito. – Ela não olhou nos olhos dele. Estava mordendo o lábio inferior e sua voz era mais do que um sussurro quando acrescentou: – Mais cedo ou mais tarde vai parar de pensar em mim. E eu vou parar de pensar em você.

O peito de John se apertou. Era um hábito que ela tinha também?

– Você...

– Eu ia me casar com você, John. Claro que penso em você. – A voz dela estava tão baixa que ele mal escutou quando ela prosseguiu: – Às vezes vejo você nos meus sonhos correndo e lutando. Sinto você ali, por perto, como costumava ficar quando estávamos juntos, treinando na propriedade. E eu não queria pensar nisso.

John levou um tempo para conectar as palavras de Quin com coisas semelhantes que ouvira da Jovem Pavor, mas, assim que fez isso, foi engolido por uma decepção profunda. Ele tentou não deixar transparecer em seu rosto. *Ela não estava pensando em mim. Nem um pouco.*

– Esses pensamentos não são seus – murmurou ele, e as palavras pareceram veneno na sua garganta. Os olhos dela se fixaram nos dele, que se forçou a explicar: – Você está vendo a mente da Jovem Pavor. Ela... concordou em concluir meu treinamento, já que Briac não poderia. Você está vendo o que ela vê, sentindo o que ela sente. Ela também sente seus pensamentos, às vezes.

Ele percebeu que ela compreendeu, e sua expressão quase o aniquilou. Ela estava aliviada – não, *grata* – pelos pensamentos não serem dela.

– Não somos inimigos, Quin – murmurou ele. – Não quero que pense em mim desse jeito. Você me deu tudo de que precisei quando me ajudou na Traveler.

Era a coisa errada a dizer. A trégua temporária entre os dois fora destruída e ele viu o rosto dela ser tomado pela raiva.

– Eu não *ajudei* você, John. Você sequestrou minha mãe e tentou me matar. Já esqueceu? Não se lembra das coisas que fez?

– Eu nunca tentei matar você – jurou John. – Pense melhor. Nunca tentei.

– Só me bateu, então? – perguntou ela, com um tom de voz ácido. – Na última vez que esteve aqui na ponte, trouxe cinco homens e ordenou que me espancassem! E você mesmo me acertou.

O rosto dela se fechara completamente para ele, como se fossem estranhos. Ela deu um passo para trás e estalou a espada-chicote na forma de uma lâmina longa e afiada.

– Quin...

– Por favor, vá embora, John.

– Por quê?

– Porque não quero você na minha vida.

Ela ergueu a espada-chicote e a apontou para o peito dele. Segurou a espada com firmeza e perfeição, pronta para avançar e matá-lo. John segurou a ponta da espada com a mão e a puxou para seu esterno, encarando Quin nos olhos.

– Você o ama? – perguntou. – Você o ama como me amava?

– Amo Shinobu de outra forma. Ele é *puro*. Ele é o que diz ser. – Ela balançou lentamente a cabeça. – Não conhecia você, John. Eu amava algo que não era real.

A espada ainda estava na mão dele, quase tocando na sua camisa, mas mesmo assim John sentia que fora apunhalado.

– Era real – sussurrou ele.

– Meu pai me criava para ser uma assassina. E você *quer* ser um assassino, para que possa dar continuidade à vingança de outra pessoa.

– Não é a vingança de outra pessoa! – berrou ele, finalmente perdendo a paciência. Incitando seus músculos com a velocidade dos Pavores, jogou a espada-chicote dela para longe e agarrou seus pulsos. – Era a vida da minha mãe. Toda a vida deles. Por que você não liga para isso, Quin?

Ela nem tentou empurrá-lo para longe. Na verdade, o puxou para o seu peito. Seu rosto estava deturpado pelo ódio.

– Por que você veio aqui? – perguntou ela. – Achou que eu diria que foi tudo um erro, e que ainda quero ficar com você?

Ele negou com a cabeça. A Jovem Pavor o trouxera para Hong Kong para encarar Quin. Maud dissera que ele precisava escolher o que ocupava seus pensamentos. Era por isso que estava aqui. Então chegara a hora de escolher.

E ele escolheu.

– Não – disse ele. – Sei que você nunca mais vai ficar comigo – Ele sentiu o peso e a verdade das suas palavras. – Acho que vim pedir des...

No meio da frase, John se inclinou para a frente, agarrou os ombros dela e, com toda a força, puxou Quin para o chão atrás das latas de lixo que perfilavam o beco. Com um som vibrante e terrível, uma faca cravou na parede e ali ficou, balançando com a intensidade do impacto, exatamente onde Quin estivera um instante antes.

Três adolescentes estavam na entrada do beco e tinham mais facas na mão, prontas para lançar.

– Ah, meu Deus. Agora, não – sussurrou Quin. E então, quase como em oração, ela acrescentou: – Shinobu, cadê você?

CAPÍTULO 35

Quin

Quin rolou sob o corpo de John e, num instante, estava de pé novamente, agachada atrás das lixeiras, a espada-chicote numa das mãos, a faca na outra. Tirou o jaleco, que estava atrapalhando.

– Não tenho nada do que vocês querem! – gritou ela para os meninos do Pavor Médio.

Treinados por ele, guardados por ele para... o quê? Para procurar seu athame, depois de morto?

É claro, percebeu Quin. *Não sabem que ele morreu. Durante todo esse tempo falam dele como se estivesse vivo.*

– Mentirosa! – disse o menor deles, Nott, que andava com os outros dois pelo beco estreito e comprido.

– Você já os viu? – perguntou John, agachado ao lado dela.

Quin assentiu e perguntou:

– Você também?

– Sim, eles fogem quando desafiados.

– Não fugiram de *mim* sem antes travarem uma grande batalha – disse Quin, com um tom sombrio. – Não tenho nada do que querem! – gritou ela de novo.

Era verdade. Shinobu levara o focal e o athame dos Pavores, o que também significava que ela não tinha como escapar facilmente dos meninos. Para onde Shinobu havia ido? O corpo dela ainda doía muito por causa da última luta. Encarar mais uma sem ele por perto seria bem desagradável.

Ela fez um rápido inventário mental: tinha a espada-chicote e algumas facas. Andava armada desde a última briga com os meninos, caso eles reaparecessem de repente. Mas ela não esperava que a encontrassem na ponte, não mesmo. E ela quis, pelo menos uma vez, que tivesse escolhido uma arma de fogo, embora fosse difícil de encontrar em Hong Kong e contra as regras da ponte.

– Então nos deixe revistar você! – respondeu um dos meninos mais velhos, que tinha um tom de pele mais escuro.

Ela lutara contra ele na propriedade.

– O mestre de vocês está morto! – gritou ela. – Se tivessem me deixado falar antes de nos atacarem ontem, eu teria contado isso para vocês. Não têm para quem devolver o athame.

– Cala a boca! – retrucou um dos meninos.

– Você é uma mentirosa! – gritou Nott.

– Quem é o mestre deles? – sussurrou John.

– O Pavor Médio – murmurou Quin de volta.

O terceiro menino saiu de trás dos outros. Ele estava no fim da adolescência e tinha a pele muito, muito escura, e fora o oponente mais difícil na propriedade. Estava com um focal na cabeça...

E tinha um despedaçador amarrado ao peito.

– Menina mentirosa! – disparou ele.

Quin percebeu que vinha escutando o zunido agudo do despedaçador há algum tempo, mas o som era encoberto pelos barulhos da ponte. Antes que ela pudesse reagir, ele disparou a arma.

– Meu Deus! – disseram ela e John, juntos, caindo no chão.

As fagulhas do despedaçador acertaram as latas de metal e ricochetearam fazendo uma bagunça sibilante e reluzente.

– Eu não tenho o que vocês querem! – gritou ela. – Seu mestre se foi. Eu o vi morrer!

– Pare de dizer isso! – gritou o menino com o focal.

Ele disparou o despedaçador de novo.

Ela e John se espremeram entre as latas quando mais uma nuvem de fagulhas colidiu nelas. Várias passaram pela fresta, voaram diante do rosto de Quin e acertaram a escada de metal atrás dela.

Ela sentia o cheiro dos meninos. A morte emanava deles como um manto invisível.

– Sai daí e *mostra* o que você tem! – ordenou o mais velho, disparando o despedaçador de novo.

– Como ele consegue disparar tão rápido? – perguntou ela.

Diferentemente do despedaçador com o qual ela treinara na propriedade, a arma deles quase não precisava recarregar.

– Parece que ele *quer* despedaçar você – sussurrou John. – Está morrendo de vontade de fazer isso, quer você saia daqui ou não.

– Shinobu e eu machucamos bastante esses meninos. Eles provavelmente preferem não lutar. – Era verdade que os três pareciam feridos, com curativos imundos e cheios de sangue em várias partes do corpo. – E eles acham que estou com o athame. Não querem me dar a chance de usá-lo.

– E não gostaram nem um pouco do que você falou sobre o mestre deles – disse John.

Ele estava certo. Os meninos discutiam enquanto se aproximavam. Quin ouviu Nott dizer:

– Ele *não pode* morrer. Ela é uma mentirosa!

– Claro que ele não está morto! – exclamou o mais velho. – Vamos colocá-la no seu devido lugar.

O despedaçador zunia mais alto, se preparando para atirar novamente.

– Avançamos neles e saímos pela passarela? – propôs John.

– Não. O beco é estreito e o despedaçador é rápido. Eles vão nos acertar com facilidade.

– Você tem razão.

Ela apontou para o fundo do beco com o queixo e disse:

– Deveríamos sair e cruzar por cima.

Atrás deles o beco terminava na escada externa da casa dela, que levava aos quartos do segundo andar. Depois da escada ficava a treliça da própria ponte, a barreira entre o andar de cima e o ar livre.

As vozes dos meninos chegavam como um emaranhado furioso enquanto eles discutiam entre si. O despedaçador disparou a uma distância bem mais curta desta vez, e as fagulhas chacoalharam as latas com clarões ferozes. Ela e John aproveitaram aquele momento, uma breve pausa antes que o despedaçador disparasse novamente, para correr agachados pela escada em direção ao segundo andar.

Havia alguém lá. Três silhuetas, que antes estavam agachadas na varanda, ficaram de pé. Um era o menino mais velho que a atacara no hospital, Wilkin. Ele também tinha um despedaçador. Logo atrás estavam dois outros que ela nunca vira.

– Estão se multiplicando – murmurou John.

Ele e Quin foram pegos a caminho do segundo andar. O despedaçador de cima emitira um guincho alto, pronto para disparar, ecoando os sons do primeiro despedaçador, que estava lá embaixo.

Os meninos de baixo se aproximaram e estavam no pé da escada. O zunido duplo dos despedaçadores parecia um objeto físico penetrando nos ouvidos de Quin.

– Pare com suas mentiras sobre nosso mestre – ordenou o menino maior lá embaixo. – Se colocar suas mãos para o alto e se deitar no chão, talvez a gente não despedace você.

Mas a expressão dele dizia que a despedaçaria alegremente se isso significasse que ela se calaria e que não teriam que lutar. Uma mancha vermelha surgiu no meio do curativo sujo no ombro dele. Provavelmente um ferimento antigo se abrira quando ele jogara a primeira faca. Ele estava ferido e furioso.

Quin não ia se entregar. Ela lançou um olhar para John e percebeu que ele entendia e concordava. Começaram a erguer as mãos em rendição...

Então Quin pulou o corrimão da escada e saltou de novo, com John logo atrás dela.

Os dois despedaçadores dispararam. Quin ficou presa na treliça de aço atrás da escada. Através dos sarrafos, ela viu o Porto de Victoria, ondas, navios e a ilha de Hong Kong ao longe.

John caiu ao lado dela. Acima deles, a treliça se esticava quase infinitamente até chegar à cobertura da ponte.

– Escale! – gritou Quin.

Ela começou a se erguer pela grade enquanto os despedaçadores atiravam.

CAPÍTULO 36

NOTT

Será que o mestre deles poderia mesmo estar morto?, Nott se perguntava. Ele achava que não. Mas, se estivesse morto, Nott acreditava que ainda deviam resgatar o athame dele de Quin, pois nenhuma ladra deveria ficar com aquilo. E ela também estava com o capacete de Nott.

O capacete.

Fazia tanto tempo que ele estava sem o capacete que percebeu como o objeto turvava seu pensamento. Ele ainda amava usá-lo, ainda precisava disso e planejava matar outro Vigilante se fosse necessário para colocar as mãos em um capacete. Porém, mesmo assim, agora percebia as limitações do aparelho. E entendia que o capacete estava turvando os pensamentos de *todos*.

Se o mestre não estivesse morto – e Nott duvidava que ele pudesse morrer –, ele poderia muito bem saquear todos esses Vigilantes e recomeçar com novos meninos, porque Nott e os outros eram idiotas. Mas, claro, tinha sido o mestre deles que os fizera usar o capacete, que os ensinara a confiar nele. E então os transformara em idiotas.

Os dois Vigilantes mal treinados – *os bebês*, como Nott gostava de pensar neles – usaram a mágica dos computadores para guiá-los até a ponte de Hong Kong, onde Quin morava. Geb queria usar os despedaçadores para tirar de Quin sua habilidade de lutar e facilitar o resgate do athame. Geb também estava furioso porque ela insistia em dizer que o mestre deles estava morto, e isso Nott entendia, porque também estava furioso. Mas e se ela *não* estivesse com o athame naquele momento? Ficou gritando que não estava com ele. Se isso fosse verdade, como poderiam encontrá-lo se ela fosse despedaçada?

Deveriam se concentrar em capturá-la, mesmo que isso significasse novos ferimentos. O que eram mais alguns ferimentos àquela altura?

Eles escalaram as treliças de aço atrás de Quin, portanto estavam todos entre as vigas de metal. Ela provavelmente planejava atravessar as vigas maiores que se estendiam por toda a ponte até a passarela, mas os Vigilantes a bloquearam e ela foi forçada a subir mais.

As vigas eram um labirinto de varas de metal que se entrecruzavam e intersecionavam sob a cobertura da ponte, de forma que ele e os outros engatinhavam entre e em volta das vigas enquanto tentavam mantê-la no campo de visão. Ela e o acompanhante, que curiosamente era o mesmo rapaz que jogara uma faca em Briac Kincaid, estavam acima dos Vigilantes, perto da cobertura inclinada que formava o teto da ponte. Os mais novos, Jacob e Matthew, pareciam assustados e entusiasmados com a perseguição, o que provava como eles eram abobalhados, já que Quin podia fazer picadinho deles se travassem uma luta de verdade.

Nott pensou em como seu irmão, Odger, teria feito todos agirem de maneira sensata. Ele se imaginou perguntando: *Odger, o que eu deveria fazer agora?* Mas Odger, impressionado demais com o mundo moderno para ser útil, responderia apenas: *Que tal um par daqueles tênis confortáveis que todos usam, Nott? Consegue um desses para mim?*

Não, não consigo, Odger, diria Nott, *porque você já está morto e enterrado há muito tempo.*

Por que, depois de tanto tempo, ele ainda pensava em Odger? Deixara irmãos, parentes e tudo o mais no passado.

Geb se balançava com dificuldade entre duas vigas por causa do despedaçador em seu peito, mas disparou ao ver uma abertura. Metade das fagulhas do despedaçador colidiu com uma viga a alguns metros de distância e ricocheteou violentamente no metal, passando perto do rosto de Geb na trajetória de volta. Ele se abaixou depressa. O resto das fagulhas desapareceu muito antes de alcançar Quin. Geb estava se provando tão abobalhado quanto Wilkin. Exemplo: tudo que ele fizera desde que fora acordado.

– Para de usar o despedaçador! – berrou Nott.

– Cala a boca, Nott! – sibilou Wilkin, que estava bem atrás dele com um roxo enorme na bochecha esquerda visível sob a luz baixa no meio das vigas.

Ele também estava tendo dificuldade para escalar com o despedaçador no peito. Pelo menos Wilkin era esperto o bastante para não disparar.

– Geb quase se despedaçou! – sussurrou Nott num tom desafiador. – Não devemos disparar a não ser que estejamos em um espaço aberto.

– Então ande mais rápido! – disse Balil, empurrando Nott com violência por um buraco apertado.

Havia um brilho intermitente e ofuscante à frente. Quin cortara ou rasgara um pedaço da cobertura da ponte e puxava o material para trás, expondo o céu do outro lado. Em seguida, ela e seu acompanhante desapareceram pela abertura na lona em direção à cobertura.

CAPÍTULO 37

QUIN

Quin entrou no buraco que ela abrira, saindo da escuridão das vigas e indo para o lado de fora da grande cobertura da ponte. Uma lufada de vento a atingiu e, embora o dia estivesse nublado, ela quase ficou cega com a luz ali. E quase se perdeu por causa da tontura que sentiu. Era tão, mas tão *alto*... A própria cobertura ondulava, uma grande vela se espalhando abaixo dela e crescendo de novo na ponta mais distante, onde cobria a ponte como o beiral de um telhado. Além da beirada, muito, muito abaixo de onde estavam, ficava o Porto de Victoria e, depois dele, a ilha de Hong Kong.

Ela agarrou o material áspero da lona às suas costas. Estava mais alto agora do que estivera com Shinobu na noite em que saltaram de paraquedas para a Traveler. Tinha a impressão de que seu estômago tinha se desconectado do restante do corpo e descido para os pés. Com as lufadas fortes, seu cabelo chicoteava selvagemente seu rosto, piorando a tonteira dela. Seu novo medo de altura dificultou sua respiração. John segurou seu braço para evitar que ela se virasse para a frente.

– Maud, por favor! – Ela ouviu John chamar ao seu lado.

– O quê? – perguntou ela.

– Para onde podemos ir agora? – indagou ele, gesticulando para a vela íngreme abaixo dos dois.

Ele estava tenso e sério, mas não entrou em pânico, e Quin teve um pensamento fugaz sobre o que a Jovem Pavor andara ensinando a ele e o efeito que tinha.

Ela desviou os olhos da vista panorâmica e se concentrou na cobertura. De longe dava a impressão de serem enormes velas de navios se movendo pelo porto. De perto eram várias montanhas íngremes inseridas em vales. Eles saíram mais ou menos a meio caminho da cobertura. Os picos mais altos eram muito acima deles e, abaixo, a vela na qual estavam baixava rapidamente, até se curvar na forma de um vale, que depois subia de novo para a beira da ponte.

– Descemos – disse ela –, e no fundo encontramos um lugar que dê para rasgar e nós entramos de novo, longe deles. – Ela inclinou a cabeça para a abertura de onde tinham acabado de sair. – Então, descemos para a passarela e procuramos ajuda.

As velas eram presas por cabos e uma estrutura de vigas, mas, ali fora, só a lona era visível, bem esticada em alguns pontos, e mais ondulada em outros por causa da brisa marítima.

Um zunido e um zumbido vinham de trás deles, audíveis acima do vento. Quin se virou quando uma massa de fagulhas de despedaçador acertou a lona, queimando-a de dentro para fora nas cores do caleidoscópio. Várias fagulhas explodiram pelo corte que ela fizera e por sorte não acertaram nem ela nem John, dispersando-se no ar.

Os olhos dela percorreram tudo até o oceano distante, e ela sentiu o desespero aumentar, ameaçando atrapalhar todo o seu pensamento racional. A possibilidade de mergulhar em um dos lados da vela era aterrorizante, mas não havia muita escolha e não imaginava seus perseguidores vindo atrás dela com despedaçadores ligados presos no peitoral. Isso seria loucura.

– Estou indo! – disse ela.

Sem esperar resposta de John, ou que sua coragem desaparecesse, ela se jogou para a frente pela curva inclinada da vela. Em um instante estava acelerando de cabeça, afundando os pés na lona e escorregando pelo caminho. Era mais como andar de skate do que correr, e ela estava indo rápido demais. A todo momento parecia que ela ia dar uma cambalhota por cima dos próprios pés e sair rolando descontroladamente.

Por fim, perdeu o controle e seu movimento à frente ultrapassou seus passos, ela se estatelou na vela, e depois se virou para baixo, de ponta a ponta, enquanto a lona ia absorvendo cada queda para impulsioná-la para a frente.

– Eles estão vindo! – gritou John de cima quando ela finalmente conseguiu parar na barriga da vela.

Ele estava logo atrás dela, ainda de pé, mas se movia com tanta velocidade que não sabia se conseguiria parar. Ele se jogou para a frente e rolou pelo restante do caminho, parando alguns metros à frente dela, sentindo a vela ondular por baixo dele.

Lá em cima os seis meninos estavam descendo pelo declive íngreme, como as hordas de mongóis galopando pelas estepes russas.

O vento levava o zunido dos despedaçadores diretamente aos ouvidos de Quin.

CAPÍTULO 38

MAUD

No alto do telhado em Kowloon, a Jovem Pavor examinara todos os itens do seu manto e os guardara de volta nos bolsos.

Será que John tinha achado Quin? Será que controlou seus pensamentos sobre ele? Ele continuaria sendo aluno dela?

Se a resposta fosse não, o que a própria Maud faria? Cada dia que a Jovem Pavor passava acordada no mundo, naquele tempo e naquele lugar, era um dia perdido da sua vida como um todo. E, mesmo assim, ela não conseguia voltar a dormir, não enquanto fosse a única Pavor em atividade. Ela nem sabia como acordar a si mesma.

John era um aprendiz de Seeker, mas recentemente Maud vira sinais de que ele tinha potencial para ser mais do que aquilo, caso conseguisse se comprometer.

Maud, por favor!

Ela ouviu um chamado em sua mente e soube imediatamente que era John. Suas mentes nunca haviam se tocado, mas seus pensamentos chegaram a ela com clareza e urgência. Ele estava em pânico, correndo pela própria vida. *Maud, preciso da sua ajuda...*

Com apenas um movimento ensaiado, a Jovem Pavor se levantou e colocou o manto nos ombros. O athame e a espada-chicote estavam em suas mãos e por meio dos densos prédios de Kowloon ela olhou para a Ponte de Pedestres.

CAPÍTULO 39

NOTT

A frustração de Nott com seus colegas Vigilantes foi ultrapassada por uma onda de medo quando ele saiu pela abertura para a cobertura da ponte. Eles não haviam sequer parado para pensar em um plano. Geb requisitara todos para seguir Quin na corrida, gritando que não deveriam deixá-la escapar.

De uma só vez, o céu nublado de Hong Kong surgiu acima deles, a queda da vela estava logo abaixo, e os seis Vigilantes se viravam pela lona mais rápido do que Nott já correra em toda a sua vida. Depois de apenas alguns passos, estavam se movendo rápido demais para parar. Todos os doze pés deles esburacavam a vela a cada passo, e cada buraco criava ondulações, de forma que a lona se movia mais violentamente conforme eles corriam. Nott não queria olhar para lugar algum que não fosse diretamente para seus pés à frente, mas ele precisava saber que estava correndo para fora da beirada da ponte. Ele olhou para cima e ficou aliviado ao se dar conta de que isso seria impossível. A vela descia para formar um vale na parte de baixo, e depois se erguia novamente até a beirada. Quin e o outro estavam no vale, fazendo o melhor que podiam para escapar.

Logo à frente de Nott, Geb balançava os braços numa tentativa de manter o equilíbrio. Uma de suas mãos bateu no despedaçador em seu peito, e a arma disparou. As fagulhas zumbiram e sibilaram em forma de enxame, acertando a superfície da vela, e ricochetearam em todas as direções. Eles pisaram nas fagulhas que sobraram quando tropeçaram para a frente. A sorte era que despedaçadores só causavam mal se acertassem a cabeça da pessoa.

Um dos pés de Nott pisou em falso na vela quando tentou desviar das fagulhas, e suas pernas foram para trás dele, que rolou para baixo, em vez de correr. Ele colidiu em Geb e Balil, derrubando os dois. O impacto dos três com a vela bastou para derrubar todos os outros. Um instante depois, os seis Vigilantes estavam rolando, quicando, chacoalhando ladeira abaixo num redemoinho de braços, pernas, facas e despedaçadores de metal pesados. Nott escutou os dois despedaçadores dispararem em meio ao tumulto.

Os seis meninos acabaram parando em partes separadas do vale na base da vela. A lona ainda ondulava e se movia, piorando a tonteira da queda. Quando ele finalmente enxergou direito, Nott notou Quin a mais ou menos cinquenta metros, correndo para a vela ao lado.

– Ela está escapando! – gritou Wilkin.

Geb se levantou com o despedaçador pendurado torto no peito. Ele parecia enfurecido.

Alguém estava gritando. Era Jacob, o Vigilante mal treinado e magricela que usava óculos. Ele estava tendo convulsões na lona e uma tempestade de fagulhas rondava sua cabeça e seu peito. Sons de agonia animal disparavam dele enquanto batia na própria cabeça, depois arranhava inutilmente a lona sob seu corpo. Perto dele, seu parceiro bebê, Matthew, o encarava de boca aberta.

– Todos de pé! – ordenou Geb. – Vamos!

Os Vigilantes, todos, exceto Jacob, obviamente, se mexeram para perseguir Quin. Geb fez uma pausa para cravar uma faca no peito de Jacob.

Isso é o que você ganha por ser um Vigilante, mesmo um Vigilante bebê, pensou Nott. *Você vive com loucos, então um deles o esfaqueia até a morte.*

Nott foi agarrado pela gola, e Geb sibilou na sua orelha:
– Você nos fez falhar, Nott. *Você* matou Jacob.
O menino mais velho puxou uma corda do manto e disse:
– Você primeiro.

CAPÍTULO 40

QUIN

Quin e John escalaram para sair do vale da vela, chegando até a beirada, onde ele se sobrepunha à próxima vela. Um dos meninos fora despedaçado durante a queda louca que sofreram, mas os outros cinco estavam no vale atrás deles e avançavam, o zunido dos despedaçadores anunciando sua chegada.

– Venha! – gritou ela.

Eles saltaram da beirada de uma vela para outra ao lado.

– Cortamos aqui? – perguntou John.

– Isso!

Os dois caíram de joelhos e, deixando suas espadas-chicote pequenas e afiadas, começaram a serrar com força a lona. Quando fizeram um corte grande, agarraram juntos o tecido e puxaram, arrancando uma aba. O material solto voou na direção deles com uma lufada de vento e Quin olhou pelo corte para o Porto de Victoria dezenas de metros abaixo.

– Droga! – xingou John quando olharam para a água.

Eles não estavam sobre a ponte naquele ponto da cobertura; estavam sobre uma consola e não tinham como descer.

O pedaço de lona que cortaram voava descontroladamente, batendo nos pés de Quin e revelando o porto distante a cada vez que fazia isso. A vista girou, até que ela desviou os olhos para o outro lado. Por cima da curva da vela, viu os meninos vindo na direção deles.

Ela se virou para o outro lado. O vale da nova vela se estendia à sua frente, e à direita se erguia para formar um novo pico.

– Será que devemos correr até a próxima vela e a próxima? – perguntou ela.

John balançou a cabeça e disse:

– Acho que não conseguiremos ganhar deles na corrida.

Ele tinha razão. A céu aberto, os despedaçadores podiam acertá-los e a superfície inclinada da vela não estaria a seu favor, desviando as fagulhas despedaçadoras para o rosto deles enquanto corressem.

– Precisamos escalar depressa, então, só até chegarmos à ponte – disse ela. – Depois, cortamos outro buraco e nos enfiamos nele.

John assentiu.

Atrás deles, a cabeça dos seus perseguidores sacudia, se erguendo rapidamente do vale da primeira vela. Ela e John se deslocaram na diagonal, atravessando a vela enquanto escalavam. Mas mesmo assim a lona logo se inclinou tanto que eles escorregavam para trás a cada passo.

– Facas! – gritou John, arfando ao puxar duas da cintura.

Quin puxou suas facas e eles as usaram como pítons, furando a lona para se arrastar para cima.

O vento ficava mais forte a cada centímetro que subiam. Ela olhou por debaixo do seu braço direito, para não olhar diretamente por cima do ombro, o que poderia ser uma aterrorizante visão da queda para o porto, e viu uma silhueta voando por cima da curvatura da vela. Era Nott, com uma corda presa ao peito, planando feito uma águia. Ele acertou a lona e ficou preso quando a corda o puxou com firmeza. O menino arfou para respirar, e os sons do enforcamento foram carregados pelo vento.

– Pode pular! – gritou Nott quando conseguiu falar. – Ela está bem aqui!

Estava tão íngreme que Quin quase caía, apesar do apoio das facas.

– Tem uma viga – disse ela para John.

John gritou de volta, contra o vento:

– Estou sentindo.

– Vamos cortar aqui! – Quin se inclinou sobre o braço esquerdo e, com o direito, puxou a espada-chicote e girou o pulso, fazendo a substância preta e oleosa circundá-la. A espada-chicote se transformou em uma faca comprida e larga. Ela fez outra série de movimentos complicados com o pulso e os dentes afiados saíram de cada lado da lâmina. – Deixe sua espada curta e dentada! – disse ela para John.

Ele já estava imitando o que ela fez com a espada-chicote. Depois, atacaram a lona, balançando livremente.

Não olhe para baixo, pensou Quin, mantendo o corpo pressionado na superfície da vela. Se ela perdesse o equilíbrio, seria um escorregão rápido até o fundo, e os meninos a alcançariam com seus despedaçadores em questão de segundos. Eles já estavam na nova vela, escalando na direção dela e de John. Em vinte ou trinta metros, estariam no campo de disparo para acertá-los.

Ela e John serraram até criarem uma abertura do tamanho de uma pessoa, mas o resultado ficou irregular e a lona continuava presa em alguns pontos.

– Podemos arrancar o resto! – disse John, sua voz era apenas um grito no vento.

Quin assentiu, guardou sua espada; depois, eles arrancaram juntos os últimos fios de lona da viga. Uma grande abertura surgiu na vela e uma lufada de ar quente vinda de debaixo da cobertura acertou Quin. Ela escorregou para debaixo da abertura na lona e John foi logo atrás.

Seus olhos precisaram de um instante para se ajustar, mas, quando o fizeram, ela viu uma rede de armações entrecruzadas se alongando para longe da viga onde eles se encolhiam. Em algum lugar logo abaixo estava o andar mais alto da ponte, mas as armações na frente dela eram tão densas que eles não tinham como escalar por ali.

Estavam encurralados.

Do lado de fora da abertura da lona ela ouvia os despedaçadores. Sua preocupação aumentava, e ao olhar para o lado de fora Quin descobriu que os meninos estavam a aproximadamente apenas vinte metros abaixo deles. Ela olhava diretamente para o cano de um despedaçador, e as fagulhas estavam sendo lançadas pelas centenas de buracos.

– Saia daqui! – gritou ela, empurrando John.

Ela se abaixou de lado na lona, se espremendo no minúsculo vão entre a armação de aço e a cobertura.

Luzes explodiam nas bordas da abertura, sibilando e estalando. Uma dúzia de fagulhas conseguiu passar pelo corte dentado e ricochetearam de forma violenta entre as armações, a centímetros do rosto dela, antes de se dissiparem com explosões de luz nas cores do arco-íris.

Quin não esperou para ver se fora despedaçada. Agarrou a lâmina da faca e levantou a abertura. Todos os cinco atacantes estavam espalhados abaixo dela. Sem hesitar, escolheu um alvo e lançou. Sua faca aterrissou no braço do menino com o focal e o despedaçador. Ele gritou, mas não caiu. Aqueles garotos eram difíceis de serem contidos.

Ao lado dela, John lançou duas facas numa rápida sucessão. Uma arranhou o ombro de um dos meninos, e a outra teria arrancado um olho, mas o garoto se abaixou no último segundo.

Nott se jogou na direção de Quin com uma lâmina reluzindo na sua mão.

– Devolva meu capacete, menina burra e ladra! – gritou ele.

Quin se agarrou às armações atrás dela, levantou as pernas e chutou o peito do menino, fazendo-o cair de costas.

O outro despedaçador disparou. Ela e John se espremeram quando uma nova barreira de fagulhas acertou a lona.

– Não tenho mais facas – disse John.

– Eu tenho uma! – respondeu Quin. – Vou tentar fazer valer a pena!

A fúria desesperada da luta tinha tomado conta dela, e Quin não queria parar para pensar que estavam encurralados e quase sem armas.

Abriram a aba da lona. Quin lançou a última faca e observou horrorizada um dos atacantes negros levantar seu despedaçador como um escudo e a faca rebateu nele sem causar dano.

Os dois despedaçadores zuniram novamente com uma intensidade penetrante. Mas, antes que pudessem ser disparados, todos os olhos se viraram. Havia um movimento abaixo deles, na vela. Uma mancha escura contrastava com o cinza da cobertura. Uma silhueta corria depressa pela ladeira, que parecia ser parcialmente carregada pelo vento. Era a Jovem Pavor, tão leve e veloz que não precisava de facas para escalar.

Ela lançou alguma coisa. Um objeto redondo e plano saiu girando da sua mão e quicou na superfície da vela, deixando um rastro preto.

John pegou o objeto com a bota. Era um escudo, um escudo de metal, com uma ponta tão afiada que talhara uma linha na lona ao girar na direção deles. Ele virou o escudo, agarrou Quin e os dois se abaixaram atrás dele enquanto as fagulhas choviam ali.

Agacharam-se ainda mais na viga, e a aba de lona batia por causa do vento enquanto uma nova fuzilada de fagulhas chiava e sibilava em contato com o escudo.

Várias fagulhas quicaram por baixo do escudo e acertaram a viga freneticamente, envolvendo o tornozelo de Quin. Ela passou a perna na barra para se livrar das fagulhas, esperando sinceramente que nenhuma tivesse alcançado sua cabeça. Antes que pudesse se recompor, os despedaçadores dispararam novamente.

E então, de repente, os despedaçadores pararam e tudo que Quin ouviu foi o vento e o barulho distante dos carros voadores.

CAPÍTULO 41

SHINOBU

Shinobu voltou para a Ponte de Pedestres e descobriu que a via principal estava tumultuada. Pedestres corriam da ponte e se esmagavam na multidão nervosa, olhando para a cobertura acima deles, que balançava com as ondas.

Ele logo se deu conta de que Quin estava em algum lugar ali em cima. Ele a deixara, e, enquanto estivera fora, algo ruim acontecera. Ele olhou para a cobertura da ponte e xingou. Depois se abaixou em um espaço sombreado entre dois prédios na passarela e puxou o athame. Observou por bastante tempo a adaga de pedra. Seus dedos trêmulos ajustaram os mostradores com base no seu conhecimento limitado de coordenadas, com a esperança de descobrir como traçar uma anomalia para o topo da cobertura. Deveria ser possível com o athame dos Pavores.

Ele olhou para cima quando uma onda particularmente grande passou pelo teto da ponte; na passarela, a multidão arfou.

Shinobu olhou desesperadamente para os mostradores do athame. *Droga, não sei o bastante para fazer isso!*

Ele jogou a mochila por cima do ombro, tirou o focal e o enfiou na cabeça. Sua mente se juntou ao focal quase de imediato e o lançou no estado de consciência apurada. Ele virou e revirou o athame nas mãos e, enquanto fazia isso, relaxou a mente, deixou o focal se infiltrar ainda mais nos seus pensamentos. Logo depois, entendeu como os mostradores poderiam ser ajustados para uma manobra rápida como a que ele queria fazer. Seus dedos moveram os mostradores, girando um depois do outro, fixando-os no lugar para o primeiro salto *Lá*.

Ele acertou o athame com uma vara de relâmpago esguia.

Na escuridão *entre*, ele ajustou os mostradores de novo, e depois traçou uma nova anomalia. Pela passagem efervescente estava o topo da cobertura. Ele conseguira... ou o focal conseguira. Estava olhando para a vara de aço vertical que se erguia do mastro do pico de uma das maiores velas.

Shinobu saltou pela anomalia e se agarrou ao aço. O vento era feroz ali em cima, agarrando o manto para chicotear as suas costas. A anomalia se fechou e ele observou a lona logo abaixo.

Ele ficou decepcionado: escolhera a vela errada. Viu cinco Vigilantes lá embaixo, numa seção diferente da cobertura, correndo feito loucos para cima. Não dava para ver Quin daquele ângulo, mas ela deveria estar além da vista dele, prestes a ser encurralada pelos meninos. Facas brilhavam na mão dos garotos enquanto eles subiam pela vela.

– Droga! Droga!

Ele estava apavorado por causa de Quin. Mas, de alguma forma, conseguiu relaxar seus pensamentos de novo, deixando o focal pensar por ele enquanto observava o athame. Quase de repente soube quais coordenadas usar.

Ele ajustou os mostradores e acertou o athame com a vara de relâmpago. Outro salto *Lá*, outro conjunto de coordenadas e ele conseguira. Surgiu no topo da vela de Quin, com um pé de cada lado do pico.

Abaixo dele, uma aba de lona balançava ao vento. Quin estava presa ali, embaixo de algum tipo de escudo. Os meninos disparavam despedaçadores nela sem parar, e as fagulhas quicavam em explosões quase constantes.

Vão despedaçá-la ou matá-la, pensou ele, afastando o pânico arrebatador. Como ele pôde deixá-la sozinha por tanto tempo?

Na outra metade da sua mente surgiu um pensamento muito diferente: *Por que você se importa?*

Porque é Quin!

E o que Quin é? Só mais uma Seeker. Ela não tem valor, a não ser como uma arma contra outros.

Não acredito nisso.

No futuro que planejamos não precisamos dela, disse a nova metade da sua mente.

"Nós" não planejamos nada, pensou Shinobu com raiva. Esses pensamentos não eram dele. Moravam dentro do focal e fingiam falar com a voz dele. *Sei quem você é. Você é um assassino. De Seekers e ratazanas. Não vou te dar ouvidos.*

Você sou eu, insistiu a metade da sua mente, *e ela não é importante.*

Shinobu gritou o mais alto que pôde para afastar a segunda voz da sua mente.

Tudo que o focal lhe mostrara, tudo que ele aprendera com Briac, tudo isso era para ajudar Quin. Ele canalizou todos os pensamentos para ela.

Ela é o que importa.

Ele podia apenas torcer para que Briac tivesse dito a verdade, e que ele conseguisse comandar a atenção dos meninos e afastá-los, deixando Quin em segurança. Ele enfiou a mão no bolso do manto e tocou na pedrinha suave e oval que cabia perfeitamente em sua mão. Então, caindo e correndo, desceu pela vela até a bagunça lá embaixo.

CAPÍTULO 42
MAUD

A Jovem Pavor soltou o escudo e o observou girar lona acima até as mãos de John. Assim que ele e Quin estavam em segurança, ela puxou o arco da mochila e lançou uma flecha no ar.

Seu raio perfurou o ombro do jovem negro com o despedaçador, jogando-o de barriga na vela. Ele escorregou para a frente com braços e pernas agitados para se segurar.

Ela sabia que estava se envolvendo para salvar John e Quin. Ainda que um Pavor tenha que ficar à margem da humanidade e dos Seekers, John era seu aluno e se envolvera numa briga que não era sua. Ele e Quin estavam sendo atacados por aqueles meninos, criaturas do Pavor Médio que vinham, aparentemente, causando caos em nome dele. Um Pavor deve ficar à margem para que tenha a mente clara para fazer julgamentos, mas a mente da Jovem Pavor *estava* clara. Um Pavor criara aqueles meninos, e ela não ia pensar duas vezes em contê-los.

Ela logo lançou outra flecha, mas os meninos pararam. Estavam olhando para cima, para algo no alto da cobertura. Havia alguém ali, descendo do pico da vela em direção aos atacantes.

Maud lançou sua visão e viu que era Shinobu, usando a ponta da espada-chicote como freio na lona para não se virar descontroladamente. Um manto de Seeker se avolumava em seus ombros com o vento que subia do porto.

Ele estava gritando alguma coisa para os meninos. Ela lançou sua audição e ouviu algumas palavras:

– Vigilantes! Saiam!

Os meninos agressores se aproximaram dele, virando o que restava do despedaçador na sua direção.

Maud ergueu o arco de novo, mas os agressores pararam de se mover, assim como Shinobu. Ela não o enxergava, porque os meninos – *Vigilantes?* – estavam na frente dela. Enquanto atravessava a vela para conseguir uma visão melhor, ouviu Shinobu dizendo:

– Não quero vocês aqui. Vão embora. Vão!

Quando ela conseguiu vê-lo de novo, ele apontava para a vela e para longe.

E os Vigilantes estavam indo embora. Mesmo o que tinha a flecha de Maud no ombro cambaleara para ficar de pé e seguia os outros, numa retirada sofrida.

Por que eles debandariam de repente ao ver Shinobu?, perguntou-se ela.

John e Quin ergueram o escudo e observavam os agressores fugindo. A Jovem Pavor ficou aliviada quando o olhar de John imediatamente procurou o dela. Então, ele e Quin trocaram olhares, uma despedida silenciosa, antes que Quin saísse para onde Shinobu estava e ele corresse para Maud.

– Você me escutou – disse John ao chegar ao lado dela. Ele parecia abalado, e esfregava o ferimento abaixo do ombro, que deveria estar doendo após a luta, mas ele também parecia triunfante. – Você me ouviu na sua mente.

– Ouvi – respondeu ela.

A Jovem Pavor notou algo diferente no olhar de John. Ele não estava olhando por cima do ombro para saber para onde Quin iria, ou o que os servos do Médio estariam fazendo. Ele retornara para a Jovem Pavor, que tinha toda a atenção dele.

– Fiz minha escolha – disse ele.

Não precisava dizer mais nada, estava claro que ele escolhera se controlar e treinar com ela.

Ela colocou a mão sobre o ombro de John e disse:

– Que bom. Agora vamos para a próxima caverna do diário da sua mãe.

Ele ainda estava sem fôlego por causa da luta e da corrida pela cobertura, e perguntou com um sorrisinho:

– Não vamos descansar antes?

– Descansar? – questionou ela. – Agora, depois do calor da luta, é a melhor hora de treinar sua mente.

CAPÍTULO 43

QUIN

Quin se apoiou na vela e andou na direção de Shinobu pela beirada da curvatura da viga saliente sob a lona. Ele cuidadosamente caminhava na direção dela também. Ainda estava com o focal na cabeça e seus olhos tinham um brilho de terror, ao que parecia. Quando estavam próximos o bastante para se encostar, ele agarrou os braços de Quin.

– Quin, me desculpa. Eu fui embora. Quando vi os despedaçadores disparando, eu, eu...

Ele parecia muito abalado e Quin imaginou que ela também deveria estar assim. O bombardeio de despedaçadores a empurrara para além dos seus limites. Ele a segurava, e ela estava agradecida por isso. Suas pernas não conseguiam mais mantê-la em pé.

– Como se livrou deles? – perguntou ela.

– Meu Deus... Tenho tantas coisas para contar para você. – Ele olhou para baixo, onde os meninos pulavam para a primeira vela, batendo depressa em retirada. Carros voadores circundavam a ponte, alto-falantes ordenavam que todos saíssem da cobertura. – Precisamos sair de vista.

Eles seguiram pela beirada até a aba que ela abrira e se abaixaram juntos.

– Preciso tirar o focal – disse ele.

Shinobu colocou as mãos nas laterais do capacete e, com uma dificuldade imensa, ao que parecia, lentamente o retirou. Como se estivesse quente demais para ser tocado, ele largou o capacete na viga e o segurou com o pé para impedir que caísse. Então, agarrando a cabeça, desabou nas armações entrecruzadas de aço.

– Vejo tudo duplicado quando o uso – murmurou ele. – Dois lados para tudo, e um deles é tão ruim...

Os músculos das pernas de Quin tremiam. Ela se ajoelhou, puxou Shinobu para perto e o abraçou com força. O choque da luta ainda corria pelo seu corpo. Ela conseguiu espiar pela abertura na lona: lá embaixo, John e Maud desapareciam na sombra da vela ao lado, se movendo na direção oposta dos meninos. Ela desviou os olhos da queda íngreme.

– Quin – murmurou Shinobu, começando a se recuperar.

Ele pegou o rosto dela com as mãos e a olhou como se estivesse impressionado ao notar que estava ilesa. Quin tremia, a adrenalina ainda correndo pelo seu corpo, mas a intensidade no olhar dele a reconfortou. Shinobu a beijou suavemente várias vezes nos lábios, nas bochechas e no pescoço.

– Me desculpe por ter deixado você para trás. Eu não deveria ter ido embora. Como pude fazer isso?

– Você me assustou – sussurrou ela, agarrando os braços dele para que não a soltasse. – Achei que eu não tivesse sido cuidadosa ao esconder o focal e talvez ele tivesse causado um dano irreversível em você.

– Estou bem. Eu entendo agora. Você está bem?

Quin assentiu. Ela estava bem, embora tremesse incontrolavelmente. Mas a cobertura também tremia... Uma vibração distante de um athame chegou até eles, vindo do outro lado da vela. Os meninos estavam indo embora, ou talvez fossem John e Maud. O olhar de Shinobu se desviou dela e se fixou na abertura na lona, como se ele tivesse pensado a mesma coisa.

– John estava aqui – disse ele. – Por quê? Ele feriu você?

Ela negou com a cabeça. O confronto com John parecia ter acontecido dias atrás, embora provavelmente não mais do que uma hora tivesse se passado.

– Não. Acho que ele pensou que eu pudesse ajudá-lo. Como se ainda houvesse algo entre nós – sussurrou ela. – Mas ele me ajudou, Shinobu. Teriam me pegado se não fosse por ele.

Os músculos dela começavam a tremer com mais força. Shinobu a puxou para perto.

– Descobri muitas coisas – disse ele. – Estávamos certos sobre o Pavor Médio. Ele estava fazendo tantas coisas... Você precisa me ajudar a entender tudo melhor. – Ele tirou o athame dos Pavores da cintura e começou a ajustar os mostradores. – Mas primeiro vou levar você para casa.

CAPÍTULO 44

CATHERINE

18 ANOS ANTES

Era tarde da noite, ou talvez muito cedo pela manhã, dependendo do ponto de vista. Catherine estava sentada de pernas cruzadas no meio da sala de estar de Archie, lá também se tornara o apartamento dela. Ele já dormia há horas, mas ela não estava cansada.

No chão à sua frente havia um pequeno pedaço de papel com anotações numa caligrafia caprichada e estrangeira:

1. *Tenha o corpo firme e saudável.*
2. *Esvazie os pensamentos e comece a partir de uma mente neutra.*
3. *Foque no assunto em questão.*
4. *Coloque o capacete.*
5. *Siga estas regras religiosamente, para evitar que o aparato se transforme em um caospacete.*

Mariko escrevera isso e mandara para ela. Os cinco passos eram instruções para o uso do outro objeto na frente de Catherine: o focal que ela encontrara no armário de Archie.

Ela pegou o capacete e apalpou o metal frio com as mãos. Ela o deixara no sol por alguns dias, absorvendo energia, assim como se fazia para recarregar o despedaçador. Agora estava estalando baixinho enquanto ela o movia, insinuando que continha energia.

Com o focal apoiado de leve na sua barriga de seis meses de gestação, Catherine observou seus detalhes pela centésima vez. Talvez pela milésima vez. Mas nunca o colocara, nunca o colocara totalmente na cabeça, apesar de fazer meses que recebera as instruções de Mariko.

O bebê se mexeu, e Catherine colocou a mão na barriga. Sempre levava um susto quando o sentia, e pensava: *Tem mesmo uma criança aqui dentro.*

Ela nunca pensara em ser mãe. Havia tantas coisas que queria fazer como Seeker e, além do mais, tinha outra ideia sobre o que sonhava em se tornar caso o Velho algum dia se posicionasse contra o Pavor Médio... e a maternidade não se encaixava nesse plano.

Mas Archie mudara o cenário. Ele a surpreendera ao ficar eufórico com a notícia de que ela estava grávida. Quando Catherine insinuara que não era o melhor momento, considerando que tinha dezessete anos e eles ainda não eram casados, ele brincara que ela era antiquada, e dissera calmamente: "Vamos nos casar quando bem entendermos, a qualquer hora. A cerimônia é para nossos pais, não para nós."

Ela lentamente foi aceitando a mudança em sua vida. Embora tivesse dezoito anos agora, teria um filho, estava com Archie e juntos poderiam buscar a verdade na história dos Seekers.

Sentada no chão da sala de estar, ela lia novamente a primeira linha das instruções de Mariko:

Tenha o corpo firme e saudável.

Ali estava o problema, a razão pela qual não usara o focal. A razão pela qual não agia como Seeker há muito tempo.

Sentia-se perfeitamente saudável, mas as coisas ainda não eram tão certas. Catherine começara a sangrar com três meses e os médicos não tinham muita esperança de que ela mantivesse a gravidez. Ficou de cama, mal saía de casa desde então e fazia meses que o sangramento parara. Certamente não havia mais perigo algum, certo?

As semanas e mais semanas de repouso foram uma tortura. Ela fizera Archie tirar todos os móveis da sala de estar para caber um boneco de treino e passara incontáveis horas deitada no sofá encostado na parede, instruindo Archie sobre o uso de espadas-chicote e outras armas. (Ela até ajustara a espada-chicote para funcionar com Archie também, o que ela jurara que era o gesto mais romântico que um Seeker poderia fazer.) O boneco estava muito surrado, mas ainda estava em melhor estado do que as paredes da sala, cobertas de cortes, mossas e buracos.

E ela ensinara a Archie muitas coisas sobre os Seekers. Embora não tenha contado tudo, ele entendia que Catherine tinha um jeito particular de ir de um lugar a outro, e que esse método de transporte era perigoso, afinal você poderia se perder no caminho, se não tomasse cuidado com a própria mente. Ela se arrependera na mesma hora de ter sido honesta quando Archie a fez prometer que jamais faria algo desse tipo enquanto estivesse grávida, que nunca se arriscaria até que o bebê estivesse em segurança nos braços deles.

A próxima instrução no papel de Mariko era:

Esvazie os pensamentos e comece a partir de uma mente neutra.

Catherine fez exatamente isso. Esvaziou a mente de tudo, exceto da noção de estar sentada na sala de estar com o capacete de metal nas mãos.

Foque no assunto em questão.

Por muito tempo, ela achava que entendia o que estava acontecendo com os Seekers. Eles saíram de controle porque o Pavor Médio era relaxado e não ligava muito para seus deveres de Pavor. Havia um ditado que, em um clã, o athame sempre acabava com aquele a quem pertencia. Mas, como o Médio não estava fazendo justiça do jeito que deveria, Seekers tinham começado a atacar outros clãs, a roubar athames que claramente não eram seus por direito.

No entanto, agora Catherine não tinha certeza de que as coisas eram assim tão simples. A carta que encontrara, enfiada naquele mo focal, dera um novo direcionamento aos seus pensamentos. E se os Seekers não estivessem desaparecendo só por causa da ambição de outros Seekers, mas por causa da precariedade da justiça dos Pavores?

Ela sempre esperara encontrar Emile, mas essa busca não estivera em primeiro plano, não fora seu foco. Mas agora ela achava que descobrir o que acontecera com ele poderia levá-la ao cerne da questão. Talvez ele estivesse morto, como seu agressor em Hong Kong insinuara. Se esse fosse o caso, ela queria saber como tudo acontecera, por que e como.

Ela leu a próxima instrução de novo: *Foque no assunto em questão.*

Emile Pernet, clã do javali, pensou.

Coloque o capacete.

Ela levantou o focal e o segurou acima do cabelo, deixando que pairasse ali, a centímetros do couro cabeludo. Ela chegara até aquele ponto dezenas de outras vezes, mas nunca colocara o capacete. *Prometi para Archie que não faria nada arriscado,* pensou ela. *Mas o bebê não está em perigo, e não é como se eu estivesse ferida, e será que eu não deveria aproveitar essa oportunidade para aprender, para estar pronta quando o bebê chegar?*

Ela sentiu a atração do focal, como se quisesse que ela o encaixasse até o fim na cabeça. Ela o aproximou mais um pouco e deu uma olhada na última linha das instruções de Mariko:

Siga estas regras religiosamente, a fim de evitar que o aparato se transforme em um caospacete.

O que aquilo significava?

"Sei que você não dá muita importância para sua própria vida", dissera Archie depois que ela tentara se levantar e dar uma caminhada durante a primeira semana de repouso na cama. "Mas preciso colocar nosso filho e você em primeiro lugar agora."

"Mas...", começara Catherine.

"Mas nada", retrucara Archie com firmeza. Com um olhar perverso, acrescentara: "Sou seu marido e você tem que me obedecer."

"Você não é meu marido!", dissera ela, indignada na cama enquanto ele puxava as cobertas até o queixo dela.

"Sou melhor do que um marido", respondera ele, beijando sua testa. "Sou o menino que engravidou você e não se preocupou em se casar ainda."

Ela rira, assim como Archie, mas em seguida ele ficara sério, segurara o rosto dela e encostara a cabeça na dela. Sua voz ficara rouca ao dizer: "Você vai se cuidar e proteger nosso bebê. Prometa, Catherine."

Lágrimas escorreram dos olhos de Catherine por causa da ternura dele. Não estava acostumada a ter alguém tomando conta dela. Mesmo seus pais, com toda a preocupação que tinham pela segurança dela, pelo seu comportamento, a consideravam uma ferramenta valiosa para os objetivos deles, não alguém que queriam proteger para seu próprio bem. Ela encostara a cabeça na de Archie.

"Prometo", dissera.

No entanto, sentada agora no chão da sala de estar, ela baixou as suas mãos até que as laterais do focal encostassem nas suas têmporas. Sentiu uma corrente de eletricidade onde sua pele tocou no metal. *Será que vou mesmo me machucar se experimentar?*, perguntou-se ela.

Antes que ela se desse conta do que fizera, enfiou o capacete na cabeça.

Catherine estava deitada no sofá, abraçando o próprio diário, sua pequena luminária clareando as páginas gastas e cheias de diversas tintas, incluindo a dela. O focal zumbia na sua cabeça, expandindo tanto sua mente que a consciência parecia preencher todo o apartamento, se esparramando pela noite londrina. Ela estava analisando as entradas sob a ilustração do javali, clã de Emile. Havia muitas páginas para aquela família, citando todas as vezes e todos os lugares onde membros do clã do javali ou seu athame foram avistados. A lista acabava alguns anos antes. Catherine escrevera a última entrada:

Emile Pernet, visto na propriedade escocesa.

Ela incluíra a data do último dia em que o vira. Ninguém admitira ter encontrado Emile ou seus pais desde então.

Mas a mãe de Emile era de outro clã. Ela nascera no clã do cavalo, um fato sobre o qual Catherine nunca pensara muito. Mas agora, com o focal, a conexão parecia óbvia. Ela folheou as páginas do javali e as do cavalo para fazer uma comparação. Havia um local que se repetia nos dois clãs. *Isso.*

Ela tirou o focal. Foi tomada por uma sensação desagradável, como se o capacete e sua mente tivessem se esticado até arrebentar quando ela removeu o capacete. Sem ele, ela se sentiu tonta e teve que se deitar de costas nas almofadas do sofá com os olhos fechados. Em seguida veio a náusea, e ela ficou assustada por alguns minutos. Mas, por fim, todas as sensações passaram. Depois de algum tempo, quando ela conseguiu ficar em pé, guardou o capacete e o diário no cofre que instalaram sob um armário no banheiro. Depois ela subiu cuidadosamente na cama.

Archie estava em sono profundo depois de um treino exaustivo naquela tarde.

– Archie – murmurou ela, sacudindo de leve o ombro dele.

Ele acordou na mesma hora. Ele tocou a barriga dela com a mão e seus olhos procuraram os dela.

– O que foi? Você está bem? Aconteceu alguma coisa? – perguntou ele.

Ela negou com a cabeça. – Estou bem.

– Tem certeza?

Como se tivessem ensaiado, o bebê se mexeu sob a mão quente de Archie. Ele se deitou de costas no travesseiro, parecendo aliviado, e ela se aconchegou ao lado.

– Acho que descobri onde os pais de Emile estão – disse ela.

– Quem? – Ele já estava pegando no sono de novo.

– Emile, o aprendiz que despareceu da propriedade.

Ele se esforçou para abrir os olhos e disse:

– Ah, ele. Da propriedade.

– Os pais dele desapareceram também, mas pode ser que só estejam escondidos. – Ela apoiou o queixo no ombro dele e sussurrou: – Talvez ainda existam muitos Seekers por aí, escondidos, esperando que a pessoa certa os encontrem. Acho que há um lugar que podemos verificar.

Ela sabia que estava estranhamente animada demais com aquele assunto, como se sua reação natural tivesse sido multiplicada com o uso do focal.

– Não podemos ir a lugar algum antes da chegada do bebê... – murmurou ele.

– Faz dois meses que não tenho sangramento, Archie. O bebê está bem. Eu estou bem.

– Catherine...

– Não é muito longe. Não deveríamos esperar. E se eu estiver certa, mas eles não ficarem no lugar por muito tempo? Posso nunca mais encontrá-los.

Ela ouviu Archie suspirar ao seu lado, obviamente exausto. Ele escorregou a mão pela barriga dela e se aproximou.

– Vamos dizer que você os encontre – murmurou ele. – Como imagina que essa busca vai acabar?

– Vou saber o que aconteceu com Emile. E com isso posso descobrir o que aconteceu com todos os outros.

– O que você faria com essa informação?

Catherine inspirou lentamente. Ela não queria revelar seus pensamentos mais íntimos em voz alta, tinha a impressão de que só o som deles no ar poderia chamar atenção para o que ela estava fazendo ou azarar sua busca. Ou, sendo mais preciso, parecia que seja lá quem fosse o Seeker assassino cuja mente involuntariamente se conectara à dela quando encontrara o athame escondido no Monte Saint-Michel, essa pessoa seria atraída para Catherine assim que ela colocasse seus desejos mais profundos em palavras. A lembrança daquela estranha conexão sempre a fizera tremer. De quem era aquela mente, com pensamentos frios, desagradáveis e cruéis?

Mas Archie estava ali, e ela queria contar tudo para ele, mesmo que parecesse perigoso. Explicou em voz baixa:

– Seekers estão se matando, e o Pavor Médio está deixando. E há muito tempo ele fez coisas muito ruins. Até matou um Jovem Pavor.

– Então, no fim da sua busca, você quer matá-lo?

– Não. – Estranhamente, ela percebeu, essa ideia nunca lhe ocorrera. O Pavor Médio, apesar dos defeitos, era um Pavor, e ela era uma Seeker. Assassiná-lo ia contra seus princípios básicos.

– Então, o quê? – pressionou Archie. Ele ainda parecia sonolento, mas ela sabia que tinha sua atenção total.

– Não quero dizer – sussurrou ela.

– Por que não?

– É particular.

Ele riu no ombro dela e disse:

– Tudo bem, então.

– Você vai caçoar de mim, que nem meus pais fizeram.

– Alguma vez caçoei de você?

Ela envolveu o próprio corpo com o braço dele, e assim ficaram deitados por algum tempo, quase dormindo. Naquele estado entre acordada e inconsciente, com a mente vagueando livremente, Catherine murmurou:

– Sempre senti que eu deveria ser uma viajante entre o passado dos Seekers e o nosso futuro. Imaginei que encontraria o Velho Pavor. De alguma forma, eu o encontraria. Eu contaria a ele o que o Pavor Médio fez ao Jovem Pavor séculos atrás. Eu contaria as outras coisas que o Pavor Médio fez, e no que ele falhou... E então... o Velho se livraria do Médio e *me* transformaria em uma Pavor. Ele *me* treinaria. Eu seria a nova Jovem Pavor. E a Jovem Pavor poderia se tornar a Média, porque acho que ela é boa. E colocaríamos as coisas de volta nos devidos lugares.

Depois de um tempo, Archie respondeu:

– Você quer se tornar uma criatura estranha que vive por centenas de anos e faz justiça?

– Eles não são criaturas estranhas, Archie. São pessoas. Não vivem por centenas de anos. Passam muito tempo esticados *Lá*, então *parece* que vivem por centenas de anos. O tempo que passam acordados no mundo é o de uma vida normal, ou perto disso.

– Hum...

– Você *está* me caçoando.

– Desculpa – sussurrou ele –, mas você não prefere ser apenas Catherine?

Os olhos dela continuavam fechados. Ela sentia a respiração regular de Archie. A testa dele estava encostada na nuca dela e sua mão quente se apoiava na barriga.

– Isso era o que eu queria: ser uma Jovem Pavor – murmurou ela. – Mas agora estou com você, e teremos nosso filho. Ele vai crescer com o tempo, mas e se algum dia, talvez daqui a muito tempo... e se nós dois treinássemos com o Velho Pavor? E se nos tornássemos Pavores? Talvez pudéssemos ficar juntos, viajantes atravessando o tempo, sendo justos, imparciais, ajudando. Por séculos. Ter um propósito melhor para nossas vidas...?

Ela estava começando a dormir enquanto falava, como se o focal tivesse tirado toda sua energia. Já estava sonhando, imaginando Archie e ela caminhando juntos para aquele futuro desconhecido. Antes de perder a consciência de vez, Archie sussurrou:

– Você gosta tanto de romantizar, Catherine. A maioria das meninas só quer joias...

CAPÍTULO 45

NOTT

Nott arrastou o rosto na parede de pedra até tirar a venda dos olhos. Ele arranhou a bochecha esquerda no processo, mas quase não percebeu. Estava ocupado demais encarando furiosamente o arredor congelante e xingando seus parceiros Vigilantes.

Deixaram-me na minha caverna! Bastava pensar nas palavras para que seu coração acelerasse loucamente com medo. Era o que o mestre deles sempre usara para ameaçá-los – e, muitas vezes, ele cumpria a ameaça. Nott sabia disso porque de vez em quando seu mestre acordava um monte de Vigilantes de uma só vez e os fazia treinar juntos, o que nem sempre acabava bem. Chegara a vez de Nott ficar abandonado na caverna, à espera da morte, o pior destino que poderia lhe restar.

Não era exatamente uma caverna (e ele não tinha certeza absoluta de por que aquela seria a *sua* caverna). Parecia mais um túnel atravessando uma montanha de rocha e gelo. A maior parte do gelo estava acima da sua cabeça, tão espesso em alguns pontos que ficava escuro como a terra, mas em outros deixava a luz passar, feito uma grande e irregular folha de vidro. Havia luz em algum lugar acima daquele gelo, mas estava longe demais para aquecê-lo.

O chão da caverna era de uma rocha nunca aquecida. Irradiava ondas de frio que penetravam nos seus músculos e afundavam nos seus ossos. Ele ficou aliviado ao notar que seus pés não estavam amarrados, mas isso provavelmente significava que ele não tinha para onde ir.

Olhou para ambos os lados do túnel. A luz fraca do céu distante não o deixava distinguir para que lado ficava a saída. Wilkin e os outros o trouxeram de olhos vendados, e o arrastaram por muito tempo. Por fim, o giraram várias vezes, o colocaram contra a parede e o apedrejaram enquanto iam embora. As pedras ricochetearam por todos os lados, produzindo ecos que se confundiram com os passos dos outros Vigilantes e impediram que ele soubesse para que lado foram.

Nott escolheu aleatoriamente uma direção e cambaleou para aquele lado, as mãos ainda amarradas às costas. Seus dedos estavam dormentes, já os sentia assim mesmo antes de os outros irem. Ele teria que cortar as cordas nos pulsos para impedir que suas mãos congelassem de vez, mas não tinha visto nada afiado o suficiente.

Algo se moveu no bolso grande da sua blusa. *Minha ratazana*, pensou ele. Fora capturada perto das carcaças de veados na Fortaleza Tarm. Saber que o animal estava por perto fez com que ele se sentisse um pouco melhor e não tão sozinho. Se conseguisse soltar as mãos antes de congelar, teria algo com o que se ocupar. Pode-se levar até uma hora para matar uma ratazana saudável. O pensamento o alegrava.

Nott não parecia estar descendo uma ladeira, mas, mesmo assim, começou a se perguntar se estava entrando ainda mais na caverna, em vez de ir para a saída. Parou e girou lentamente, mas não havia pistas apontando a direção.

– Wilkin burro, Vigilantes burros – disse ele em voz alta enquanto forçou seu corpo a trotar. – Colocar a culpa em mim por perder o capacete, colocar a culpa em mim por despedaçar aquele bebê Jacob.

Era bom ouvir a própria voz. Ecoava um pouco, e voltava para ele em uma fração de segundo. Era quase como falar com outra pessoa, ou com a ratazana em seu bolso.

Na confusão depois da luta na cobertura da ponte, todos os Vigilantes voltaram para a Fortaleza Tarm, exaustos e ainda gravemente feridos, e começaram a gritar uns com os outros. Ficaram assustados com a aparição daquele lutador ruivo e alto – Shinobu era o seu nome – na cobertura, com o medalhão do mestre deles na mão. O medalhão parecia ser uma prova de que o mestre deles estava mesmo morto, e poderia significar que Shinobu era o novo mestre. Todos os Vigilantes estavam em pânico, se perguntando o que aconteceria com eles.

Ficaram irritados entre si, mas Geb estava especialmente furioso com Nott por ter derrubado os outros na cobertura da ponte. Então, Wilkin se levantara e culpara Nott por perder o capacete e por pular para uma anomalia durante uma luta anterior contra Quin e Shinobu, o que fora ruim para todos.

Os outros Vigilantes concordaram que quase tudo era culpa de Nott e que seria melhor se livrarem dele enquanto resolviam o que fazer a respeito de Shinobu e do medalhão do mestre.

– Então, me colocaram em uma caverna – disse Nott em voz alta para a ratazana. – Como se *eles* nunca tivessem feito nada de errado.

O animal ficou imóvel por um instante e Nott imaginou que parara de se contorcer para escutar. Como qualquer prisioneiro, o roedor teria interesse em deixar seu carcereiro falando.

Não é justo, imaginou a ratazana falando.

– Não é justo! – concordou Nott. – Pulei na anomalia para recuperar o capacete. Qualquer um teria feito isso. Eles me seguiram porque quiseram.

Você é pequeno, disse a ratazana. *Não gostam de pensar que você é páreo para eles.*

– Imagino que você saiba como é, sendo tão pequena – observou ele.

– Todos o menosprezam o tempo inteiro – concordou a ratazana, em voz alta dessa vez.

Sua voz parecia a de Nott, mas ele não se importou. Talvez ele e a ratazana fossem da mesma região da Inglaterra.

– Sou mais esperto do que eles – disse para a ratazana. – Acho que eu deveria estar feliz por não ter que seguir aqueles idiotas. Você sabe...

Ele parou de falar e trotar. Chegara a uma curva no túnel e se deparara com uma pilha de entulho entupindo metade do espaço. Para ultrapassá-la, teria que escalar. Como não tivera que escalar nada quando fora trazido para a caverna, Nott concluiu que estava na direção errada o tempo inteiro. A luz do lado de fora diminuía; o sol estava se pondo e ele logo estaria na escuridão.

– Escolhi o caminho errado.

– Você está chorando? – perguntou a ratazana.

– Claro que não – disse Nott, embora seus olhos tivessem de fato começado a se encher de lágrimas. – Não sou um bebê.

Pelo menos algumas das rochas empilhadas tinham arestas afiadas. Ele tropeçou e caiu sobre seus joelhos.

– Ai! – exclamou a ratazana.

– Desculpa – disse Nott.

Aquela palavra lhe ocorrera de repente, vinda de uma lembrança distante. *Desculpa.* Sua mãe costumava dizer isso para ele e Odger: *Peça desculpas. Desculpar você? Vou mostrar uma desculpa para vocês dois!* O que aquilo queria dizer exatamente?

Ele se virou para que as cordas tocassem a aresta afiada da pedra. Era difícil encontrar o ponto certo para arranhar, afinal os dedos dele estavam dormentes, mas no fim conseguiu. A fricção produziu calor, que era uma sensação tão boa que por um momento Nott se esqueceu de tudo. Quando a corda finalmente arrebentou, ele ficou surpreso.

– Veja, mãos! – disse, trazendo-as para a frente do corpo, mexendo os dedos. Elas pareciam ter o dobro do tamanho normal.

– Eu adoraria ter mãos – comentou a ratazana. – Só tenho patas.

– Mas você tem quatro – observou Nott. Após refletir, ele acrescentou: – Mas talvez não por muito tempo.

Ele esfregou uma mão na outra, até que começaram a pinicar, e, então, o sangue voltou a correr. Parecia que Wilkin e os outros estavam espetando agulhas quentes na pele dele repetidas vezes.

– Ele provavelmente *espetaria* agulhas em você, se pensasse nisso – falou a ratazana.

– Uma vez eu o espetei com uma agulha enquanto ele dormia – admitiu Nott. – Na perna dele toda. De manhã, eu disse que uma aranha o tinha picado.

– Ele acreditou? – A criatura parecia se divertir.

– Acreditou. Nessa e em várias outras histórias. Ele acredita em qualquer coisa, o Wilkin.

Quando seus dedos já tinham quase voltado ao normal, Nott ficou rigidamente em pé. Virou-se para andar no caminho oposto e quase se sobressaltou de susto.

Havia alguém deitado no chão do túnel, encostado na outra parede, a apenas alguns metros de distância.

– Olhe – sussurrou para a ratazana.

Era alguém morto, ele viu ao chegar mais perto, um adolescente, talvez da idade de Wilkin. Vestia roupas de inverno e um manto grosso, mas tinha congelado. Provavelmente estava deitado ali há muito tempo. A julgar pelas suas roupas, limpeza e dentes brilhantes de tão brancos, que Nott descobriu quando espiou dentro da boca do menino, concluiu que ele não era um Vigilante.

Um brilho de metal atraiu o olhar de Nott, e ele puxou o colar prateado embaixo da camisa do menino. Na luz escassa, conseguiu distinguir a imagem de um pequeno javali de prata.

Havia sangue no colar, e Nott encontrou um ferimento fatal perto do coração do menino. O sangue escorrera pela roupa, e congelou, deixando uma mancha de gelo escuro na blusa. Havia manchas nas mãos do menino também. Na verdade, parecia que ele tinha mergulhado o dedo direito no próprio sangue e o usado para escrever alguma coisa na palma da sua mão esquerda.

– EMILE. E-mi-ly. Emily? – soletrou Nott.

O menino parecia ter escrito um nome.

– É um nome de menina – disse a ratazana.

– Pois é – concordou Nott. Muito tempo atrás, ele tinha uma prima que se chamava Emily. Ela sabia escrever o próprio nome. Por isso Nott sabia ler. – O que é aquilo?

Algo fora entalhado na parte plana da parede da caverna, bem acima do corpo. Mesmo com pouca luz, Nott distinguiu uma série de números, gravados tão uniformemente que pareciam ter sido derretidos na pedra. Havia letras também.

Ele conhecia a maioria dos números, mas só algumas letras. Concentrou-se nos números, e, após análise, determinou que eram 63, 48 e 89.

– Qual é o resultado da soma deles? – perguntou a ratazana. – E por que estão na parede?

A criatura se contorceu no bolso, mas não respondeu.

– Claro que você não sabe – disse Nott. – Não precisa ficar envergonhada. Deve ser difícil aprender a contar sem mãos. Mas acho que consigo somar.

Ele encarou os números e tentou fazer a adição. Depois de muitos minutos, foi forçado a admitir que a tarefa estava além das suas capacidades.

Logo escureceu e ele não conseguia mais ver o chão direito, os entalhes já se confundiam com as sombras. Ele estava em pé há tanto tempo que suas pernas pareciam blocos de gelo, mas não conseguia mais andar para manter o fluxo sanguíneo. E não ia perambular na escuridão completa.

Ele se ajoelhou. Com muito esforço, tirou o manto e as roupas do defunto enrijecido do menino chamado Emily. Puxou-as por cima das dele e se enrolou no seu manto e no do menino. Agachado no chão da caverna, puxou o capuz por cima da cabeça o máximo que podia, e se enroscou para manter seu próprio calor. Ajudou um pouco.

De repente, pensou em algo.

– Aposto que a soma é duzentos! – murmurou Nott.

– Acho que você está certo – sussurrou a ratazana em resposta.

– Então... esses duzentos são diferentes dos que os Vigilantes usam. Mas por que está aqui na minha caverna? – Nott passou a língua nos dentes, sentindo as saliências que surgiram e a fuligem oleosa enfiada nelas. – Os duzentos que conheço são para encontrar os Vigilantes dormentes no lugar escuro – explicou ele para a ratazana. – Nosso mestre nos fez decorar. Usamos o athame para ir *Lá*, nosso lugar especial, depois avançamos cinquenta e três passos, cinquenta e nove para a direita, cinquenta e quatro para a esquerda e trinta e quatro para a direita. Assim encontramos Geb, Balil e os bebês.

– Acordá-los pode ter sido um erro – apontou a ratazana.

– Verdade – disse Nott. – Você acha que esses entalhes, esses outros duzentos, são instruções para o menino morto?

O menino morto tinha um javali no pescoço, e o athame de Wilkin e Nott tinha um javali no pomo do athame. Talvez a caverna estivesse conectada aos javalis, de maneira geral.

– Não conheço metade das palavras que você está dizendo – confessou a ratazana.

– Você é só uma ratazana – murmurou Nott. Então, sendo atingido por uma onda de entendimento, acrescentou: – Acho que esperam que eu congele até a morte aqui, bem aqui. Talvez por isso nos abandonem em cavernas, para que minha cabeça e os números na parede fiquem juntos. Imagina só o que eu encontraria se seguisse o que está na parede?

A ratazana se remexia no bolso dele. A nova posição de Nott apertava demais a camisa dele para o conforto da criatura. Ele tirou a ratazana e a segurou. Ela não tentou mordê-lo. Ainda estava muito tonta.

Ele pensou em colocá-la no chão e arrancar suas patas, uma depois da outra, com pedaços de pedra. Ratazanas gritavam quando isso acontecia. E sempre tentavam fugir, mesmo sem as patas.

Mas não havia luz suficiente para ver a ratazana ou as pedras. E era agradável segurar a criatura. Mesmo o pouco calor que ela gerava fazia Nott se sentir acompanhado.

Ele enfiou a ratazana embaixo do manto, perto do seu peito, e deixou os olhos se fecharem com a criatura nas mãos, no escuro.

CAPÍTULO 46

QUIN

Quin esperara que Shinobu a levasse de volta para a casa dela na ponte. Em vez disso, foram parar na propriedade escocesa, não muito longe do pequeno celeiro de pedra que ficava empoleirado em um penhasco acima do rio. Atrás deles, a anomalia que Shinobu traçara perdera o ritmo, começara a vibrar com mais aspereza e, por fim, se fechara.

Quando desapareceu, eles estavam sozinhos na tranquilidade da floresta. Os únicos sons vinham do rio lá embaixo e dos pássaros nas árvores atrás deles.

– Você nos trouxe... para nossa casa de verdade – disse ela.

Seus músculos ainda tremiam por causa da luta na cobertura da ponte. Ela sentia que poderia desfalecer a qualquer momento. Shinobu também não parecia bem, mas cuidadosamente ele a abraçou e a levou para o celeiro do penhasco.

– Pareceu mais seguro do que ir para sua casa – explicou ele, a respiração quente batendo no cabelo dela quando se encostou nele. – A ponte estava um caos e agora aqueles meninos sabem onde encontrar você.

– Está usando o manto do meu pai? – perguntou ela.

Havia algo na aparência dele que a fazia se lembrar de Briac.

Ele assentiu com a cabeça encostada na dela e disse:

— Vi seu pai quando estava longe de você. Fui para ele. Fiz com que respondesse as minhas perguntas.

— Ele falou com você?

— Usei o focal para forçá-lo a falar comigo. Mas aqui... Você está tremendo. Quero que se sente. Também preciso me sentar.

Ele a guiava pela porta aberta que levava para o celeiro.

— Você nos trouxe diretamente para o celeiro. Como sabia essas coordenadas?

— Honestamente? O tempo que passei com o focal me ajudou. Na maior parte do tempo é ruim usar o capacete, mas pode ser útil e nós vamos precisar dele.

Entraram no celeiro. Quin sentia o cheiro de palha velha, umidade e mofo. Na última vez ali, estivera com John. Conversaram e lutaram no telhado do celeiro, e ela finalmente vira John como ele era de fato: um menino que fora deturpado pela mãe. Não era um Seeker, no fim das contas, não de verdade, porque não estava procurando pelo melhor jeito, pelo melhor caminho. Por um instante, na ponte, ela sentira uma pontada do que costumava sentir por ele. Mas afastara aquele sentimento traiçoeiro. O John que ela amara nunca existira de verdade. Ele interpretara um papel para conseguir o que queria.

Os dois andaram pelos estábulos vazios que antes abrigavam animais, depois chegaram na base da escada que levava ao mezanino do celeiro.

— Consegue subir? — perguntou ele com delicadeza. — Quero que a gente suba para poder ver o lado de fora. Caso alguém se aproxime.

— Você acha que os meninos virão para cá?

— Não sei. Espero que não — disse ele. — Ordenei que voltassem para a fortaleza deles.

— Você *ordenou*?

— Vou explicar, mas preciso me sentar. Estou acordado desde que saí da sua casa.

Ela tremia tanto que era difícil subir a escada, mas ele manteve a mão na cintura dela para ajudá-la no equilíbrio.

Saíram da sombra quando chegaram ao mezanino. Havia grandes janelas circulares em cada ponta do celeiro, uma acima do mezanino e outra na parede oposta. Saíram de Hong Kong no meio da tarde. Ali na Escócia era de manhã cedo, o sol pálido nascendo era visível através de uma camada de nuvens. Pintava o mezanino e as vigas sob o telhado de ardósia com sua luz fantasmagórica.

As janelas ofereciam vistas da paisagem rio abaixo e rio acima, e também dos morros além da propriedade. Shinobu se debruçou para observar a floresta.

– Ainda estamos sozinhos – murmurou ele, expirando, aliviado, como se só então tivesse se permitido relaxar.

Havia uma plataforma de madeira encostada na parede, em cima da qual ficava o colchão de palha. Quin dormira ali uma vez, depois da sua primeira tarefa, quando ela, a contragosto, ajudou seu pai a cometer um assassinato. Ela mesma levara a palha para o celeiro e dormira ali sozinha enquanto sonhava em escapar. Agora, Shinobu a acomodava na cama improvisada, e ela se sentia grata por estar parada. Ele se deitou ao seu lado e a puxou para seus braços, para mantê-la aquecida. Finalmente, ela parou de tremer.

– Tenho tanta coisa para contar para você... – sussurrou ele. – Acho que agora entendo o focal... mas ele ainda me deixa estranho. Não me deixe colocá-lo de novo, a não ser que você esteja comigo, combinado? Precisa me dizer se eu estiver com um comportamento estranho. Eu coloquei uma ratazana no bolso...

– Uma ratazana?

Ela tentou imaginar por que ele faria uma coisa dessa.

Ele riu, parecendo exausto, e disse:

– Soltei ela depois.

Quin sentiu Shinobu se sentando e abriu os olhos o suficiente para vê-lo tirando o manto. Ele o esticou por cima dos dois, depois se deitou e a puxou para perto.

As batidas do coração dela estavam se regularizando. A intensidade da luta e do terror que ela sentira quando os despedaçadores foram disparados em sequência estavam gradualmente cedendo seu controle sobre ela. Os braços de Shinobu a envolviam, suas mãos quentes tocavam seu torso. Eles estavam seguros por enquanto, em um lugar tranquilo, longe do perigo.

Quin dormiu com as batidas do coração de Shinobu nas suas costas.

Devem ter dormido por muito tempo. Quando Quin se deu conta, a iluminação no celeiro estava diferente. Nuvens mais escuras se aproximaram e gotas grossas de chuva caíam no telhado. Ela não queria abrir completamente os olhos. Em vez disso, se virou, encaixou a cabeça no pescoço quente de Shinobu e puxou os braços dele em volta dela.

A chuva caía constantemente, abafando o som do rio e da floresta, isolando-os do mundo. Quin se mexeu o mínimo possível para encontrar os lábios de Shinobu e beijá-lo. Ele se revirou e retribuiu o beijo. Então os dois acordaram de vez. Ele começou a arrancar as roupas dela como se fossem apenas gaze, beijando seus lábios, seu pescoço e o espaço macio na base do seu pescoço, e ela sussurrava para ele:

– Eu sou... eu nunca...

Quando ele parou por um instante e olhou para ela, um sorriso preguiçoso surgiu em seu rosto bonito e sonolento, e ele sussurrou de volta:

– Que bom que você nunca.

Então, com os corpos quentes e unidos, finalmente, nenhum deles ficou inconsciente, não por muito tempo.

CAPÍTULO 47

Catherine

18 ANOS ANTES

Embora a xícara de porcelana na mão de Catherine fosse tão delicada a ponto de a luz do sol atravessá-la, seu corpo frágil era decorado com um porco selvagem, gotas de sangue pintadas nas presas escorriam e formavam manchas vermelhas no chá turvo. O chá estava bom, encorpado, cremoso, na temperatura certa. Catherine tomou outro gole enquanto observava as costas de Monsieur Pernet.

O homem estava de pé diante da pia da cozinha e se recusava a olhar para ela. Em vez disso, olhava pela janela com uma xícara de chá nas mãos grandes, e Catherine imaginou que ele estivesse de olho em Archie, que ela vira chutando pedrinhas do lado de fora, perto da porta da frente. Archie não quisera ir para aquele vilarejo francês isolado e não ficara feliz com a longa caminhada ladeira acima até o chalé escondido dos Pernet, que quase se escondia nas ruínas de um mosteiro do século XV.

Catherine garantiu passagem ao mostrar aos Pernet a cicatriz em forma de athame no seu pulso esquerdo. Eles retribuíram ao mostrar, meio sem vontade, suas cicatrizes idênticas. Archie ainda não tinha a marca, embora Catherine estivesse prestes a concluir seu treinamento, e um dia ela conseguiria que a Jovem Pavor o oficializasse, então ele teve que esperar do lado de fora.

Catherine nutria esperanças de que encontraria Emile em casa com seus pais, que ele estaria vivo e em segurança durante todo esse tempo. Mas não. Só sua mãe e seu pai moravam naquele chalé. Madame Pernet estava sentada em uma poltrona no lado oposto de Catherine, olhando para a barriga de grávida dela. A luz do sol entrou pela janela da cozinha, iluminando as velhas paredes de pedra com tons quentes.

– Sempre gostei de Emile – disparou Catherine. – Ele era muito bom no treinamento. Nós, aprendizes, ficamos surpresos quando não voltou para a propriedade. Nossos instrutores nos disseram que ele havia desistido.

As costas largas de Monsieur Pernet se viraram, e sua esposa tossiu de nervoso.

– Você achou que nós o impedíamos de ir para a propriedade – disse a esposa –, e nós pensamos que a propriedade o impedia de ficar conosco. Mas a verdade é que ele foi embora sem nos dizer para onde.

O marido se mexeu de novo.

– Sente-se, querido, por favor – disse a mulher, em francês, para o marido.

O homem se sentou na outra poltrona. Ele olhou para Catherine por debaixo das sobrancelhas grossas, depois desviou o olhar.

– Peço desculpas por ter aparecido sem avisar – disse Catherine, virando o pulso para que a marca do athame ficasse claramente visível, a fim de lembrá-los da obrigação que acompanhava seus juramentos de Seeker. – Espero apenas que vocês honrem o código entre Seekers e respondam as minhas perguntas, que faço no espírito de comunhão com todos os Seekers.

O homem fez um som rouco em concordância. A mulher puxou um cigarro antigo da caixa na mesa lateral, o acendeu com um isqueiro de metal avariado e deu uma tragada longa enquanto olhava pela janela da cozinha. Parecia observar a sombra de Archie se esticando, longa e esguia, pelo caminho até o chalé.

– Meu marido e eu treinamos na propriedade quando éramos mais novos – contou a mulher, e seus olhos se moviam rapidamente de Catherine para a janela. Tinha um leve sotaque francês. – Nunca fomos os Seekers mais ativos do grupo, mas fizemos nossa parte em pequenos atos. Passamos anos procurando e destruindo campos de homens que transformavam crianças em soldados. E atos menores, mais perto de casa também... embora a gente tenha passado muito tempo a sós.

"Quando Emile completou a idade mínima para treinar na propriedade, ele foi. Por algum tempo, foi feliz lá. Mas no último ano ele ficou... mais quieto. Talvez tivesse começado a questionar o valor de ser um Seeker. Considerei algo natural. O treinamento fica mais difícil, a vida é menos brincadeira e mais trabalho. Ele tinha poucos amigos lá. Preferia a companhia dos primos, que treinavam em casa, e não na Escócia.

"Meu marido foi buscá-lo no Natal daquele último ano. Emile tinha encontrado o athame da família, embora estivesse muito bem escondido no sótão. Ele estava... se preparando para usá-lo."

A mulher gesticulou com as mãos como se ajustasse os mostradores do athame antes de completar a frase.

O marido assentiu levemente, mas ainda não falou nada.

– Mas... naquela época ele não era novo demais para saber o que era um athame? – perguntou Catherine.

Na última vez em que ela vira Emile, ele tinha quatorze anos, quatro meses antes de ser treinado para usar um athame.

– Claro, era sim – disse a mãe dele. – Mas, mesmo assim, ele agiu como se soubesse usá-lo. Presumi que o treinamento dele na propriedade tinha sido antecipado. – Ela tragou a fundo o cigarro, seus olhos ainda se movendo incansavelmente entre a sala e a vista do lado de fora. – Eles brigaram, meu marido e meu filho. Quando Emile desapareceu com nosso athame, achamos que ele tinha voltado para a propriedade para fugir do pai, e levara o athame. Mas claro que ele não estava lá. E não conseguimos mais encontrá-lo em lugar nenhum.

– Na propriedade, nossos instrutores disseram que vocês o impediram de voltar.

– Talvez não quisessem assustá-los.

A mulher terminara de fumar o cigarro. Ela amassou a ponta em um cinzeiro com emblema de javali. A mãe de Emile não era muito velha, percebeu Catherine, e no passado devia ter excelente forma, mas no momento parecia desgastada e frágil, como se o medo e a perda do filho lhe tivessem roubado décadas.

– Você tem alguma ideia de onde ele... – começou Catherine.

A mulher negou enfaticamente com a cabeça, interrompendo Catherine. Ela ficou de pé e pegou um porta-retratos da cornija da lareira.

– Emile era nosso único filho, mas meu primo tem filhos, que eram os amigos mais próximos de Emile.

Ela se sentou de novo e entregou a foto para Catherine, que prendeu a respiração quando olhou para o retrato. Era Emile e outros quatro garotos. À esquerda de Emile estava um jovem de cabelo castanho-escuro e grande sorriso. Ela já vira aquele sorriso. Seu rosto estivera coberto de tinta azul, mas Catherine vira aqueles lábios desdenhando dela. *Onde está o athame?*, perguntara ele, imobilizando-a no chão do banheiro da boate em Hong Kong. *Emile foi tão devagar quanto eu, e as coisas acabaram mal para ele.*

Catherine indicou o rosto do menino e perguntou:

– Este aqui... é primo de Emile?

A mulher assentiu:

– Primo de segundo grau. São quatro irmãos. Eu lhe diria para perguntar ao primo mais velho, Anthony, para onde Emile foi. Mas Anthony também desapareceu.

Ele não desapareceu de verdade, pensou Catherine. Ela engatinhara por debaixo dele enquanto sangrava até morrer em Hong Kong. Ela engoliu em seco, tentando afastar aquela lembrança.

– Ele... Anthony nunca esteve na propriedade – disse Catherine com delicadeza, tentando manter a voz calma. – Mas ele treinou para ser um Seeker?

A mulher distraidamente confirmou com a cabeça.

– O pai dele pessoalmente o treinou e a seus irmãos. Mas não sei por qual razão. Eles haviam perdido o athame da família, clã do cavalo, há três gerações. Mesmo assim, Anthony desapareceu, igual a Emile e a muitos Seekers. E um dos seus irmãos foi atacado recentemente e ficou ferido.

Deve ter sido o agressor de Anna, pensou Catherine.

Monsieur Pernet parecia desconfortável. Ele se revirava na cadeira e encarava o chão.

Meio hesitante, Catherine perguntou:

– É só... Você acha que o primo teve algo a ver com o desaparecimento de Emile? Se a família dele não tinha mais o athame... não seria possível que ele estivesse atrás do de Emile?

– Eles eram uma família – disse a mulher com um sussurro ríspido, como se só pensar na possibilidade do que Catherine dizia fosse demais para ela. – Claro que não é possível. Eles eram melhores amigos.

O pai de Emile ergueu os olhos para observar Catherine com atenção. Seu rosto estava vermelho por causa de alguma emoção reprimida, e Catherine não tinha certeza se ele estava prestes a enxotá-la ou prestes a chorar. Por fim, o homem enterrou o punho cerrado na palma da mão e disse:

– Ele não pode matar Seekers sozinho.

A mulher olhou rapidamente para o marido com uma expressão de medo.

– Quem não pode? – perguntou Catherine.

– A essa altura você já deve saber quem.

De repente, ela entendeu. O homem estava tentando contar algo muito parecido com o que Briac insinuara.

– Você está falando do Pavor Médio – concluiu ela.

O homem assentiu lentamente.

– Mas... é claro que um Pavor não mataria um Seeker... a não ser que um crime tivesse sido cometido...

– Você não entendeu direito – retrucou o homem, interrompendo Catherine. Então, sua voz ficou rouca com o assunto pesado: – Ele *quer* que eles morram. *Deseja* matá-los pessoalmente. Mas não pode.

– Por que ele faria... Um Pavor tem um juramento. Nunca...

Ela foi interrompida pelo som retumbante do peito de tambor do homem, que depois de algum tempo reconheceu como sendo uma risada.

– Juramento? Não – disse ele. – Você não pode pensar nele como um Pavor. Ele é... uma criatura única. Com seus próprios planos. Ele deseja matar Seekers, mas não pode fazer isso com as próprias mãos.

Catherine parou de falar enquanto tentava entender o que Monsieur Pernet dizia.

Por fim, ela perguntou:

– *Por que* ele não pode matar Seekers?

– Isso é um mistério – respondeu o homem com seriedade. – Algo entre o Pavor Médio e o Velho Pavor. Tenho uma teoria. Você consegue ler os pensamentos de outra pessoa, Catherine?

Ela ficou assustada com a pergunta repentina.

– Não, não de propósito – respondeu. Lembrou-se da mente fria que tocara a dela antes de ir para o Monte Saint-Michel. – Mas já aconteceu algumas vezes.

– Então você sabe que é possível.

Ela assentiu com relutância. Era uma parte da vida de Seeker para a qual não ligava muito.

– Acredito que o Velho Pavor vê os pensamentos do Pavor Médio – disse o pai de Emile seriamente. – Então saberia e viria atrás do Médio se ele mesmo matasse Seekers, porque o velho é justo e não toleraria atos vis como esse. Mas, se o Pavor Médio conseguir que outros façam isso por ele, talvez o Velho Pavor não descubra.

– Pare! – sibilou a esposa, tapando a boca dele como uma criança pequena cala uma criança maior.

Ele a afastou e continuou:

– Então ele não os mata pessoalmente. Faz com que Seekers matem outros Seekers.

– Fique quieto! – A esposa estava frenética. – Ele vai *saber*.

– Como ele vai saber – perguntou Monsieur Pernet, erguendo o tom de voz. – Ele não vê a *minha* mente.

Com um tom grave e aterrorizado, ela disse:

– Ele vai ficar sabendo por alguém o que fizemos...

– Perdemos nosso athame. Perdemos nosso filho. Não somos mais Seekers. Ele não se importa com a gente.

– Concordamos que não diríamos nada – implorou ela num sussurro.

– Vou contar o que sabemos para ela – disse Monsieur Pernet. A esposa resistia ao seu toque, mas ele continuava segurando-a pacientemente, como um leão segura uma cria indisciplinada. Com mais delicadeza, ele disse: – Se não podemos contar a verdade para uma boa Seeker, não servimos a propósito algum.

Madame Pernet virou a cabeça e Catherine suspeitou que a mulher teria chorado se tivesse energia para isso.

– Ele não pode matar Seekers com as próprias mãos, ou o Velho Pavor saberia o que ele fez. Então manipula Seekers para se matarem por ele – repetiu Catherine.

De certa forma, era isso que Briac estava tentando dizer no metrô. Por muito tempo, ela ficou inerte, pensando em todas as ramificações da nova informação. Como ela fora burra e ingênua! Durante todo esse tempo, pensara que apenas o Médio era um péssimo Pavor, falhando em manter a honestidade dos Seekers. Mas isso fazia muito mais sentido. O Médio estava *levando* os Seekers a cometeram atos terríveis. E por isso tantas coisas terríveis tinham acontecido.

– Como ele consegue convencer os Seekers a se matarem? – perguntou ela, mas percebeu que já sabia a resposta. – Ele... promete a eles os athames de outros clãs?

– Às vezes sim – disse o homem. – Outras vezes ele os encoraja a buscar vingança de outra família por erros do passado.

– Como você descobriu isso sobre ele? – perguntou ela.

– O Médio esconde bem seus rastros. A maioria dos Seekers que foram vítimas dele nunca suspeitou de nada do seu grande plano – disse ele. – Mas o Médio não esconde seus rastros com tanta perfeição. Um amigo, dos meus tempos de treinamento, me confidenciou que fizera um pacto com o Pavor Médio. Ele me fez jurar que nunca falaria disso com outra pessoa. Mas esse pacto com o Médio... Meu amigo disse que garantiria um athame para sua família, um athame que pertencia a outro clã. Se você vem de uma família desesperada para colocar as mãos em um athame, pode se interessar em fazer um pacto desse.

– E ele conseguiu o athame?

– Nunca mais o vi – disse o homem, balançando a cabeça. – Ele desapareceu. Mas acho que não antes de matar alguém. – O homem fez uma pausa, e Catherine percebeu que ele se mantinha em silêncio fazia muito tempo, portanto era estranho para ele falar, mas aquilo lhe trazia grande alívio. Um instante depois, ele continuou: – Sabe, no ano seguinte, na propriedade, outro amigo meu ficou obcecado com uma vingança contra a família do meu primeiro amigo. Ali inimigos se formaram.

– Mas por quê? – perguntou Catherine. – Por que ele quer nos ver mortos?

O homem deu de ombros com um movimento leve e exausto.

– Ele é uma criatura singular, com planos próprios. Deve pensar nele dessa forma. Um dos seus planos, talvez o único plano, é se livrar dos Seekers.

– E você acha que foi isso que aconteceu com Emile? – perguntou ela. – O Pavor Médio convenceu alguém a ir atrás dele pelo athame?

Depois de pensar cuidadosamente por um instante, o pai de Emile respondeu:

– Acredito que alguém se aproximou de Emile e brotou dúvidas nele. Alguém próximo a ele – Catherine logo entendeu que Monsieur Pernet *sabia* que fora o primo de Emile, Anthony, mas não compartilhara essa intragável verdade com a esposa – ofereceu mostrar coisas sobre os Seekers que ele não aprenderia na propriedade, coisas que eram mais verdadeiras do que as que seus instrutores lhe ensinavam. Essa pessoa convenceu Emile a ir embora com ela. E então, sim, ele matou Emile por causa do athame.

Mas, então, por que Anthony precisava do meu *athame?*, perguntou-se Catherine. *Isso não significava que àquela altura ele já teria o de Emile?*

A mãe de Emile se inclinou para Catherine e sussurrou:

– Você quer que toda a nossa família desapareça? – Ela indicou a barriga de Catherine. – E a sua também?

Catherine ainda sustentava o olhar do homem e, sentindo que a resposta seria diferente dessa vez, perguntou:

– Você sabe para onde Emile foi, no fim das contas? Para onde o assassino o levou?

O homem soltou a esposa, que se encolheu como se pudesse sumir da conversa.

– Acredito que ele foi para uma caverna, um lugar que pertence à nossa família, ao clã do javali – disse ele.

Catherine prendeu a respiração. Ela estava fechando o ciclo, de volta às cavernas escondidas, que tivera certeza de que continham pistas de para onde os Seekers teriam ido.

Ele pegou uma caneta e uma folha de papel e cuidadosamente escreveu vários símbolos. Abaixo deles, com uma mão ligeira e certeira, desenhou a paisagem com a caverna no meio.

* * *

– Você já foi para a Noruega? – perguntou Catherine quando saiu da casa e se juntou a Archie do lado de fora.

O dia estava bonito e quente, e a leve brisa carregava o cheiro das flores e do oceano distante. Da casa dos Pernet eles olharam para uma via inclinada de paralelepípedos que levava ao vilarejo lá embaixo e para os vinhedos e campos além.

– Por que tenho a impressão de que minha resposta não importa? – perguntou Archie quando começaram a andar.

– Olhe.

Ela segurou o papel com as coordenadas que o pai de Emile escrevera e o desenho da caverna.

– Você sabe que não consigo ler esses hieróglifos inventados – disse Archie.

Ele estava implicando, porque conseguia ler um pouco. Ela vinha ensinando a ele.

– Precisamos ir para a Noruega – afirmou Catherine.

Ela enfiou o papel no bolso e baixou a mão para encontrar a de Archie.

– Você não pode ir para a Noruega agora – retrucou ele.

– Vai ficar tudo bem, Archie. Eu vim até aqui, não foi? Estou bem.

Ele ficou em silêncio, sem concordar, e Catherine já imaginava os campos congelados e as botas quentes. Se conseguisse alguma prova de que o Médio provocara as mortes dos Seekers, o Velho Pavor e a Jovem Pavor teriam que dar ouvidos a ela.

Quando chegaram na parte mais baixa da via e desembocaram na praça do vilarejo medieval, Catherine caiu de joelhos e gritou.

– O que foi? – perguntou Archie, segurando o corpo dela para levantá-la.

Ela não sabia como responder. Sentira um líquido quente descer pela perna e soube imediatamente que começara a sangrar. Mas havia outra coisa difícil de explicar: assim que chegaram na praça, ela teve uma visão estranhíssima. Vira a si mesma e a Archie de longe, como se observasse do outro lado da praça. Com a visão, ela sentira uma onda de raiva e fúria, e seus joelhos cederam.

– Catherine? – disse Archie, aflito.

– Estou vendo... Ele está aqui...

Ela estava olhando de dentro da mente de outra pessoa. Era a mesma mente que ela tocara antes, na manhã em que as palavras "Monte Saint-Michel" surgiram nos seus pensamentos. A conexão já a perturbara, mas agora... agora ela sabia a quem aquela mente pertencia, e estava aterrorizada.

Archie a colocou de pé e disse, com os olhos fixos do outro lado da praça:

– Tem um homem nos olhando...

– Onde? – Ela tentou seguir o olhar dele. Era verão e muitos moradores locais e turistas andavam pelas calçadas. – Onde? – perguntou mais uma vez.

– Naquela direção, mas já foi embora.

– Archie, como era a aparência dele? Estava usando um manto? Era alto?

– Um manto? Como algo de tempos passados? Claro que não. Estava vestindo uma camiseta.

– Ele era alto?

Archie deu de ombros.

– Grande, com certeza. Como um touro.

Ela não precisava de mais detalhes. Dessa vez, quando suas mentes se tocaram, ela o reconhecera. Não escutara, como pensara antes, os pensamentos de um Seeker que queria matar. Ela havia entrado na mente do próprio Pavor Médio.

Embora há muito tempo Catherine estivesse procurando uma prova contra o Médio, sempre se sentira protegida pelo papel dele como Pavor. Acreditara que ele era um péssimo juiz para os Seekers, mas era um juiz mesmo assim: um Pavor, e não alguém que pudesse ameaçá-la.

Depois da conversa que tivera com Monsieur Pernet, ela não tinha mais esse tipo de ilusão.

Incidentes passados se revelavam para ela sob uma nova perspectiva. Quando Anthony a atacara em Hong Kong, ele não agira por conta própria. O Pavor Médio o incitara. Ela devia ter arruinado os planos do Médio ao pegar o athame de raposa da caverna sob o Monte Saint-Michel. O Médio, então, enviara Anthony para Hong Kong para encontrar o athame e talvez se livrar de Catherine, mas ela obstruíra ainda mais seus planos.

E agora o Pavor Médio a seguira até ali. Se ela espiara a mente dele, será que ele espiara a dela também? Será que os anos de busca por delitos haviam causado essa conexão entre eles?

– Precisamos ir – afirmou ela.

– Você quer ir para a Noruega *agora*?

– Não, me leve para casa. Por favor. – Ela estava curvada para a frente e agarrava a própria barriga. – Preciso ir no médico.

A expressão de Archie murchou. Sem dizer mais nada, ele passou um braço pelas costas de Catherine e se afastou depressa com ela da praça do vilarejo.

CAPÍTULO 48

John

John mal conseguia abrir os olhos na claridade do sol. Como a Jovem Pavor, ele usava pele de veado em cima da roupa para bloquear a passagem do ar congelante, e o peso e o calor daquilo lhe pareciam naturais. O campo de gelo se expandia para todos os lados, a superfície branca e plana irrompendo em colunas de rocha preta. O solo era traiçoeiro e fissuras profundas surgiram subitamente assim que John o tocou com o pé. Mesmo assim, ele corria, pulava e saltava ao subir pelo campo inclinado. O focal ajudava, elevando seus pensamentos a um estado expandido que lhe permitia ver várias coisas e, caso contrário, só teria visto uma.

– Mais rápido! – gritou a Jovem Pavor.

Ao longe, onde era difícil ver porque era preciso olhar diretamente para o sol, ficava a subida coberta de neve de um pico elevado. Na lateral mais baixa da montanha havia outra caverna, pertencente ao clã do javali.

A Jovem Pavor estivera certa em levá-lo para confrontar Quin na ponte. Agora Quin, Catherine e Maggie, todas se distanciavam do seu pensamento como silhuetas sombreadas e distantes. Ele estava correndo de novo com o focal, sentindo o gelo, o céu, a caverna à sua frente e o oceano quebrando na arrebentação congelada a quilômetros de distância. Ele fixou os pensamentos no que queria descobrir: *Se minha* mãe veio até esta caverna, o que ela encontrou? E se ela não veio, o que esperava ter encontrado?*

Maud ia ao seu lado com passadas ligeiras e leves. Ela dissera que a corrida pelo gelo não seria fácil, e o pressionaria até o limite das suas capacidades.

– Prepare-se! – gritou ela.

Maud usava o despedaçador e dera o escudo de metal para John.

Uma fenda estreita se abriu, quase invisível sob a sombra de uma pilastra de rocha. John saltou pela fenda, e o despedaçador começou a zumbir. O som o preenchia com um trepidar, mas pela primeira vez em toda a vida o medo que sentia do despedaçador não alterou seu foco.

Alguns momentos depois, a Jovem Pavor disparou a arma. Fagulhas foram ejetadas do cano em enxames, zunindo no ar frio enquanto avançavam para cima dele. John girou e usou o escudo para tração. Em seguida ele o ergueu à frente e deixou as fagulhas explodirem para o nada com uma cachoeira de luzes de arco-íris.

Quase imediatamente Maud disparou mais uma vez.

John saltou para a frente e girou para trás de outra pilastra de gelo. Quando o enxame passou, ele continuou correndo.

As fagulhas virão, pensou John. *Deixe que venham. Estarei pronto.*

Antes que a Jovem Pavor disparasse o despedaçador pela terceira vez, ele tirou o focal da cabeça e o jogou para ela.

– Segure! – gritou ele.

John quase tropeçou de tão desnorteado, mas com alguns passos a mais o sentimento passou. *Meu foco é meu,* pensou ele. *O capacete era só um suporte.*

Sem o focal, o ferimento de bala perto do seu ombro começou a latejar, mas a dor não demorou em seus pensamentos. *É só dor.*

A Jovem Pavor disparou novamente o despedaçador. John se virou para o lado, manobrou com agilidade em torno de várias fendas profundas e interligadas. Quase tarde demais, ergueu o escudo e conteve as fagulhas.

– Cuidado, aprendiz – disse Maud com sua voz lenta e constante. Ela não estava sequer ofegante. – Quando você pensa demais nas suas habilidades, elas vacilam. A mente da sua mãe estava frágil e ela ainda se considerava boa. E então ela foi atacada e despedaçada, John. Foi merecido.

Ela o insultava cruelmente, mas...

São apenas palavras. Sons no ar. Meu foco é mais forte.

Ele olhou para o escudo no braço esquerdo e compreendeu seu propósito. Seus dedos encontraram uma alavanca na parte de baixo. Quando a virou, o escudo ganhou vida. Zumbia no braço dele, e seus anéis interligados começaram a girar, alguns em sentido horário, outros em sentido anti-horário, uma disposição vertiginosa.

A Jovem Pavor disparou o despedaçador. John virou o escudo e as fagulhas foram capturadas por ele, zumbindo e estalando. Depois, o som mudou. Os anéis do escudo giravam com mais força e o estalo da eletricidade ficou mais forte. O escudo tensionava seu braço, se movendo com a força giroscópica. As fagulhas do despedaçador foram ejetadas do escudo feito fogos de artifício de uma roda de Catarina, voltando para a Jovem Pavor. Ela se enfiou no gelo e rolou quando o enxame passou. John sentiu uma pontada de prazer: pelo menos dessa vez surpreendera Maud, e não o contrário.

A caverna estava próxima o bastante para ser vista em detalhes, apesar do brilho do sol. Quando a Jovem Pavor graciosamente se levantou, John jogou o escudo para ela. Era um objeto fascinante, mas também servia de muleta.

Ela pegou o escudo com uma das mãos e disparou de novo o despedaçador nele com a outra. Ela não pegaria leve só porque ele decidira entregar sua proteção.

Sem focal nem escudo, John estava completamente exposto quando as fagulhas vieram na sua direção. Ele deixou o medo surgir, sem alterar sua concentração. Pulou um monte de gelo quebrado e saltou de placa em placa, ganhando altura. As fagulhas colidiram bem abaixo dos seus pés, se dispersando inofensivamente no gelo. Então, ele pulou para baixo e correu até a caverna.

 Chegou lá antes que a Jovem Pavor, sendo que essa foi a primeira vez que a vencera em uma corrida. Estava no interior congelado, esperando por ela e sentindo um leve triunfo. Quando ela chegou, alguns instantes depois, havia algo diferente em sua presença. Maud não sorriu para ele, nem deu um tapinha nas suas costas, nem fez qualquer movimento diferente. Mas, quando falou, era como se ele estivesse recebendo o melhor elogio que uma pessoa pudesse fazer para outra:

 – John – disse ela –, isso foi muito bom.

CAPÍTULO 49

MAUD

A caverna congelada parecia tirada de um conto de fadas, um lugar que a babá de Maud descreveria na hora de dormir, em um passado muito distante, quando a Jovem Pavor ainda era uma criança comum. A caverna tinha o teto alto de pedra, onde emendas de gelo se ramificavam, e destas emendas pendiam muitas estalactites complexas, parecendo lustres de vidro feito à mão ou cidadezinhas encantadas. No fundo da caverna havia um pequeno túnel que penetrava ainda mais na montanha, mas o sol já se pusera e a exploração teria que esperar amanhecer.

Não havia madeira ali, mas a Jovem Pavor fez uma fogueira com o carvão que John carregava na mochila. Eram tarefas dele fazer fogueiras e cozinhar, mas naquele dia ela ficou satisfeita em deixá-lo caminhar pela montanha por mais alguns minutos de luz.

Maud sentiu uma satisfação ressurgir enquanto ele observava as estalactites. Quando ela começara a treiná-lo, media seu progresso pela intensidade do próprio aborrecimento dela: quando se sentia um pouco menos irritada ao fim de um treino, contava como um sucesso. Mas orgulho era uma sensação completamente nova. A corrida de John pelo campo de gelo fora impressionante e a Jovem Pavor percebia que a euforia daquela corrida ainda o rodeava como uma capa.

No entanto, quando ele foi se sentar perto da fogueira, seus modos estavam totalmente mudados e a euforia passara. Àquela altura, o fogo já ardia vermelho e John, pensativo, o encarava quando começou a esquentar as tiras desidratadas de coelho que eles jantariam.

– Você já esteve aqui? – perguntou ele, por fim. Sua voz baixa ecoava pelo espaço enorme.

– Já – respondeu Maud. – Uma vez, quando os Seekers do clã do javali fizeram uma cerimônia para dar boas-vindas a duas crianças na família. Isso foi há muito tempo, quando ainda usavam as cavernas.

John assentiu, mas não parecia escutar com muita atenção. Sua mente estava em outro lugar quando entregou a comida a ela.

Eles comeram e, adivinhando a origem do humor dele, a Jovem Pavor disse:

– Eu te insulto quando treinamos, John. Tento atrapalhar seu foco. Mas não acredito nas coisas que falo sobre sua mãe.

John olhou para ela, que se lembrou de como ele era quando criança, naquela noite no apartamento de Catherine, pequeno e perdido.

– É só que... – disse ele. – E se ela *fosse* louca? – Ele estava lutando contra essa ideia. Maud permaneceu quieta enquanto ele olhava para o meio da fogueira, como se pudesse haver uma resposta ali, esperando por ele. – Não sinto isso – disse ele depois de muito tempo, e havia sofrimento em sua voz. – Antes de chegarmos aqui, eu tinha *certeza*. Minha mãe estava perseguindo os clãs que nos fizeram mal. Ela veio até aqui, ou queria ter vindo, para encontrar os Seekers do javali e fazê-los pagar. E eu ia fazer o mesmo. Mas... não estou sentindo isso.

Os olhos de John procuraram os dela, enquanto ele exibia um semblante consternado.

– No gelo – disse ele –, você estava disparando o despedaçador na minha direção, e eu saí correndo para salvar minha vida. Eu estava com medo do despedaçador, mas não era medo o que eu sentia de verdade. Era outra coisa. E ainda estou sentindo. Sinto a esperança da minha mãe. Sinto sua curiosidade. – Depois de uma pausa, continuou:

– Sei que ela odiava os outros clãs. Fiquei com ela até os sete anos, e ela estava cheia de ódio. Mas... essa não é a Catherine que percebo no diário. E não é a Catherine que estou vendo na minha mente. Estou sentindo a outra Catherine. A verdadeira.

Uma emoção forte tomou conta de Maud, uma que ela não sabia como classificar. Mas talvez fosse *companheirismo*. Ela pensara as mesmas coisas sobre Catherine enquanto corriam no gelo. Vai ver ela e John acabaram compartilhando esses pensamentos. A Jovem Pavor vira quem Catherine realmente era e o que pretendia antes da mudança, antes de se tornar cruel, violenta e obcecada por vingança.

– Também a sinto – disse Maud. – Ela não era louca, não no início. Não por muito tempo. – Ela pensou em Catherine na propriedade como uma aprendiz, e depois disso. De todos os Seekers que a Jovem Pavor conhecera recentemente, Catherine talvez tivesse sido a *menos* louca, a mais lúcida... no início, pelo menos. *Se você direcionar todo esse esforço para outra coisa*, dissera Catherine certa noite, sua última noite viva de verdade, *imagine como as coisas poderiam ser diferentes*. – Sua mãe era uma Seeker no sentido mais nobre da palavra.

– Acho que sim – sussurrou ele.

Então, John apoiou a cabeça nas mãos e seus ombros começaram a tremer. Foi algo tão inesperado que Maud levou um tempo para entender que ele estava chorando. Então o sofrimento chegou como uma tempestade e ele soluçou desesperadamente.

Por fim, quando a ventania passou, ele falou com o rosto ainda nas mãos:

– Fiz tantas coisas terríveis... a Alistair, a Shinobu... mas principalmente a Quin. – Ele ergueu a cabeça e olhou por cima da fogueira para a Jovem Pavor, com o rosto vulnerável. – Ela *deveria* me odiar, Maud. Mereço o ódio dela. Minha mente estava tão fechada e errada...

A Jovem Pavor deixou o silêncio pairar entre eles. Então, ela disse:

– Todos nós fizemos coisas das quais nos arrependemos, John. A pergunta é como mudar.

– *Consigo* mudar? – indagou ele.

A Jovem Pavor analisou os carvões por algum tempo, observando a pulsação e a dança do calor. A corrida deles até a caverna mudara não só a mente de John, mas a dela também. Quando ela falou, foi no seu tom de voz constante, mas ela sentiu as palavras com mais intensidade do que quase todas as que já formulara.

– Percebi algo sobre sua mãe hoje – disse Maud. – Ela me perguntou, há muitos anos, sobre os Pavores, sobre o Pavor Médio. Queria se livrar dele para ajudar outros Seekers e a mim, mas não dei importância e ordenei que fosse embora. Ela queria se livrar dele e virar uma Pavor.

As lágrimas de John pararam e ele a observava atentamente.

– *Virar* uma Pavor?

Ela mediu suas palavras antes de falar de novo:

– Não desejo ser chamada de Pavor Média. Este nome foi arruinado. Mas não posso ser a única Pavor no mundo. Nós, Pavores, precisamos nos revezar ao longo do tempo, e frequentemente um está esticado enquanto o outro está acordado. Para que isso seja possível, preciso treinar outra pessoa, assim como fui treinada. E com essa outra pessoa devo aprender o propósito e o uso das armas do meu mestre. Quem for treinado por mim deve me ajudar a aprender tudo que preciso saber.

Ele olhava para ela como se estivesse em transe.

– John – disse ela –, posso treiná-lo para ser um Seeker empossado. Você vai fazer seu juramento, tenho certeza. Mas acredito que você pode ser mais do que um Seeker.

A voz dele mal passava de um sussurro quando perguntou:

– Está se referindo a *mim*? Me treinar para ser um Pavor?

– Não posso afirmar que você iria conseguir. Mas é possível.

Ficou olhando enquanto ele absorvia suas palavras. Depois de algum tempo, ele perguntou:

– Minha mãe... queria isso?

– Acredito que sim.

Ele estava quieto e Maud observou a luz alaranjada passar pelo rosto dele. John não parecia mais triste; parecia estar de pé na beira de um penhasco, decidindo se pularia ou não.

Por fim, ele perguntou:

– Você se sente... humana? Depois de passar tanto tempo *Lá*? Ou perde sua humanidade?

Era praticamente a mesma pergunta que Catherine fizera anos antes, na floresta da propriedade: *Seria difícil para alguém como eu? Ter uma vida como a sua?* A pergunta de Catherine permanecera com ela e Maud sabia que não tinha uma resposta. Será que ela perdera sua humanidade? Se você se tornasse diferente de todas as outras pessoas que já habitaram a Terra, ainda era uma delas? Ou tinha se tornado outra coisa?

– Já senti alegria e ódio. E compaixão, John – respondeu por fim. – Senti compaixão por você, por sua mãe e pelos outros. Mas os Pavores precisam manter distância.

– Eu... eu poderia amar uma garota? Ou ser pai?

– Nós, Pavores, não... não temos intimidades – respondeu ela.

Escutara a firmeza de sua voz e imaginara se essa mesma firmeza não serviria de argumento contrário para ele se tornar um Pavor. A partir do que ela observara entre homens e mulheres, ou meninos e meninas, eles não esperavam uma firmeza perfeita dos outros. Queriam a paixão. Maud tinha noção do que a palavra significava, mas nunca havia experimentado essa sensação.

– Mas quem é "nós"? – perguntou ele. – Se você é a única Pavor em atividade, não pode decidir o que significa ser uma Pavor?

Por uma fração de segundo, Maud ficou ofendida com a insolência da pergunta. Mas por que ele não deveria perguntar? Ela estava sugerindo que ele fizesse muito mais do que ser seu aluno. Estava sugerindo que ele se transformasse fundamentalmente.

Com uma onda de clareza, a Jovem Pavor o enxergou de outra forma, e a ela mesma também, como se visse através dos olhos de John. Ela olhou para suas mãos e as estendeu à frente, impressionada com a vulgaridade delas e as similaridades com as mãos de qualquer outra pessoa viva.

– Esse tipo de sentimento... esse tipo de amor... é tão importante assim? – perguntou ela. Quase se ouvia falando *É só amor* do mesmo jeito que dizia *É só dor.*

– Não sei – sussurrou John. – Talvez. Eu...

Mas ela se levantou e o interrompeu. Um barulho vinha do túnel escuro no fundo da caverna.

– Lance sua audição – disse ela em voz baixa.

John ainda era um novato, mas estava melhorando suas habilidades.

– Tem alguém andando pelo túnel – disse ele, depois de um instante.

A Jovem Pavor balançou a cabeça. Ela também escutara.

Eles esperaram por bastante tempo enquanto os passos se aproximavam cada vez mais, fazendo pausas frequentes, e explosões de movimento irregulares. Ouviam os passos de alguém que forçava o próprio corpo, que não queria mais responder. E era alguém pequeno, pensou Maud, a julgar pela leveza dos passos arrastados. Ela apoiou as mãos nas armas na cintura.

Os passos estavam finalmente a metros deles e uma silhueta mancou pela última curva do corredor congelado e parou ali, iluminada pelo brilho escasso da fogueira de carvão deles. A aparição levantou o braço na luz, como se fosse tão forte a ponto de cegá-la. A pessoa usava dois casacos e tantas roupas que seu corpo desapareceu dentro deles. Apesar disso, ainda conseguia dar a impressão de estar parcialmente congelada.

Maud reconheceu o visitante. Era o Vigilante mais novo, aquele que parecia ter cerca de doze anos. Ele abaixou o braço assim que seus olhos se acostumaram com a luz da caverna, revelando um rosto sujo, inchado e sardento. Ele olhou de Maud para John e depois de volta para Maud. Se os reconhecia dos encontros anteriores, não demonstrou.

Depois de ficar muito tempo parado na entrada do túnel, ele subitamente enfiou uma das mãos nas camadas de roupa. Dali, tirou uma figura pequena e escura e a jogou ferozmente no chão, aos pés de Maud.

Era uma ratazana congelada.

– Não faz sentido! – berrou o menino. – Ela morreu no frio! *Eu* deveria ter morrido aqui na minha caverna com ela.

Seus olhos percorreram o local e se arregalaram quando avistaram algo atrás da Jovem Pavor. Sem qualquer aviso prévio, o menino saiu correndo pela caverna, esbarrando em Maud ao passar. Ele agarrou a pilha de suprimentos feito um chacal se jogando em uma carcaça fresca.

Depois de dar dois saltos velozes, a Jovem Pavor o segurou. Ela agarrou suas roupas com os punhos cerrados e o puxou para o chão. Seus dedos imundos agarravam o focal, mas ela o chutou para longe.

– Eu preciso dele! – gritou o menino. – Preciso do capacete! Por favor! Por favor!

Então, suspendido por Maud, com o focal longe do seu alcance no chão, ele desatou a chorar.

CAPÍTULO 50

SHINOBU

Quando Shinobu acordou de novo, já tinha quase anoitecido. Parara de chover e a luz do sol poente iluminava por baixo as nuvens pesadas, dividindo o mundo entre o céu cinzento e um submundo radiante de laranja, cor-de-rosa e azul. Quin estava deitada nos braços dele, e os dois estavam enroscados no manto dele, na cama de palha. Shinobu pensou que ficaria feliz se nunca mais dormisse de outro jeito.

– Quin – sussurrou ele.

Sentiu a mão dela pressionar o braço dele, mas ela não se moveu mais do que isso. Parecia bem pequena quando ele a segurava desse jeito. No entanto, Quin queria alterar o curso de todos os Seekers. Shinobu também queria isso, mas ele sabia que, por conta própria, provavelmente escolheria uma forma menos nobre de passar o tempo. Era Quin que o inspirava a ser melhor. Sempre fora assim.

Ele se apoiou em um dos cotovelos e olhou para ela, usando o suéter dele como travesseiro enquanto dormia. A luz sobrenatural do céu tocava a pele dela e ele achava que era apropriado. Aquela pequena garota, Quin Kincaid, era tão determinada e destemida que acabava sendo sobrenatural para ele. Shinobu fez uma promessa para si mesmo: *Serei tão bom quanto ela almeja, e irei protegê-la.*

Estava incomodado porque até em um momento como aquele pensava no focal. Sabia a distância física exata entre ele e o capacete (embaixo do estrado no qual estavam deitados, a mais ou menos trinta centímetros de distância da beira), e, se deixasse a mente se demorar nesse pensamento, sentia um desejo visceral de pegá-lo e colocá-lo na cabeça.

Ele não faria isso, a não ser que Quin estivesse ali para ajudar. Os dois precisavam do focal, ele sabia disso, mas teriam que usá-lo juntos, e apenas juntos, porque assim era seguro. Quando o usou sozinho, rachou um pedaço da sua mente, então precisou ter um esforço constante para ignorar os pensamentos daquele pedaço e canalizar tudo de si na proteção de Quin.

Ele a puxou para perto e beijou sua bochecha. Quando os olhos dela se abriram, ela sorriu ainda sonolenta e se espreguiçou.

– Você é muito bonito, sabia? – murmurou Quin.

– Sou? – No fundo ele ficava radiante quando ela falava isso. Ajeitou uma mecha de cabelo dela atrás da orelha. – Quero contar para você o que aconteceu com seu pai. E tudo o mais.

– Conte – disse ela.

Quin se sentou no estrado coberto de palha e se cobriu com a jaqueta dele para evitar o ar frio.

– Eu o encontrei em um hospital nos arredores de Londres – disse ele, apoiando-se nos cotovelos. – Era um lugar horrível, Quin. Mas usei o focal nele, que começou a fazer sentido.

Ele contou tudo o que Briac dissera, sobre o Pavor Médio, seus Vigilantes, sobre colocar Seekers uns contra os outros e se livrar deles de vez, sobre o próprio Briac ter tentado substituir o Pavor Médio após sua morte, mas estava louco demais para levar o plano adiante.

Ele viu o efeito do que contava em Quin. Ela não o interrompeu, mas, quando ele fez uma pausa, disse pensativamente:

– Isso explica por que a cada geração há menos Seekers. E por que meu pai tentou se aproximar do Pavor Médio, para ser favorecido por ele.

– Além de ter convencido os Seekers de que fizessem algo contra os seus iguais, o Pavor Médio estava fazendo outra coisa também – disse

Shinobu. – O mais importante que Briac me contou foi: o Médio tem usado diferentes locais *Lá* para... para guardar coisas valiosas.

– O que você quer dizer com diferentes locais *Lá*?

Shinobu entendeu a confusão dela, afinal sentira a mesma coisa quando Briac explicara. Embora houvesse muito espaço nas dimensões *Lá*, Briac e Alistair ensinaram Quin e Shinobu a usarem exatamente as mesmas coordenadas quando saltassem do mundo para o escuro espaço *entre*. Era muito fácil se perder na escuridão onde os Seekers não deveriam demorar, nunca, de forma que jamais houve razão para se pensar muito sobre outros locais *Lá*.

– Temos um lugar *Lá* que usamos com o athame – explicou. – Usamos o mesmo lugar todas as vezes. Por isso você conseguiu encontrar seu pai quando ele estava perdido *Lá*. Ele tinha se perdido no mesmo lugar onde sempre vamos. Mas o Médio usava outros pontos *Lá* para guardar... coisas, acho, que queria manter em segredo. Como os Vigilantes. Ele os escondia em lugares que nenhum de nós usa.

As sobrancelhas de Quin se ergueram com surpresa.

– Ele guardava *pessoas Lá*?

Claramente, ela nunca tinha pensado nessa possibilidade.

Shinobu confirmou com a cabeça.

– O que mais ele guardava? E onde... onde estão esses esconderijos?

– Não sei o que mais ele guardava *Lá*, e Briac não sabia onde ficavam os esconderijos – respondeu. – Sabia que eles existiam *em algum lugar* na escuridão. Mas, Quin, escute... – Shinobu sentiu sua avidez voltar. – Acho que sei como encontrá-los.

– Como? – perguntou ela. Ele não respondeu de imediato, então ela pegou as mãos dele como se o torturasse por adiar a explicação. – Shinobu! Como?

Ele se permitiu fazer uma pausa dramática, e disse:

– Você tem a pista.

– *Eu* tenho a pista?

Ele revirou os bolsos do manto e puxou o athame dos Pavores. Com a ferramenta na frente dela, passou os dedos pela lâmina cega, e depois pelos mostradores da empunhadura.

– Você se lembra das coordenadas que estavam no athame quando a Jovem Pavor voltou para a Traveler? – perguntou ele.

Ela demorou um tempo para entender o que ele estava perguntando.

– Depois da batalha na aeronave? Depois que colidimos?

– Sim, exatamente.

– Por que aquelas coordenadas? – perguntou ela. – Não eram coordenadas para a própria nave?

Ele negou com a cabeça.

– Não, acho que não. Lembra o que aconteceu? A Jovem Pavor matou o Médio, e depois ela e o Velho Pavor o arrastaram para longe da batalha no salão principal da Traveler. Ela voltou sozinha, pouco tempo depois.

– Sabemos que ela levou o Velho para *Lá* – disse Quin. – Ela o levou para *Lá*, e depois voltou para nos ajudar.

– Isso – concordou Shinobu. – Mas ela ficou fora só, o quê? Um ou dois minutos? Acho que a Jovem não foi para *Lá* com ele. Acho que ela traçou a anomalia, o Velho entrou e ela ficou na nave.

– Então, as coordenadas no athame dela nos levariam para onde o Velho Pavor está? – perguntou Quin, seguindo a lógica de Shinobu. – Mas... por que queremos encontrar o Velho Pavor bem agora?

– Não queremos.

Ele viu nos olhos de Quin que ela compreendera.

– Você acha que o corpo do Pavor Médio está com ele.

– Isso.

Quin fechou os olhos para se concentrar, mas depois de um minuto balançou a cabeça e disse:

– Eu vi o athame na mão da Jovem Pavor, mas só por um instante.

– Vamos usar o focal – afirmou ele. – Sei que você não gosta, nem eu, mas vai ajudá-la a lembrar.

CAPÍTULO 51

QUIN

O mezanino do celeiro parecia brilhar na luz da percepção expandida de Quin. Ela esvaziou a mente e depois colocou o focal. A desorientação passou mais rápido dessa vez e ela foi lançada naquele estado peculiar de concentração possibilitado pelo focal. Percebeu dezenas de milhares de ciscos de poeira suspensos em um raio de luz desvanecida, pequenas lufadas de ar passando pela janela do celeiro, e até uma grande variedade de correntes no rio distante lá embaixo. E havia mais. Ela viu todas as vezes que estivera naquele celeiro, todos os passos que seus pés deram nas visitas anteriores.

As mãos de Shinobu estavam nos ombros dela enquanto o focal zumbia e se enroscava nos seus pensamentos. A pressão do toque dele garantia a firmeza dela.

– As coordenadas – disse ele. – Consegue lembrar?

Ela lançou sua mente para aquele momento no passado, quando estava deitada na nave. A Jovem Pavor tirara uma grande placa de vidro de cima de Shinobu e de Quin. Quando Quin engatinhara para se libertar, olhara para cima e notara a Jovem com o athame nas mãos.

Lá. As coordenadas estavam alinhadas nos mostradores entre as mãos da Jovem Pavor. Estavam suspensas, perfeitamente inertes na memória de Quin.

Sua mente voltou para o presente. Ela tirou o athame de Shinobu e ajustou rapidamente cada mostrador para que ficassem iguais ao que ela vira no passado.

– Aqui – disse ela, devolvendo a adaga ancestral para Shinobu. – Foi para esse local que a Jovem Pavor levou o Velho Pavor, antes de voltar para nos ajudar.

Ela tirou o focal e cerrou os dentes por causa do som em seus ouvidos, da dor de cabeça e da náusea que logo sentiu. Ela se sentou pesadamente na plataforma e fechou os olhos.

Shinobu se sentou também e colocou um braço em volta dela.

– Desculpa. Sei que a sensação é ruim ao tirar. E piora quanto mais você usá-lo.

– Logo, logo vou estar bem.

Ela respirou lentamente até se sentir firme. Quando se recuperou, ergueu os olhos e viu Shinobu colocar o focal no chão e empurrá-lo para longe.

– Mostre para mim – disse ela, indicando o athame.

Shinobu assentiu. Deslizou o polegar pela lâmina do athame, desacoplando a vara de relâmpago. Quando bateu no athame com a vara, o celeiro de pedra inteiro começou a chacoalhar. Shinobu traçou uma anomalia no ar. Longos fios se soltaram dos arredores e, torcidos, formaram o contorno que zumbia.

A passagem pulsava com o fluxo de energia e, nas profundezas da escuridão, viram uma silhueta curvada, contornada pela luz vindo da janela do celeiro.

Shinobu pegou o braço de Quin e disse:

– Me siga!

Passaram pela fronteira efervescente e em poucos passos alcançaram a silhueta.

– É ele – sussurrou Quin.

Estavam olhando para o Velho Pavor. Estava completamente inerte, com os ombros caídos, no local onde a Jovem Pavor se separara dele durante a batalha na Traveler.

Sua barba fora feita recentemente – Quin se lembrava disso da última vez em que o vira – e o queixo e as bochechas estavam cobertos de pelos curtíssimos, o que lhe dava uma aparência bem moderna. Seus olhos estavam fechados e as mãos, apertadas à frente. As roupas estavam estranhamente penduradas no seu corpo; pareciam do tamanho errado e não chegavam aos tornozelos. Ele dera seu manto para a Jovem Pavor, notou Quin. *O que mais ele deu para ela?*, se perguntou.

– Pegue as pernas dele, Quin – disse Shinobu.

– As pernas?

Ela ergueu os olhos e notou que Shinobu não falava do Velho. Ele estava curvado na direção de outra silhueta deitada aos seus pés. Apalpando, Quin se abaixou e segurou ambas as pernas. Pareciam tão duras quanto de uma estátua de mármore, embora ainda fossem macias ao toque. Juntos, Quin e Shinobu ergueram o corpo, um peso morto nos braços deles. Saíram de costas pela anomalia e o corpo ameaçou virar de lado. Ao voltarem para o piso firme do mezanino, largaram o corpo com um barulho abafado.

Quin sabia quem eles carregaram, mas os olhos do homem – abertos, cinza e fixos – passavam uma impressão de choque desagradável. Na luz que aos poucos diminuía, deitado inflexível e inerte com uma grande mancha de sangue no peito onde a Jovem Pavor esfaqueara seu coração, estava o Pavor Médio.

Shinobu olhou para o Médio com desgosto e fascínio equivalentes.

– Agora – disse ele – vamos descobrir onde ele deixava as coisas.

CAPÍTULO 52

QUIN

– Sei que ele está morto, mas eu poderia jurar que o vi se mexer – murmurou Quin.

Ela e Shinobu estavam ajoelhados no chão do mezanino, tirando o manto do Pavor Médio congelado. Se ele estivesse vivo, provavelmente estaria acordando a essa altura, reintegrando o fluxo de tempo normal. Mas ele estava mesmo muito morto. Só o sangue em seu peito ganhara vida, escorrendo espessamente do ferimento fatal, enchendo o ar com seu cheiro metálico. O restante dele estava cinza e imóvel.

– Verifique todos os bolsos – disse Shinobu.

– O que estamos procurando?

Tiraram o manto do Médio e o reviraram, levando facas, pequenas ferramentas e armas. Shinobu analisou o que parecia um cinzel de pedra e o deixou de lado.

– Se estava guardando pessoas e coisas *Lá*, deve ter alguma pista nele para ajudá-lo a lembrar exatamente onde eles estão.

– E se ele simplesmente memorizava a localização? – perguntou Quin.

– É possível – admitiu Shinobu. – Mas os Pavores passam anos, até mesmo décadas, esticados *Lá*. Será que isso não faz alguma coisa com a mente deles? Como embaçá-la? Acho que ele guardaria um registro mais permanente das suas lembranças.

Isso fazia sentido para Quin. No entanto, não encontraram nada útil ao revistarem o manto. Shinobu suspirou e olhou com desgosto para o Médio. Depois revirou com entusiasmo os bolsos da calça do Médio.

– Precisamos checar o corpo dele – explicou ele.

Quin não se incomodava por estar perto de um defunto, mas aquele em particular revirava seu estômago. O Médio fora uma presença desagradável durante a vida. A morte era uma melhora para sua companhia, mas não muito. Ainda assim, ela apalpou com cuidado as pernas do Médio e tirou seus estranhos sapatos de couro. Não havia nada dentro.

Como Shinobu não encontrou nada ao revistar os bolsos da calça do homem, ele rasgou a camisa do defunto com uma faca, passando a lâmina da cintura até o pescoço. Rasgou duas partes do tecido, revelando tatuagens pequenas e pretas na barriga dele.

Quin expirou com surpresa.

– Venha aqui e olhe desse ângulo – disse Shinobu, parecendo animado.

Ela se juntou a ele perto da cabeça do Médio. Dali, era óbvio que as tatuagens foram desenhadas para que o Médio pudesse ler com facilidade. Símbolos, letras e números haviam sido gravados com tinta na sua pele, virados para seus olhos. Talvez ele mesmo tivesse desenhado.

Um grupo de símbolos se destacava, um conjunto de coordenadas, mas não para um lugar no mundo: eram para um local *Lá*.

Olhando para a linha de coordenadas, Quin teve a clara sensação de tê-las visto diversas vezes recentemente, embora não lembrasse onde.

– Olhe! – disse ela, indicando as palavras tatuadas abaixo dos símbolos em caligrafia rebuscada.

Protenus 53
Dextrorsum 59
Sinistrorsum 54
Dextrorsum 34

– *Protenus* é "em frente" em latim – disse Quin, grata pelas aulas de línguas que sua mãe dava quando ela era aprendiz de Seeker. – *Dextrorsum* quer dizer "à direita", e *sinistrorsum* significa "à esquerda".

Os olhos de Shinobu se iluminaram ao compreender.

– São os mesmos P, S e D que encontramos na caverna da floresta – disse ele.

Quin logo acrescentou os números ao lado das palavras e disse:

– A soma dá duzentos, como os números na caverna que encontramos e no diário. Mas duzentos *o quê*? Ainda não sabemos.

– Talvez saibamos sim – disse Shinobu. Ele se levantou e perambulou pelo mezanino, passando as mãos na cabeça, como se fizesse malabarismos com um redemoinho de pensamentos e precisasse das mãos para segurá-los dentro do crânio. Depois parou diante da janela redonda e se virou para ela. – Tem aquela entrada no diário sobre como o Pavor Médio instruía os dois meninos, contando números...

– Até duzentos – concordou Quin –, mas...

– São *passos*, Quin! – Ele andou de volta com uma expressão de descoberta que transformava seu semblante. – Seu pai explicou, mas foi tão confuso que eu não tinha entendido até agora. São quantos *passos* devemos dar para chegar em algum lugar *entre*. Seguimos as coordenadas, que nos levam até algum lugar *Lá* e dali andamos exatamente conforme as instruções.

Quin franziu a testa e perguntou:

– Como Briac sabia disso?

– Seu pai admitiu que passou anos tentando entender o Pavor Médio, tentando ficar vivo. Uma vez ele se escondeu perto da fortaleza dos Vigilantes e *viu* o Médio treinando os meninos. Ele os viu praticando "contar os passos" repetidas vezes. Eles estavam praticando para isso. – Apontou para a tatuagem no Médio. – Mas Briac não conhecia essas coordenadas. Ele não sabia por onde começar.

Quin pensou, mas, quando considerou os aspectos práticos daquele plano, balançou a cabeça e disse:

– Duzentos passos *Lá*? Você nunca conseguiria. Ia se perder.

– Você não entendeu? Esse é o ponto! Qualquer um se perderia. – A expressão dele demonstrava que todas as peças estavam se encaixando muito rapidamente. – Duzentos passos garantem que ninguém siga essas pistas, a não ser que o Médio tenha ensinado como. Quem tentasse se perderia e ficaria preso *Lá*. – Inconscientemente, sendo tomado por uma febre de compreensão, ele puxou o cabelo, deixando-o espetado no topo da cabeça. – Esse era o verdadeiro segredo, Quin, a coisa mais importante que Briac me contou. Por isso o Pavor Médio estava acumulando todos os focais. – Ele pegou o capacete de metal no chão e o estendeu para ela. – Você não se perde *Lá* se estiver com o focal.

Quin encarou Shinobu de volta e repetiu, para absorver as palavras:

– Você não se perde *Lá* se estiver com o focal. – *É claro*. Agora que ele dissera, isso parecia tanto lógico quanto óbvio. – Por esse motivo um dos Vigilantes estava usando um capacete todas as vezes que os encontramos – refletiu ela, ficando mais animada. – Para que não se perdesse *Lá*.

– Para pegar o que o Médio escondia, era preciso ter as coordenadas, as direções, os duzentos passos e um focal.

Quin sentiu que partes do mistério também ficavam claras para ela e disse:

– Por isso meu pai queria tanto o focal dos Vigilantes.

– Briac queria encontrar o que o Médio escondera, e queria retomar o plano de onde o Médio parara.

– Mas o que isso significa? O que vamos encontrar se seguirmos as instruções? E havia orientações diferentes na caverna na Escócia. Somavam duzentos, mas era um conjunto diferente de passos. Por quê?

Shinobu pegou uma pequena faca entre as posses espalhadas do Médio e a usou para riscar um círculo no chão do mezanino.

– E se este círculo representasse todo o espaço *Lá* – disse ele –, e aqui – enfiou a faca verticalmente, criando um ponto no meio do círculo – é aonde você chega se seguir as coordenadas na pele dele? E desse ponto dá para andar em direções diferentes para encontrar coisas diferentes.

A mente de Quin estava acompanhando a dele. Ela pegou a faca e riscou um caminho com degraus, representando os passos tatuados no corpo do Médio.

– Estes passos, das tatuagens dele, levam até aqui – disse ela, fazendo um X no fim da linha que desenhara. Depois traçou outro caminho, numa direção diferente saindo do ponto de origem. – Os passos escritos na caverna na Escócia podem levar até aqui – concluiu, fazendo um X no fim da segunda linha.

As duas marcações estavam bem distantes, apesar de terem o mesmo ponto de origem.

– Exatamente – concordou ele. – São todos pequenos mapas de piratas apontando para algo escondido *Lá*.

– Então, quais coordenadas deveríamos seguir?

– Todas que conseguirmos encontrar, mais cedo ou mais tarde – respondeu ele. – Mas estas... ele tatuou no próprio corpo. Devem ser as mais importantes.

– Mas... o que poderia haver lá? – sussurrou ela, agitada com a ideia de seguir os passos do Médio. Até o momento, seus passos os levaram até os mais diversos problemas.

– Eu... eu não sei – respondeu Shinobu seriamente. – Podemos encontrar o que ele usava para se livrar dos Seekers.

Quin mordeu os lábios e olhou fixamente para as tatuagens do Médio, depois para suas ferramentas e armas. A mente dela estava enrolada como uma bobina. O Médio andara planejando tanta coisa e causando muito mal.

– Você não quer ver? – perguntou ele com delicadeza, indicando com a cabeça as instruções no corpo do Médio.

Ela analisou seus pensamentos. Eles ainda não sabiam de muita coisa. O Médio deixara um rastro intencionalmente complicado. Mas eles estavam, ao que parecia, no auge da compreensão. Quin sentiu uma animação que mais parecia terror.

– Não, claro que quero – disse ela, abraçando o sentimento. – Precisamos conferir.

Ele colocou a mão na bochecha dela e sorriu.

– Se vamos, um de nós vai ter que usar o capacete para aguentar os duzentos passos – disse ele suavemente.

Quin viu uma expressão estranha no rosto dele.

– Você não quer usá-lo? – perguntou ela.

– Não. – Ele hesitou. – Mas também não quero que você use. – Pegou o capacete e o virou de um lado para outro, observando-o como um soldado olharia para uma granada intacta. – Fez alguma coisa com os meus pensamentos, e eu... não quero que faça isso com você. Forcei você a usá-lo mais cedo, mas foi por pouco tempo. Isso demoraria muito mais.

– Posso me sair melhor esvaziando minha mente do que você – ressaltou ela, emocionada com a preocupação dele. – Talvez não seja tão ruim para mim.

– Você *é* melhor. Foi o que eu quis dizer. Você esvazia muito sua mente, Quin, sem o focal. Quando estávamos lutando contra os Vigilantes *Lá*, você não ficou mais lenta. Manteve o foco. E, quando você trabalha como curandeira, percebo a intensidade da sua concentração. Por isso acho que você não deveria usar o focal. Não quero correr o risco de danificar sua mente.

Ela refletiu. Era verdade, conseguira não se perder quando lutaram contra os meninos dentro da anomalia, embora achasse que tivera mais sorte do que habilidade na ocasião. Ainda assim, poderia haver certa verdade no que Shinobu estava dizendo. Ela assentiu, por fim.

Ele pareceu aliviado.

– Bom – disse ele. – Vou usar o capacete para os duzentos passos, e você vai ficar de olho em mim para garantir que não vou fazer nada estranho.

CAPÍTULO 53

MAUD

As lágrimas secaram nas bochechas do Vigilante mais novo, deixando rastros cor-de-rosa evidentes nas camadas de sujeira. Ele estava sentado no chão da caverna com o focal na cabeça, agarrando com as mãos as laterais do capacete para impedir que alguém o retirasse.

Confirmaram que seu nome era Nott, mas não conseguiram extrair muito mais dele. A Jovem Pavor e John estavam agachados ali perto, observando com atenção. Maud tentara ajudar o menino a esvaziar a mente antes de colocar o focal, mas ele estava tão desesperado que não escutou nenhuma palavra dela. Provavelmente não importava muito; qualquer dano que o capacete fosse capaz de causar, o menino já havia sofrido.

Nott balançava para a frente e para trás, gemendo. Suas lágrimas voltaram, enchendo seus olhos para derramá-las pelas bochechas. Sem qualquer aviso, ele arrancou o capacete da cabeça e o jogou ferozmente. John, com seus novos reflexos afiados, o pegou antes que caísse no chão. Nott olhou dele para Maud, contorcendo o rosto em uma expressão de angústia completa. Soluçou profundamente e, ao fazer isso, acertou Maud com os punhos.

– Não está funcionando direito! – gritou ele. – Não é igual ao meu!

Ela bloqueou os golpes dele com facilidade, segurando seu pulso e girando seu braço para trás. O menino resmungou e a encarou com seus olhos jovens e cheios de ressentimento.

– Não parece se encaixar na minha cabeça – disse ele, quase cuspindo as palavras. – Não está bom!

Ele tentou golpeá-la com a mão livre, mas Maud a segurara também, apertando com firmeza.

– Pare! – suplicou Nott.

Ela o soltou e ele lançou um olhar hostil para ela, mas não tentou acertá-la de novo.

– Não é o mesmo focal que você já usou – explicou a Jovem Pavor pacientemente. – Este tinha donos diferentes.

– Estou virando um menino de novo – disse ele, como se isso fosse o pior destino de alguém. – Eu era um Vigilante. Colocava o mundo no devido lugar. Agora sou uma criança. Sinto saudade do Odger e do nosso chalé fedorento.

– Você sempre foi um menino – disse ela. – O focal enganava você.

Ele balançou a cabeça, jogando várias gotículas no ar. A Jovem as observou se espalharem pelo chão da caverna.

– Não – disse ele. – Eu era diferente.

Ele pegou a ratazana congelada, que estava nas rochas perto do seu pé. Embalando-a gentilmente com uma das mãos, o menino a estendeu para a Jovem enquanto acariciava a barriga dela com o polegar.

– Eu queria dissecá-la. Machucar é *bom*. Mas agora...

Ele deu de ombros e depois limpou as lágrimas com a outra mão.

– Você não pode usar um focal sem a ajuda certa – disse ela. – Pode provocar mudanças em você.

– Causa melhorias! – gritou ele.

– Não – retrucou ela com firmeza. – Se foi usado frequentemente por outra pessoa, o focal guarda os pensamentos dela, Nott. Se você não ajustar sua mente da forma certa antes de usá-lo, não conseguirá distinguir esses pensamentos dos seus.

– Eram *meus* pensamentos – insistiu o menino. – Vi como eu era muito melhor do que todos os outros.

A Jovem Pavor respondeu calmamente:

– Não eram seus pensamentos. Posso até adivinhar a quem pertenciam. – Um brilho de interesse surgiu nos olhos dele, mesmo que não quisesse escutar. – Conheci bem o seu mestre – disse ela. – Você estava usando um dos focais dele. Eu o vi usar muitos capacetes diferentes ao longo dos anos. Tinha um que ele usava quase sempre que nosso mestre não estava por perto. Vi o Pavor Médio fazer coisas terríveis com animaizinhos. Ele amava isso. E o capacete passou esse amor para você.

Ela vira o Médio estripar lentamente esquilos e ratazanas vivos perto da fogueira, sentindo um prazer obsceno com a agonia dos animais. Certa vez ele se gabara para ela, quando o Velho estava longe demais para escutar, de manter uma ratazana viva por horas enquanto a torturava.

O menino olhou para a ratazana e mexeu nela cuidadosamente com os dedos, levando em consideração o que Maud dissera.

– Se eu não sou como ele, se todos aqueles pensamentos eram dele, eu sirvo para quê? – perguntou ele. Seus dedos se fecharam suavemente e puxaram o roedor para seu peito. Ele olhou para o corpinho e se encostou na parede da caverna, como se esperasse desaparecer ali dentro. – Eles estavam certos em me deixar aqui para morrer na minha caverna. Sou inútil.

– Já ouvi você chamar esta caverna de sua duas vezes até agora – disse John. – Por que ela é sua?

– Minha caverna. *Minha* caverna – disse o menino em tom de ameaça, como se John estivesse questionando o direito dele ao lugar.

– Mas por quê? – A voz de John estava suave, mas havia algo urgente em seu tom.

– Porque eu... porque eu pertenço a ela de alguma forma. Tem um javali no meu athame. Bem, não tenho mais um athame, está com Wilkin. Mas eu tinha. E havia um javali nela. E tem um menino morto chamado Emily com um javali no pescoço ali atrás. Ele tem um javali, eu tenho um javali. A caverna é minha.

John e Maud se entreolharam.

– Tem um menino morto no túnel? – perguntou John.

– Tem – respondeu Nott. – Estou usando as roupas dele.

CAPÍTULO 54

JOHN

Na manhã seguinte, encontraram o corpo nas profundezas do túnel congelado. A luz do sol vinha do teto de gelo com um brilho azulado, fazendo com que a pele do defunto parecesse machucada. Estava só com as roupas de baixo. O ferimento fatal estava escuro e feio na pele congelada do peito.

Nott os acompanhara e estava perto de John, tremendo mesmo com dois mantos e duas camadas de roupas.

– Olhe ali – disse Nott, apontando. – Não vi aquilo ontem à noite.

No alto da parede do túnel, parcialmente escondida pelo gelo, havia uma gravação profunda. John ergueu uma placa de gelo da rocha e a jogou no chão, deixando a gravação exposta. Era um javali com grandes presas e olhos ferozes.

– Eu disse a ele que essa caverna era para os javalis – murmurou Nott.

– Para quem? – perguntou John.

– Ninguém – desconversou Nott imediatamente, lançando um olhar suspeito para John.

Então uma de suas mãos desapareceu dentro de um bolso fundo no manto de fora e, pensou John, segurou a ratazana morta que ele insistia em carregar.

John se ajoelhou no chão frio de pedra perto do corpo. Puxou a mão esquerda dele e encontrou o nome do menino escrito com sangue na palma. *Emile.*

– Emile Pernet, clã do javali – sussurrou ele. – Minha mãe queria encontrá-lo. – Ele achara que ela buscava vingança, mas agora via as coisas de outra forma. Emile nunca fora um inimigo. Era um menino abusado, que não recebera justiça, assim como John e Catherine. – Emile e minha mãe eram amigos? – perguntou ele para a Jovem Pavor.

– Eram – respondeu ela.

Na parte de baixo da parede, perto do corpo de Emile, havia pequenas imagens esculpidas na rocha:

PRO 63
SIN 48
DEX 89

– Há mais letras na caverna – percebeu John. – Menos números. Mas – calculou rapidamente – ainda somam duzentos.

– Estas letras fazem sentido – disse a Jovem Pavor – se indicarem "para a frente", "para a esquerda" e "para a direita" em latim. São algum tipo de direções.

Nott comprimiu os lábios em um sorriso que exibia os seus dentes e murmurou conscientemente:

– Latim, é claro.

O pensamento de Maud passou pela mente de John: *Os dentes dele!*

A Jovem Pavor chegou vagarosamente para a frente e, antes que o menino pudesse reagir, o agarrou e levantou seu lábio superior. Os dentes de Nott pareciam podres à primeira vista, mas John percebera que, na verdade, eles tinham sido entalhados com desenhos delicados e besuntados com uma graxa espessa e escura.

– Olhe de perto – disse Maud.

Ele se inclinou com ela na direção do menino, e então entendeu. Os desenhos nos dentes de Nott não eram aleatórios. Eram símbolos do athame. Juntos formavam um conjunto de coordenadas.

– Estas coordenadas vão nos levar a algum lugar *Lá* – disse Maud contemplativamente. Então se virou para Nott. – O que você encontra quando segue as coordenadas nos seus dentes?

O menino exibiu um olhar desacreditado, como se precisasse confiar o bastante neles para responder a qualquer uma das perguntas. Mas, no instante seguinte, talvez pensando no focal e no potencial que John e Maud tinham para alimentá-lo, exibiu uma expressão mais amistosa.

– Os símbolos dos meus dentes, e nos de Wilkin! São como encontramos outros Vigilantes que estão dormindo *Lá*. Vamos para este lugar – ele dedilhou os próprios dentes – e depois andamos.

– O que você quer dizer com "andamos"? – perguntou a Jovem Pavor.

– Ele me mataria se eu contasse, mas como está morto, e eu também deveria estar morto, então acho que não faz diferença. – Nott havia tirado a ratazana congelada do bolso e a acariciava novamente. – Quando digo "andamos", quero dizer "andamos". Duzentos passos e os outros Vigilantes estarão ali, bem no fim da caminhada.

Maud indicou os números na parede e perguntou:

– Estes duzentos passos?

– Não, temos nossos próprios passos – respondeu o menino, indignado.

– Então, o que são estes? – perguntou John.

Nott deu de ombros e chutou o chão.

– Não sei tudo sobre tudo.

Maud ficou imóvel por um tempo, embora John notasse seus olhos se revezando entre os dentes do menino e os números na parede rochosa.

– Estas cavernas – disse ela, por fim, falando mais consigo mesma do que com eles. – Cada clã tinha uma. Já fui a algumas, a convite dos Seekers aos quais elas pertenciam. Esta caverna era do javali; a que fica na

África, ao urso. Mas elas caíram em desuso... talvez porque o Pavor Médio as usava para seus próprios fins. – John percebia ela ganhando certeza enquanto falava. – O que quer que tenha sido feito nesta caverna, o que quer que tenha restado aqui, parece ter sido trabalho dos Seekers do javali, porque era um espaço deles. Entendeu? Como Emile está aqui, parece que ele foi morto pela própria família. E um Vigilante deixado aqui para congelar passará a ideia de ter pertencido a esta família também. É outra maneira usada pelo Médio para apagar seus rastros.

Os pensamentos de Maud começaram a se misturar com os de John enquanto ela falava, e de repente ele entendeu outra coisa.

– E tem mais sobre os dentes de Nott – disse ele. Quase parecia, nesse momento intenso, que ele e Maud eram uma única mente com duas vozes. – Se ele congelasse até a morte aqui, seus dentes com as coordenadas estariam em segurança e perto das coordenadas para a caminhada. Um conjunto completo de pistas.

A Jovem Pavor começou a alinhar os símbolos do athame deles de acordo com as coordenadas dos dentes de Nott.

– Se os duzentos passos que Nott usa o levam aos outros Vigilantes... E se esses duzentos passos nos levarem a outra coisa?

Ela apontou para o javali talhado na parede do túnel para indicar pertencimento e uma nova onda de pensamentos saiu dela para a mente de John.

– O clã do javali? – sussurrou ele. – Os Seekers que desapareceram...

– E se estiverem desaparecidos, mas não sumiram de verdade? – perguntou a Jovem Pavor.

– Você acha que podemos encontrar o restante deles – concluiu John, colocando em voz alta os pensamentos dela.

Maud ergueu o punho do athame, expondo os mostradores, que foram posicionados de acordo com os dentes de Nott.

– Acho que precisamos procurar por nossa conta e descobrir o que o Médio fez.

Ela puxou a vara de relâmpago na cintura.

CAPÍTULO 55

Catherine

18 ANOS ANTES

Catherine trancara a porta do banheiro, mas não estava lá dentro. Ela estava sentada no chão do quarto minúsculo, pouco mais do que uma alcova, que na verdade era um berçário. Este pequeno espaço unia o banheiro ao quarto deles e ficava escondido no canto mais afastado do apartamento.

Ela não queria que Archie se preocupasse caso percebesse a porta trancada do banheiro, mas também queria receber um aviso caso ele se aproximasse. Estava usando o focal de novo, uma atividade que ela continuava escondendo dele.

Ela se sentou de pernas cruzadas entre o berço meio montado e a pilha de coisas de bebê que a mãe dela tinha enviado. Os presentes de sua mãe pararam bruscamente de chegar na semana anterior, e desde então Catherine não conseguira entrar em contato com seus pais. Agora que ela sabia que o Pavor Médio a seguira até a França, estava preocupada com a possibilidade de que ele estivesse atrás da família dela. Ainda confinada na cama, mais do que antes, ela não podia ir à procura dos pais e não queria colocar Archie em perigo sozinho. Queria evitar ser dominada pela histeria.

Aos poucos ela foi percebendo as batidas repetidas que vinham da sala. Archie andava praticando com armas durante todo o tempo que passava acordado desde que voltaram da França, três semanas antes, depois que reforçara o apartamento deles com os mais diversos tipos de trancas para janelas e portas. (Como se trancas fossem afastar um Seeker ou um Pavor.) *Ele deve estar castigando severamente o boneco de treino*, pensou ela.

A mente de Catherine zumbia com o focal enquanto ela analisava o diário, tentando fazer conexões mentais com as entradas antigas para entender quem fora manipulado e quando. Ela acrescentara ao diário as coordenadas que levavam para a caverna na Noruega, onde Emile e o desenho do pai dele foram. Ela iria para lá assim que pudesse – tentaria encontrar todas as cavernas assim que pudesse –, porém o que mais poderia aprender enquanto esperava para dar à luz?

Depois de um período de tempo indeterminado – era difícil medir o tempo com o focal –, ela percebeu uma mudança no barulho vindo da sala. Não era mais o som de Archie golpeando o boneco, mas outra coisa, algo mais pesado... Era o som de um corpo batendo na parede. Às vezes isso acontecia quando ele treinava, mas um instante depois ela ouviu de novo o som. E outra vez. Havia um novo barulho logo depois da última pancada: vidro se quebrando no chão.

Catherine se levantou e entrou no quarto. Ela pegou a espada-chicote do esconderijo no armário e enfiou uma faca no bolso do seu vestido largo.

O quebra-quebra continuava na sala, e ela passou a ouvir vozes, três vozes masculinas. Não conseguia distinguir o que diziam, mas estavam furiosos e exigiam alguma coisa, e nenhuma era a voz de Archie. Ela correu para o banheiro, passou pela pequena despensa do apartamento e depois seguiu pela cozinha. Uma arma ensurdecedora foi disparada uma vez, e depois caiu no chão.

Ela viu os agressores pela porta aberta da cozinha. Archie segurava uma espada comum na mão esquerda e, sua mão direita, que claramente disparara a arma, estava vazia. Ele tirou uma longa faca de treino do cinto.

Os três intrusos que o rodeavam eram jovens. Eles se moviam como Seekers treinados, e Catherine logo os reconheceu. Eram os três primos mais novos da foto que ela vira na casa de Emile, irmãos de Anthony, que fora o melhor amigo de Emile – e provavelmente seu assassino – e a atacara em Hong Kong.

Ele não é capaz de matar Seekers sozinho, dissera o pai de Emile. *Em vez disso, faz com que eles matem uns aos outros.* E lá estavam para concluir o que Anthony falhara em realizar em Hong Kong. Qual seria a recompensa deles? O athame dela? O focal dela? Ou outra coisa?

– Onde está a menina com o livro? – exigiu um deles.

Ah, o livro, o diário dela. Talvez aquele fosse o motivo real que colocara o Médio atrás dela. Briac também quisera o livro dela. *Você tem seu diário*, dissera ele. *É a melhor arma que qualquer Seeker poderia ter... Vou te mostrar como usá-lo.*

Sendo atingida por uma onda de compreensão – auxiliada pelo focal – ela finalmente entendeu o perigo do diário. Em grande parte era um registro das coisas ruins que o Pavor Médio fizera, deixara acontecer ou pedira que outros fizessem. Enquanto Catherine pensara em usá-lo para que o Velho Pavor expulsasse o Médio da fraternidade dos Pavores, o Pavor Médio deve ter enxergado aquilo como uma ameaça séria, uma ameaça à sua sobrevivência, caso o diário fosse mostrado para o Velho Pavor. Estava se dando conta de que Briac tentara dizer isso para ela, mas Catherine se prendera à sua noção teimosa de que um Pavor, no fundo, seria honroso e ela não entendera o perigo que o Médio enxergaria no fato de que ela estava registrando as ações dele. O Médio não sabia exatamente o que estava escrito nele, é claro. Poderia apenas adivinhar, e provavelmente ele imaginava que ela sabia mais do que de fato sabia. Ele considerou uma ameaça maior do que realmente era. Uma ameaça passível de morte.

E Briac deve ter achado que ao controlar o diário dela conseguiria uma vantagem com o Médio, algo para conseguir a sobrevivência.

Aqueles pensamentos passaram pela cabeça dela no espaço de tempo de uma respiração. Então, sua mente estava de volta ao apartamento, na cozinha, de onde observava os agressores.

– Onde ela está? – perguntou de novo o atacante mais próximo a Archie.

Ele estalou a espada-chicote na direção do pulso de Archie, tentando desarmá-lo, mas Archie chegou para o lado e cortou o braço do agressor com a faca.

– Ela não está aqui! – respondeu Archie. – Faz semanas que não está aqui.

Nenhum dos atacantes vira Catherine ainda. De pé na porta da cozinha, ela silenciosamente estalou sua espada-chicote. Gostou de sentir a arma na sua mão depois de tanto tempo sem usá-la.

– Você está mentindo – disse o principal atacante.

– Ela se foi! – gritou Archie.

Catherine empunhou sua espada-chicote com força. Ela passara a maior parte dos últimos três meses na cama, portanto seus músculos foram negligenciados, mas ela tivera anos de treinamento. Quando estava em forma, era uma grande lutadora. Mesmo naquele momento, seria uma boa lutadora. Ela estava prestes a pular pela porta aberta para a sala de estar e a se juntar à luta, mas sentiu algo quente escorrer pela coxa. Passou a mão na perna, que saiu manchada com o vermelho do sangue.

Como ela poderia estar sangrando? Só correra do quarto para a cozinha. Mas os médicos avisaram, depois daquele dia na França, que a condição da gravidez dela era precária.

– Droga! – murmurou.

Archie estava enfrentando um dos agressores quando viu Catherine e o sangue na sua mão. Seu olhar ficou selvagem, mas passou o recado com clareza.

Vá!, disse ele apenas mexendo os lábios. *Agora!*

Ela voltou para a despensa e depois para a copa, tentando decidir o que fazer. Archie era um bom lutador, mas ia precisar da ajuda dela. Catherine agarrou com firmeza o pomo da sua espada-chicote. Ela sentia quais seriam os movimentos necessários para se juntar à luta.

Um jato de sangue escorreu pela sua perna.

Naquele momento, um dos agressores de Archie voou pela porta da sala e aterrissou na mesa de jantar com sangue pulsando do seu pescoço: um ferimento fatal.

Um a menos. Será que Archie conseguiria derrotar todos os três? Era uma possibilidade, considerou ela, mas de jeito nenhum uma certeza.

Se ela o ajudasse, será que o bebê sobreviveria? Ela sobreviveria? *Prometa, Catherine*, dissera Archie. E ela prometera.

– Droga! – sussurrou de novo.

Ainda com a espada-chicote em uma das mãos, Catherine pegou o diário no berçário, o athame e a espada-chicote no cofre, e voltou para a despensa.

– Onde ela está? – perguntou novamente um dos agressores.

– Eu já disse! Ela foi embora! – disparou Archie. O sofrimento na voz dele fez Catherine parar. – Só um tolo ficaria aqui comigo.

Estas palavras eram para ela, ele estava implorando para que ela fosse embora. Catherine ouviu o grito raivoso dele, como fazia quando avançava com a espada no treino. Depois ouviu um corpo caindo no chão da sala de estar.

– Vai dançar ou vai lutar? – perguntou Archie, desafiando um dos agressores.

As esperanças de Catherine aumentaram. Ele ainda estava de pé? Estava ganhando?

Ela ergueu a porta no chão da despensa. Ao abrir, se deparou com um lance de escada estreita e íngreme. O prédio era antigo, propriedade da família de Archie, que acreditara fortemente em rotas alternativas de fuga.

Catherine desceu pela escadinha para a escuridão quase completa. A passagem era tão estreita que ela precisou se virar um pouco de lado, manejando cuidadosamente o corpo de grávida.

A escada dava em um corredor. Escuro, estreito e baixo, lembrava o túnel sob o Monte Saint-Michel. Ela ouvia a própria respiração no mesmo ritmo de um trem a vapor. Não estava mais acostumada a se mexer. Já sentia o cansaço. Sua barriga roçava na parede enquanto ela seguia por debaixo da sala de estar. Uma brecha de luz pairava logo acima, uma fenda entre duas tábuas do chão da sala. Os sons da luta chegavam claramente até ela.

Escutou outra coisa também. Havia um barulho atrás dela, na escada da despensa. Alguém se aproximava, de botas. Um dos agressores a seguia.

– Para onde foi seu amigo?

Era a voz de Archie, falando quase diretamente acima dela.

– Meu irmão foi procurá-la – disse outra voz. – Ele vai encontrá-la! Mas você vai estar morto quando isso acontecer.

Archie deu um grito raivoso e depois se ouviu o som de corpos em colisão entre si e em seguida com o chão.

Catherine se esforçou para se virar de forma que seu braço direito, o da espada, ficasse para trás, entre ela e o perseguidor.

– Estou escutando você – disse uma voz suave a apenas alguns metros. – Pare. Ele quer que a gente mate você. Mas não preciso fazer isso. Entregue o diário e o athame, e então poderá ir.

Ela via o brilho de uma arma no feixe de luz que vinha do chão da sala. Catherine largou o diário, o athame e a vara de relâmpago. Estalou a espada-chicote e a ergueu no ar, colidindo com a espada-chicote do perseguidor.

Uma sombra bloqueava a luz e ela viu o rosto de Archie no andar de cima. Ele estava pressionado no chão, passando por dificuldade.

– Archie! – gritou ela.

Ele abriu os olhos e a encontrou na escuridão ali embaixo. Estava rangendo os dentes.

– Vá! – sibilou ele. – Vá!

O perseguidor dela golpeou novamente com a espada. Catherine retribuiu o golpe, mas seu braço cedeu sob o ataque dele. Ela estava fraca. O sangue ainda escorria por sua perna. Ela ia morrer, seu filho ia morrer e Archie ia morrer.

Ela sentiu um estalo de eletricidade nas orelhas e percebeu um zumbido agudo na cabeça. O focal. Esquecera que o estava usando. Ela teve que se entregar para ele, deixar que a ajudasse, ou seria o fim.

Imediatamente sentiu a mente se expandir. Seu agressor golpeava de novo. Ela o bloqueou com mais facilidade dessa vez, enfiando a arma dele na parede. Archie estava acima dela, lutando corpo a corpo com seu oponente, gemendo. Pela fenda nas tábuas do chão ela só conseguia ver uma parte do cabelo dele. Tinha noção de cada fio de cabelo castanho-avermelhado, do cheiro de suor e medo, da posição dos braços e das pernas dela, do peso da arma em sua mão.

Seu perseguidor a atacou novamente. Ela deu três passos rápidos para trás, deixando a espada-chicote dele cair no chão entre os dois. Então, ela avançou com a espada-chicote longa, esguia e mortal à sua frente. Ele se virou no último minuto, adivinhando a intenção dela, e a espada perfurou a lateral do seu corpo, deslizando entre as costelas.

Ele arfou.

Havia sangue nos braços dela, mas não era de nenhum dos dois ali. Estava pingando do alto.

O rosto de Archie estava na fenda do chão, olhando para ela, e ele não resistia mais.

– Archie! – gritou Catherine. – Estou indo! Espere por mim!

O atacante dela estava gravemente ferido, mas ainda a perseguia, urrando feito um animal encurralado. Ele se virara para o outro lado e usava o outro braço para empunhar a espada-chicote de forma desesperada e cruel.

– Archie... – disse Catherine.

O sangue dele continuava pingando à sua volta. Ela via cada gota em destaque lá em cima.

O focal zumbia em dissonância na cabeça de Catherine. A eletricidade estava muito dolorosa, penetrante. Os pensamentos dela se chocavam uns contra os outros, como se sua mente tivesse sido dividida e as metades estivessem discutindo.

Posso salvá-lo. Vou salvá-lo.

Ele já está morto.

A culpa é minha. Tentei descobrir coisas que não deveria saber.

Vou saber de tudo. Ninguém pode me parar.

Eles vão me matar.

Ninguém vai me matar. Vou matá-los primeiro. Vou fazer com que paguem. Todos eles vão pagar.

O agressor estava novamente a seu alcance. Quando ele atacou, ela entrou no golpe. O punho dele atingiu o focal na cabeça dela e a força do impacto fez a espada-chicote voar da mão dele.

Catherine transformou sua espada em algo curto, espesso e mortalmente afiado, que cravou no coração do menino.

Ele se curvou no chão do espaço estreito. Catherine se encostou na parede, com a respiração pesada. Quando o corpo do menino parou de se mexer, seu rosto ficou visível sob a luz que vinha do teto. Era mais novo do que ela imaginara. Parecia ter quatorze anos.

Não mato crianças. Acredito em justiça.

Mato se for preciso. Mato qualquer pessoa se for preciso.

Havia movimento acima dela. O último agressor ainda estava vivo. Parecia que ele se arrastava pelo chão, gemendo. Catherine passou por cima do corpo do menino – provavelmente o irmão mais novo – e voltou pela passagem estreita para subir a escada.

Saiu na cozinha e viu seu próprio rastro de sangue, que levava até o menino imediatamente abaixo dela na rota de fuga. O segundo irmão morto estava no chão da sala de jantar.

Archie estava na sala, com a cabeça apoiada nas tábuas do chão e uma poça de sangue crescendo em torno dele e escorrendo pela fenda.

– Archie...

Ela se ajoelhou e cuidadosamente o virou. Seu rosto estava vazio e cinzento. Sua pele esfriava e não havia pulsação no pescoço. Uma hora antes ele estava deitado ao lado dela na cama, enchendo sua barriga de beijos. Ela penteou o cabelo no belo rosto dele, e foi boba o suficiente para se sentir feliz.

Ela afastou o cabelo ensanguentado do rosto dele e segurou sua cabeça com as mãos. O brilho da vida já não estava mais em seus olhos.

Ela ficou ali sentada por um tempo, até que um barulho chamou sua atenção. Ergueu os olhos e se deparou com o terceiro atacante no corredor, se levantando em direção à porta da frente e deixando um rastro de sangue atrás.

Catherine engatinhou até onde ele estava. Quando ele a viu se aproximando, rolou de costas e ergueu a arma: uma das facas da cozinha deles. Estava gravemente ferido no abdômen, onde o sangue pulsava escuro e espesso. Não sobreviveria por muito tempo.

Devia ter vinte anos ou menos, mas a dor em seu rosto o fazia parecer ancestral. Usava botas pesadas que o deixavam ainda mais parecido com Briac Kincaid, uma semelhança que seu irmão Anthony também tinha. Será que o Pavor Médio achava que todos esses meninos eram peões intercambiáveis? Com um golpe, ela tirou a espada da mão dele, que não ofereceu muita resistência, afinal sabia que estava acabado. Catherine tocou a espada-chicote no pescoço dele.

– Você matou Anna? – perguntou ela. – Você assassinou minha irmã?

Ele fechou os olhos e confirmou lentamente com a cabeça, a pele do seu pescoço repuxando onde a lâmina da espada dela tocava.

– Por quê? – questionou. – O que o Pavor Médio prometeu para você?

– Ele disse... ele disse que não restavam muitas famílias de Seekers. Estávamos próximos do fim... Ele disse para Anthony que poderíamos ficar com dois athames... se nos livrássemos das famílias aos quais eles pertenciam.

– Você não acha que ele... mataria vocês quando tudo acabasse? – perguntou ela. – Ou feito os outros matarem?

– Não, nós o ajudamos – sussurrou o menino. – E íamos fugir. Dois athames para quatro irmãos... Poderíamos nos esconder, ser mais espertos do que qualquer um que viesse atrás de nós.

– Mais esperto que *ele*? – perguntou ela em voz baixa.

O menino não sabia nada sobre as outras pessoas que o Médio enganara. Ela quase ficou com pena dele.

– Anthony achou que... valia o risco. Dois athames... Seríamos o clã de Seekers mais poderoso da história... – Ele lambeu os lábios e a encarou. Sua respiração estava superficial e acelerada. – Parece burrice agora... agora que vocês deram um fim em todos nós...

– Você matou minha família por ganância – argumentou ela, com lágrimas escorrendo pelo rosto. – E Emile.

– Eu estava cuidando da minha família – disse ele, lambendo os lábios de novo.

Catherine sentiu um pensamento surgir, quase como se tivesse vindo completamente do focal, como se aquele pensamento estivesse vivendo dentro do capacete, esperando por ela: *Não vou confiar em ninguém. Vou matar todos eles antes que me peguem ou peguem meu filho. Vou matar qualquer pessoa que cruzar meu caminho.*

– Está pronto para o seu fim? – sussurrou ela.

Ele assentiu e fechou os olhos.

Ela matou o menino ferido, o último dos quatro irmãos do clã do cavalo, fazendo um corte ligeiro com sua espada-chicote.

Em seguida, cambaleou de volta para a passagem secreta, pegou o athame, a vara de relâmpago e o diário. Saiu pela rua coberta de sangue. Arrancou o focal da cabeça, só porque achava que poderia chamar muita atenção, ou deixá-la parecendo qualquer coisa, menos uma grávida vítima de um crime. Enfiou o diário no capacete e os agarrou junto à barriga. O athame e a vara de relâmpago, que ela enfiara no forro do bolso do vestido, batiam nas suas pernas enquanto cambaleava por Londres, pedindo ajuda.

CAPÍTULO 56

Shinobu

O sol já desaparecera, mas as nuvens se afastaram e o céu ainda brilhava. Shinobu usara as coordenadas do corpo do Pavor Médio e se deparava com uma anomalia aberta e que zumbia à frente deles no mezanino do celeiro. Quin estava ao lado dele, com a mão em seu ombro. Eles acenderam a velha lanterna a gás que estava do outro lado do mezanino e Shinobu a segurava no alto para iluminar a escuridão além das bordas da anomalia.

– Continue o canto – disse ele – e mantenha os olhos fixos em mim.

– Está bem.

Ela apertou o ombro dele e juntos se embrenharam pela escuridão. Shinobu escrevera os números e as direções no braço, e os consultava com a luz da lanterna.

– Cinquenta e três passos para a frente – disse ele.

Começou a andar, contando mentalmente cada passo. Atrás dele, Quin recitava o canto do tempo:

"*Conhecimento de si, conhecimento de casa, uma noção clara de onde vim, para onde vou, e a velocidade do que há entre, vão garantir meu retorno a salvo. Conhecimento de si...*"

Ele estava focado nos passos que dava e na pressão da mão de Quin. Ela estava ali com ele.

Shinobu completou os cinquenta e três passos e se virou imediatamente para a direita. Olhou para as instruções no próprio braço. Cinquenta e nove passos agora. Com o focal, era incrivelmente fácil manter o foco e a contagem. Mas o focal sussurrava coisas pelas beiradas da sua consciência: *Por que você está com ela? Ela está usando você... Nunca vai permitir que você se saia bem...*

Ele ignorou completamente esses pensamentos. Sabia que não eram dele.

Shinobu olhou para Quin. O olhar dela estava vidrado enquanto continuava entoando o canto do tempo:

"*Conhecimento de si, conhecimento de casa...*"

Aqui e ali, na escuridão em volta deles, havia formas, amontoados de um lado ou de outro, que poderiam ser humanas; talvez corpos de outros que tentaram seguir por aquele caminho e não conseguiram. Shinobu queria olhá-los mais de perto, mas não deixava seus olhos nem sua mente se desviarem do caminho. Precisava contar e caminhar corretamente. Quin ainda tocava seu ombro com a mão quente e reconfortante. Parou para escutar o canto dela e descobriu que estava indo mais devagar.

"*Uma noção clara... de onde vim... para onde...*"

Ele não podia perder tempo. Ela era boa em manter o foco, mas não conseguiria fazer isso indefinidamente. Cinquenta e quatro passos, depois virar para a direita.

Quem liga se ela perder o foco?, sussurrou o focal. *E se ela não importa tanto quanto você pensa...*

Cala a boca!

Ele chegou aos cinquenta e quatro passos e virou para a direita. Trinta e quatro passos no último trecho. Ele começou a andar. Estavam quase lá.

"*... a... velocidade... do que há... entre... vão garantir... o meu...*"

Quin continuava cantando, mas suas palavras estavam lentas.

Durante todo o tempo, a luz da lanterna de Shinobu estivera à sua frente: uma esfera amarela perfeita na escuridão. Mas naquele momento, ao final de vinte passos, os raios da lanterna encontraram algo à frente, bem no seu caminho. Mais alguns passos e ele viu o contorno das figuras, os olhos piscantes refletindo o brilho da lanterna. Era assustador e estimulante: eles haviam descoberto o local secreto do Pavor Médio.

O focal murmurava com mais insistência: *Meus Vigilantes, esperando por mim; tudo isso, esperando por mim.* Shinobu afastou os pensamentos fantasmagóricos e se concentrou no peso da mão de Quin.

Quatro silhuetas estavam completamente visíveis, duas à direita e duas à esquerda. Ele via, no alcance vacilante da lanterna, roupas de lã, mantos e rostos jovens.

Estão esperando por mim...

Passaram pelos dois pares de Vigilantes. O cheiro de morte pairava com força ao redor deles. Shinobu já não precisava mais contar. A lanterna iluminava a grande pilha de objetos à frente. Quando ele puxou Quin para a frente, foi capaz de reconhecê-los. Eram despedaçadores, uma grande fileira deles, espadas-chicote, athames... e havia outros incontáveis objetos que pareciam perigosos e valiosos.

Tudo isso é para você. Quin está ficando mais lenta... Deixe ela desacelerar...

Não!

Ele andou com Quim até o meio da coleção e segurou a lanterna no ato. Vagamente, no limite do alcance, ele distinguiu outros pares de Vigilantes formando um círculo em volta do tesouro.

Fechou a mente para o focal, deixando os sussurros ao longe. Ainda assim, sentia que eles tentavam penetrar. Um pensamento chegou até ele, de forma tão delicada e irresistível que Shinobu não tinha certeza se era dele ou não: *E se fosse mais seguro aqui?*

O que aconteceria se ele e Quin acordassem aqueles Vigilantes e tentassem usá-los para seus próprios fins? O medalhão de pedra deveria lhes garantir autoridade sobre os meninos, mas, mesmo que fosse o caso, Shinobu achava que controlá-los não seria fácil ou tranquilo. Por conta própria, sua mente relembrou todas as vezes em que ele vira a vida de Quin em perigo: John galopando atrás dela na propriedade; Briac a atacando na Traveler; os Vigilantes no quarto do hospital, entrando na anomalia, mais uma vez na propriedade e na cobertura da ponte. Cada vez fora como uma morte para ele, mas pior do que sua.

Qualquer um que tivesse seguido o Médio – os Vigilantes, Briac, Seekers que queriam matar outros Seekers – era um perigo para Quin, tivesse ela o medalhão de pedra do Médio ao seu lado ou não. No entanto, ali estava ela, com Shinobu, seguindo os passos do próprio Médio. Estavam rodeados de Vigilantes dormindo na escuridão, esperando para serem acordados. O que mais estaria escondido ali, *entre*, pronto para atacar?

Será que ela ficaria mais segura aqui?, o pensamento voltou, dessa vez com mais força, quase como um golpe físico.

Sem qualquer consciência de que estava fazendo, ele enfiara a mão no bolso do manto e segurava o medalhão de pedra. Sentiu o disco frio na palma da mão, e seu polegar e a ponta dos dedos agarravam as arestas lisas.

Se Shinobu pudesse tomar o lugar do Pavor Médio, se ele conseguisse reunir as armas que o Médio encontrara, os planos que o Médio iniciara, poderia entendê-los e usá-los para seus próprios objetivos – para os objetivos de *Quin* – e poderia proteger eles dois. Poderia compensar as coisas ruins que foram feitas em nome dos Seekers; poderia mudar o futuro. Ele e Quin nunca mais seriam vítimas.

Mas até que tivesse o controle, quantas vezes mais ele precisaria ver Quin ser atacada? E se alguma vez não conseguisse salvá-la?

O medalhão começara a vibrar no seu bolso, mas ele já tirara a mão e só sentia as cócegas na perna. Estava olhando para Quin.

O pensamento veio de novo: *Ela está mais segura aqui.*

Mas será que isso era verdade? Era um pensamento dele, da sua cabeça? Ou era um truque? E se não tivesse como saber? Shinobu se virou para Quin.

– Quin! Quin! – disse ele, segurando os ombros dela, enquanto o medalhão balançava dentro do seu manto.

Os olhos dela se moveram lentamente para encontrar os dele enquanto as palavras saíam de seus lábios: *"Retorno... a salvo..."*

– Tire o focal da minha cabeça – urgiu ele. – Puxe-o!

Ele segurou as mãos dela e as colocou nas laterais do capacete.

– Tire-o! – repetiu.

Ele não conseguia fazer isso sozinho. Não conseguia tirá-lo com as próprias mãos. Só essa ideia já era dolorosa demais.

Quin o escutava, mas balançava lentamente a cabeça.

– Aqui não... – sussurrou ela. – Assim... que... voltarmos...

– Agora! Precisa ser agora!

Suas mãos soltaram o capacete e tombaram inertes ao lado do corpo. Depois colocou as próprias mãos no focal.

Tire-o!, ordenou para si mesmo. *Simplesmente remova o capacete!*

Ele não conseguia. Seu coração acelerou em pânico.

Ela está mais segura aqui? Quero que fique segura.

CAPÍTULO 57

QUIN

Parecia que tinham andado por anos. Quin continuava cantando, mas o tempo flutuava, seus dedos estavam frios e a cabeça era um lago escuro que a sugava.

Ela vira as formas emergirem da escuridão. E então escutou o pedido de Shinobu para tirar o focal da sua cabeça. Mas como ela poderia fazer isso? Se obedecesse a ele, os dois ficariam perdidos ali para sempre.

Não estavam mais andando. Uma das mãos dele tocava o braço dela, sólida e quente. Ele era real. Mas o tempo havia se deslocado e ela perdera o canto.

Há quanto tempo estou aqui olhando?

"*Conhecimento de si*", recomeçou ela, forçando as palavras para fora, embora sua garganta parecesse infinitamente distante, "*conhecimento de casa, uma noção clara...*"

A última palavra saiu com uma longa expiração, e depois ela não respirou mais. Não parecia necessário.

– Quero que você esteja segura. – Ela escutou Shinobu dizer.

As palavras dele saíam tão rapidamente que ela mesma deveria estar desacelerando até quase parar. Levou as mãos até o manto de Shinobu e o agarrou, tentando se puxar de volta para o presente.

– Estou perdendo o tempo... – murmurou ela, forçando as palavras a saírem, embora seus pulmões estivessem cheios de seiva. – Me ajude a entoar o canto.

Shinobu colocou a mão no rosto dela. No brilho da lanterna, os olhos dele estavam claros e focados. Só de olhar para ele ela já voltava um pouco para si.

– Você não precisa do canto, Quin – sussurrou ele, enquanto dedos de eletricidade se esgueiravam na sua testa, abaixo do focal.

Ela voltara a respirar, mas parecia que se passara um ano desde que inspirara e expirara pela última vez. Sentiu o rosto de Shinobu no dela, os braços dele em volta do seu corpo, e escutava o zumbido do focal na cabeça dele, que estava encostada na dela.

– Estou me perdendo – sussurrou ela num esforço derradeiro para recobrar a consciência. – Me tira daqui. Trace uma anomalia.

CAPÍTULO 58

SHINOBU

Shinobu segurava Quin em seus braços, sentindo o calor do corpo dela. O disco de pedra no seu manto estava parado.

— Eu te amo, Quin — sussurrou ele, e isso era algo de que tinha certeza absoluta.

— O quê...? — disse Quin, mas as palavras desapareceram antes de se formarem, enviando um "o quê" perpétuo para a escuridão daquele lugar.

Ela estava realmente desacelerando. Ele sentia o peito dela expirando o ar de forma tão fraca que quase não se movia.

Os dedos dela se mexiam cada vez menos no peito dele, como se estivesse tentando se segurar nele para acordar. Mas já estava caindo em um momento único que, para ela, duraria uma eternidade.

— Eu te amo — repetiu ele, sabendo que não havia nada para dizer a ela, sabendo que ela já não o escutava, mas mesmo assim não se conteve. — Vou deixar você em segurança. Depois eu volto. — As palavras quase o sufocaram.

Como você pode deixá-la aqui na escuridão?, perguntou-se.

Eu a estou protegendo, respondeu.

Não a abandone!, berrou sua mente. *Como pode deixá-la? Ela é tudo que importa. Isso não faz sentido.*

Não a estou abandonando, e sim protegendo.

Ele se forçou a soltá-la. Recuando, ele observou Quin pela luz quente da lanterna. O cabelo escuro ornava seu rosto adorável, seus olhos escuros olhavam para ele sem de fato enxergá-lo.

– Vou voltar para você, Quin – sussurrou ele. – Assim que eu puder.

Ele estava falando sério, não estava? Não estava? Não imaginava a vida sem ela.

Ele deu as costas e analisou as pilhas de armas de Seekers à sua volta e os vários pares de Vigilantes alinhados tão ordenadamente em um grande círculo que quase não eram visíveis pela luz da lanterna, mas estavam ali, reais, sólidos e prontos para serem acordados.

Tudo isso um dia fora do Pavor Médio.

Não mais.

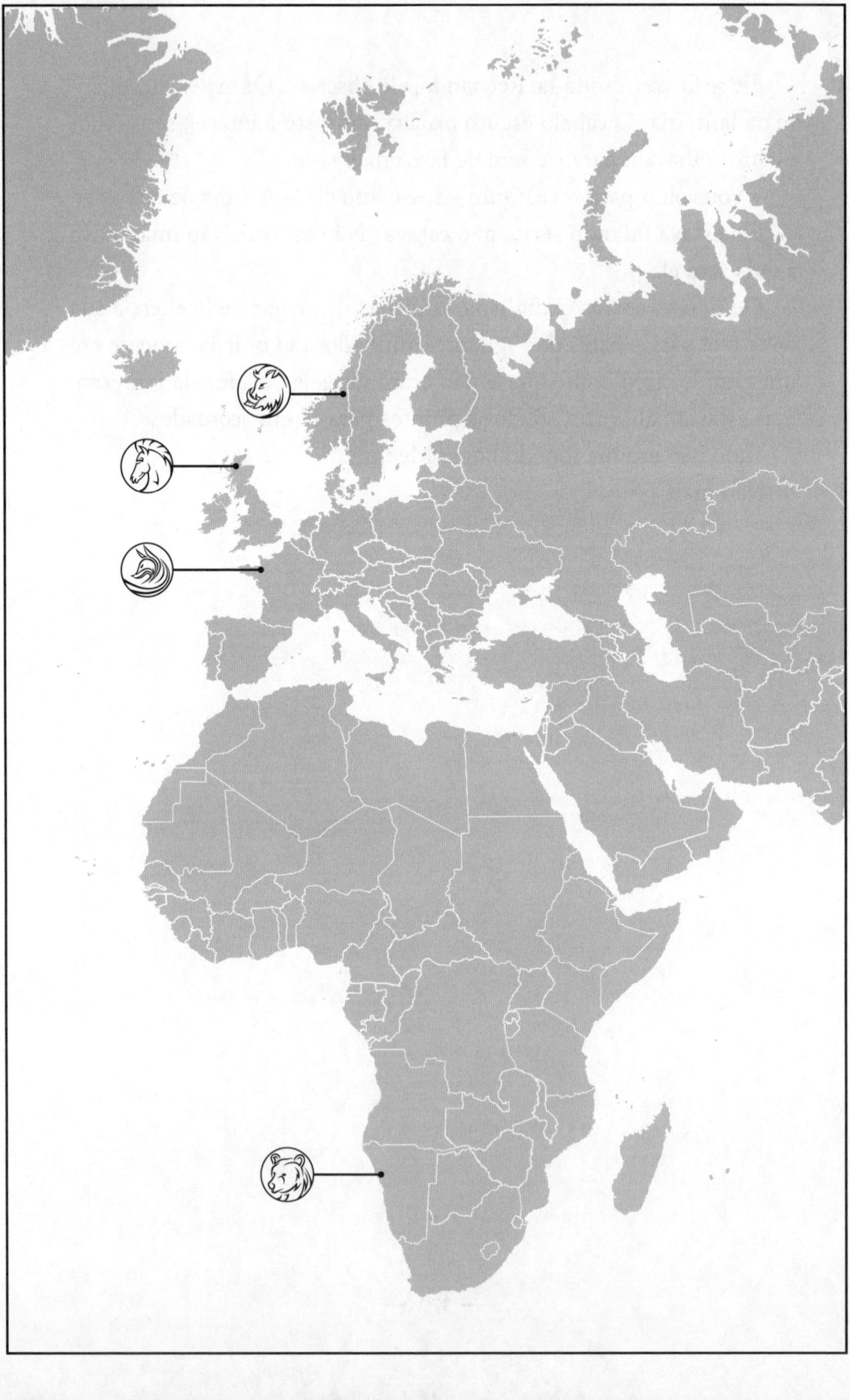

Clã de Seeker

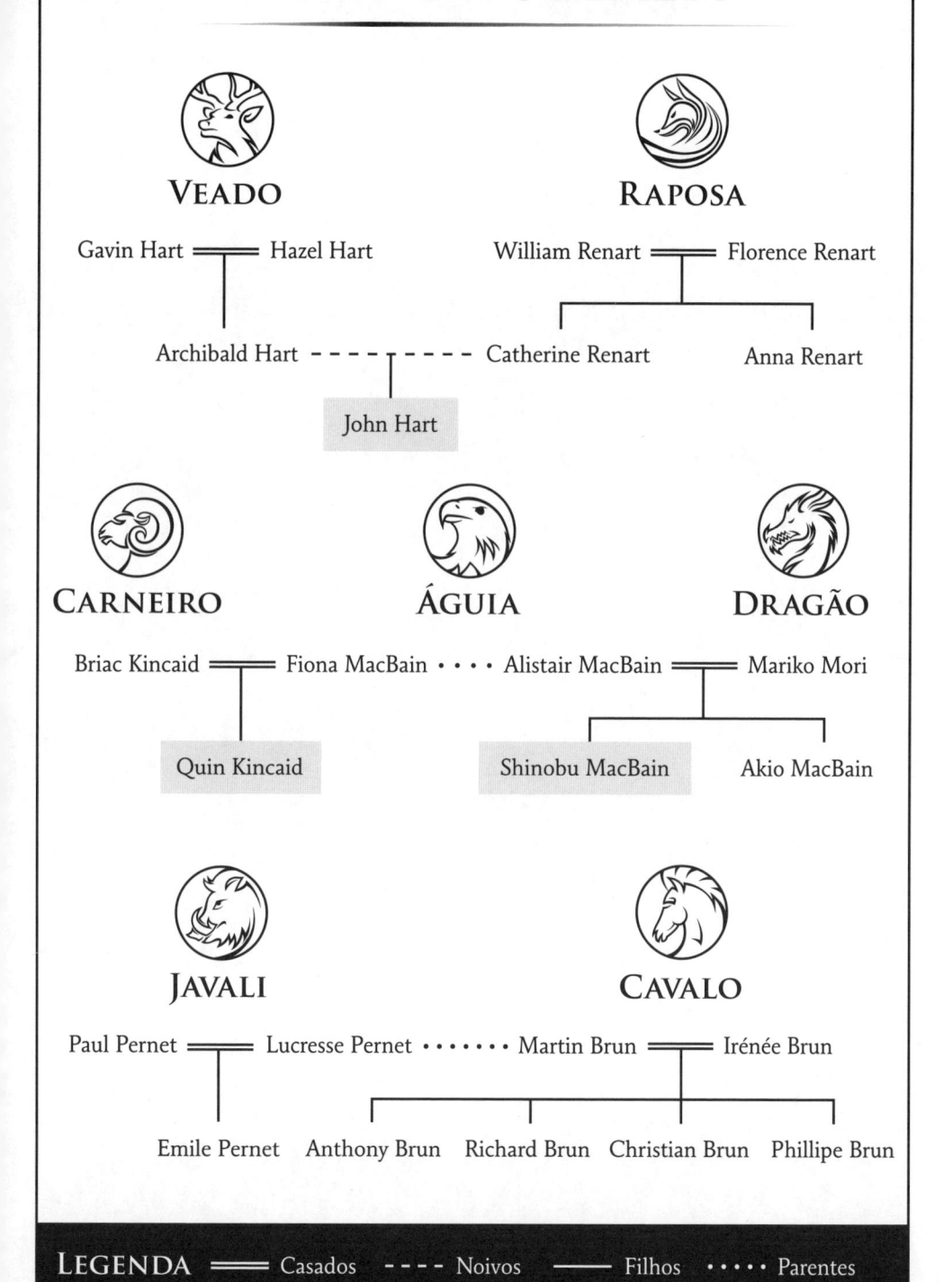

Veado

Gavin Hart ══ Hazel Hart

Archibald Hart - - - - - - - Catherine Renart

John Hart

Raposa

William Renart ══ Florence Renart

Catherine Renart ── Anna Renart

Carneiro

Briac Kincaid ══ Fiona MacBain

Quin Kincaid

Águia

Fiona MacBain ····· Alistair MacBain

Dragão

Alistair MacBain ══ Mariko Mori

Shinobu MacBain ── Akio MacBain

Javali

Paul Pernet ══ Lucresse Pernet

Emile Pernet

Cavalo

Lucresse Pernet ····· Martin Brun ══ Irénée Brun

Anthony Brun ── Richard Brun ── Christian Brun ── Phillipe Brun

---

Legenda: ══ Casados — - - - Noivos — ── Filhos — ····· Parentes

AGRADECIMENTOS

Krista Marino! Obrigada pelo seu amor por este mundo e por entregar seu coração nele junto comigo. Eu não poderia ter pedido uma editora melhor. <3 <3 <3

Jodi Reamer! Obrigada por ser a leitora mais sincera que conheço, e também a melhor agente do universo (eu chequei). O que você chama de instinto eu chamo de genialidade. Mas chame do que quiser.

Barbara Marcus, você me inspira. Quando eu crescer, quero ser como você, apesar de saber que isso pode criar confusão. Podemos acertar os detalhes depois.

Beverly Horowitz, leoa e editora extraordinária. Obrigada pelo encorajamento e pelo apoio para *Seeker* e *A viajante*.

Judith Haut, obrigada por manejar esta série!

Obrigada também a Alison Impey pela capa *deslumbrante*, e a Stephanie Moss pelo lindo design do miolo.

Obrigada a Kathy Dunn e Dominique Cimina por pastorear *Seeker* e *A viajante* (e a mim) até a terra dos leitores.

Obrigada, Felicia Frazier, pela sua visão e coração incomparáveis e espírito mobilizador.

Obrigada a John Adamo, Kim Lauber, Stephanie O'Cain e Rachel Feld por trazerem *Seeker* e *A viajante* para o mundo de maneira inteligente e tão cuidadosa.

Tamar Schwartz, obrigada por gerenciar tudo com tanta habilidade, e obrigada, Monica Jean, por todas as coisas pequenas e grandes que você faz todos os dias.

Obrigada aos meus revisores, Bara MacNeill e Colleen Fellingham, por todas as ideias cuidadosas e por esclarecerem as coisas.

Obrigada a Sam Im por trazer esta série futurística para o futuro.

Obrigada a Sky Morfopoulos por ser uma excelente leitora da versão de teste, e uma amiga melhor ainda.

Obrigada aos meus filhos por ocasionalmente saírem das terras distantes de Mudgistan, Emerica e Finn-Land e me visitarem.

E, claro, obrigada a Mrb. Você sabe quem é.

Impressão e Acabamento:
LIS GRÁFICA E EDITORA LTDA.